齊賢集北上紀事

目錄

同此之感緣二君皆地鐵擊城飛越傳奇之業同時爲之書法之孟不知題

閑遊亦感經三宿，滿地饑蠶瘦欲休。芍藥開時爭得意，春陰已盡不知愁。

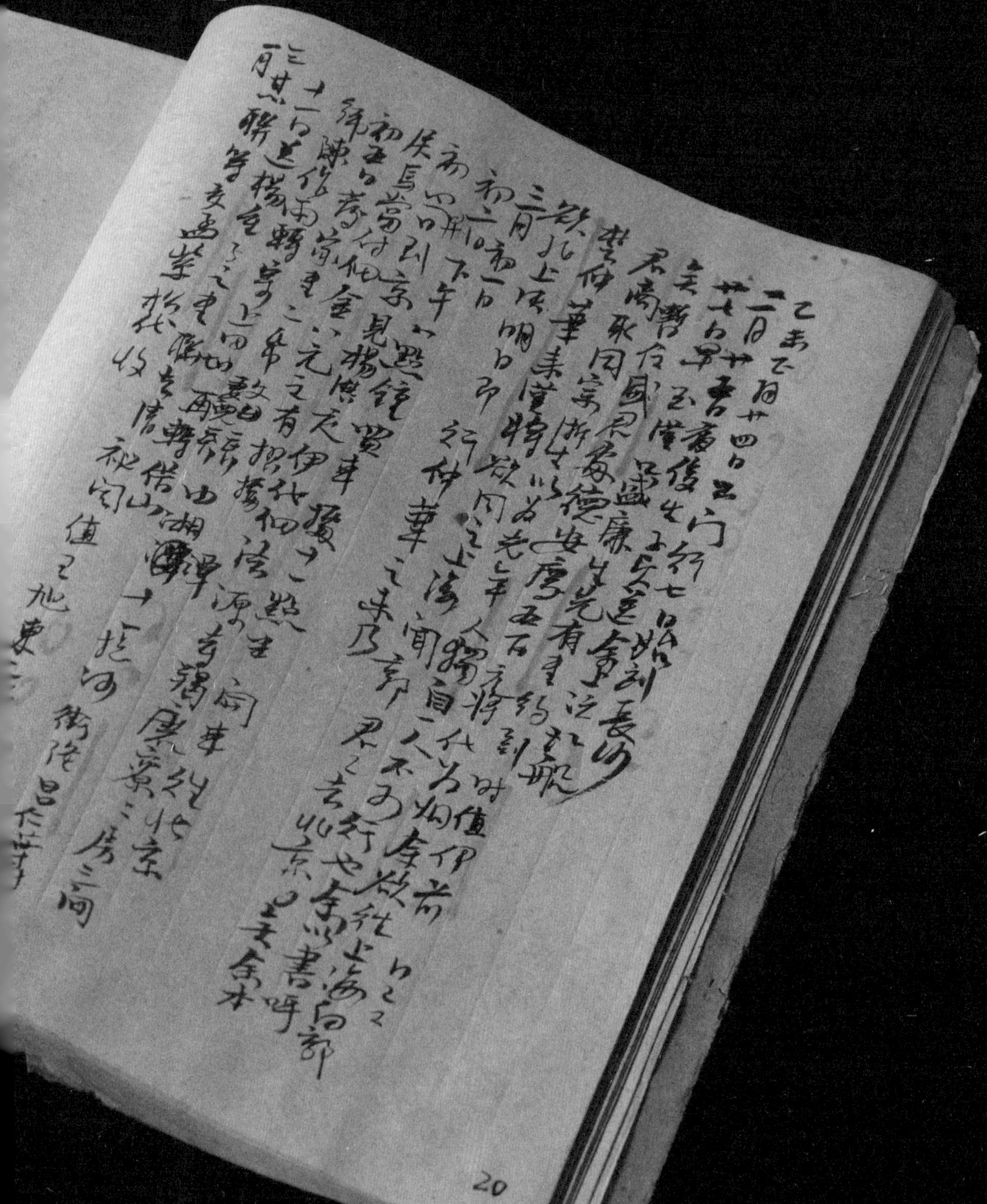

齊灝學校上紀事

21

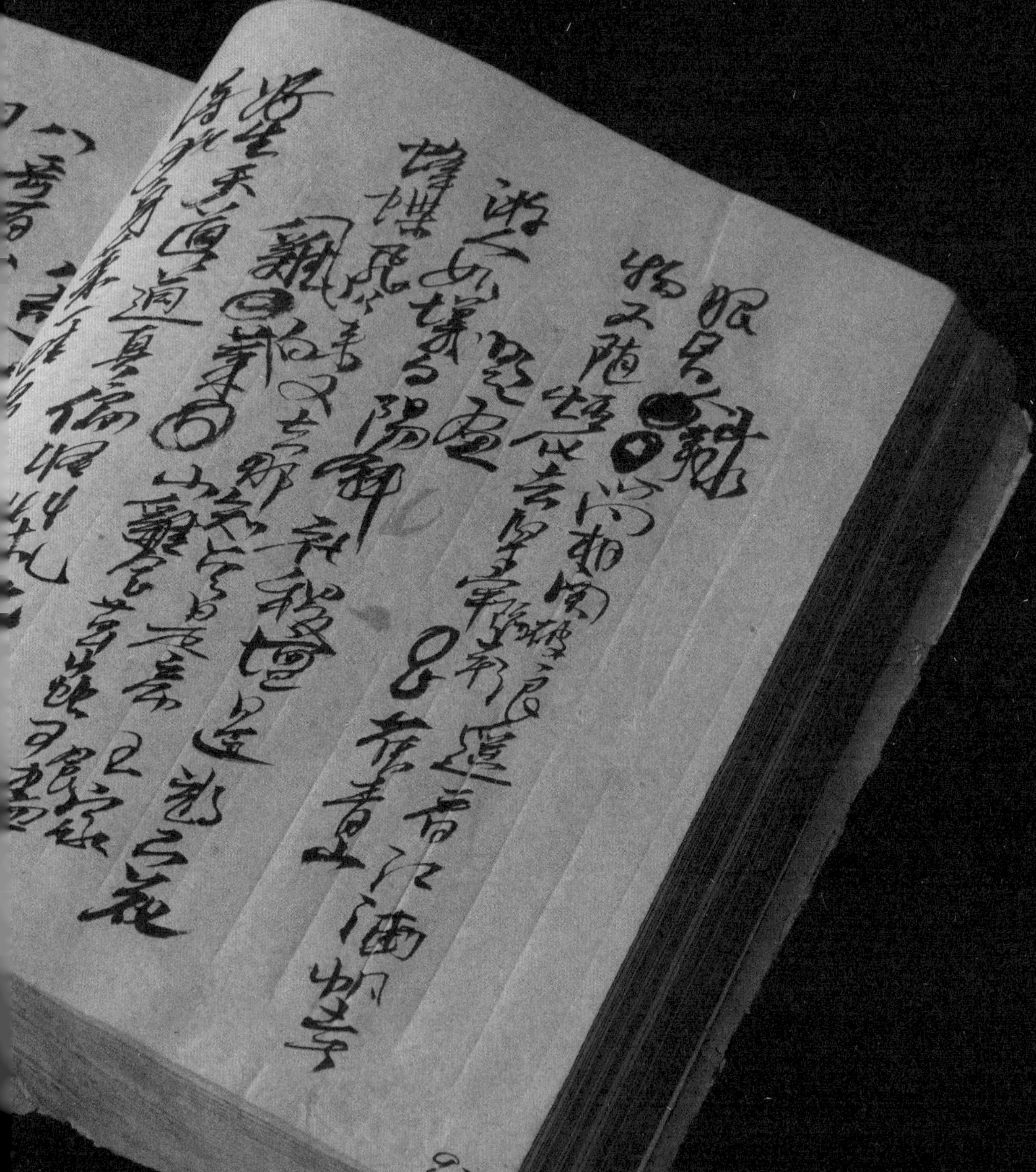

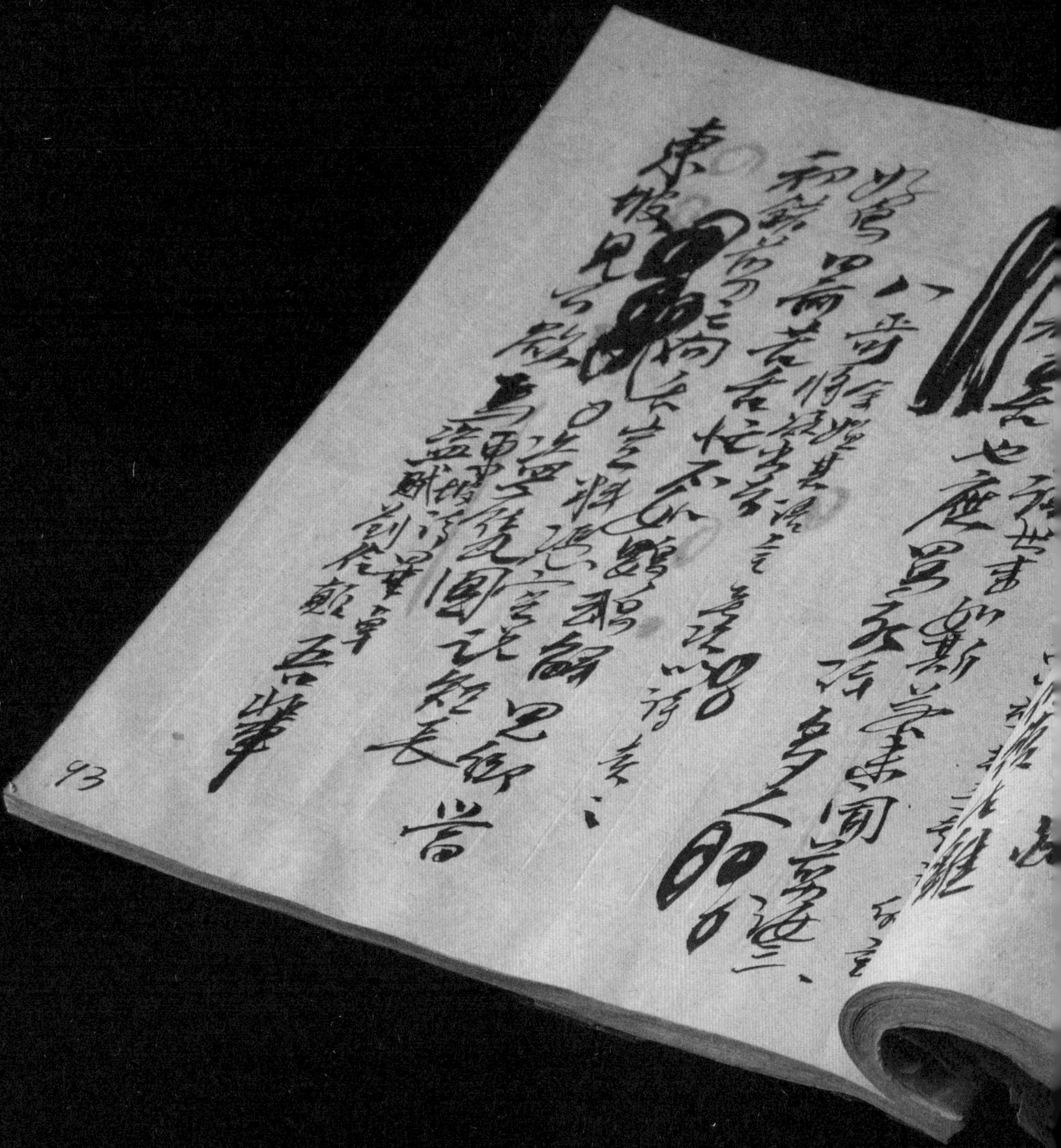

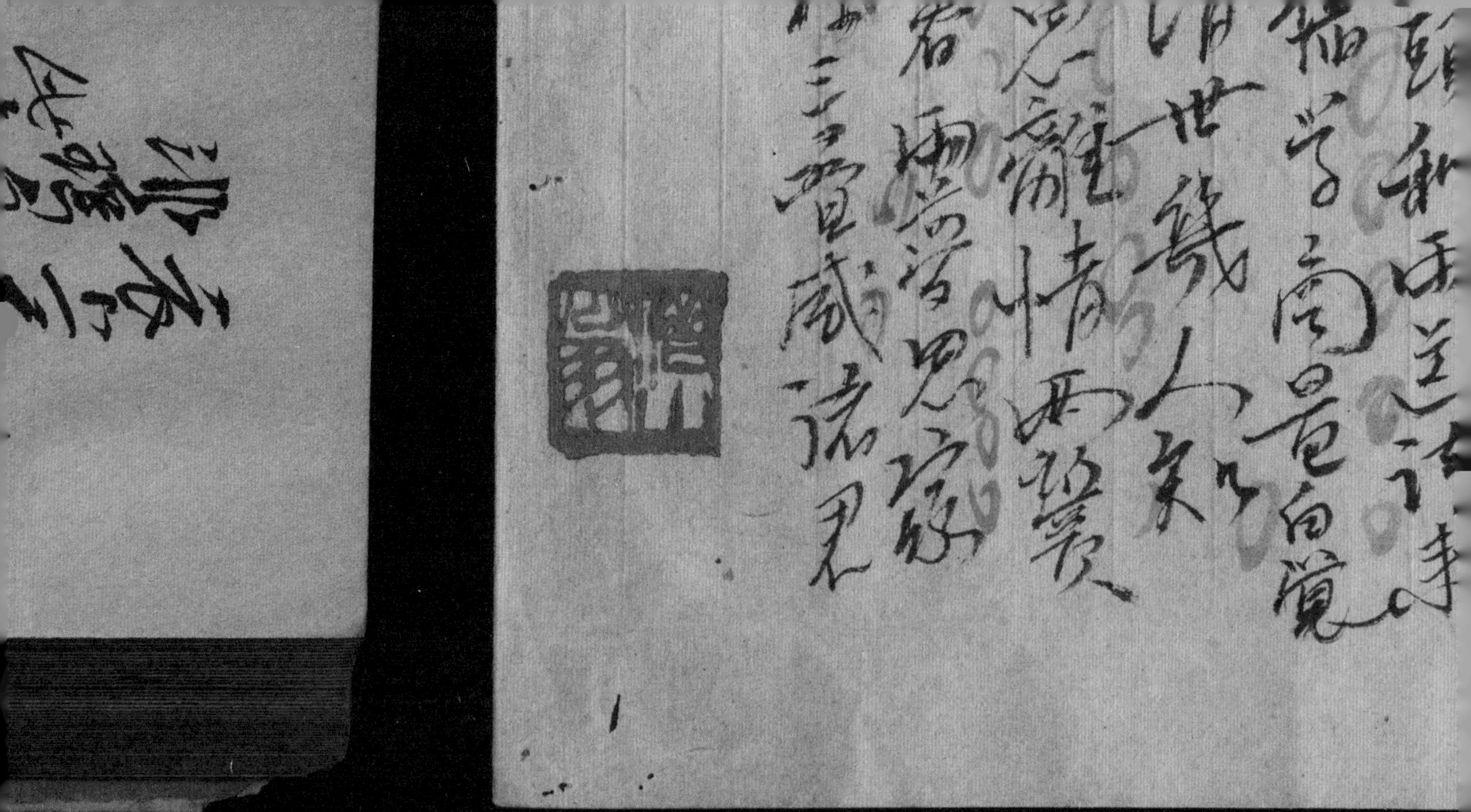

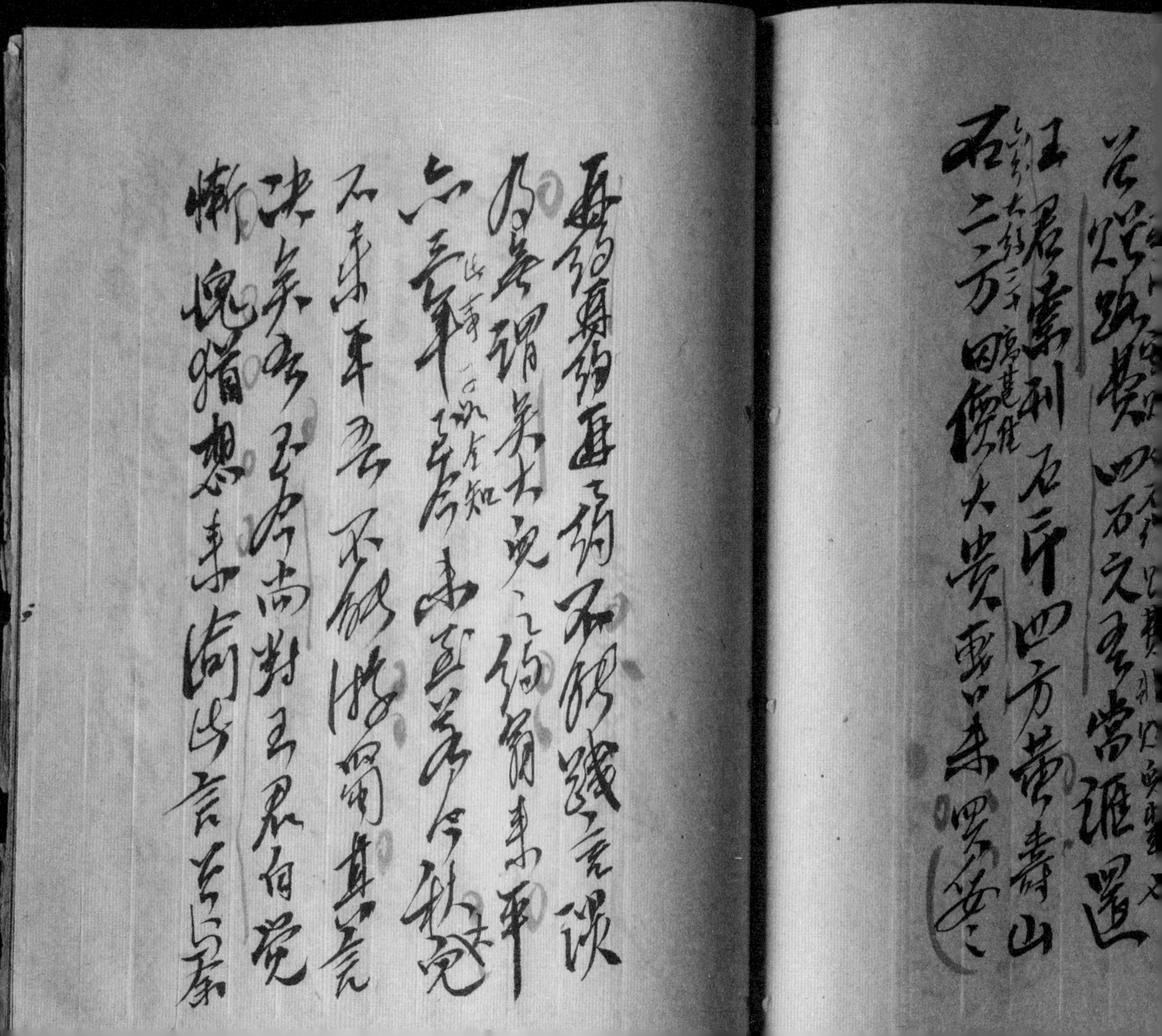

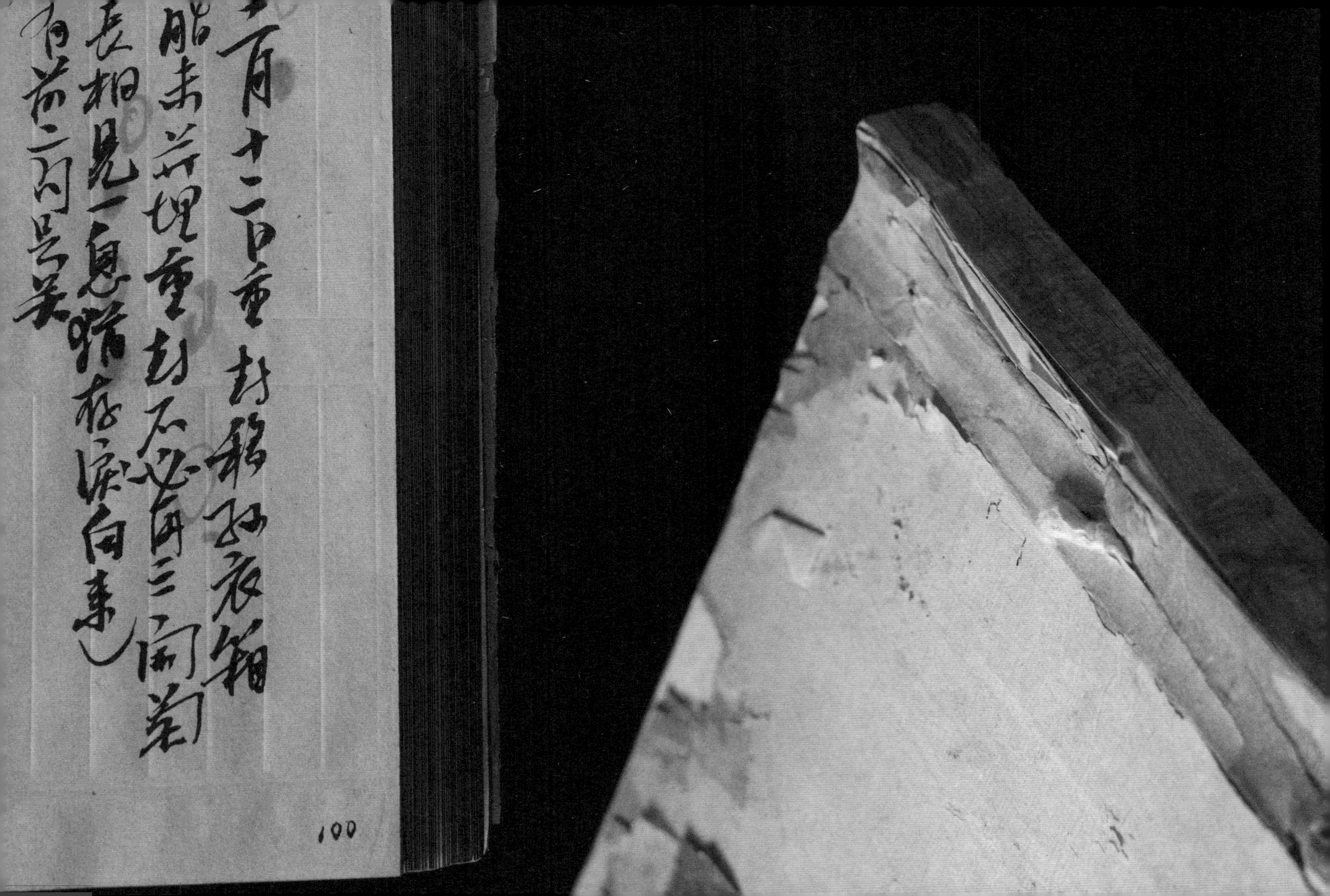
100

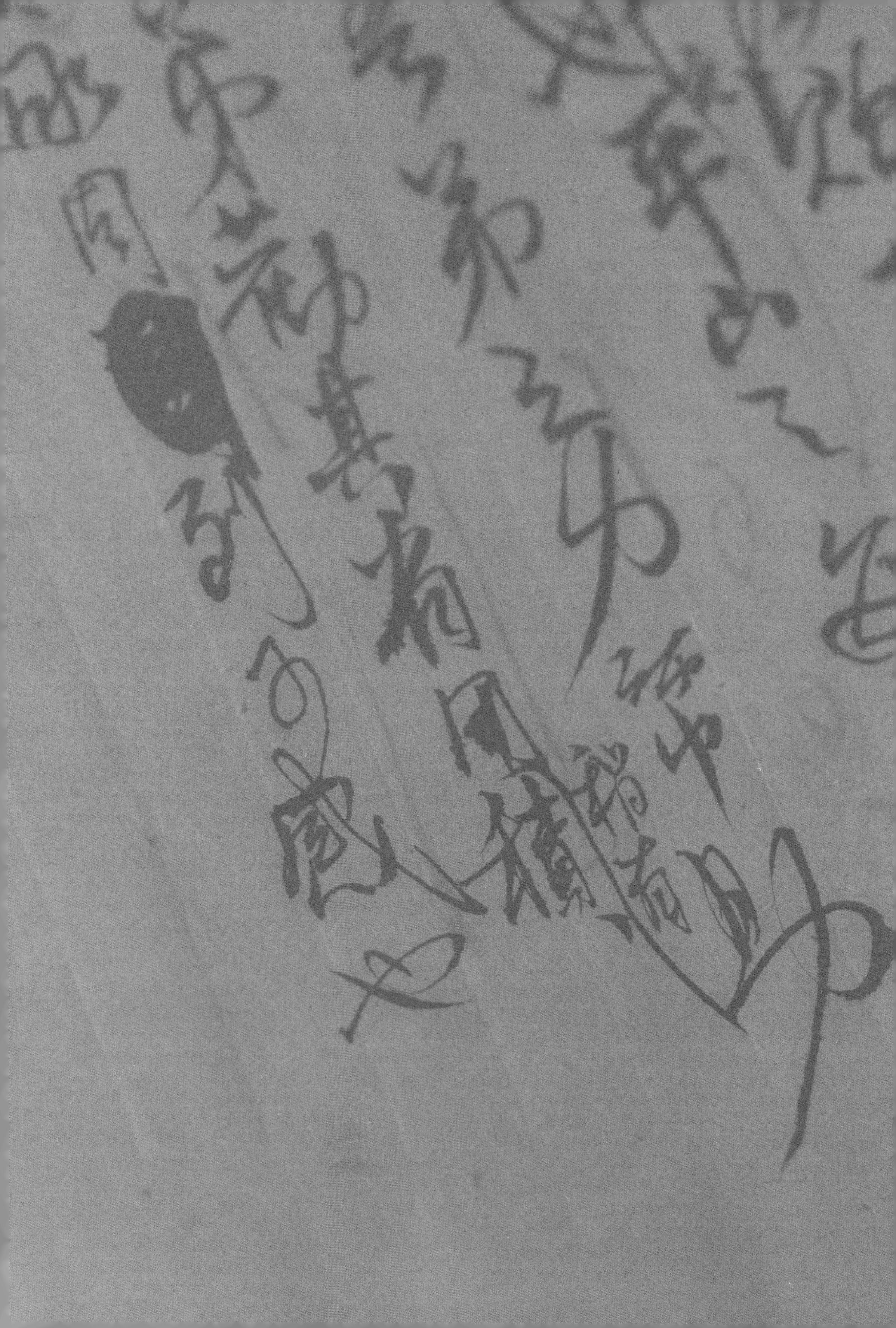

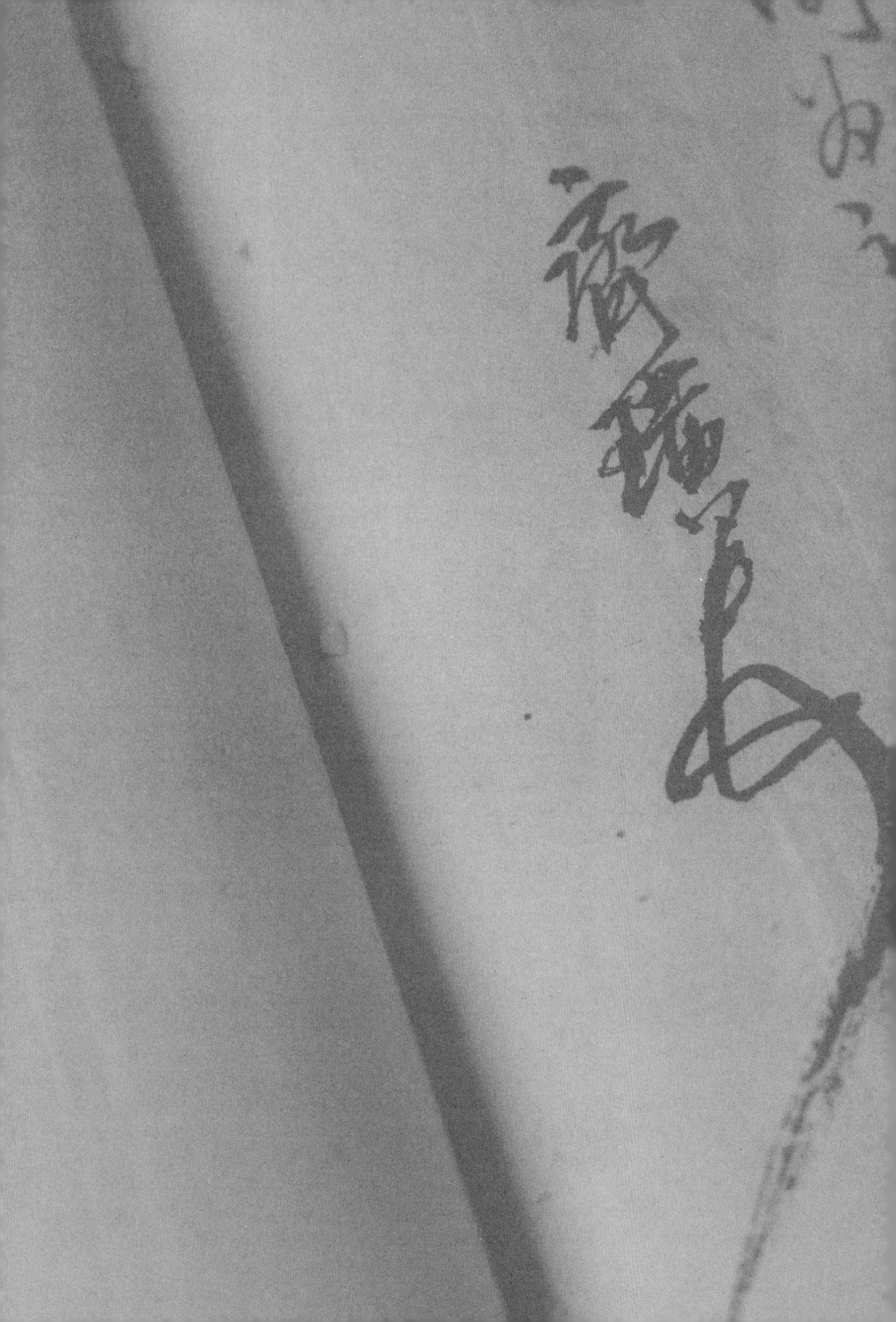

讀《齊瀕生北上紀事》

日記、記事等都是一種記錄當事人所經歷的事和朋友間的事件、往來，這在晚清、民國時期是很流行的，尤其是一些文化名人、教育家、文學家等的資料更為珍貴，那個時代的人很多喜歡記一些雜記、記事等，而且有些還是反覆謄抄，這是那個時代人嚴謹治學作風和認真的態度，比如教育方面的有：《蔡元培日記》、《竺可楨日記》、《梅貽琦日記》、《經亨頤日記》；文學方面的有：《魯迅日記》、《周作人日記》、《郁達夫日記》、《徐志摩日記》；人文學的有：《黃侃日記》、《吳虞日記》、《吳梅日記》、《許壽裳日記》、《胡適日記》、《顧頡剛日記》、金毓黻《靜晤室日記》、《吳宓日記》、《朱希祖日記》、《朱自清日記》、《葉聖陶日記》、《鄭振鐸日記》；書畫家及書畫鑒賞家日記有：《吳湖帆日記》、《豐子愷日記》、《張蔥玉日記》、《張元濟日記》、《馬衡日記》、《沙孟海日記》以及齊白石的《齊瀕生北上紀事》、《庚申日記》等等。

同是手稿影印本，《沙孟海日記》、《張舜徽壯議軒日記》的字跡寫得端莊凝重，閱讀毫無障礙，令人心生敬意。《居正日記》、《謝持日記》雖是手稿影印本，但字跡也不潦草，可以使人一氣讀完，胡適曾說：「民國六年回國教書，到現在四十多年了，這四十多年裡，我寫了三四百萬字的稿子，或是講義，或是文稿，我只有一條自律的規則，那就是：不寫一個潦草的字。」這當然十分難得，或許就是宋代理學家所倡導的做人做事皆要實踐奉行一個「敬」字的態度。

陳寅恪曾經指出：「一時代之學術，必有其新材料與新問題。取用此材料，以研求問題，則為此時代學術之新潮流。」所以，這些浩瀚的晚清、民國日記就是研究那個時代最好的第一手資料。有些字跡工整，有些字跡潦草，工整者有些是一向工整嚴謹，潦草者是率性而書，不管是哪一種都有它的歷史記載和文獻的重要意義，胡適、沙孟海屬於前者，工整型，齊白石屬於潦草型。不管是工整型也好，潦草型也罷，在那個時代都有謄抄或稱「整理」的事，我最熟悉的祖父沙孟海就是這樣，他平時寫日記、雜記有用毛筆，也有用鋼筆，雖然寫得還都工整，但為了某種需要，只能謄抄一個副本示人或上交，原稿子留底，因為那個時代沒有複印技術，想要留底就必須自己或請人謄抄一遍，這是很正常不過的事了，不像現在有了複印技術，到複印店裡幾分鐘就搞定。

謄抄的功能是備份，舉個簡單的例子，祖父當年在文革期間寫的檢討書，為了自己別搞錯時間、人物等等（那個時候如果說錯了，也許就會有滅頂之災），因此，上交了一份，謄抄一份留底是十分必要的，以便萬一再要問起一些事情好能應對。那個年代說話要十分小心謹慎，說錯了一句話，就可能大禍臨頭，所以需要備份，這是那個時代知識分子謹小慎微的一種表現。又如給浙江省博系統的講座稿等，原因可以是不同的。

還有一種情況，就是自己寫的日記、雜記比較潦草，或有些私事不易示人，或在準備示人之前謄寫一遍略微整齊一些，但謄寫也要讓人感覺仍然是原稿，需要修改、補充的，也照樣在謄寫過的腳本上繼續修改、補充，這種情況就是二〇一三年北京畫院編的《人生若寄》的情況，而《齊瀨生北上紀事》就是《人生若寄》原留底的草稿本的一部分。這本齊白石的「底稿本」《齊瀨生北上紀事》手稿寫得稍微潦草些，大小、疏密都十分自然隨性，塗改、加注也是隨處可見，有時候寫得非常緊湊、密集，有時候寫得舒展，這是一本反映個人真實情況、狀態、心情的真實寫照，每次記事時都是隨性而記，不加任何修飾和美化。

為甚麼說《人生若寄》是以《齊瀨生北上紀事》作基礎的謄抄本呢？我們可以分幾個部分來分析對比《人生若寄》與《齊瀨生北上紀事》的前後關係：

一、從佈局看

《齊瀨生北上紀事》的稿子寫得比較隨意，不會顧忌頁面的佈局，比如很多頁在起首時右側留有較多空間，而謄抄本《人生若寄》為了佈局更完整，就重新調整，根據原稿的原有佈局，重新規劃排列，使頁面更加統一完整，而不會留有大面積空白，可對比原稿第二頁與謄抄本第九十二頁，以及原稿第三十頁與謄抄本第二百三十六頁等，便一目了然。

二、從字跡看

《齊瀬生北上紀事》有些原稿塗改過，謄抄本又恢復修改之前的，如原稿第十一頁（謄抄本《人生若寄》第一百零四頁）的「石」「余」，照原稿謄寫，而有些塗改過的，就不再出現在謄抄本上了，如原稿第四十六頁與謄抄本第一百二十六頁，以及原稿第三十四頁與謄抄本第二百四十八頁的對比，最後一行抹掉了，在謄抄時就不再加上去了。

三、從標注看

《齊瀬生北上紀事》頁面上端標注比較少，偶有標注：畫記、詩、聯、記、買扇、家信等，謄抄本在頁面上端則有意留出空白增加了不少標注，有：畫記、詩、印語、信、信報、顏色等，不僅抄寫得規整很多，還加添了一些印章，以示正規（對比原稿第五十三頁與謄抄本第三百零八頁）。

四、從內容看

在《人生若寄》中有一些諸如《寄園日記》上冊第八十頁是齊白石一九〇九年己酉重遊廣州的記事，從八十二頁至一百四十五頁的內容與《齊瀬生北上紀事》一些內容相同，比如：原稿第一至八頁（謄抄本第九十一至九十八頁）內容相同照抄，原稿第九、十頁（謄抄本第九十九、一百頁），原稿第十一頁（謄抄本第一百零一至零四頁，增加了三幅草圖），原稿第十二頁（謄抄本第一百一十二頁）、原稿第十三頁（謄抄本第一百二十五頁）之間缺三頁，等等就不一一列舉了，有眾多頁面是完全按原稿本《齊瀬生北上紀事》謄抄下來的，有時候為了讓人們認為這也是原稿，便將以前稿本上的塗改、圈點等也一并照抄下來。也許還有一種隱情在裡面不便示人？

綜上所述《齊瀬生北上紀事》很明顯是一本原始草稿本，由於保存情況不佳，其中有很多掉頁情況出現，《人生若寄》就是在《齊瀬生北上紀事》稿本基礎上重新加以謄抄、整理、添加完善的謄抄本，也是一本可示人的「草稿」式冊子面世。當然，謄抄本也會有很多塗改、斟酌的情況，這在那個年代的文人、書畫家裡是比較常有的事，包括

《人生若寄》裡的《日記》上下集、《信札及其它》、《詩稿》上下集都能在《齊瀨生北上紀事》中找到相應的內容，而且我們看到《人生若寄》這五冊都是相對比較規整的「草體」，排列整齊，并且有些頁眉、結尾還蓋有印章，明顯是具有「作品」的形式出現，而《齊瀨生北上紀事》卻極少有印信，完全是自己留底的稿子，這種稿子一般是不示人的，需要示人時再謄抄，或再加印章以表示身份。

我們再舉幾個例子來看看《齊瀨生北上紀事》裡與《人生若寄》裡都是如何表現的，或許大家可以看出一些端倪？

如《齊瀨生北上紀事》第五頁與《人生若寄》中《寄園日記》第九十五頁的圖上有記載曰：「余癸卯由京師還家，畫小姑山側面圖。丁未由東粵歸，畫前面圖。今再遊粵東，畫背面圖。」原始稿是這樣記的，謄寫後感覺語句欠佳，又在「畫背面圖」上添加一「此」字，成為：「畫此背面圖」，字跡方面也有明顯區別，原稿潦草隨意，謄寫稿相對工整了些。

又如《齊瀨生北上紀事》第七頁與《人生若寄》中《寄園日記》第九十七頁的皆石山圖，原記錄：「二月廿日畫萬柳。採石磯前面，此廟向前，皆石山。廿一日辰刻過通州，此二三日亦微動，想過海必大風。遊情」，旁注：「醒弟言山頂宜高少許方能雄峻」，皆留有空，明顯是當時沒有想好詞句，而《寄園日記》裡面記錄的就比較工整，且將留空詞彙填補上了，成為：「二月廿日畫萬柳。此州有數裡許，採石磯前面，此廟向前，皆石山。廿一日辰刻過通州，醒弟言山頂宜高少許方能雄峻。此二三日以來北風吹浪，船亦微動，想過海必大風。遊情甚怯，將次韻羅」，這樣記述就比較通順、清楚了。

再如《齊瀨生北上紀事》第五十四頁與《人生若寄》《壬戌記事》第三百一十六頁，我們來做個對比，這是一頁畫荷花的草稿，荷花右側有詩一首（未完成），詩曰：「少小傳聞可遠邪，天工磨洗作青蛇，如今始信無靈用，任汝溪頭好著花。」其中「如今始信無靈用」一句當時應該是還沒有想好，所以「信無靈」三個字位置是空出來的，原因是沒有想好用詞，等想好再填上去。從字跡來看也有明顯區別，《齊瀨生北上紀事》比較潦草，沒有顧忌，「亦」字寫得就像「六」字，非常隨意，可能也就自己或了解情況的人能猜出來，一般人根本不可能認出來的，而《人生

若寄》謄寫的相對就比較工整，草書「亦」字也是合規範的草書體，因為中國的草書并不是隨便亂寫的，古人的草書也都是有「草法」的，可不是草書就可以亂寫哦。有些還在頁面上面加注了如「詩」、「信」等不同的小字備註，這在《人生若寄》很多頁上都特意留出空間加以標注，而在《齊瀕生北上紀事》上卻是很少有，可能是老人在謄寫過程中感覺加上標注更能讓人看明白？

原稿在西方具有非常重要的歷史、文獻價值，尤其是名人的手稿更為珍貴，它記載著時代的訊息和作者的日常生活、交遊等很多重要的具體訊息，而在中國也就這兩年大家才開始關注到，那并不是因為關注它的歷史、文獻價值，而更多的是關注它的經濟價值，說白了就是看它值多少銀子。其實，這類文獻更大的價值在於它的歷史和文獻價值，是一個時代不可或缺的歷史見證，以及對作者的最大限度的了解和體會。

民國時期一些非職業書畫家在提攜、扶持甚至資助職業書畫家方面起到了非常大的作用。陳師曾對齊白石的提攜與幫助就是一個非常典型的案例。陳師曾本人曾在蔡元培主持的教育部任職，兼任北大畫法研究會導師，也是中國畫學研究會的發起者之一。他與當時的書畫家如吳昌碩、金城、姚華、湯棣等人均交往密切，被公認為民國初年北京畫壇領袖之一。反觀齊白石，其出身卻是三代務農的，一九一七年開始定居北京，「住法源寺廟內，賣畫刻印」。

陳師曾在琉璃廠南紙店看到齊白石的潤格及所刻印章後，便前往拜見，二人一見如故，陳師曾利用各項資源支持、扶持齊白石的鬻畫生涯。「我那時的畫，學的是八大山人冷逸的一路，比同時一般畫家的便宜一半，尚少有問津，師曾勸我自出新意，變通畫法，我聽了他的話，自創紅花墨葉一派。」白石老人這樣記載，一九二二年，「陳師曾從日本回來，帶去的畫，統都賣了出去，而且賣價特別豐厚。我的畫，每幅就賣了一百元銀幣，山水畫更貴，二尺長的紙，賣到二百五十銀元……經過日本展覽以後，外國人來北京買我畫的人很多。琉璃廠的古董鬼，知道我的畫在外國人面前賣得出大價，就紛紛求我的畫，預備去做投機生意。一般附庸風雅的人，聽說的我的畫能值錢，也都來請我畫了。從此以後，我的賣畫生涯，一天比一天興盛起來。」

這段歷史見證了當年陳師曾對一個三代務農的齊白石的知遇之恩，從這些日記、記事等手稿裡也能看到齊白石一路走來的艱辛以及創作過程，是非常難能可貴的歷史資料。

拜讀《齊瀕生北上紀事》及《人生若寄》深感老一輩不叫「大師」的大師們治學的嚴謹，歷經的磨難，六十歲敢於變法，不入俗套，那種敢於進步、不斷修正自身的精神值得我們當代人學習，融古出新，不斷提高我們的詩、書、畫、印以及相關藝術的審美追求，為新的時代貢獻我們的一點力量。

沙家櫪

二〇二一年三月三十一日於北京

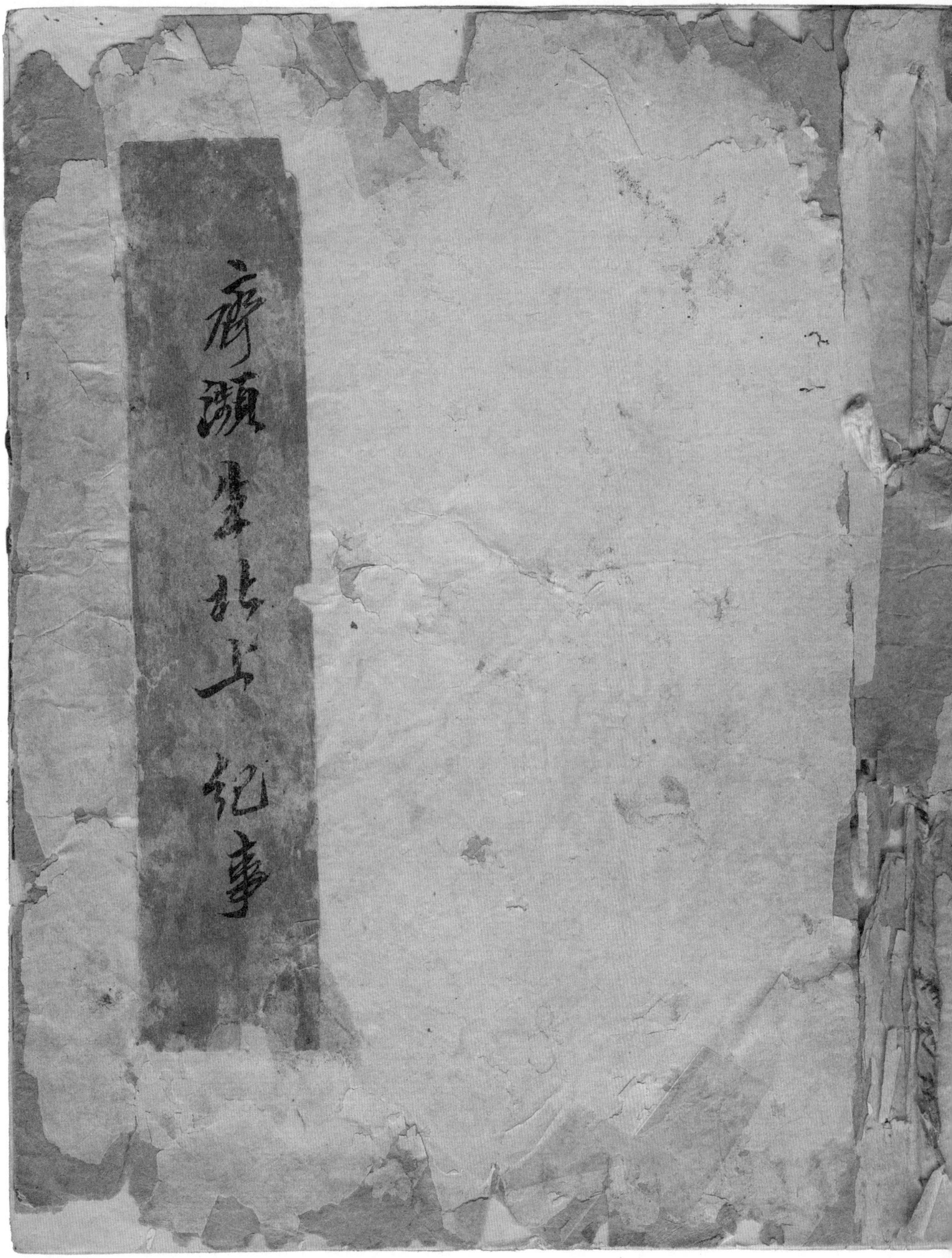
齊灝星北上紀事

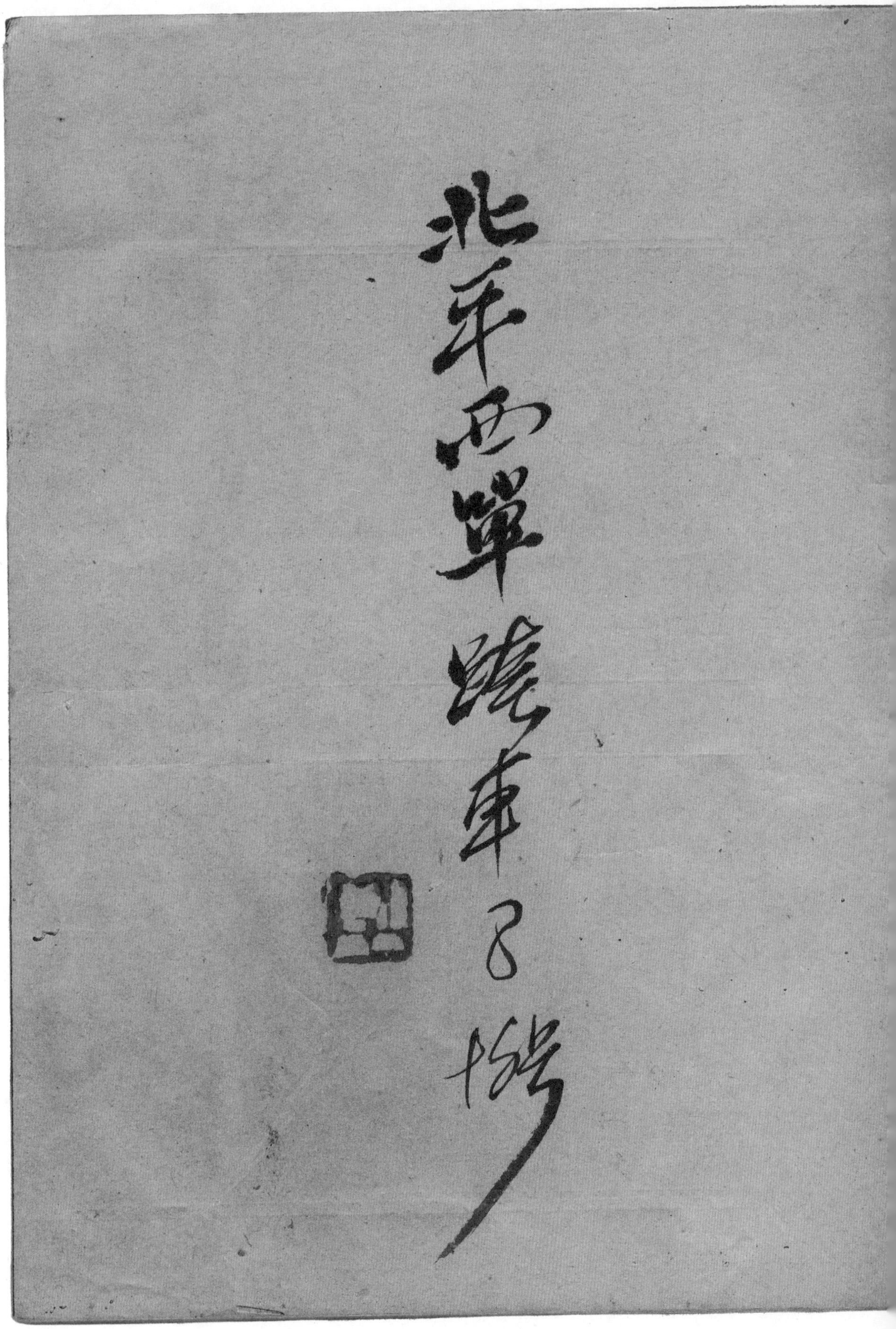
北平西單

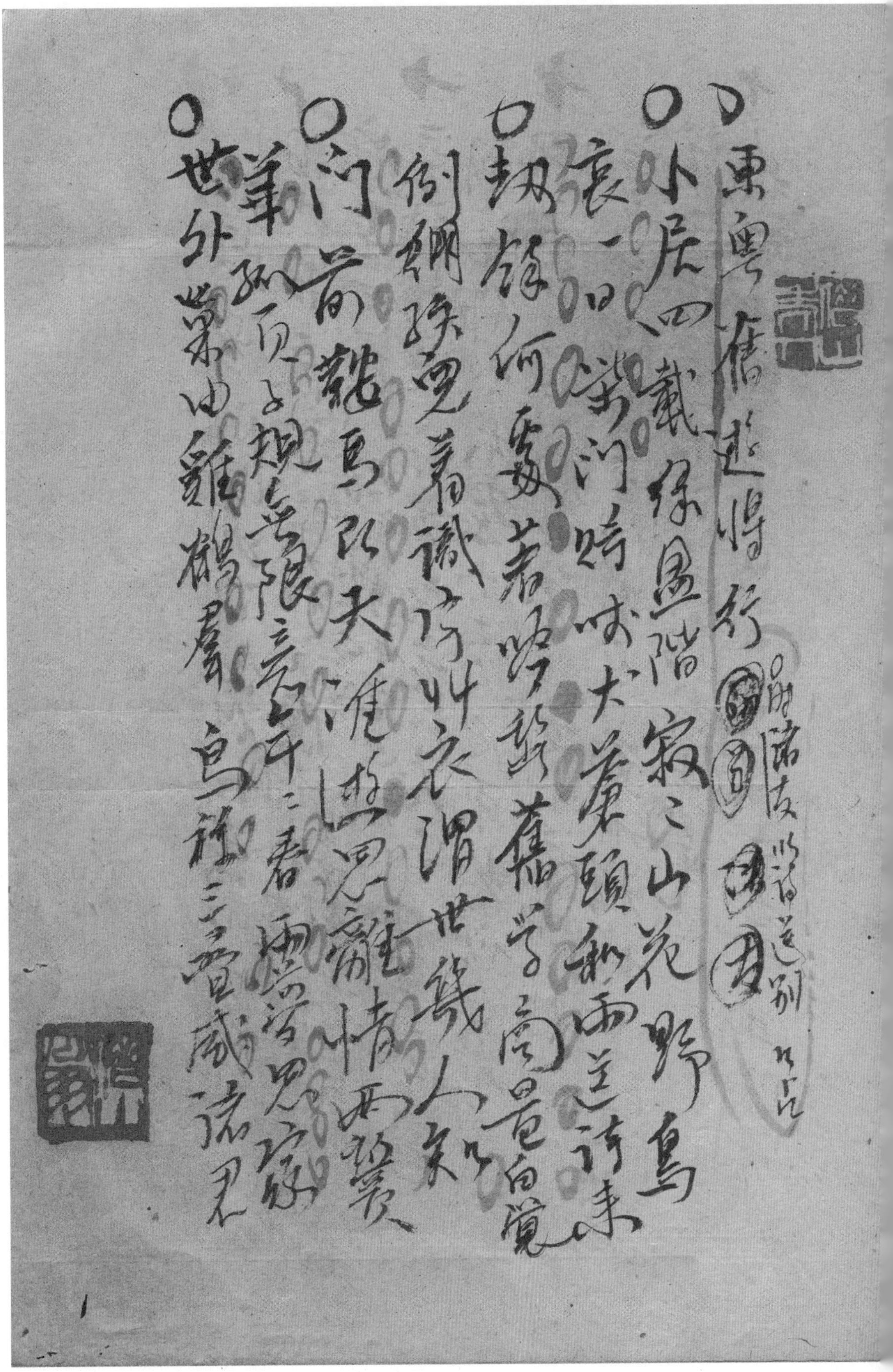

東粵舊遊將行，時諸友以詩送別，口占：

「卜居四載綠盈階，寂寂山花野鳥哀。一日柴門時吠犬，蒼頭和雨送詩來。

劫餘何處著吟髭，舊學商量自覺□。倒繃孩兒羞識字，草衣渭世幾人知？

門前鞍馬即天涯，遊思離情兩鬢華。孤負子規無限意，年年春雨夢思家。

世外巢由雞鶴群，烏絲三疊感諸君。」

編注：齊白石手稿字跡不甚工整，加上塗改，不少字無法辨識，皆以「□」標示。「舊學商量自覺」句漏一字，以「□」標示。「渭世」疑為「濁世」之誤寫。

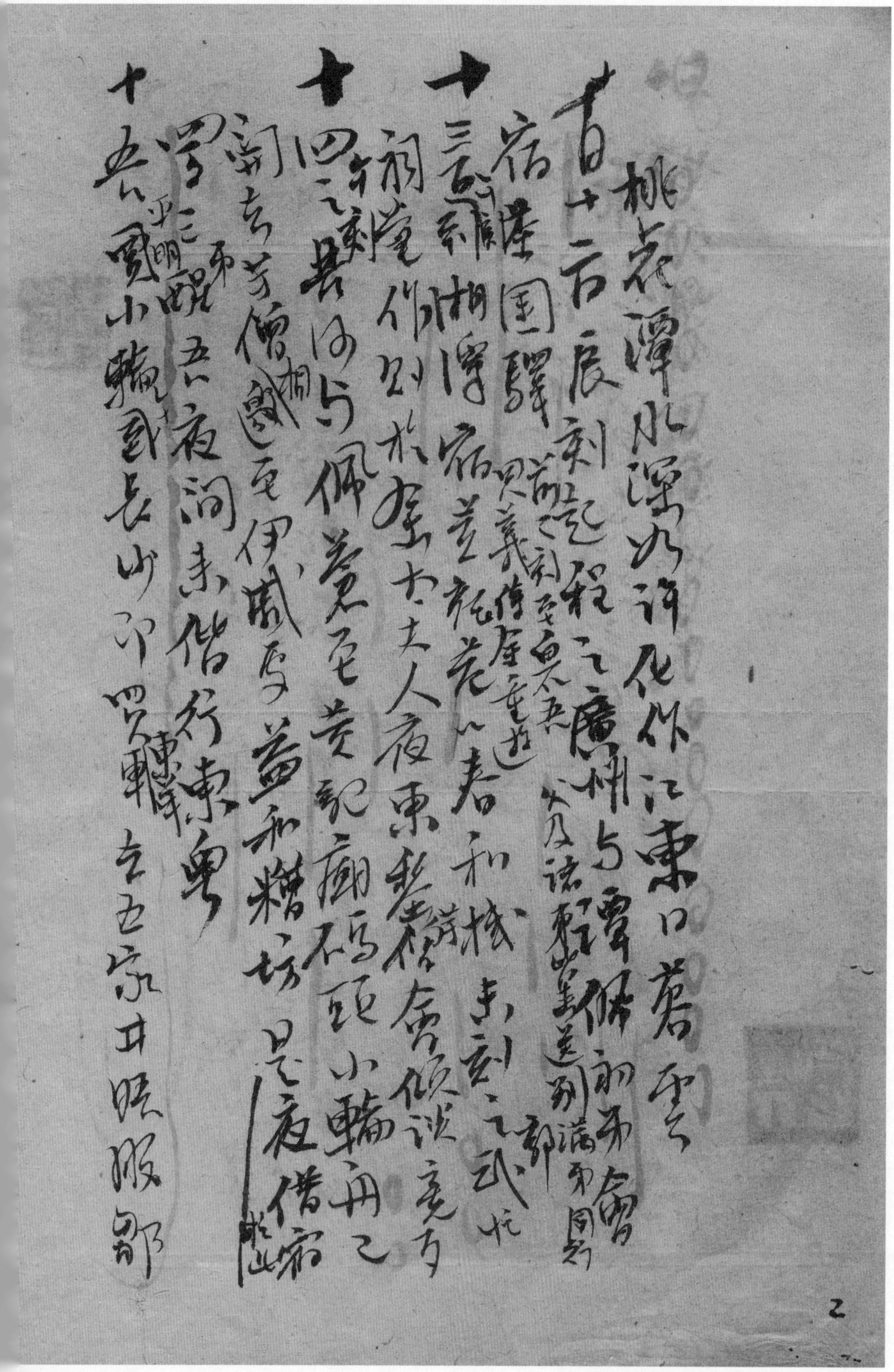

桃花潭水深如許，化作江東日暮雲。」

二月十二日辰刻，起程之廣州，與譚佩初弟會宿茶園驛（前巳刻至白石，吾父及諸弟皆來送別。滿弟同行，思義侍余重遊）。

十三日午刻，到湘潭，宿黃龍巷口春和棧。未刻之郭武壯祠堂，作別於余太夫人。夜來黎芋僧會，傾談竟夕。

十四之午刻之長沙，與佩蒼至黃龍廟碼頭，小輪舟已開去。芋僧相邀至伊戚處益和糖坊，是夜借宿於此。羅三弟醒吾夜間來，偕行東粵。

十五日平明買小輪，午至長沙，即買東洋車去五家井，晤服鄒……

編注：此頁未完。

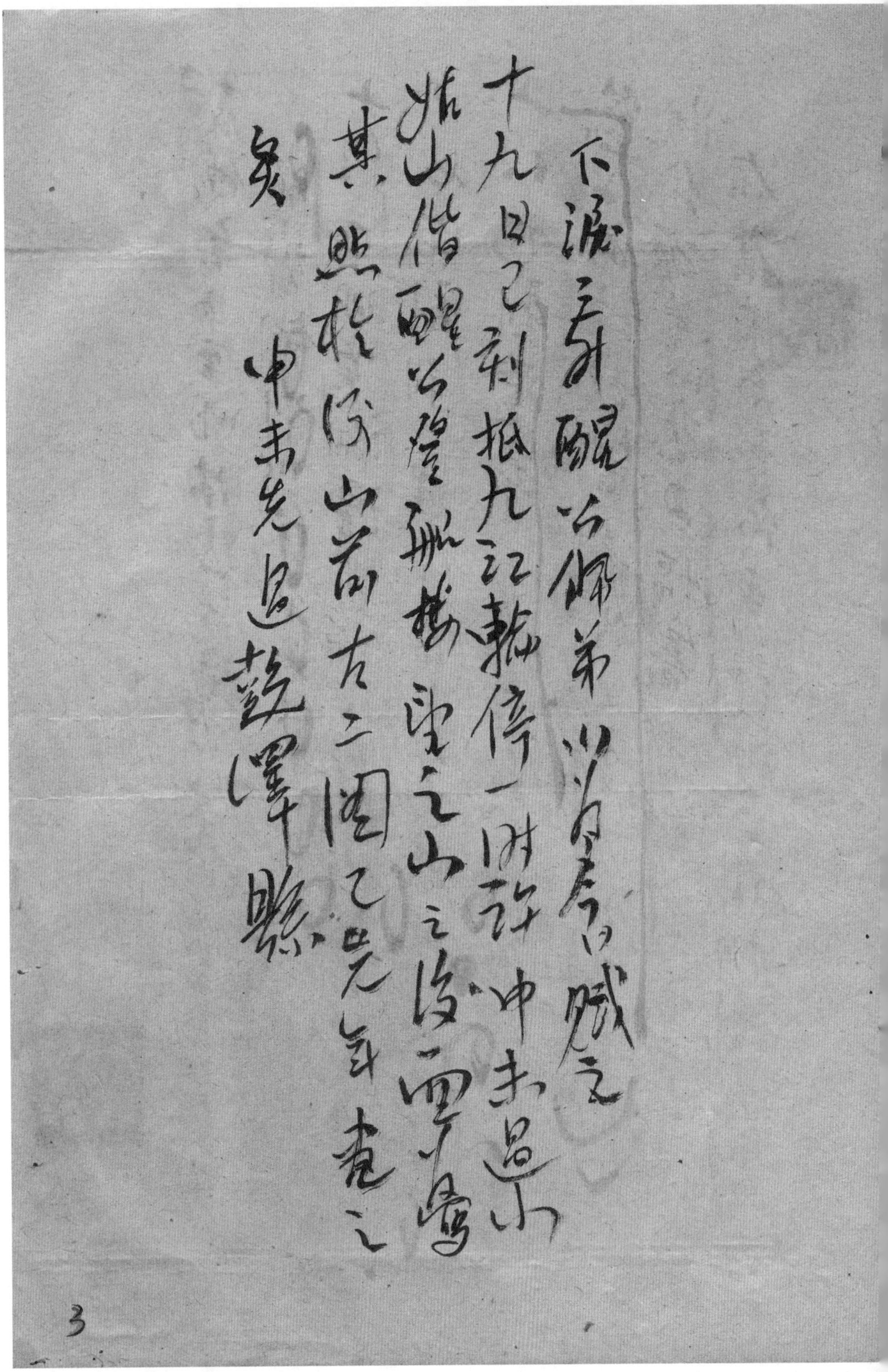
下淚三升醒公佩弟以為今日賦之
十九日巳刻抵九江輪停一時許申末過小
姑山偕醒公登船樓望之山之後面為寫
其照於後山前左二圖已先年畫之
矣
申末先過彭澤縣
3

……下淚三升。醒公、佩弟以為今日賦之。

十九日巳刻，抵九江，輪停一時許。申末過小姑山，偕醒公登船樓，望之山之後面，為寫其照於後山。前左二圖已先年畫之矣。

申末先過彭澤縣。

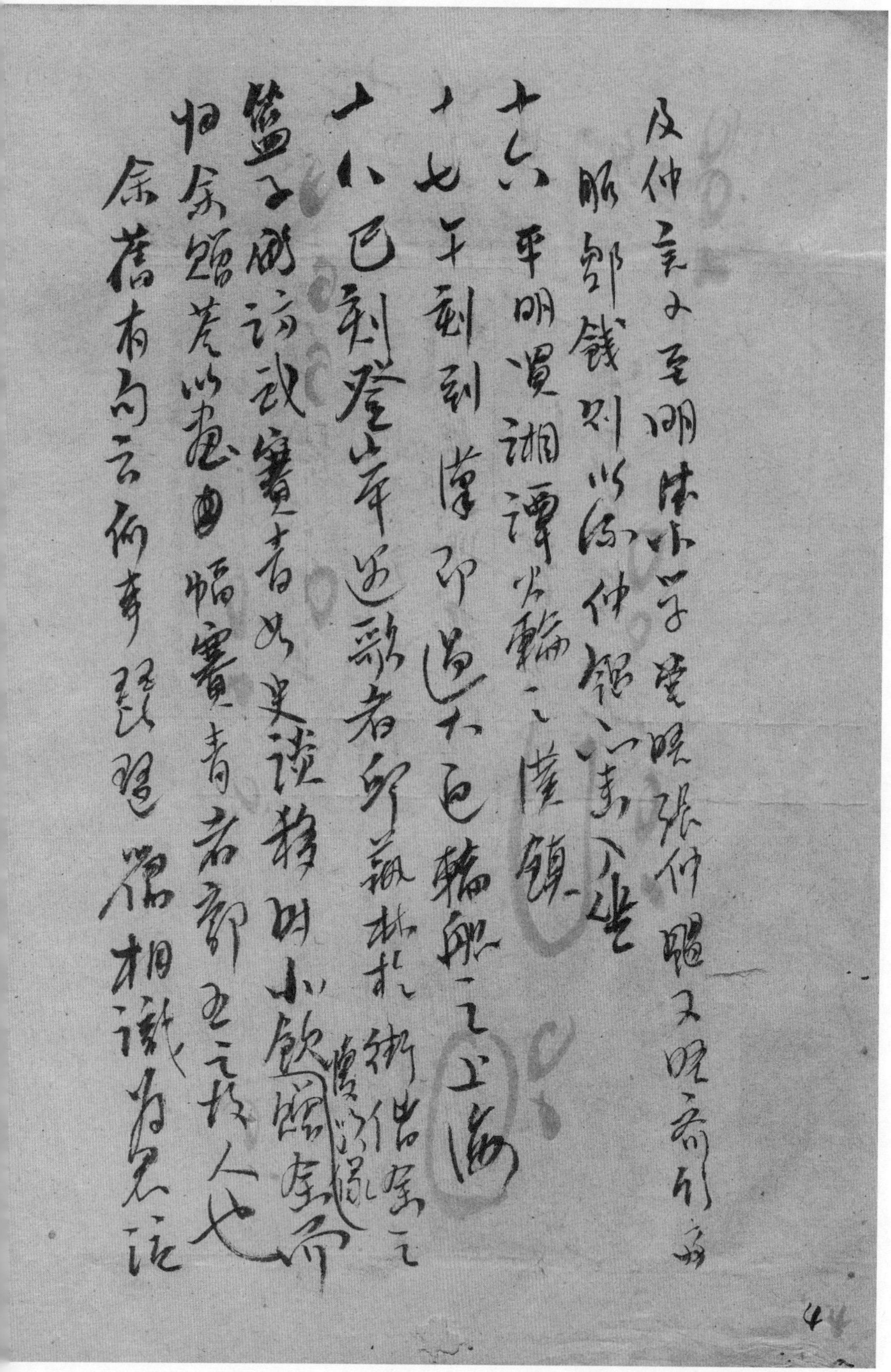

及仲言，又至明德小學堂晤張仲颺，又晤齊竹齋。

服鄒餞別以酒，仲颺亦來入坐。

十六，平明買湘潭火輪之漢鎮。

十七，午刻到漢，即過大通輪船之上海。

十八，巳刻登岸，遇歌者邱藝林於街，偕余之籃子街訪武賽青女史。談移時，小飲復以小像贈余而歸，余贈答以畫幅。賽青者，郭五之故人也。余舊有句云：何事琵琶舊相識，為君泣

編注：「及仲言」上應接第二頁「晤服鄒」句。「為君泣」接第三頁「下淚三升」句。

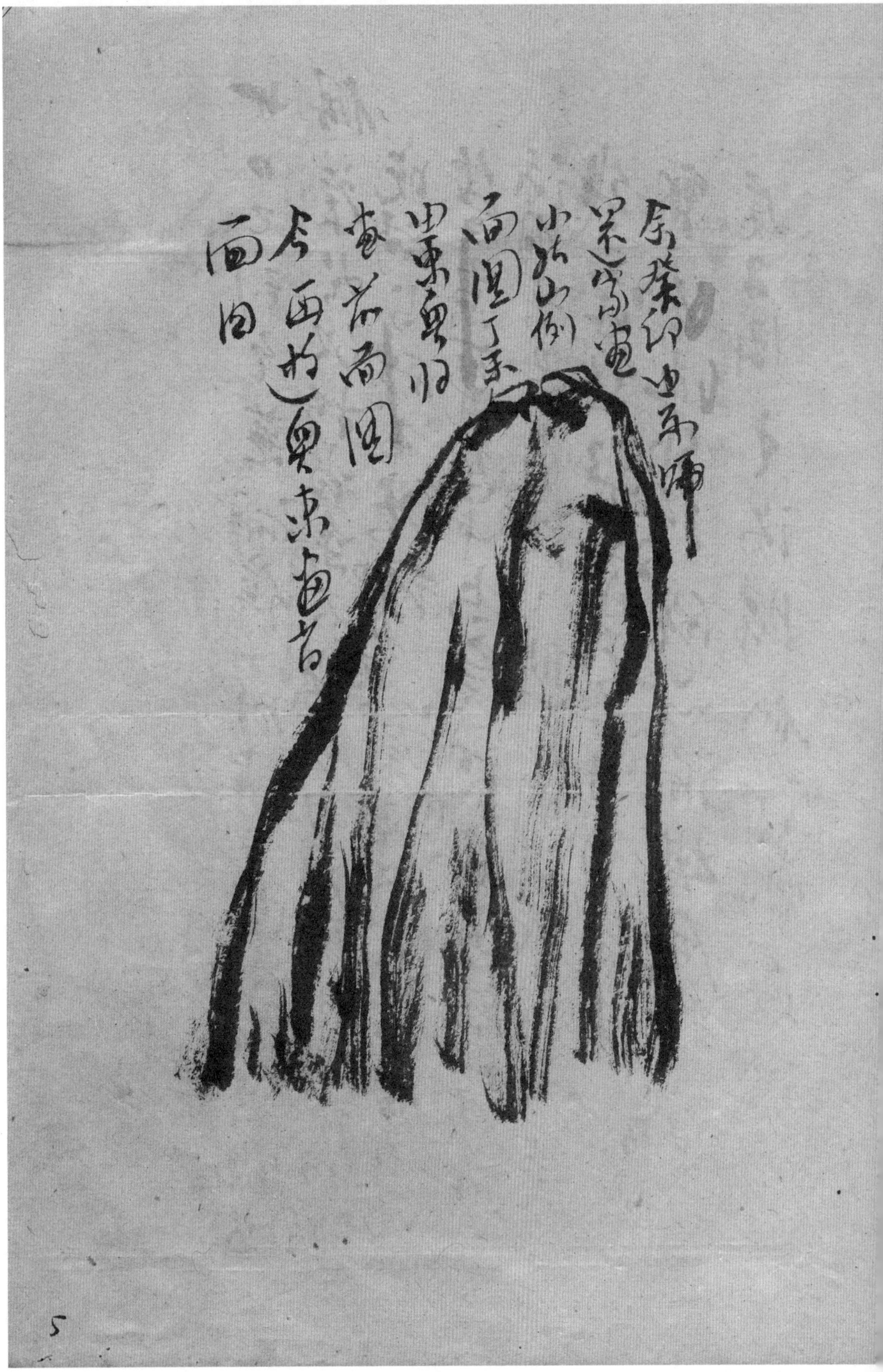

余癸卯由京師還家，畫小姑山側面圖。丁未由東粵歸，畫前面圖。今再遊粵東，畫此背面圖。

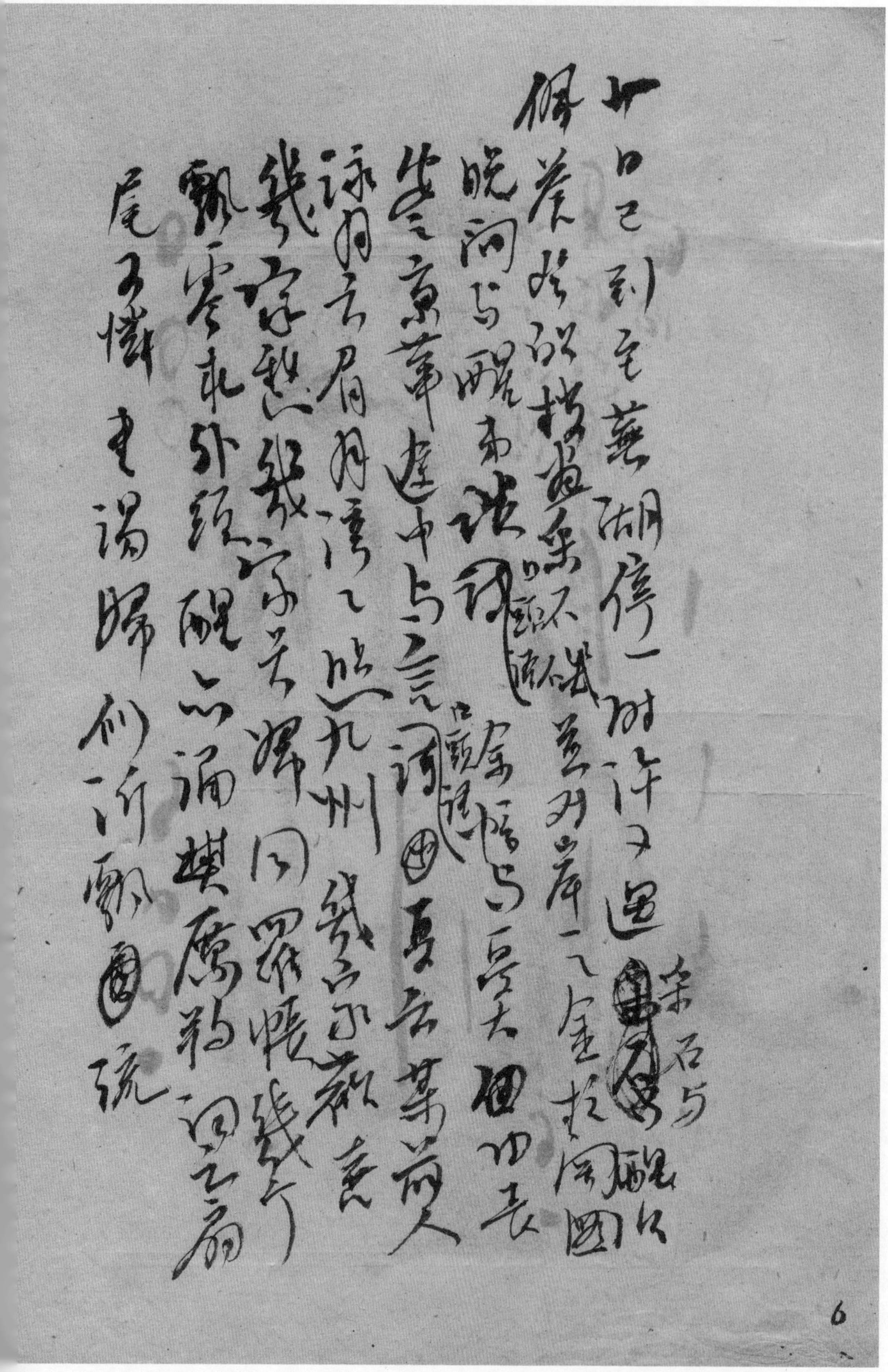

廿日巳刻，至蕪湖，停一時許。又過採石，與醒公、佩蒼登船樓，畫採石磯并對岸之金柱關圖。晚間與醒弟談口頭語詩。余憶與夏太□由長安之京華，途中與言口頭語詩。夏云：某前人咏月云：「眉月灣灣照九州，幾家歡喜幾家愁。幾家夫婦同羅帳，幾個飄零在外頭。」醒亦誦樊厲鶚詞云：「扇尾可憐書湯婦，似訴飄流。」

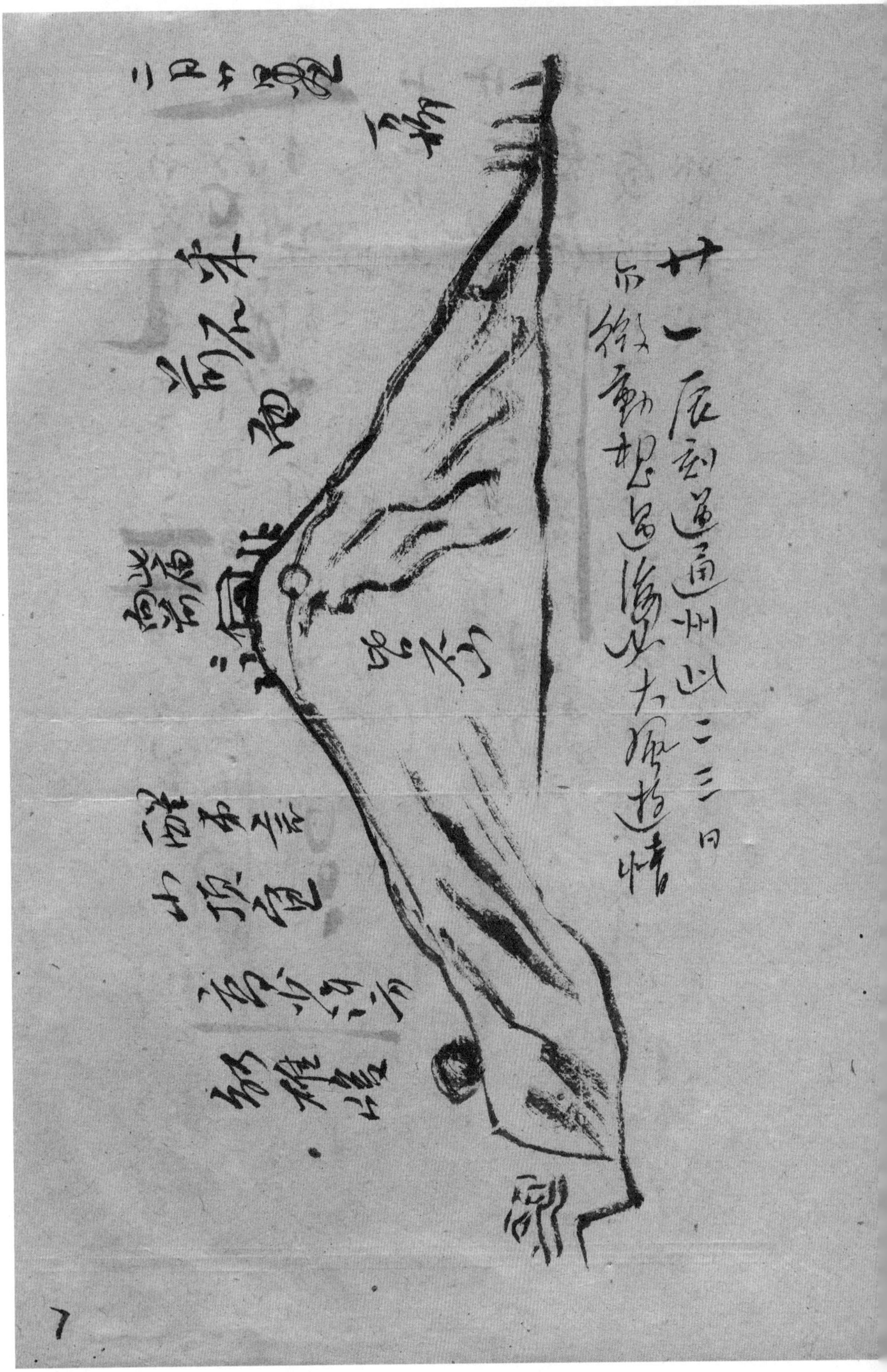

二月廿日晝。萬柳。採石前面。此廟向前。皆石山。醒弟言山頂宜高少許方能雄峻。廿一辰刻過通州。此二三日以來，北風吹浪，船亦微動，想過海必大風。遊情

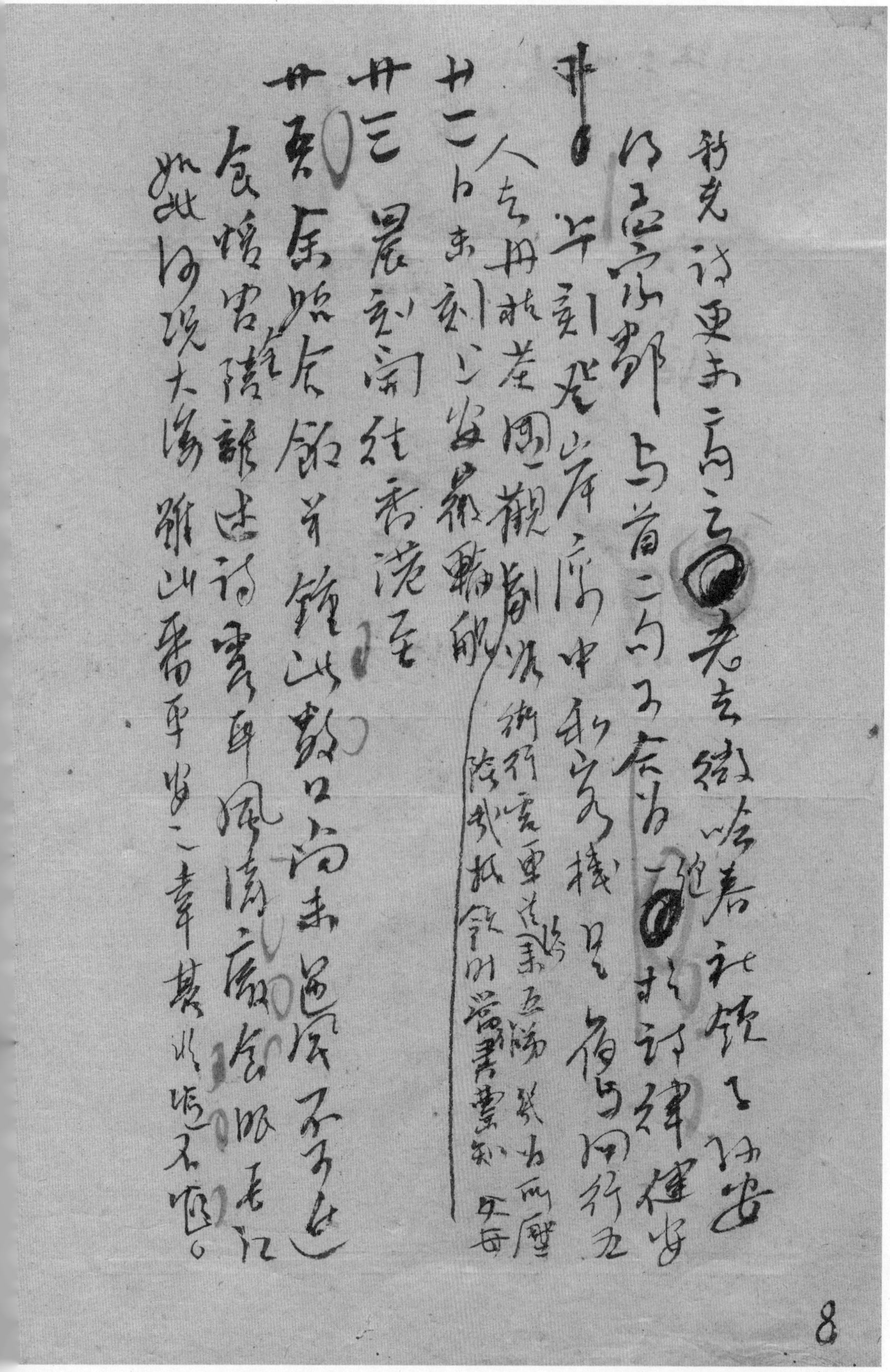

……秋老詩更末二句云：「老夫微吟春社飲，子孫安得孟家鄰？」與首二句可合為一絕，於詩律健安。

午刻登岸，寓中和客棧。是夜與同行五人，去丹桂茶園觀劇。路街行電車從後來，五弟幾為所壓，險哉！抵欽時當作書稟知父母。

廿二日，未刻上安徽輪船。

廿三，晨刻開往香港。至廿五日，余始食飯半鍾。此數日尚未遇風，不可進食。蝯叟《金陵雜述》詩：「震耳風濤廢食眠。」長江如此，何況大海。雖此番平安之幸，其欲嘔不嘔

編注：第八頁下接第十頁。

昏。

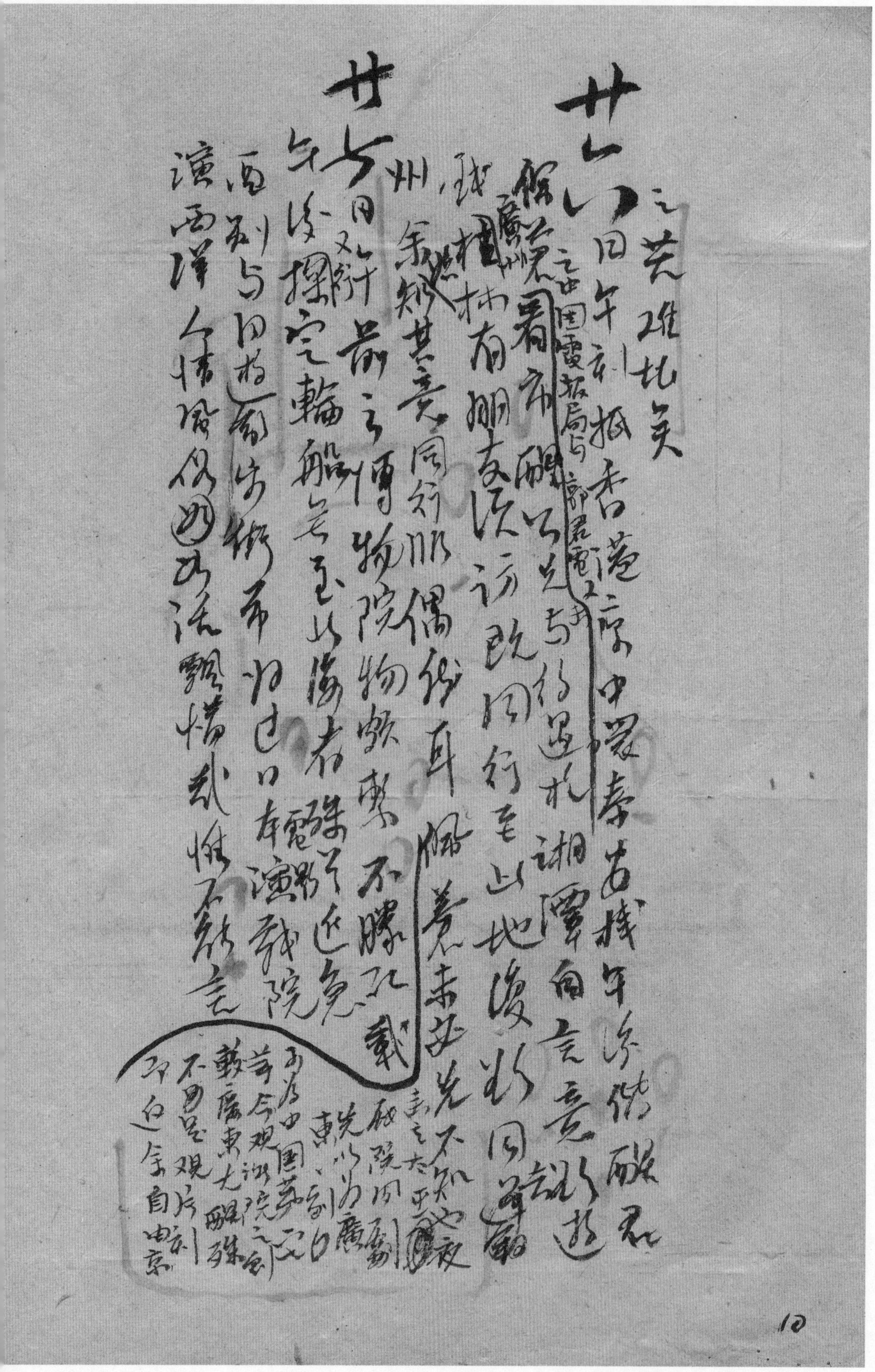

之苦難堪矣。

廿六日，午刻抵香港，寓中環泰安棧。午後，偕醒吾、佩蒼之中國電報局，與郭君電。又看市。醒公先未與約，遇於湘潭。自言意欲遊戲廣州、桂林，有朋友須訪。既同行至此地，復欲同去欽州，余始知其意，同行非偶然耳。佩蒼未必先不知也。夜來之太平戲院觀劇，先以為廣東之劇可為中國第六七等，今觀此院之劇，較廣東尤醜，殊不足觀，片刻即返。余自由京……

廿七日，午前之博物院。物頗繫，不勝記載。午後又行，探定輪船無至北海者，殊為焦急。酉刻，與同遊散步街市，歸過日本電影演戲院，演西洋人情風俗如活飄，惜哉惟不能言。

又

同

廿八与同遊看街後山之原石，余未及山半，水俟西上。
未刻归。

廿九与同遊少遊，得見白熊一、豹一、小猩二。

卅日，購長夾衫一，殊中著，喜甚。知此地與故鄉大異，是時無著棉衣者。菜廠見有王瓜、紫茄、辣椒、扁豆等。菓子類尚有橘在樹間。余与同遊欲購新辣椒為渡海菜，問其價，每斤錢四百文。

又二日辰刻之仔地洋行，買海南輪船票去北海是……

11

廿八，與同遊看街後山之泉石，余未及山半，欲俟西上。未刻歸。

廿九日，與同游少遊，得見白熊一、豹一、小猩猩二。

卅日，購長夾衫一，殊中著，喜甚。知此地與故鄉大異，是時無著棉衣者。菜廠見有王瓜、紫茄、辣椒、扁豆等。菓子類尚有橘在樹間。余與同遊欲購新辣椒為渡海菜，問其價，每斤錢四百文。

又月二日，辰刻之仔地洋行，買海南輪船票去北海。是……

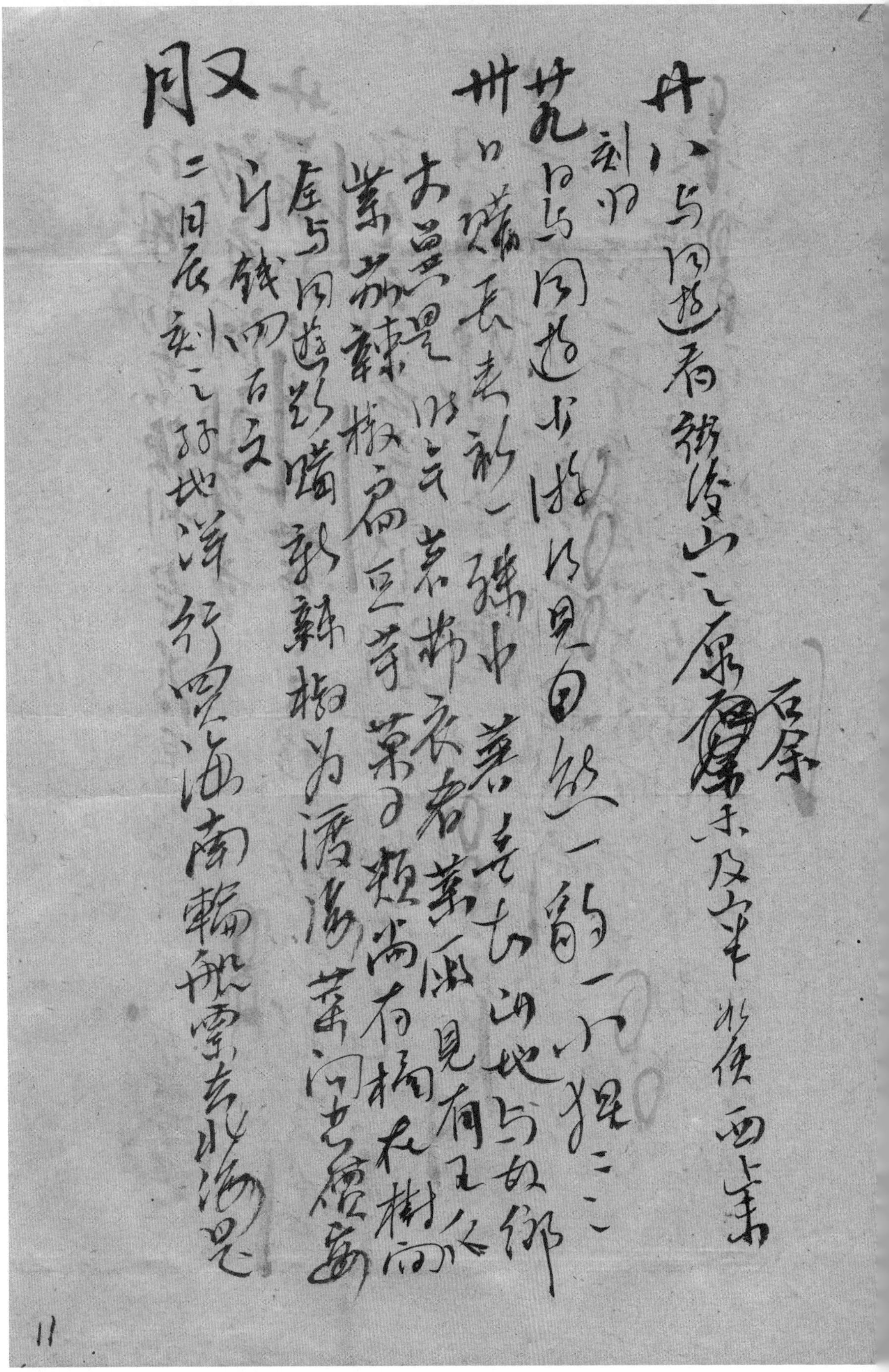

編注：此頁未完。

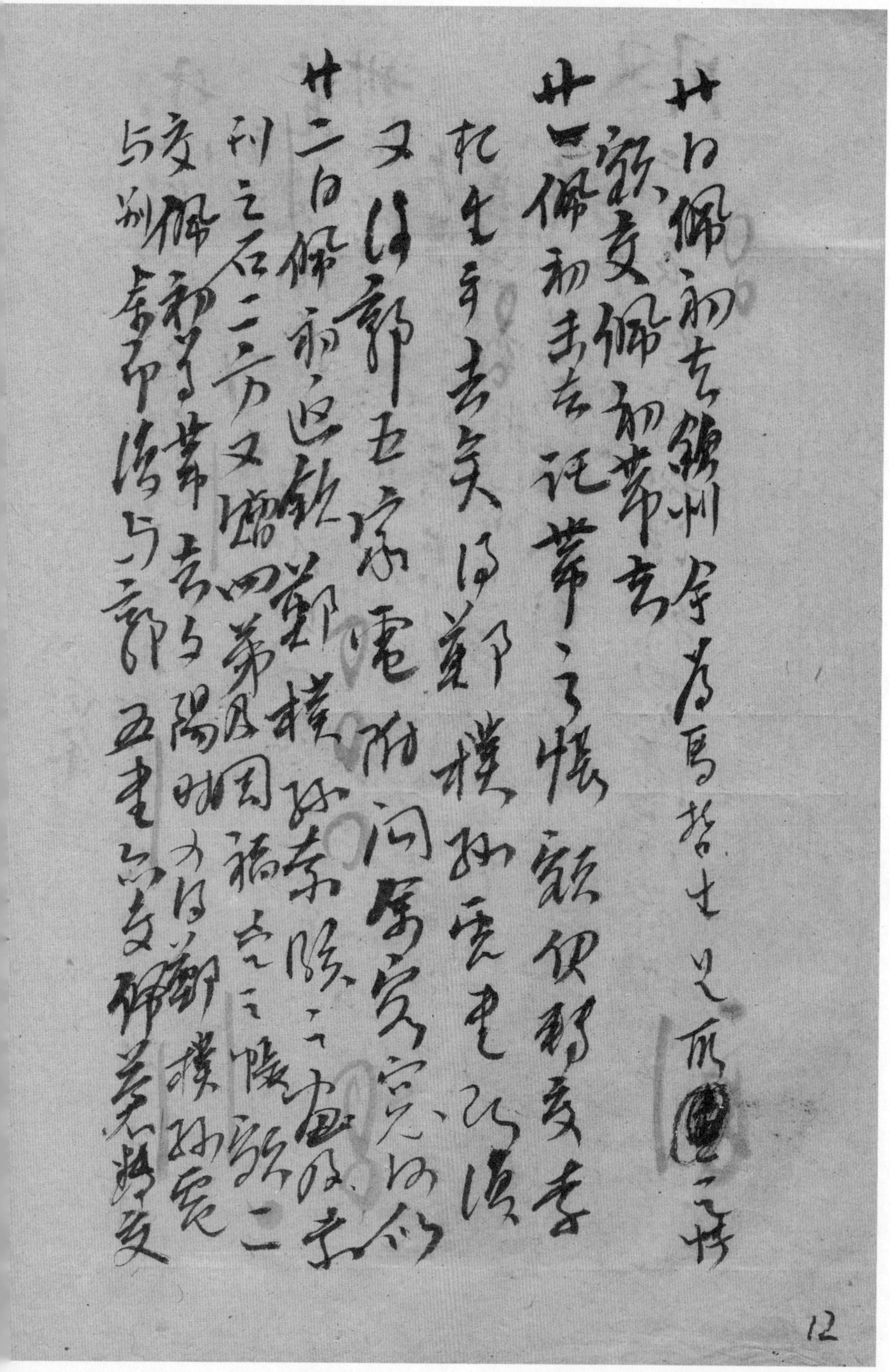

廿日，佩初去欽州，余為馬哲生兄所畫之帳額，交佩初帶去。

廿一，佩初未去。托帶之帳額，伊轉交李杞生手去矣。得鄭樸孫電書即復。又得郭五家電，附問余客窗何似。

廿二日，佩初返欽。鄭樸孫索臨之畫及索刊之石二方。又贈四弟及周福堂之帳額，一一交佩初為帶去。夕陽時又得鄭樸孫電與別，余即復。與郭五書亦交佩蒼轉交。

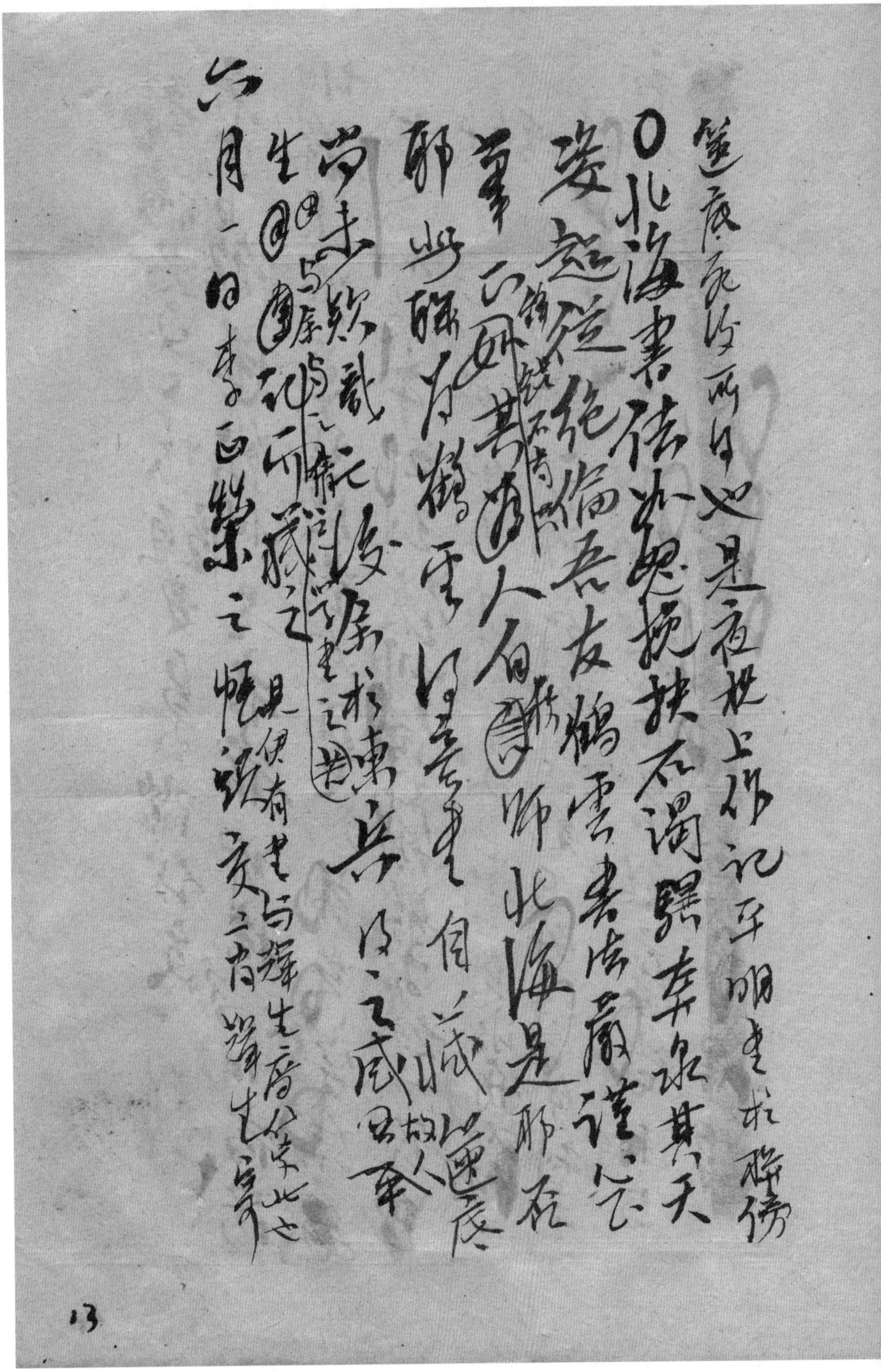

……篋底，死後所得也。是夜枕上作記，平明書於聯傍：

「北海書法如怒猊抉石，渴驥奔泉，其天姿超從絕倫。吾友鶴雲書法嚴謹，心正筆正，鋒鋩不苟，亦如其人。自稱師北海，是耶？否耶？此聯為鶴雲得意書，自藏篋底，尚未款識。亡後余於東兵得之，感故人平生與余與之情意，學書之苦，記而藏之。

六月一日，李正榮之帳額（見伊有書與輝生屬代索此也）交齊輝生寄

編注：「東兵得之」應為「東興得之」。

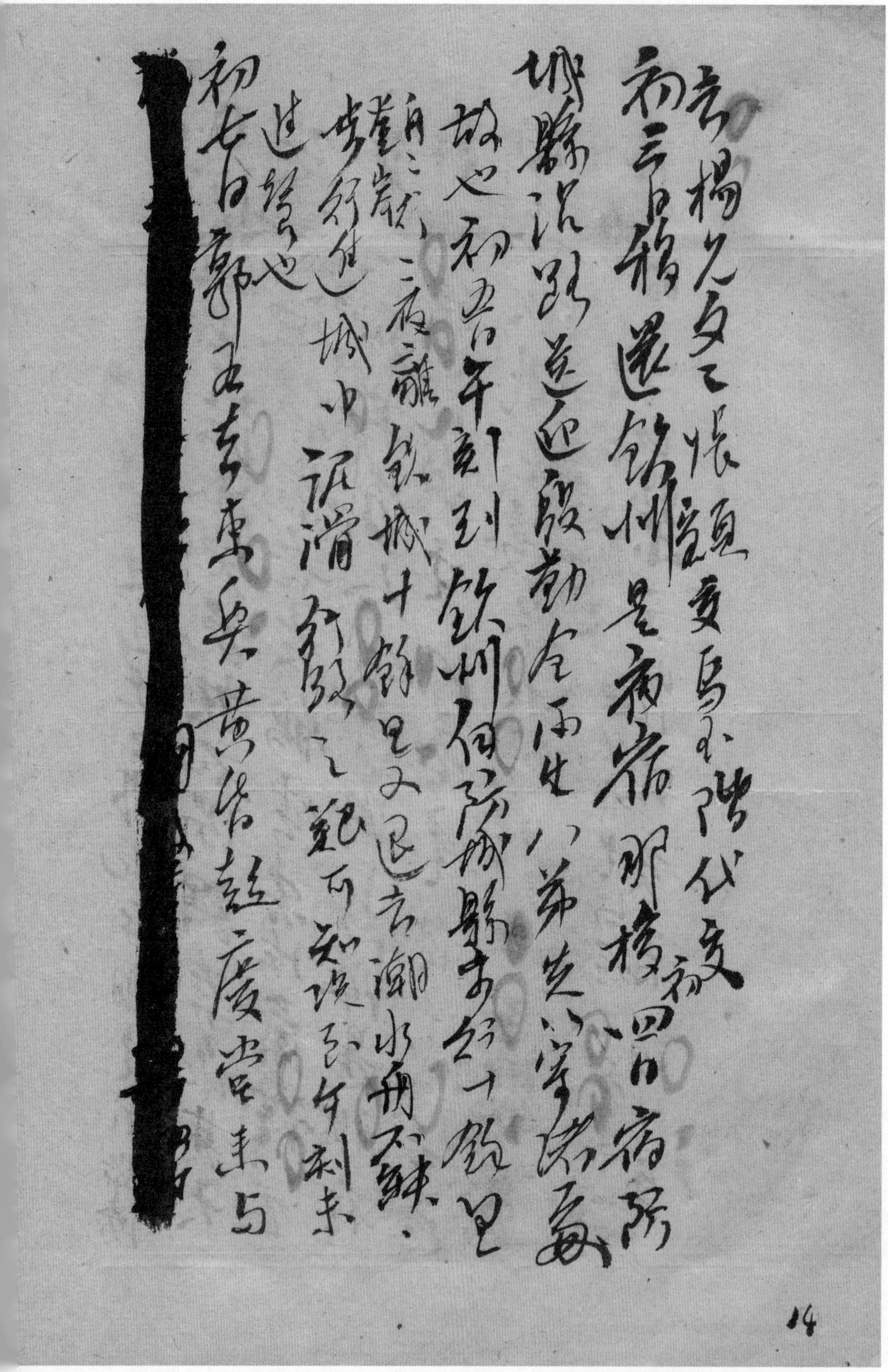

去，楊允文之帳額交馬玉階代交。

初三日，移還欽州。是夜宿那棱。初四日，宿防城縣。沿路送迎殷勤，全丙生八弟先以書寄諸處故也。初五日午刻，到欽州。自防城縣步行十餘里。舟行一夜離欽城十餘里。又退去潮水，舟不能進，登岸步行進城。雨中泥滑，行路之艱可知，況至午刻未進餐也。

初七日，郭五去東興。黃昏，彭慶堂來，與……

編注：此頁未完。

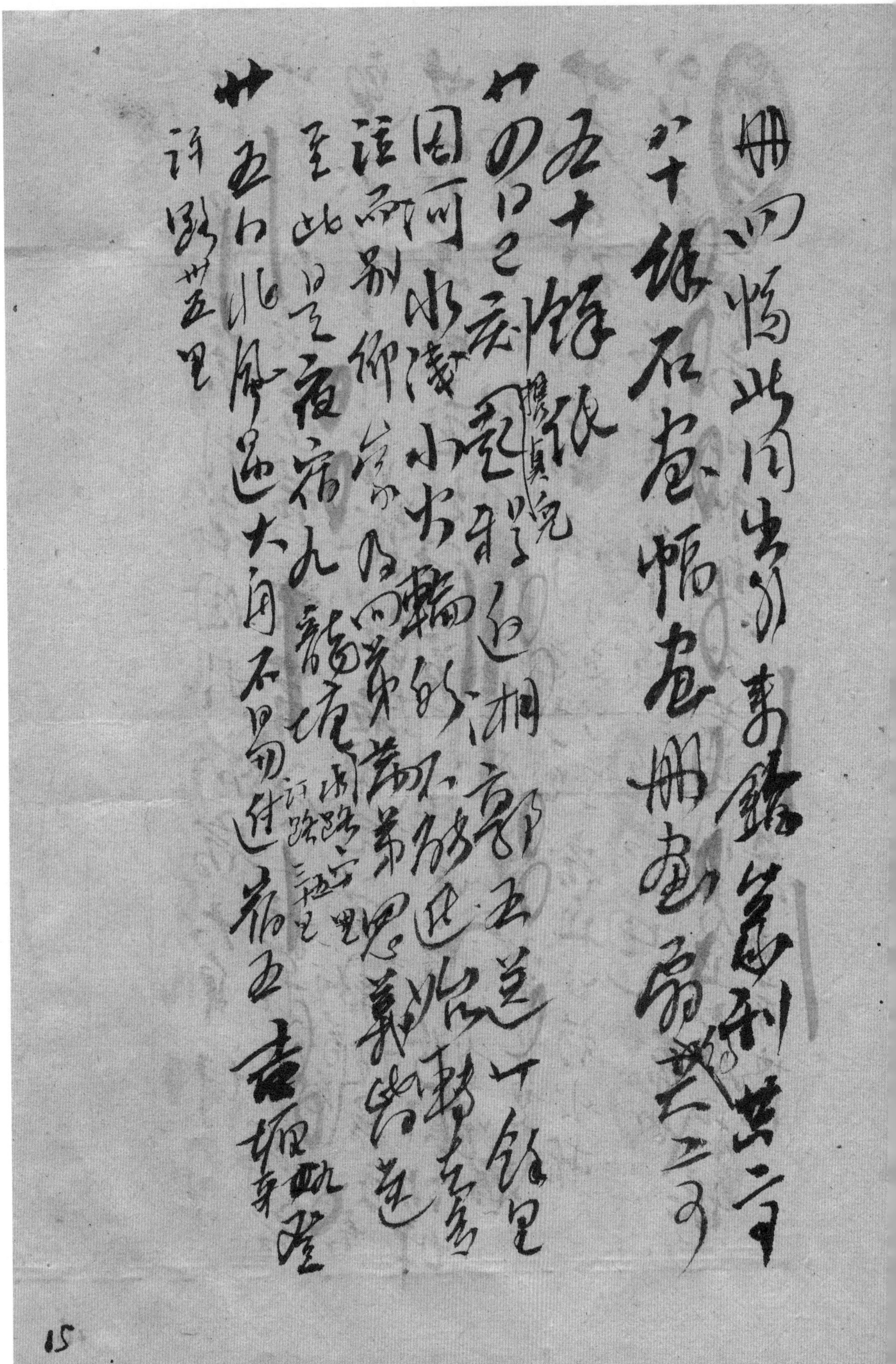

……卌四幅。此回出行來欽，篆刊共二百八十餘石。畫幅、畫冊、畫扇約共二百五十餘紙。

廿四日，已刻，攜貞兒起程返湘。郭五送廿餘里，因河水淺，小火輪船不能進，始轉去，各泣而別。佩蒼及四弟、滿弟、思義皆送至此。是夜宿九龍塘（水路六十里，汗路三五十里）。

廿五日，北風過，大舟不易進，宿五吉塘（九口，汗路卅五里）。

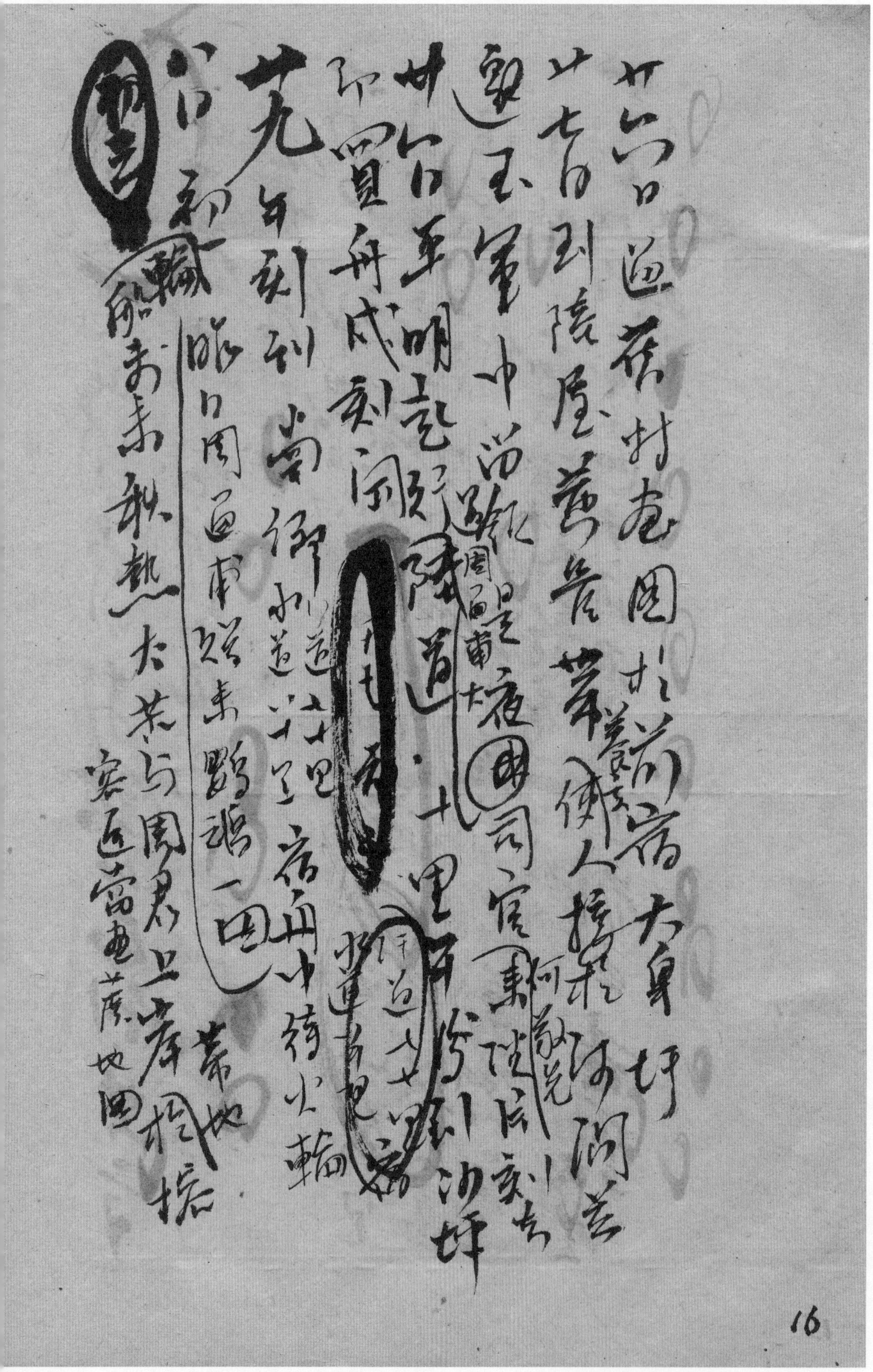

廿六日，過舊村，畫圖於前。宿大阜圩。

廿七日，到陸屋。黃管帶養□使人接於河間，并邀至軍中留飲。是夜，司官何敬先來，談片刻去。

廿八日，平明起行，遇周□甫大。陸道八十里。午後到沙坪即買舟，戌刻開（以下刪去）。

廿九，午刻到南鄉（汗道七十里，水道八十里）。宿舟中待火輪。

八月初一，昨日周通甫贈來鷓鴣一。因輪船未來，秋熱太苦，與周君上岸，蓆地於榕

陰下（容遲當畫《蓆地圖》）。自早至昏。或云無輪船至，始更舟去貴縣（水路三十里）。行至

初三日，始到貴縣，此處又無輪船，有一船過載，滿不容插針，獨庀人□合。此人殊非善類，觀其止聞，聞其同行者所言，歹人無□也。

初四，候船。

初五，始搭電馬輪船。

初六日，午刻到梧州。宿泰安棧。

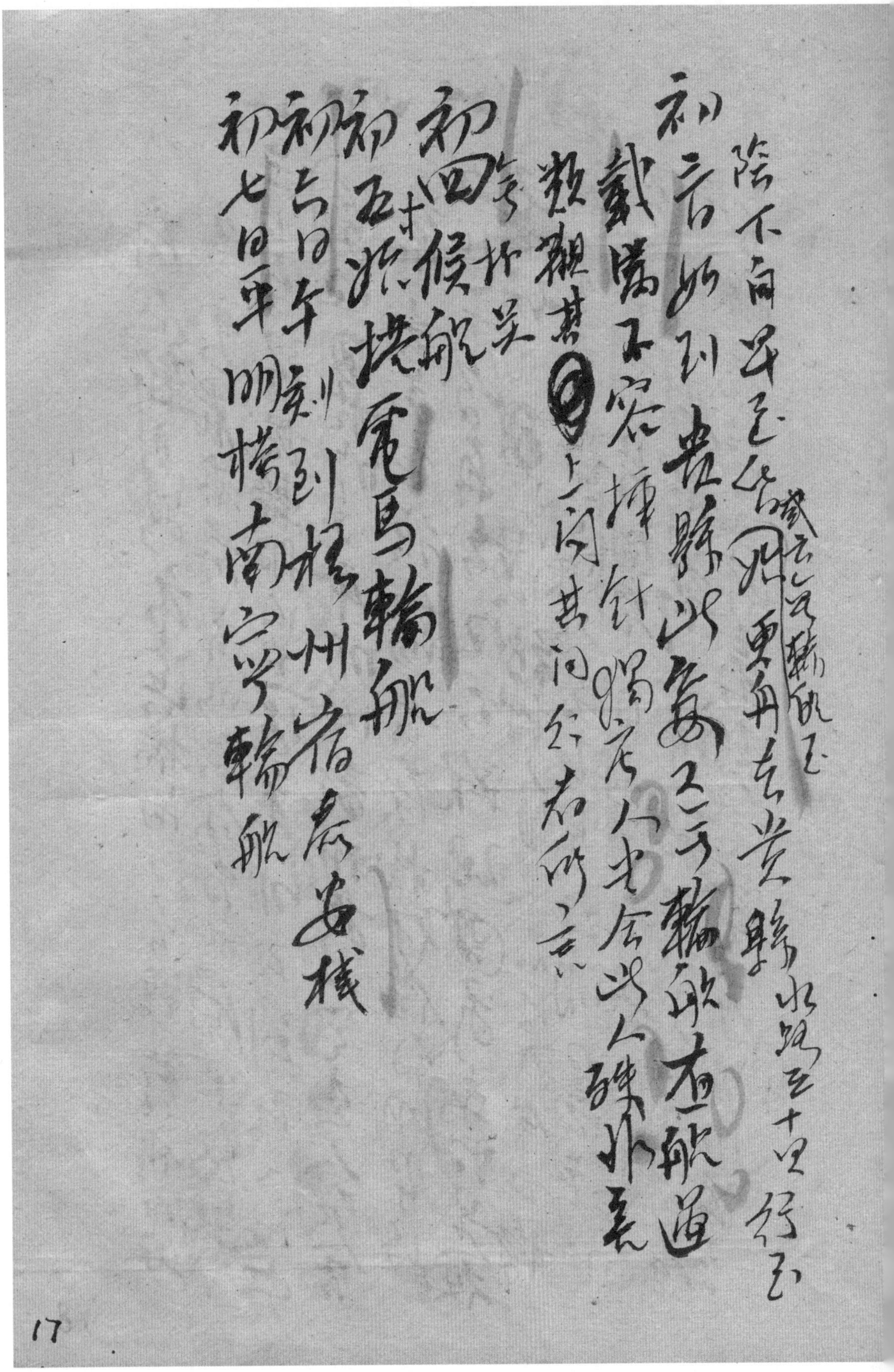

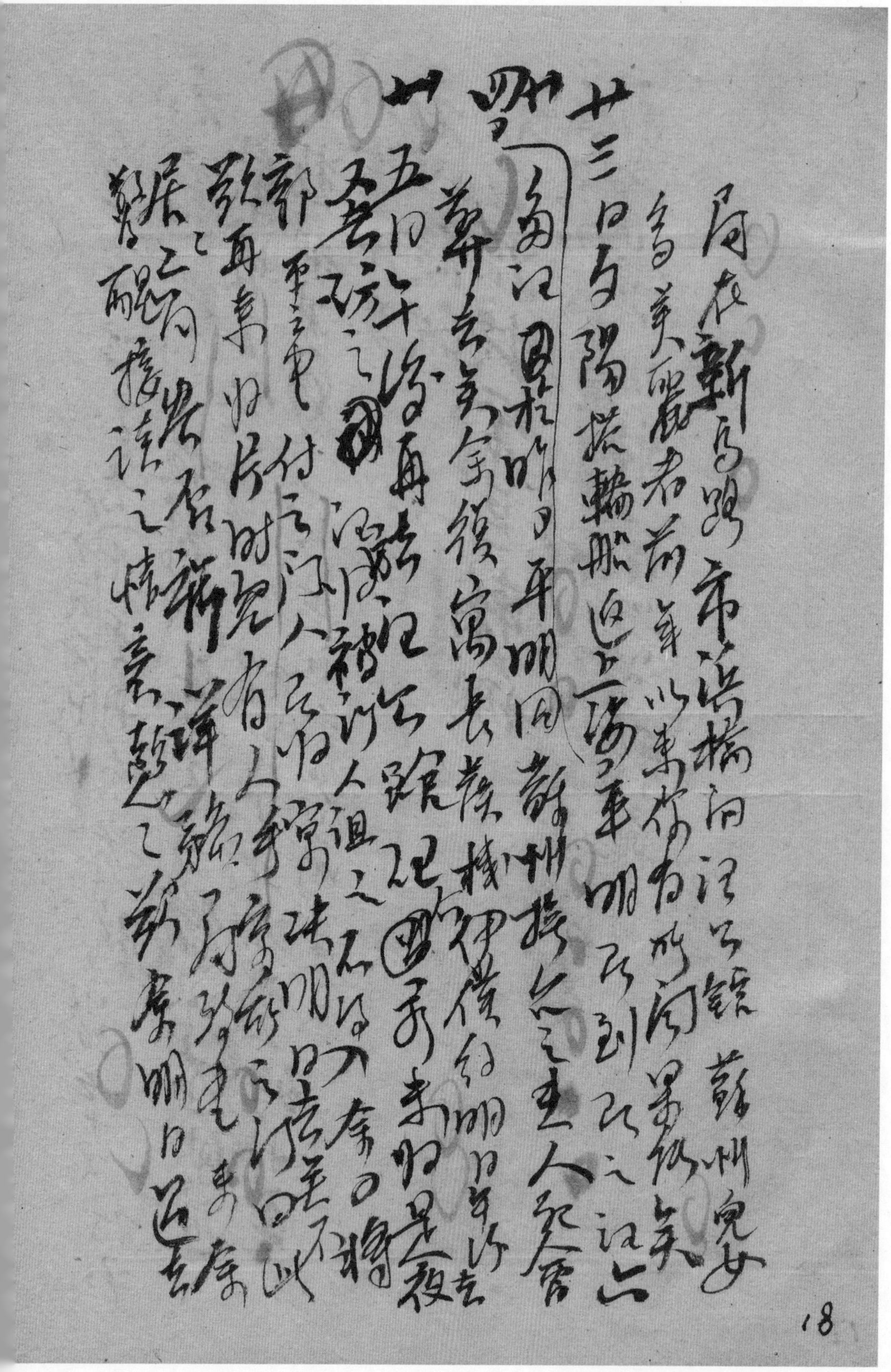

……局在新馬路市浜橋，問汪公館。蘇州兒女多美麗者，前年以來偶有所聞，果然矣！

廿三日，夕陽搭輪船返上海。

廿四日，平明即到，即之汪六處。汪於昨日平明因蘇州撫台之夫人死，會葬去矣。余復寓長發棧，伊僕約明日午後再去。

廿五日，午後再去汪公館。汪六□未歸。是夜又去訪之，汪方歸。被門人阻之，不得入。余將郭五之書付之門人即歸寓，決明日去矣，不欲再來。歸片時，忽有人呼寓所之門曰：此居居齊君否？新洋務局致書來。余驚醒，接讀之，情意懇懇，欲余明日過去

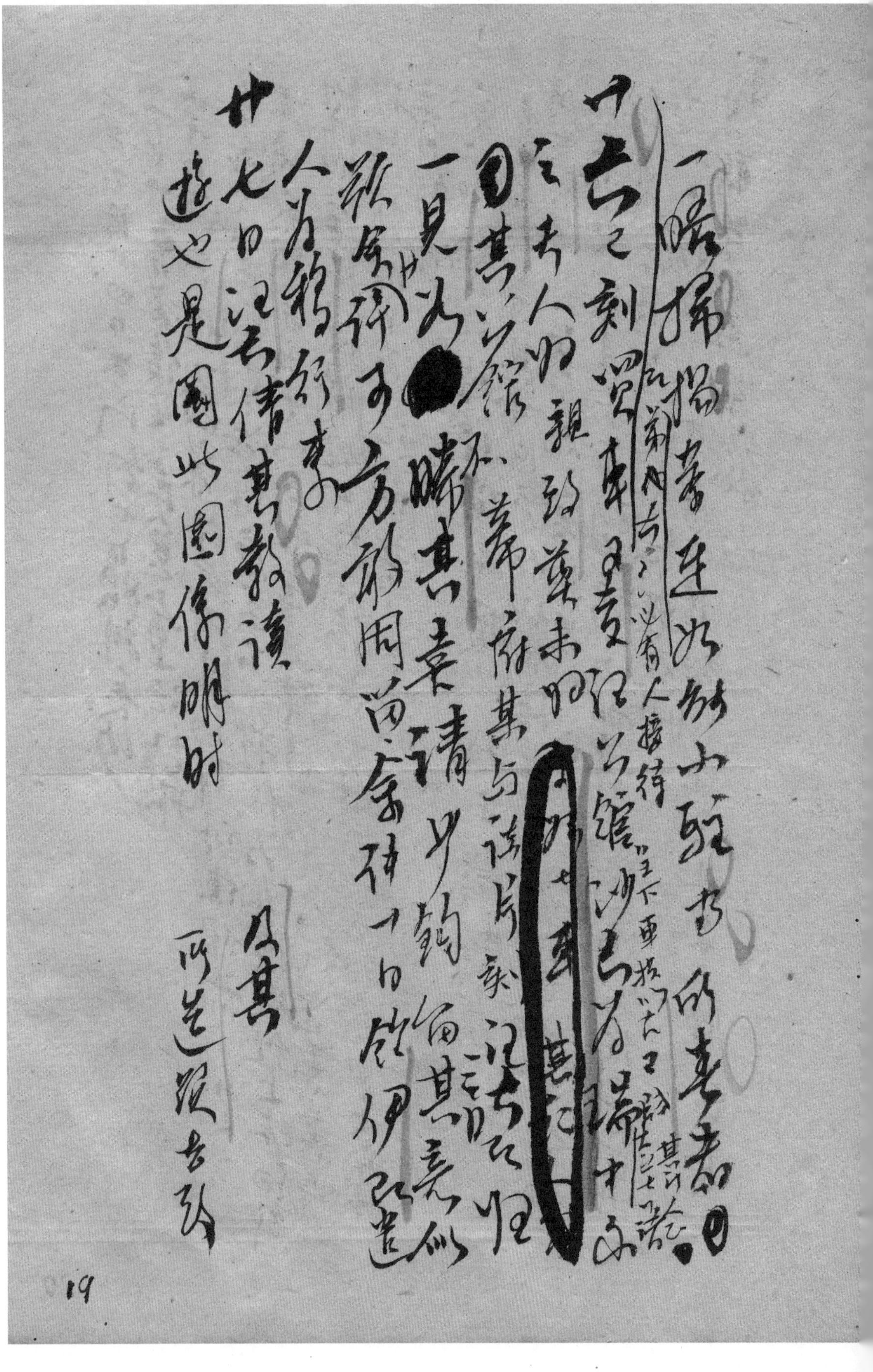

一晤，掃榻恭迓，如能小駐，乃所喜者。即弟他出，亦必有人接待。

廿六，巳刻，買車又至汪公館。余下車投以名片箋，其門人即大聲曰：「請！」汪六為瑞中丞之夫人歸親致奠未歸。因其公館幕府某與談片刻，汪六即歸。一見如故，不勝其喜，請少鉤留一二月，其意似欲余少許可方敢固留。余許十日飲，伊即遣人為移行李。

廿七日，汪六倩其教讀□及其□遊也是園。此園係明時□□所造，頗古致。

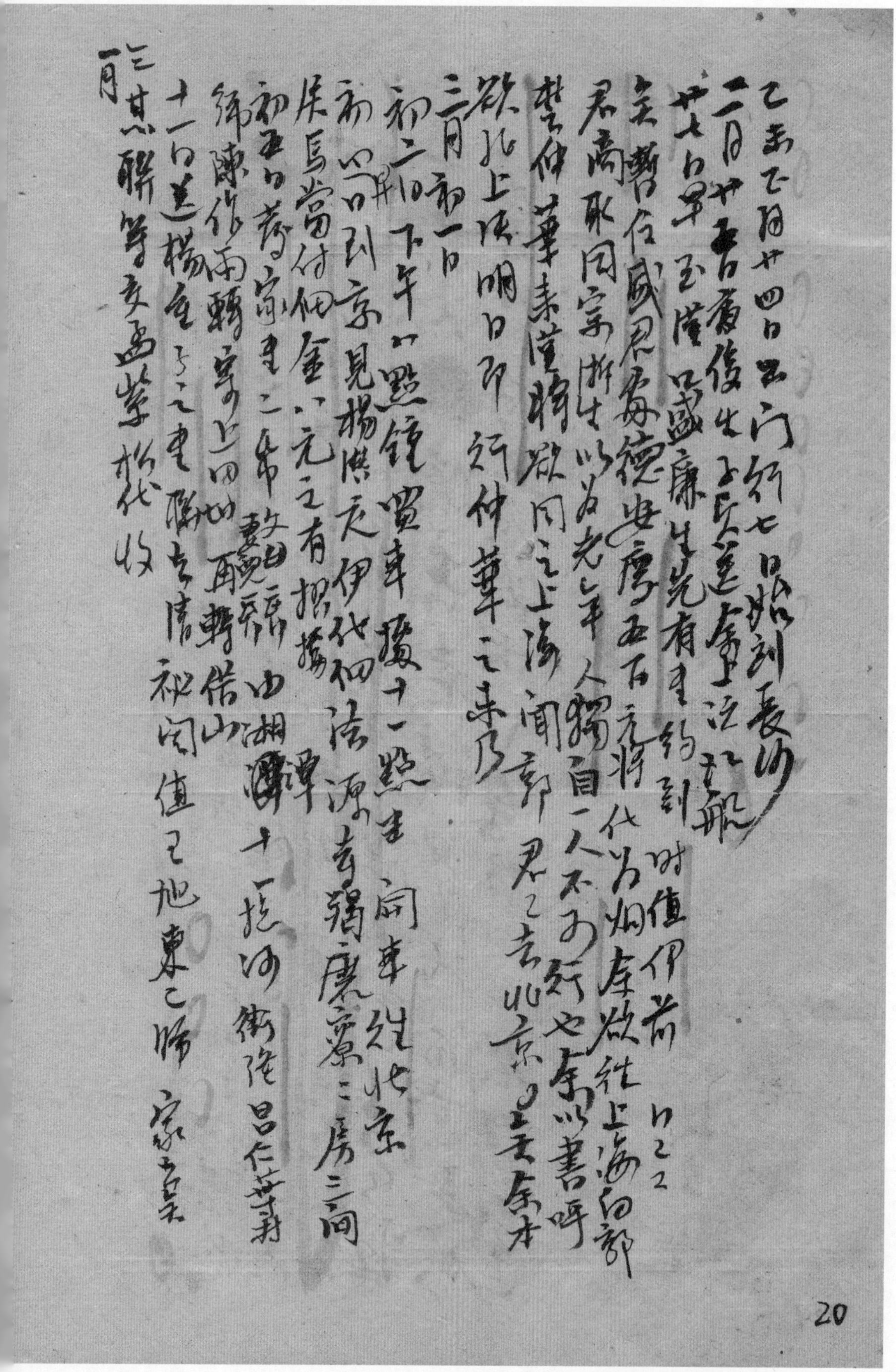

乙未正月廿四日出門，行七日始到長沙。

二月廿五日夜，俊生、子貞送余上沅江船。

廿七日，早至漢口。盛廉生先有書約，到時值伊前□□□矣，暫住盛君處。德安慶五百元將化為烟。余欲往上海，向郭君商取，同宗浙生以為老年人獨自一人不可行也。余以書呼楚仲華來漢，將欲同之上海，聞郭君已去北京矣。余本欲北上，決明日即行。仲華之來乃三月初一日。

初二日，下午八點鐘買車據。十一點半開車往北京。

初四日早到京。見楊潛庵，伊代佃法源寺羯磨寮寮房三間居焉，當付佃金八元之有摺據。
初五日，發家書二紙（父母一紙，妻兒一紙），由湘潭十一總河街隆昌仁藥材號陳作雨轉寄上田坤，再轉借山。
十一日，送楊重子之書聯去清秘閣，值王旭東已歸家去矣，其其聯等交孟紫松代收。

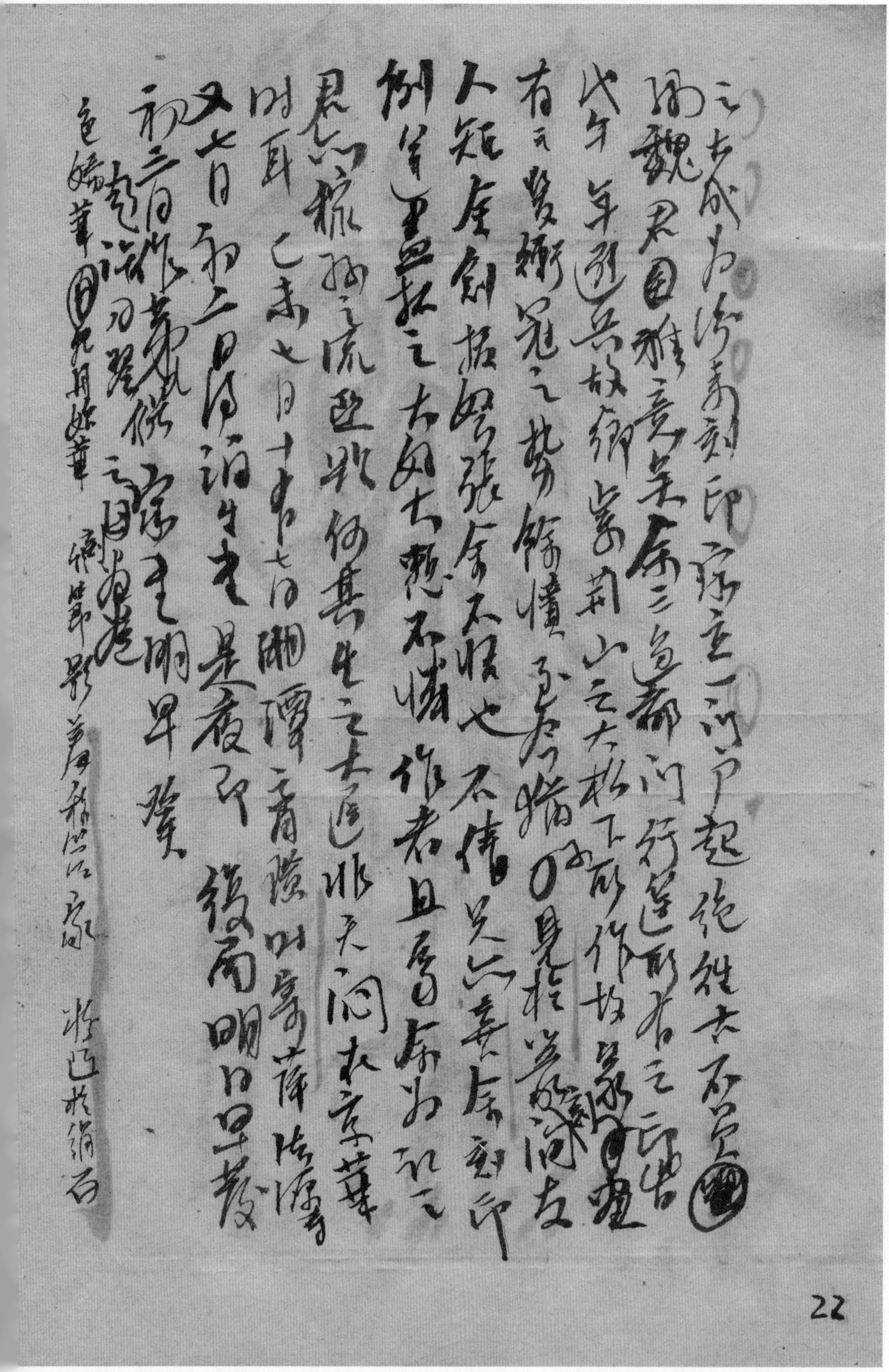

……之大成，為後來刻印家立一門戶，超絕往古，不負□魏君雅意矣。余三過都門，行篋所有之印皆戊午年避兵故鄉紫荊山之大松下所作，故篆畫有毛髮衝冠之勢，餘憤至今猶可見於篆刻間。友人短余劍拔弩張，余不怪也。石倩兄亦喜余刻印，倒篋盡拓之，大好大慚，不憐作者，且屬余為記之。君亦稼孫之流亞歟？何其生之大遲，非無悶在京華時耳。己未七月十有七日，湘潭齊璜時寄萍法源寺。又七月初二日，得潤生書。是夜即復函，明日早發。

初三日，作第九號家書，明早發。

《題許月琴之母畫卷》：「色嬌華□，牡丹始華。刻竹節影，羞稱管家。粉凸於絹，百

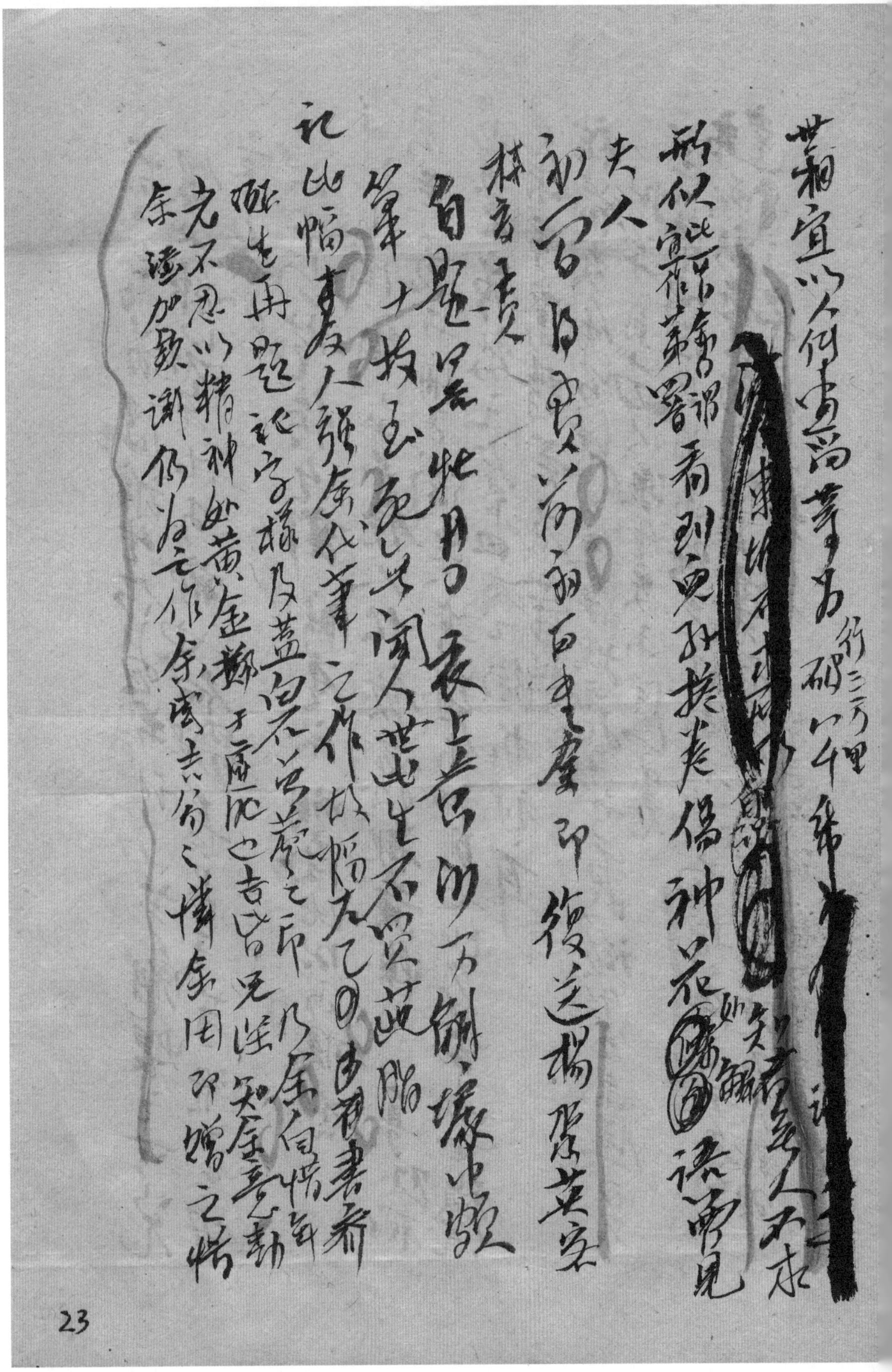

世相宜。以人傳畫，尚□可為。行三萬里，破八千紙。知者無人，不求形似（此一首余自謂宜作第四首）。看到兒孫，捲卷傷神。花如解語，曾見夫人。」

初六日，得子貞前初一日書，余即復，送楊聚英客棧交子貞。

自題《墨牡丹》：「衣上黃沙，萬斛塚中，破筆千枝，至死無聞。人世此生，不買燕脂。」

此幅友人強余代筆之作，故幅左己書「齊瀕生再題記」字樣及蓋「白石曾觀」之印，乃余自惜年老，不忍以精神如黃金擲於虛牝也。吉皆兄深知余意，勸余添加款識，仍為己作。余感吉翁之憐余，因即贈之。惜……

編注：此頁未完。

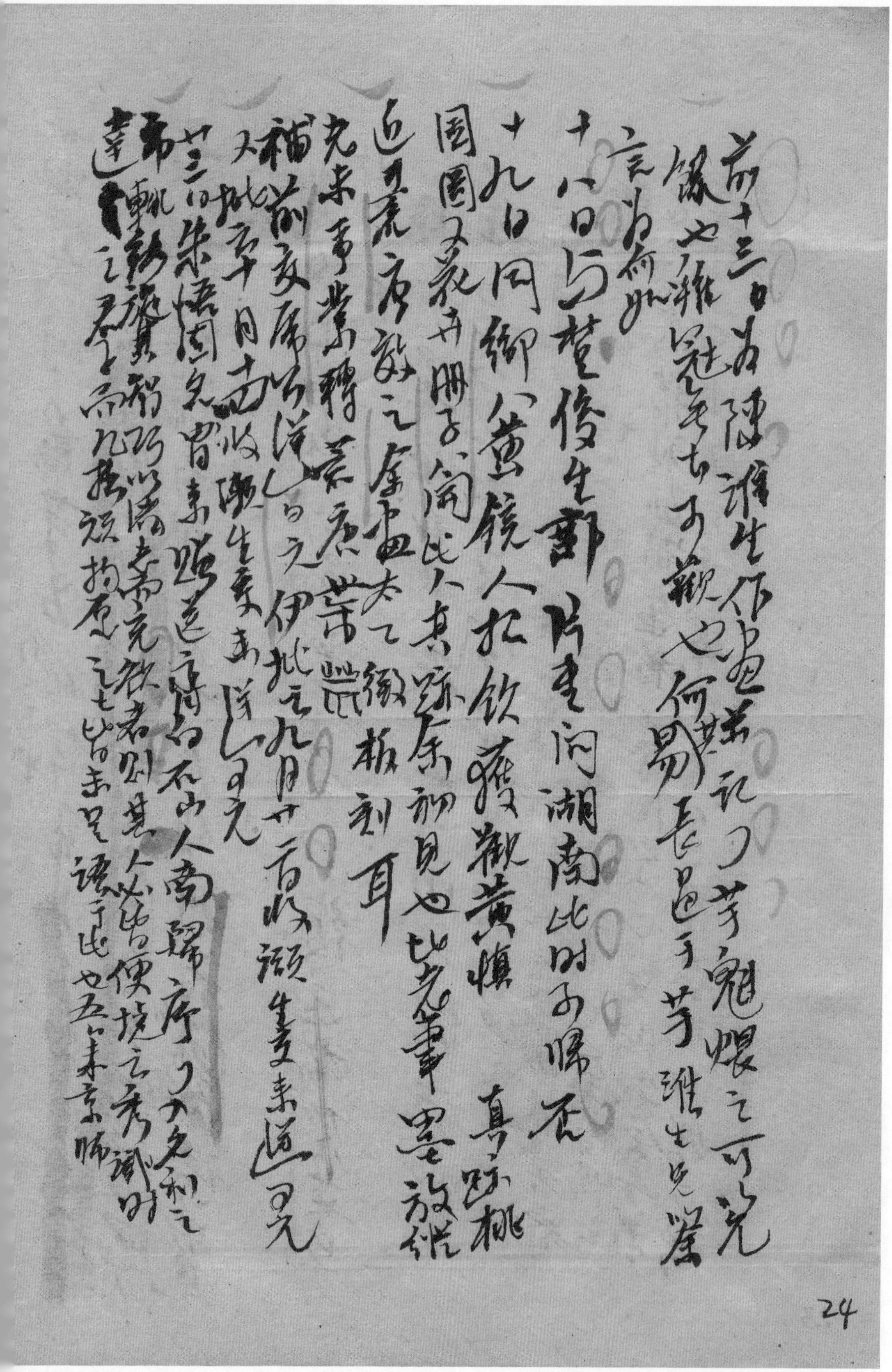

前十三日為陳淮生作畫并記：芋魁煨之可以允饑也，雞冠無甚可觀也。何其易長過於芋。淮生兄以余言為何如？

十八日，與楚傒生郵片書，問湖南此時可歸否？

十九日，同鄉人黃鏡人招飲，獲觀黃慎真跡《桃園圖》，又花卉冊子八開。此人真跡余初見也。此老筆墨放縱，近於荒唐，效之余畫太工緻板刻耳。

老來事業轉荒唐。業荒

補前交虎公洋一百元。伊批云：九月廿二日收瀨生交來洋一百元，

又批云：十月十四收瀨生交來洋一百元。

廿三日，朱悟園（名胄）來，贈送《齊白石山人南歸序》：入名利之市，輒能施其智巧以滿志而充欲者，則其人必皆便捷之秀，識時達變之君子，而凡拙頑拘願之士皆未足語於此也。吾來京師……

編注：朱悟園名義胄，此處缺「義」字。此頁未完。

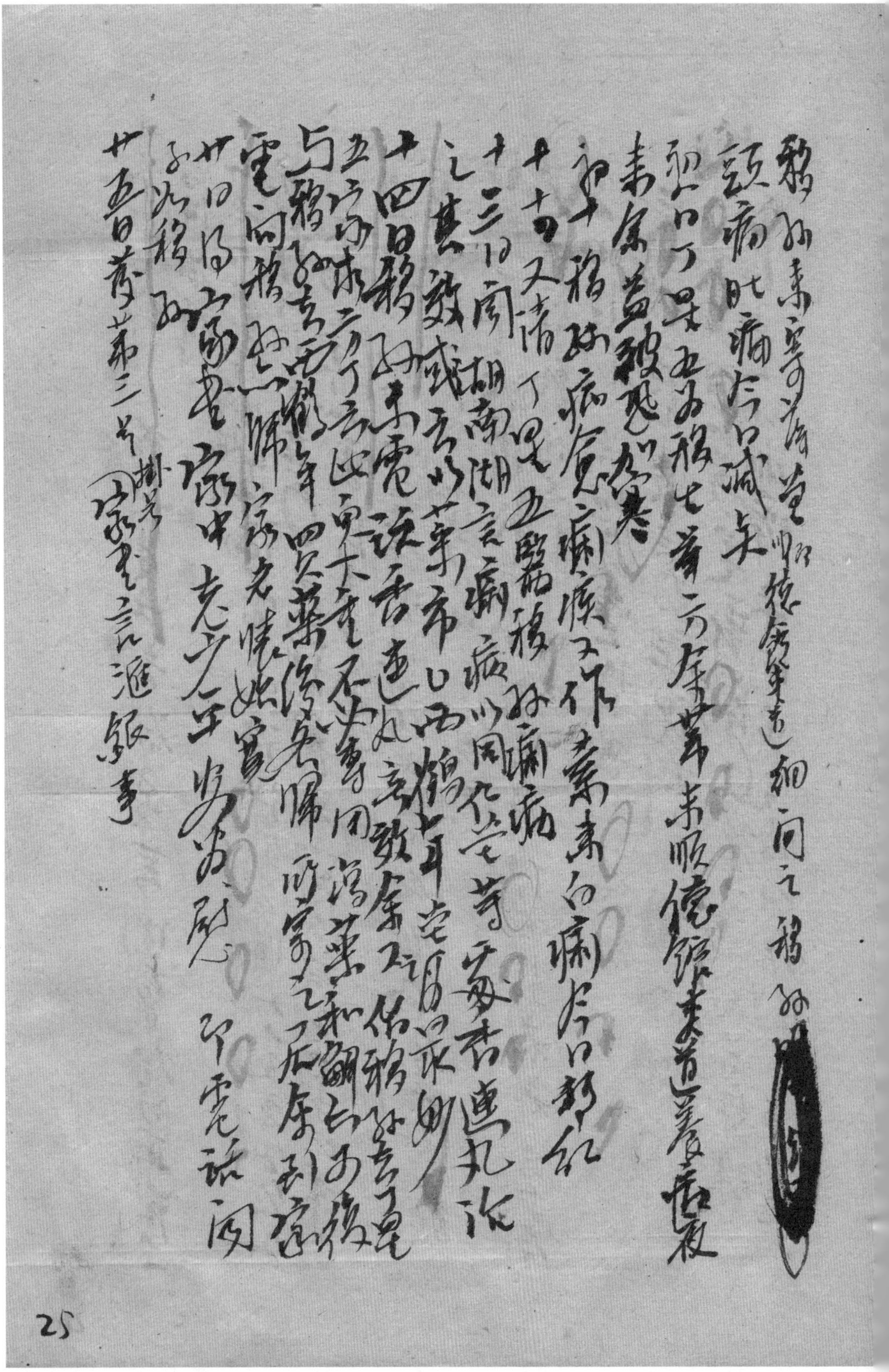

移孫來寄萍堂（即順德館夾道）細問之。移孫頭痛肚痛，今日減矣。

初八日，丁星五為移生舉方。余帶來順德館夾道養病。夜來余蓋被，恐加寒。

初十，移孫病癒，痢疾又作。素來白痢，今日轉紅。

十一日，又請丁星五醫移孫痢病。

十三日，聞胡南湖言痢病以同仁堂等處香連丸治之甚效，或云以菜市口西鶴年堂為最妙。

十四日，移孫來電話，香連丸無效。余又偕移孫去丁星五家求方。丁云此兒火重，不必專用瀉藥，和解亦可復。與移孫去西鶴年買藥後，各歸所寄之居。余到家電問移孫亦歸家，老懷始寬。

廿日，得家書，家中老少平安，為慰。即電話問子如、移孫。

廿五日，發第三號掛號家書，言匯銀事。

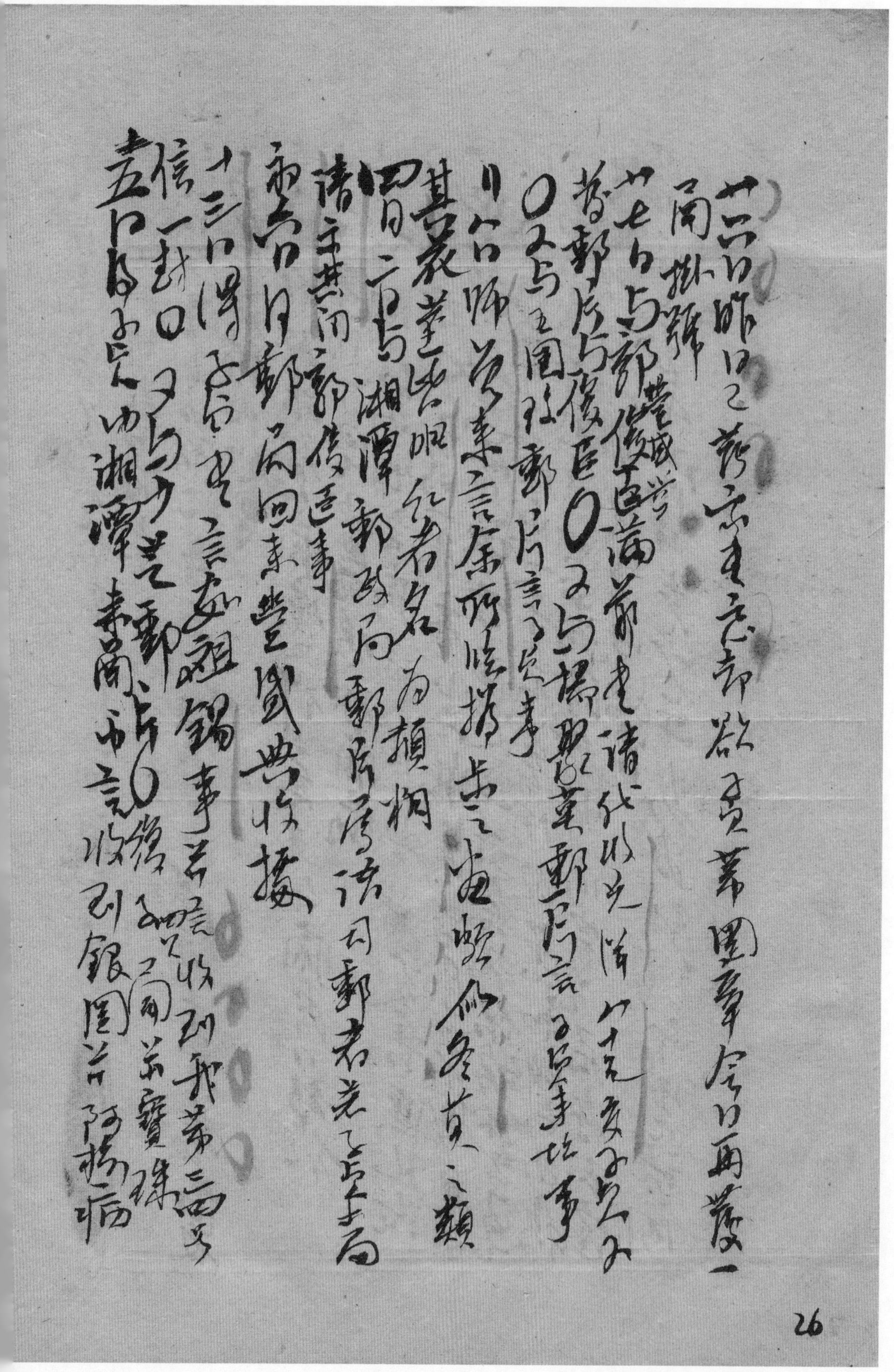

廿六日，昨日已發家書，忘卻欲子貞帶圖章。今日再發一函掛號。
廿七日，與豐盛當郭俊臣滿爺書，請代收光洋八十元交子貞，又發郵片與俊臣。又與楊聚英郵片言子貞來城事。
又與王國珍郵片言子貞事。
廿八日，師曾來，言余所臨撝叔之畫頗似。冬莧之類，其花莖皆胭紅者，名為頳桐。
四月二日，與湘潭郵政局郵片。屬諸司郵者，若子貞來局，請示其問郭俊臣事。
初六日，得郵局回來豐盛典收據。
十三日，得子貞書，言茹祖錫事，并言收到我第三、四號信一封。
又與少芝郵片。復子一函，并寶珠。
十五日，得子貞由湘潭來函，函中言收到銀圓并阿梅病。

廿二日，湘綺師後人齊陶兒與昧廣兒來，齊陶兒乃恒紫三兒之子也。

廿五日，前十日以來，湖南大亂，未知星塘老人何處避兵去也。餘霞峰借山館已成秦灰否？不能通問，何日能得家書？聞湖南電報與漢口不通云云。今日郭五贈荔枝五枚。余食一枚，余以電話呼子如、移孫來分食之。伊輩平生初食也。趙無悶嘗畫瓜藤，余欲學之，過於任筆糊塗。世間萬事皆非。獨老萍作畫何必拘拘依樣也。畫有欲仿者，目之未見之物不仿前人不得形似，目之見過之物而欲學前人者，無乃大蠢耳。昨日郭二收為門下。

五月初四日，發五號家書。

初七，夜夢家中恍佛死一小兒，余甚憂，亦不得知死何兒（夢中憂患甚於白日）。

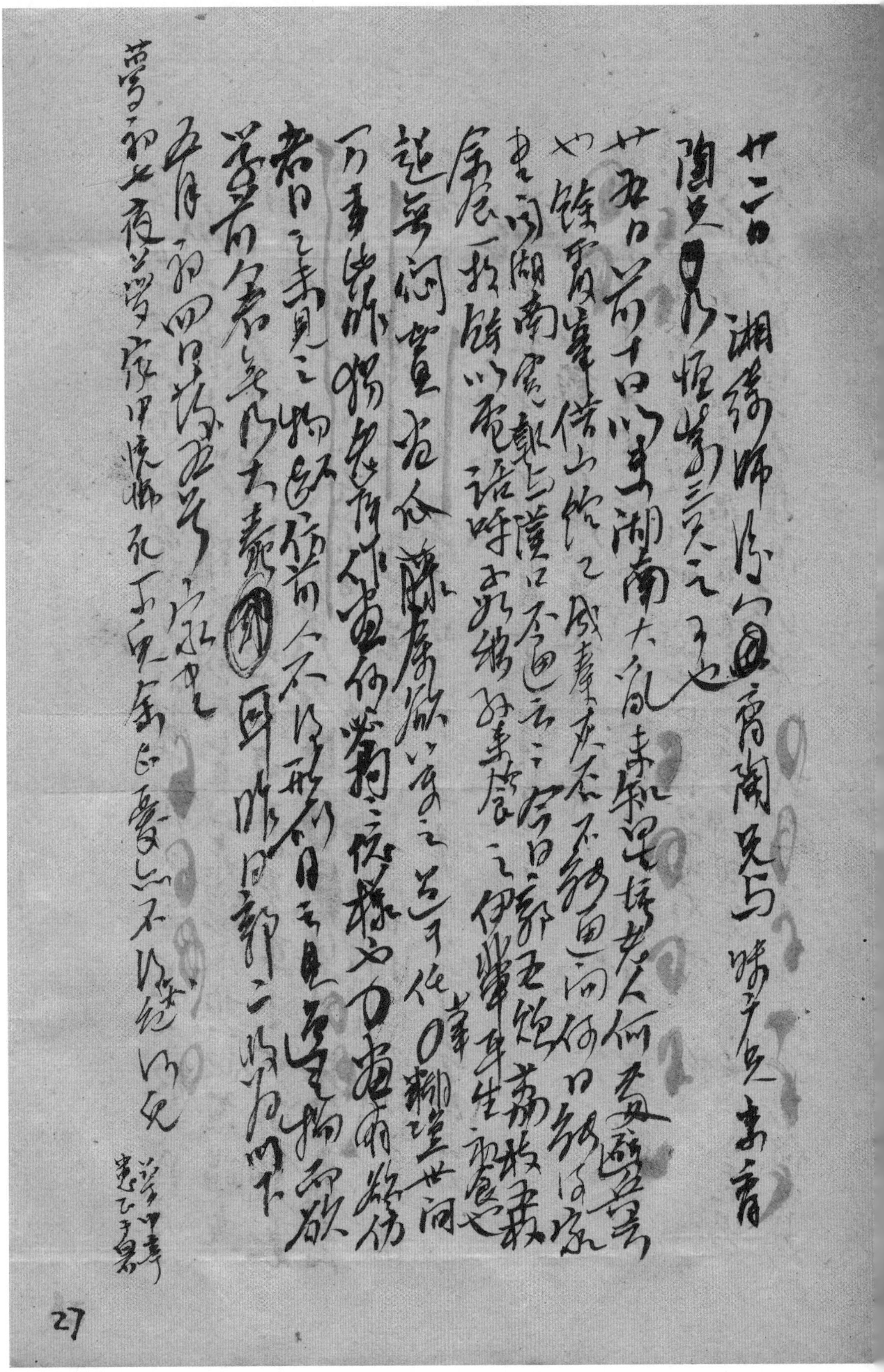

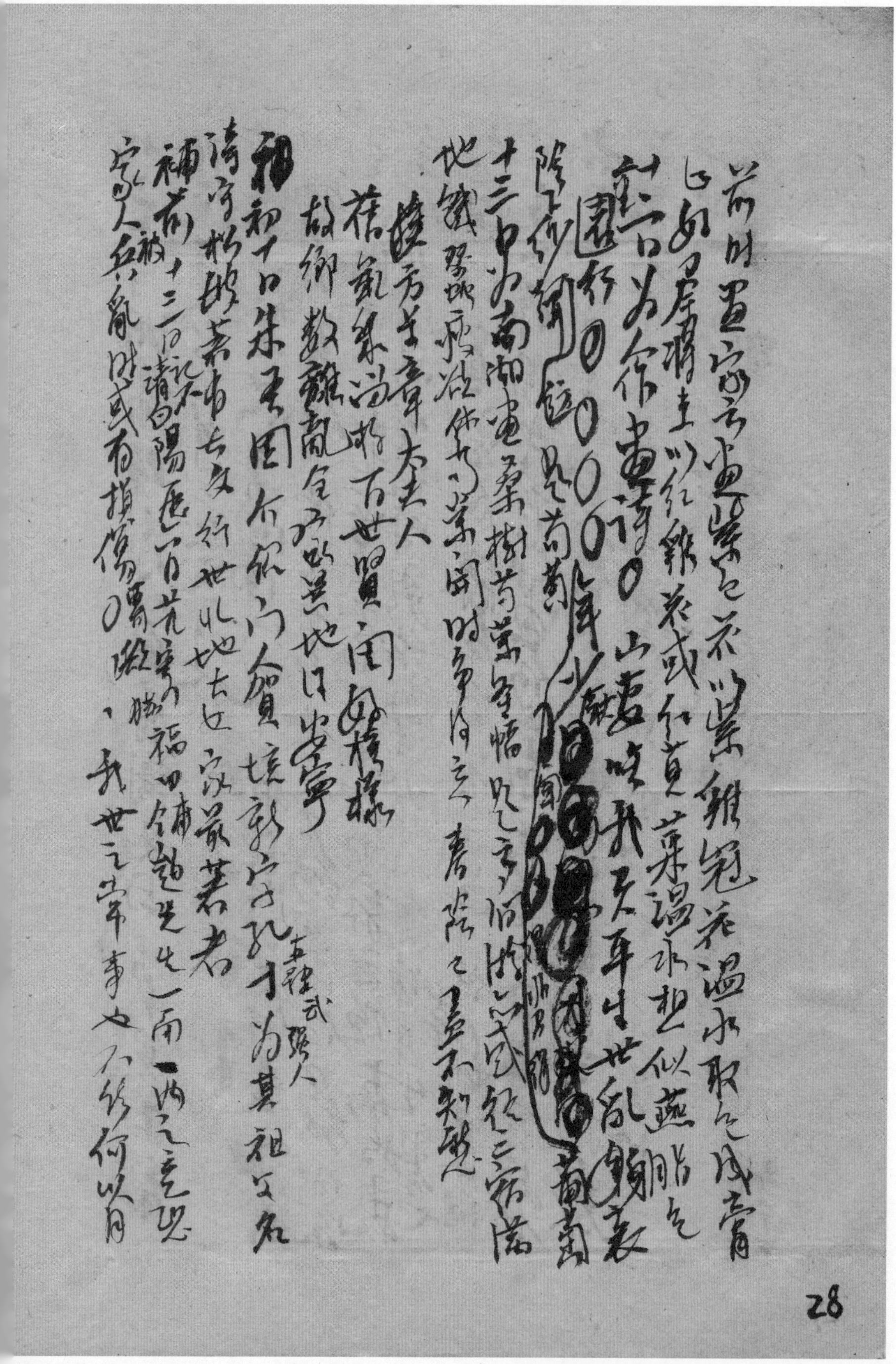

前時畫家云：畫紫色花，以紫雞冠花溫水取色成膏甚好。余將來以紅雞花或紅莧菜溫水，想似燕脂色。

十二日，為人作畫詩：「山妻笑我負平生，世亂身衰重遠行。年少厭聞得非易，葡萄陰下紗紡聲（題葡萄）。」

十三日，為南湖畫桑樹芍藥條幅，題云：「閑遊亦感經三宿，滿地饑蠶瘦欲休。芍藥開時爭得意，春陰已盡不知愁。」挽方赤章太夫人：「舊範幾留存，百世賢閨好模樣。故鄉數離亂，全家異地得安寧。」

補初十日，朱吾園介紹門人賀培新，字孔才，直隸武強人。其祖父名溥，字松坡，著有古文行世，北地古文家最著者。

補前十三日（記不清白），陽曆六月廿九寄福田鋪趙先生一函，函內之意恐家人被兵亂時或有損傷，暫欲瞞我，世之常事也。不然何以月……

編注：朱悟園誤作「朱吾園」。此頁未完。

……其尊太夫人像，德容仁慈，見於紙上，真個非此母不生此子也。庚申六月□□拜題。

補前六日。初一日畫記，記云：「螳螂無寫照本。信手擬作，未知非是。或曰大有怒其臂以當車轍之勢，其形之似極矣。先生何言不知非是也。余笑之。」又《鍾馗讀書》，見金冬心翁畫鍾馗跋語。余畫此鍾馗像成，焚香再拜，願天常生此人。有謂余畫大士像，何以美麗而莊嚴，余曰須知菩薩即吾心也。

樊樊山先生題余畫《紅綫》、《滿庭芳》詞云：奇女青衣，俠名紅綫，裡中蓮鍔飛霜。六城宵度，銅門揭清潭。比似六丁雷電，憑攜取，小盒金黃。歸報主，薛家三箭，先後共輝光（紅綫主翁，薛嵩仁貴之孫，衲之子也）。齊璜傳畫。

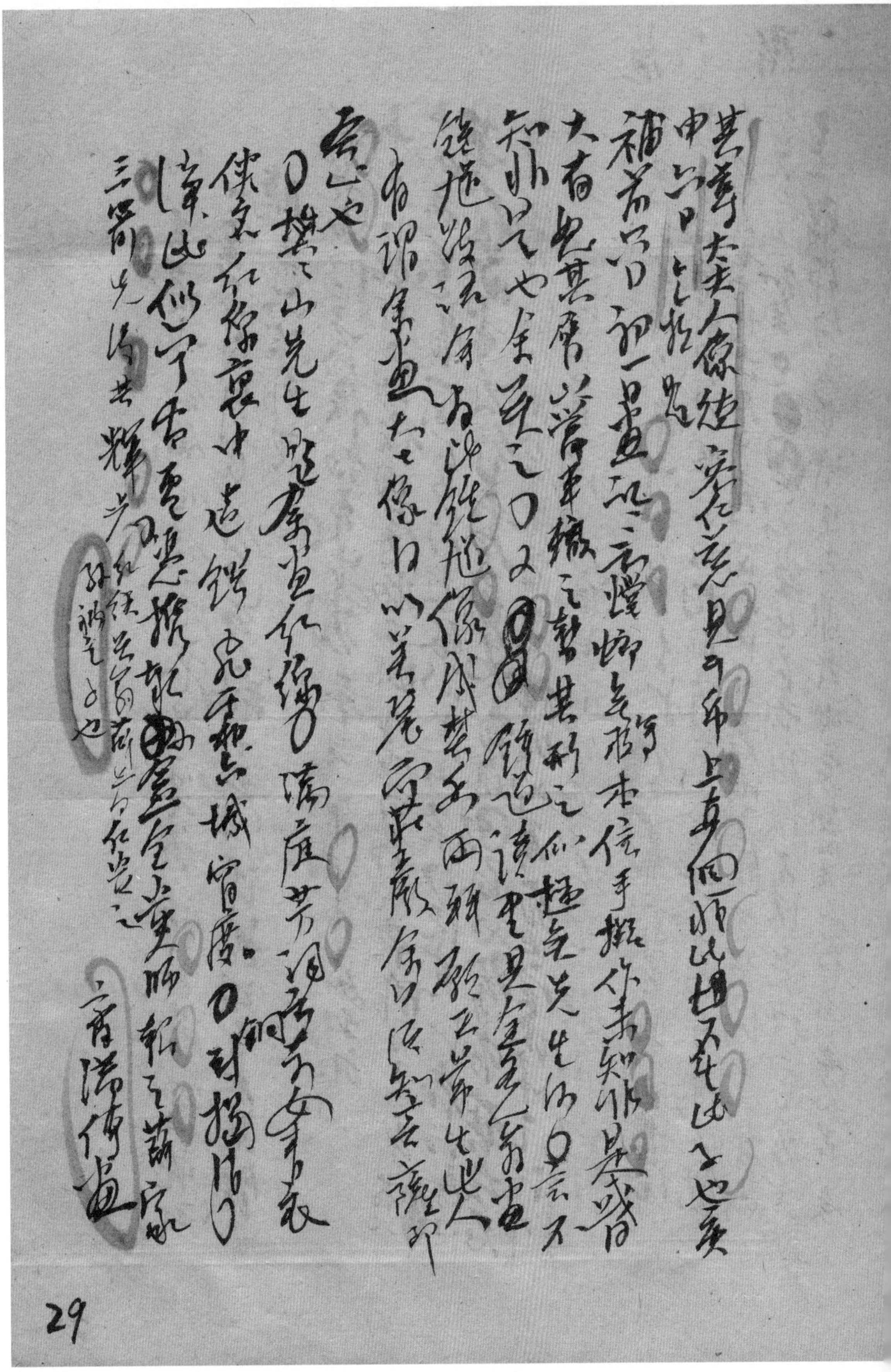

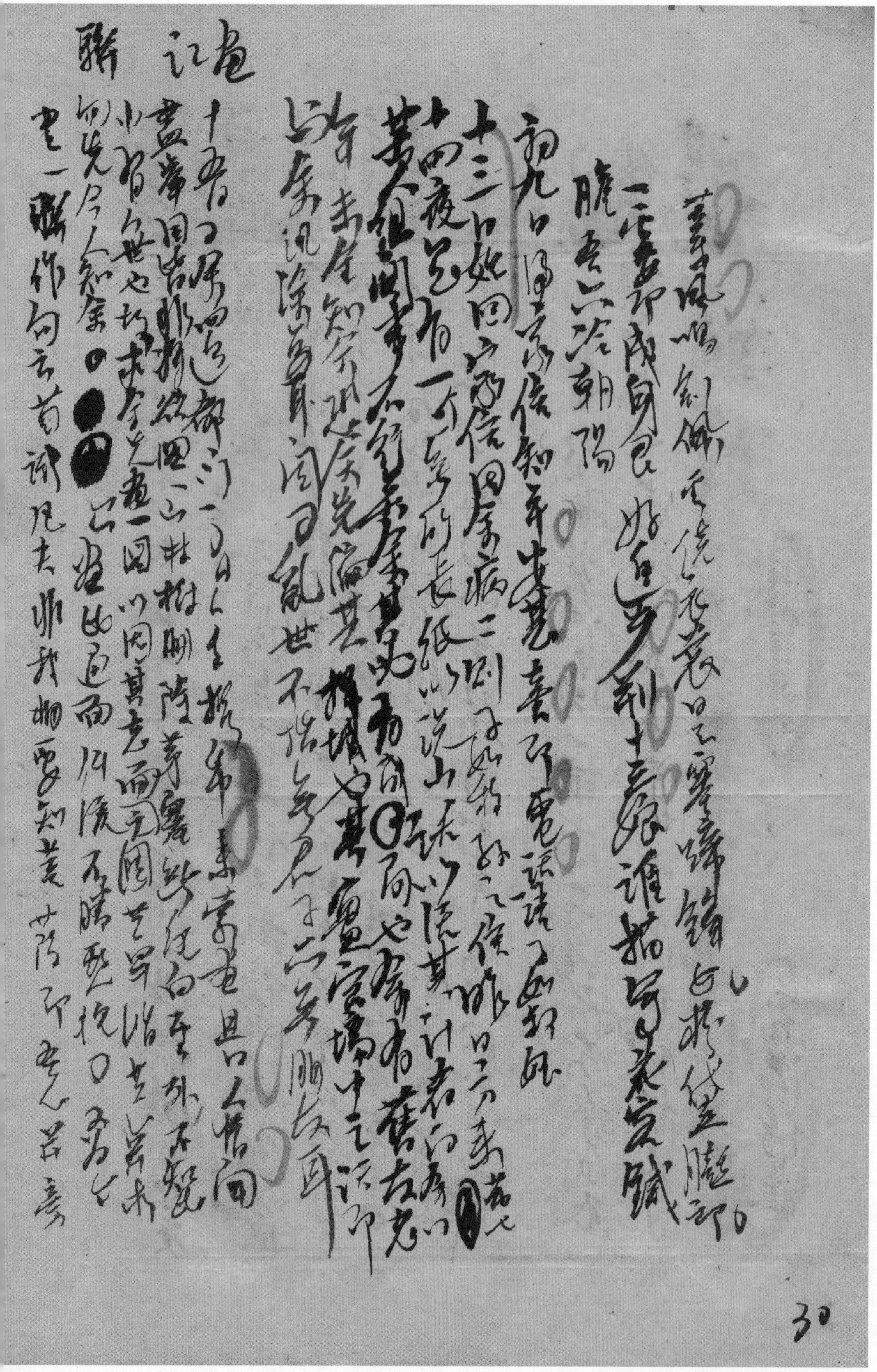

退，好追步，荊十三娘。誰描寫、花容鐵膽，吾亦冷朝陽。

初九日，得家信知平安，甚喜。即電話語子如叔侄。

十三日，始回家信。因余病，二則子如、移孫之信昨日方來（第七）。

十四夜，忽有一個無所長、紙以說小話以活其計者向余曰某人組閣事不行矣。余知其必有成局也。余有舊友，老年未全知余，恐余先漏其□□也。其實官場中之話，即與余說，余無耳聞。亂世不獨無

來索畫，且日人情閱盡，舉目皆非，將欲圖一山，林樹□□，茅塞斷絕，白雲外不知此中有人世也，故求余先畫一圖，以固其志。面圖兀□，早修其心。并求勿先令人知。余為麼麼畫此，通面汗流，不勝慚愧。又為麼麼書一聯，作句云：「苛識凡夫非我相，要知菩薩即吾心。」一并旁……

編注：「麼麼」為「某某」之意。此頁未完。

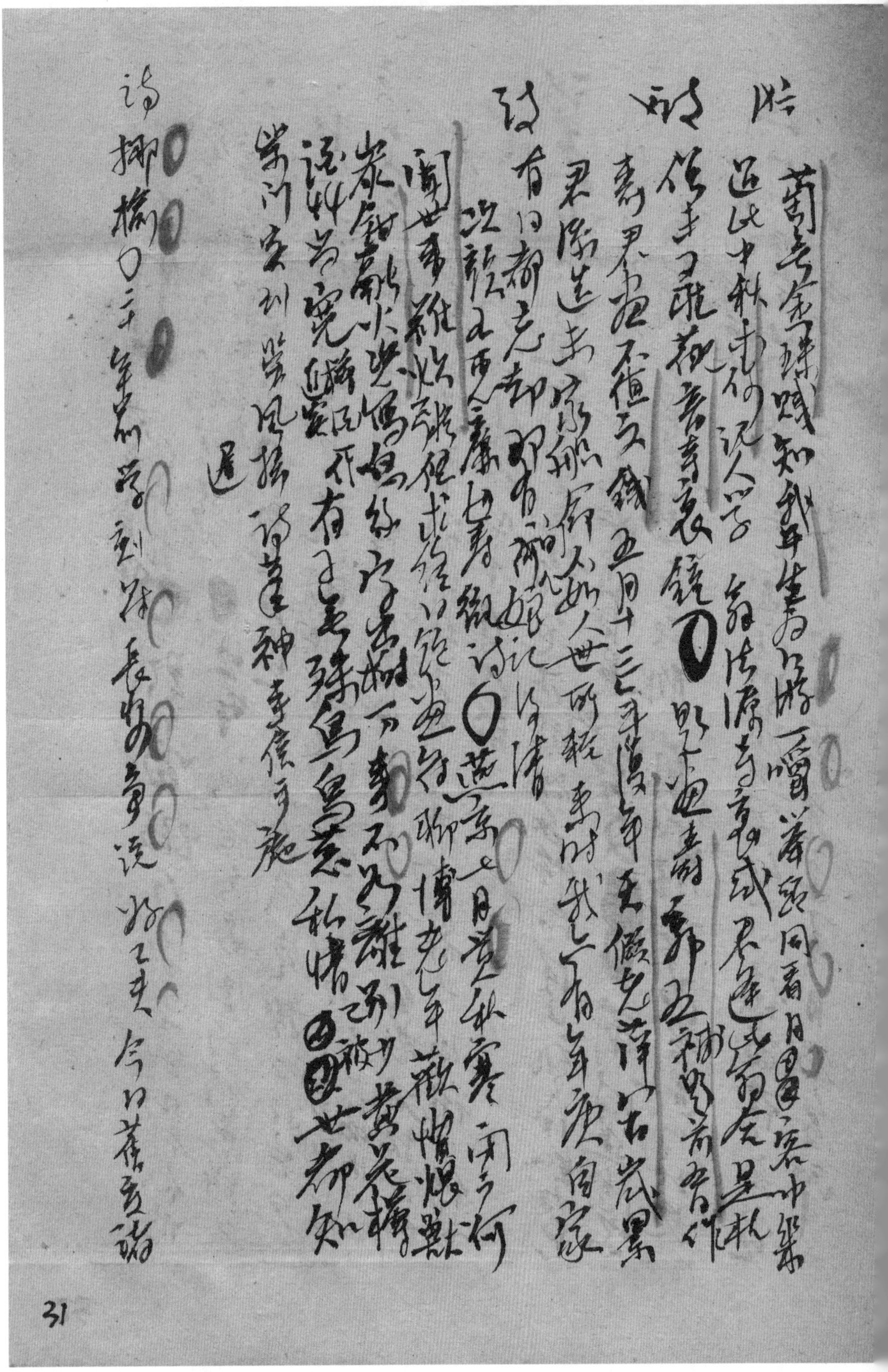

「……苟無金珠賤，知我平生為口遊。一嚼舉頭同看月，客中幾過此中秋。」「木偶泥人學老翁，法源寺裡感君逢。此翁合是枯僧來，又聽觀音寺裡鐘。」

《題畫壽郭五（補題前五日作）》：「壽君畫不值文錢，五月十三年復年。天假老萍八百歲，累君添造米家船。命不如人世所輕，來時我亦有年庚。自家有日都忘卻，那有阿娘記得清。」

《次韻王惠廉母壽徵詩》：「燕京七月覺秋寒，閉戶何聞世事難。炊粥但求終日飽，畫符聊博老年歡。慣煨獸炭鉗融火，迻寫烏絲字出欄。萬事不如離別少，黃花樽酒草堂寬（樽酒迎客）。」「有子無殊烏鳥慈，私情已被世都知。柴門客到勞風掃，詩筆神來信手施。」

《揶揄》：「二十年前學刻符，長安爭說好工夫。今日舊交諸

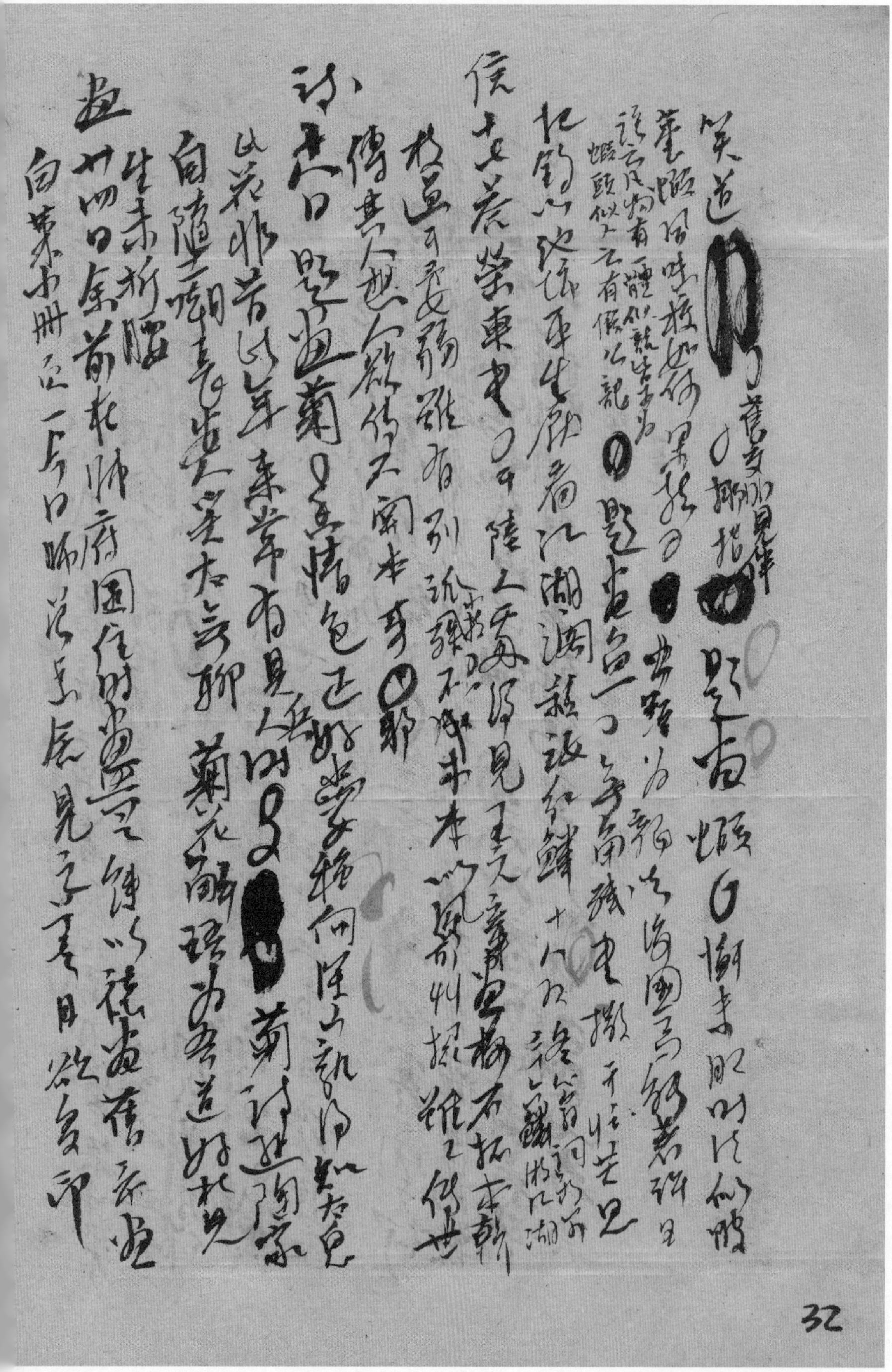

味校如何。果然蟲類為龍去，海國焉能著許多（諺云：凡物有一體似龍皆可為龍。蝦頭似，又云有蝦公龍）。」

《題畫魚》：「無角殘書撒手忙，苦思把釣小池塘。平生厭看江湖闊，赦汝紅鱗十八雙（冬心翁詞：赦爾三十六鱗遊江湖）。」

十七，答榮東書。於陸人處得見王元章畫梅石拓本，幹枝過於柔弱，雖有別派小枝，殊不成木本，似風前草擺。雖已傳世傳其人，

十八日，《題畫菊》：「香情色正好幽姿，種向深山孰得知。太息此花非昔比，年來常有見人（兵）時。」又《詠菊》：「詩遜陶家自墮嘲，長安人笑太無聊。菊花解語為吾道，好在先生未折腰。」

廿四日，余前在帥府園住時，畫興之餘，以裱畫舊紙畫白菜小冊頁一。今日師曾來舍，見之要去，且欲多印……

編注：此頁未完。

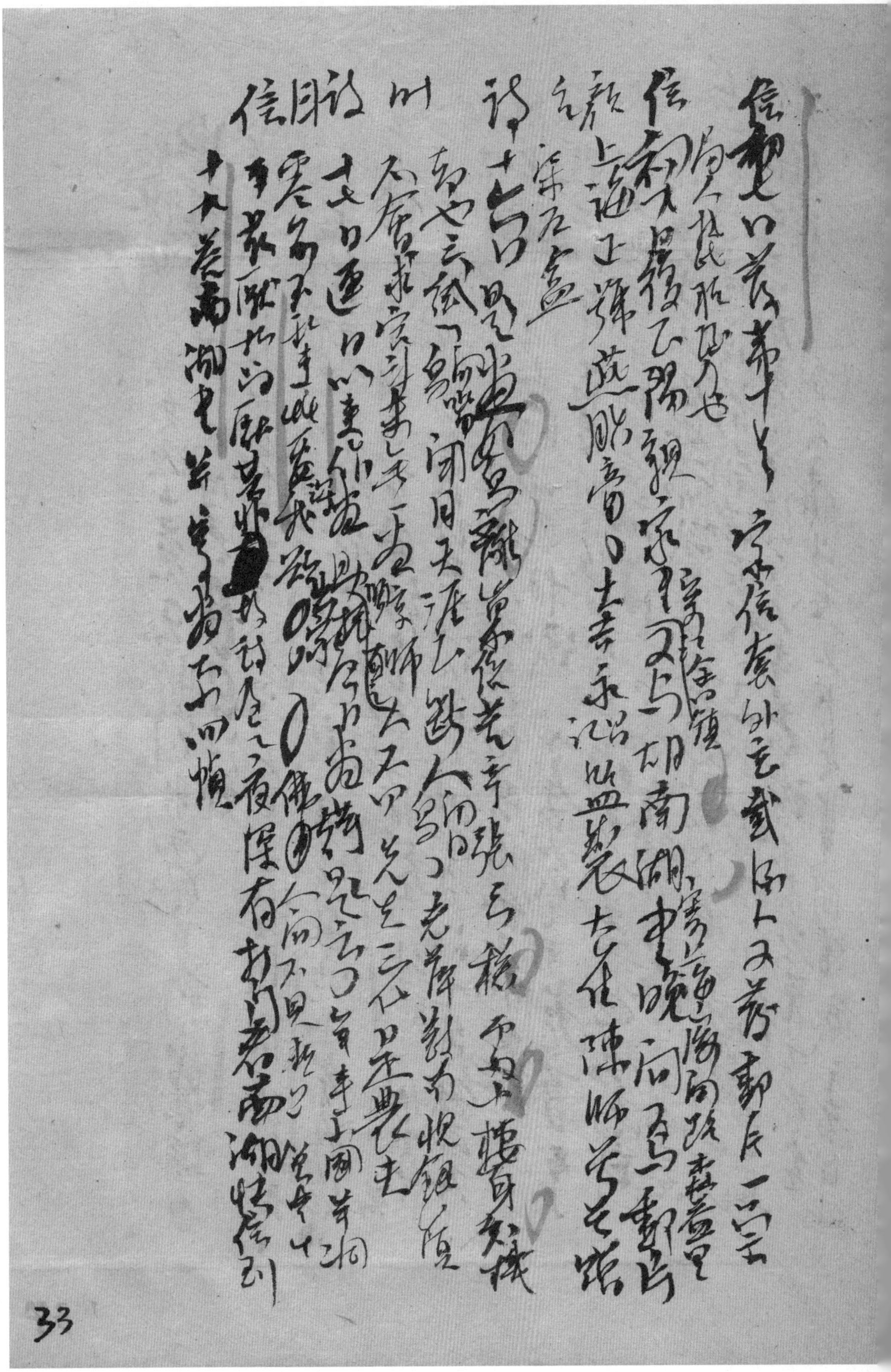

初七日，發第十號家信。套外忘載酒人又發郵片一隻，示局人執此取酒□也。

初九日，復正陽親家書，寄江畬鎮。又與胡南湖書（寄上海山海關路森益里）。晚間又與郵片。上海正號燕脂膏，大吉永昌記監製，甚佳。陳師曾贈余五盒。

十六日，題畫：「好鳥離巢總苦辛，張弓稀處小栖身。知機卻也三緘口（閉嘴鳥），閉目天涯正斷人（閉目鳥）。」「老萍對菊愧銀鬚，不會求官斗米無。一畫京師人不問，先生三代是農夫。」

十七日，連日以來作畫助順直之振。今日畫芋題云：「年來小圃芋凋零，每到秋來草更深。我欲出家□佛去，人間不見懶殘僧（余平生最厭和尚，厭其非真。故詩及之）。」夜深有打門者，南湖快信到。

十九，答南湖書并寄畫大小四幀。

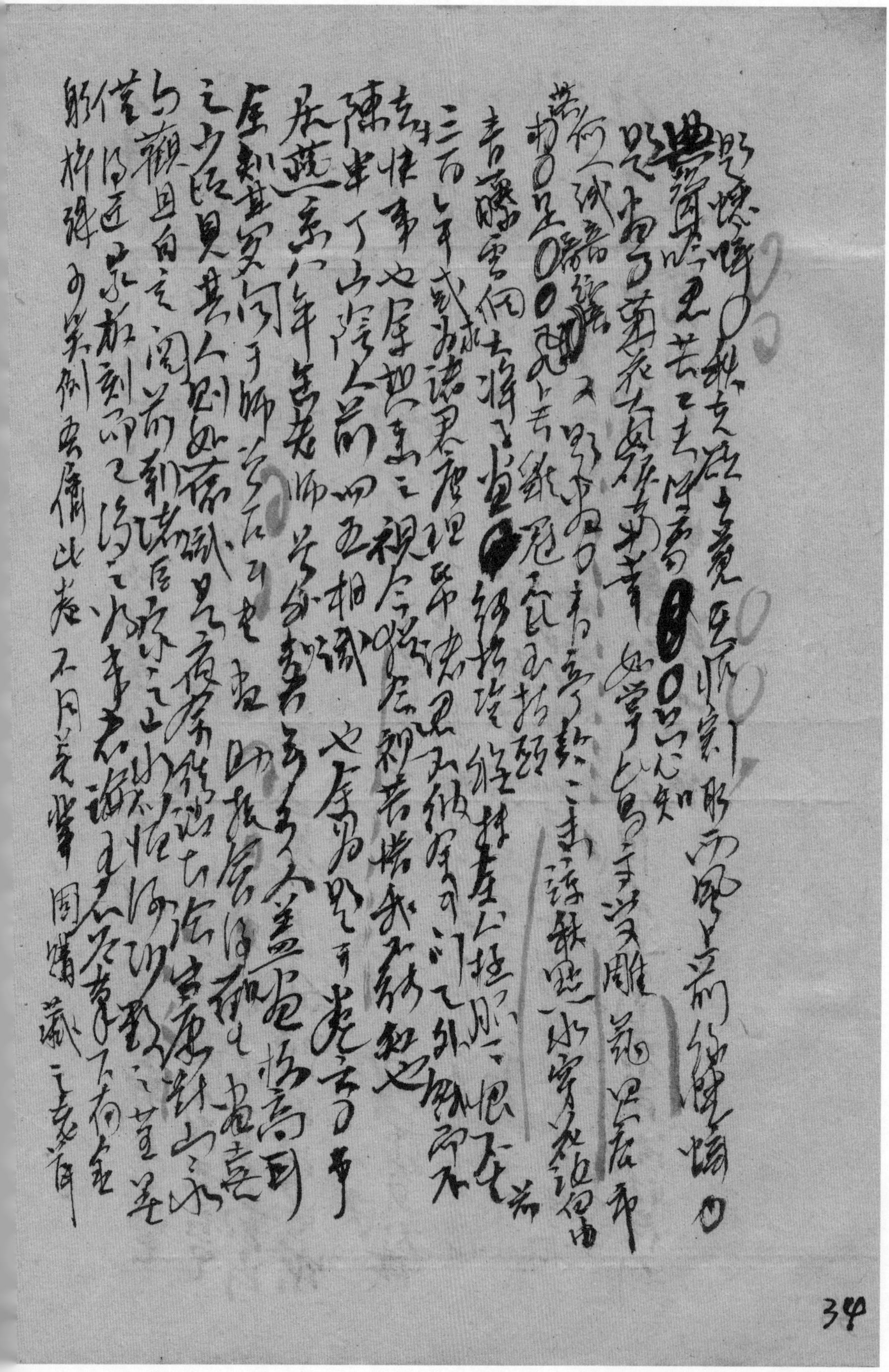

苦，工夫深處只心知。」

《題畫》：「菊花大如碗，菊葉□如掌。此鳥未受雕籠恩，塵市何人識音響。」又題畫：「青亭款款未涼秋，點水穿花汝自由。落足□看飛上去，雞冠不比玉搔頭。」

青藤、雪個、大滌子畫，能橫塗縱抹，余心極服之。恨不生前三百年，或求為諸君磨理紙。諸君不納，余於門之外餓而不去，才快事

陳半丁，山陰人，前四五相識□也。余為題手卷云：予居燕京八年，缶老、師曾外，知者無多人，蓋畫格高耳。余知其名，聞於師曾。一日於書畫助振會得觀其畫，喜之。少頃，見其人，則如舊識。是夜余往談，甚洽，出康對山山水與觀，且自言閱前朝諸巨家之山水，以恒河沙數之□墨，僅得匠家板刻而已，後之好事者論王石谷筆下有金剛杵，殊可笑倒吾儕。此卷不同若輩，固購藏之。老萍……

編注：此頁未完。

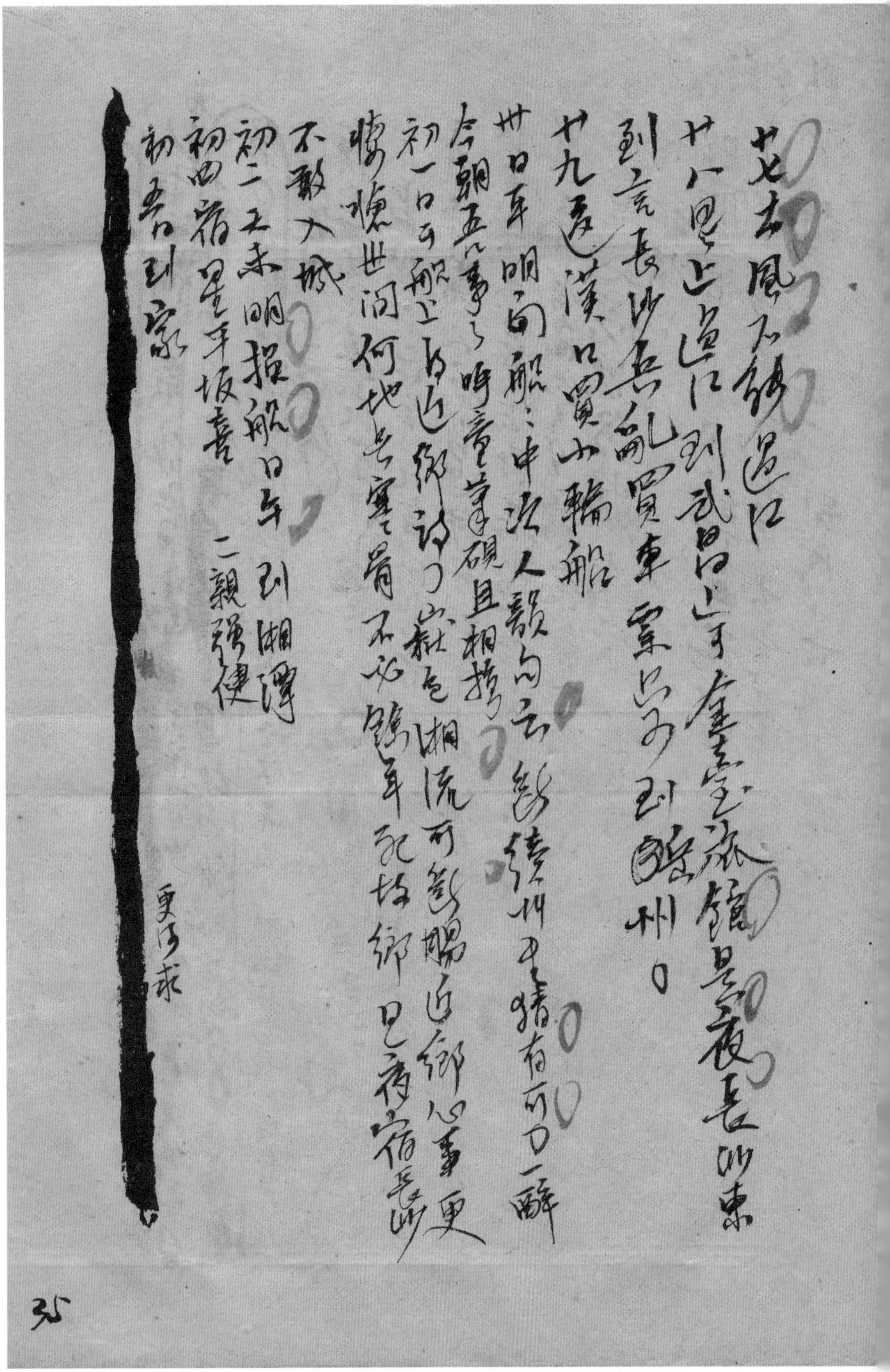

廿七，大風不能過江。
廿八，風止過江。到武昌。止於金台旅館。是夜，長沙東到，言長沙兵亂，買車票只可到岳州。
廿九，返漢口買小輪船。
卅日，平明開船，船中次人韻句云：「斷續草書猜有句，一醉今朝吾事了，呼童筆硯且相攜。」

初一日，於船上得《近鄉》詩：「嶽色湘流可斷腸，近鄉心事更悽愴。世間何地無寒骨，不必餘年死故鄉。」是夜宿長沙，不敢入城。
初二，天未明換船，日午到湘潭。
初四，宿星斗塘。喜二親強健。
初五日，到家。
更何求。

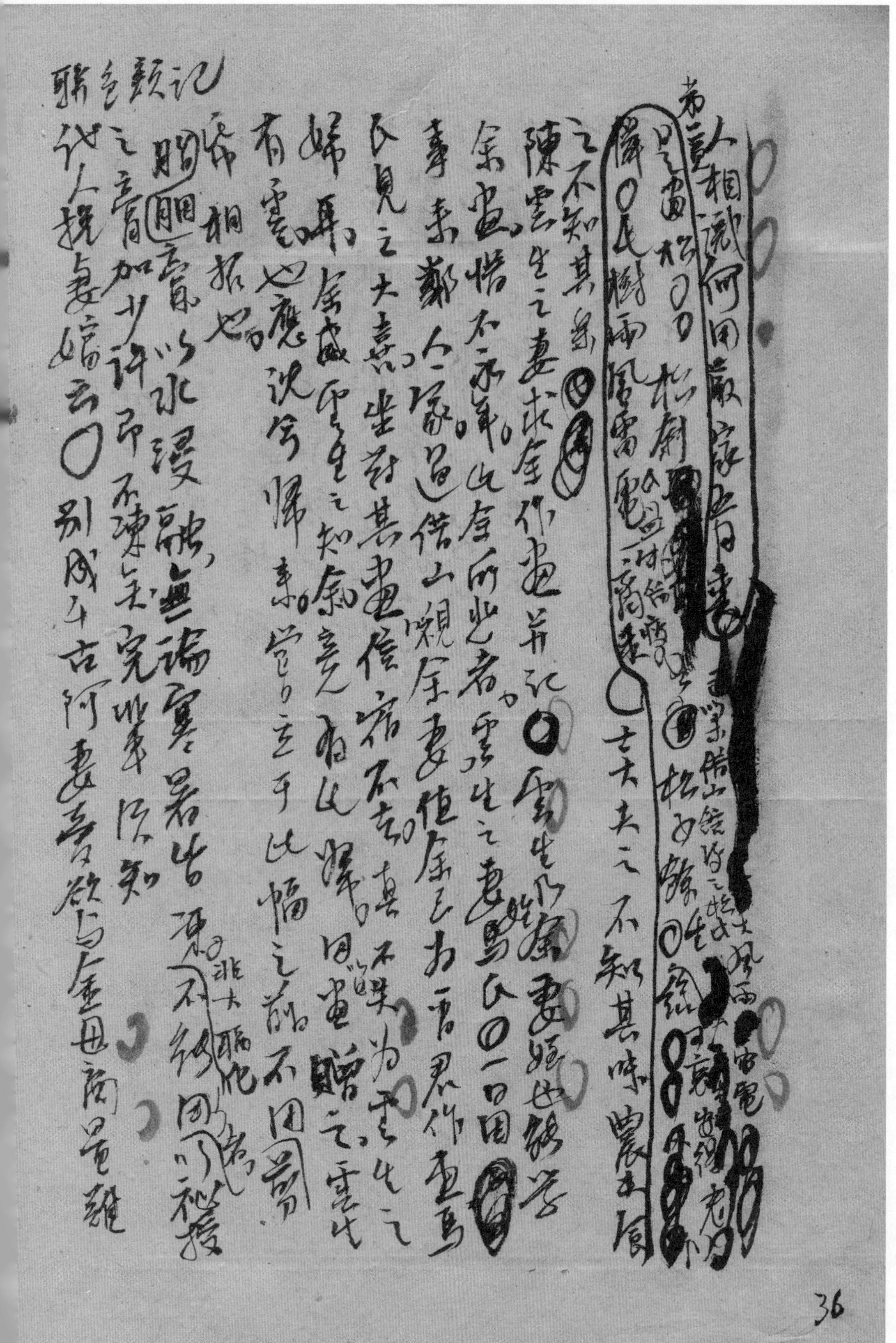

……人相識，何用嚴家五月裘。

題畫松（……大風雨雷電……借山館後之松……）：「松針食盡蟲猶瘦，松子餘生綠可哀。安得老天憐此樹，風雨雷電一齊來。」士大夫之不知其味，農夫食之不知其樂。

陳雲生之妻求余作畫并記：雲生乃余妻姪也，能學余畫，惜不永年，此余所悲者。雲生之妻姓馬氏，一日因事來鄰人家，過借山視余妻。值余正為曹君作畫，馬氏見之大喜，坐對其畫，信宿不去，真不失為雲生之婦耳。余感雲生之知余，竟有此婦，因以此畫贈之。雲生有靈，也應魂兮歸來，嘗立於此幅之前，不用剪紙相招也。

胭脂膏，以水浸融，無論寒暑皆凍，非火融化不能用者，以秘授之膏加少許，即不凍矣，兒輩須知。

代人挽妻嬸云：別成千古阿妻憂，欲與金母商量，難……

編注：此頁作者塗改較多，字句多不連貫。多處塗抹以省略號標示。此頁未完。

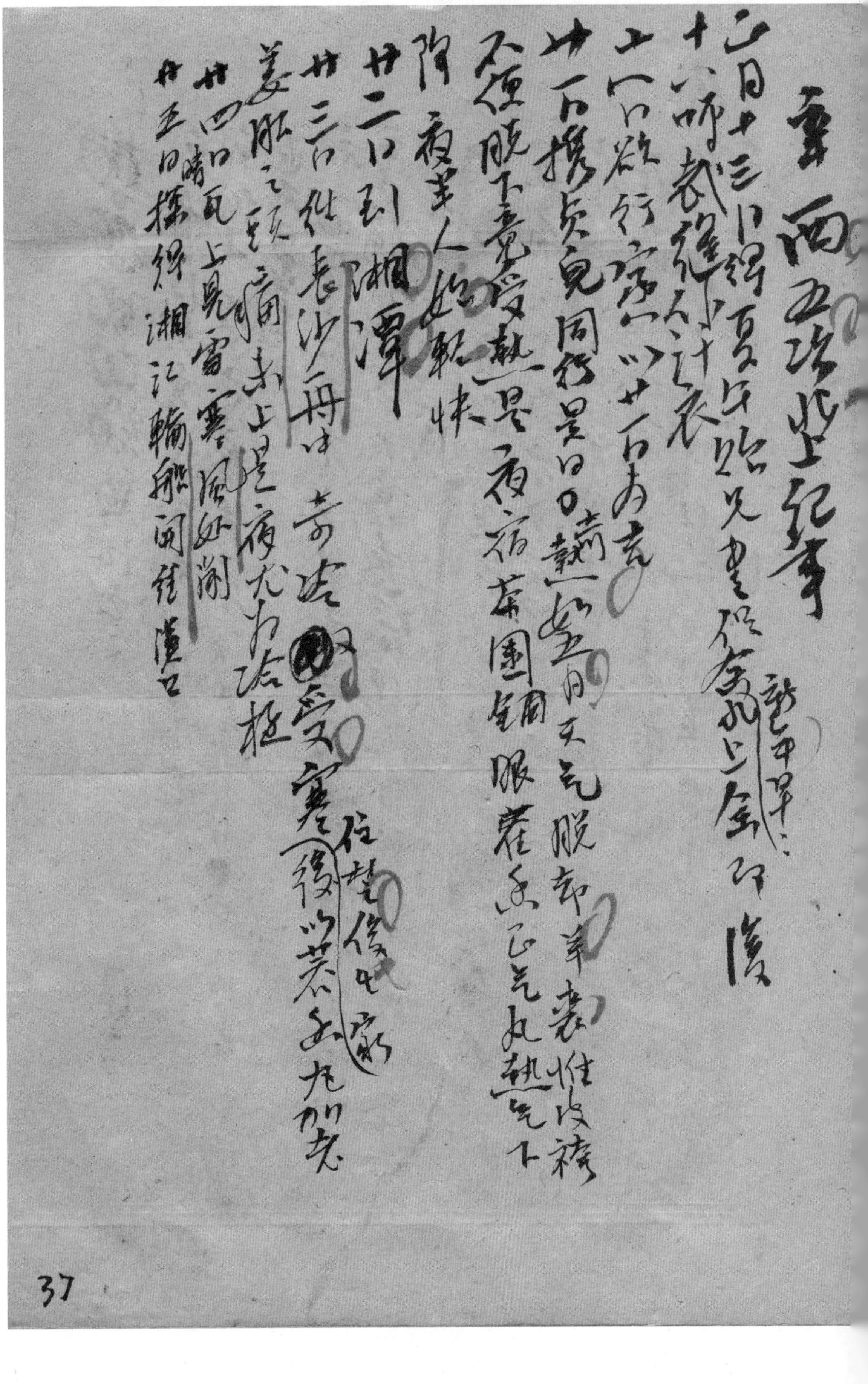

《辛酉五次北上紀事》

正月十三日，得夏午貽兄書，促余新年早早北上，余即復。

十六，呼裁縫作汗衣。

十八日，欲行，家人以廿一日為吉。

廿一日，攜貞兒同行。是日奇熱，如五月天氣，脫卻羊裘，惟皮袴不便脫下，竟受熱。是夜宿茶園鋪，服藿香正氣丸，熱氣下降，夜半，人始輕快。

廿二日，到湘潭。

廿三日，往長沙。舟中奇冷，又受寒。住楚俊生家，復以藿香丸加老薑服之，頭痛未止，是夜尤為冷極。

廿四日，瓦上見雪，寒風如削。

廿五日，晴。探得湘江輪船開往漢口。

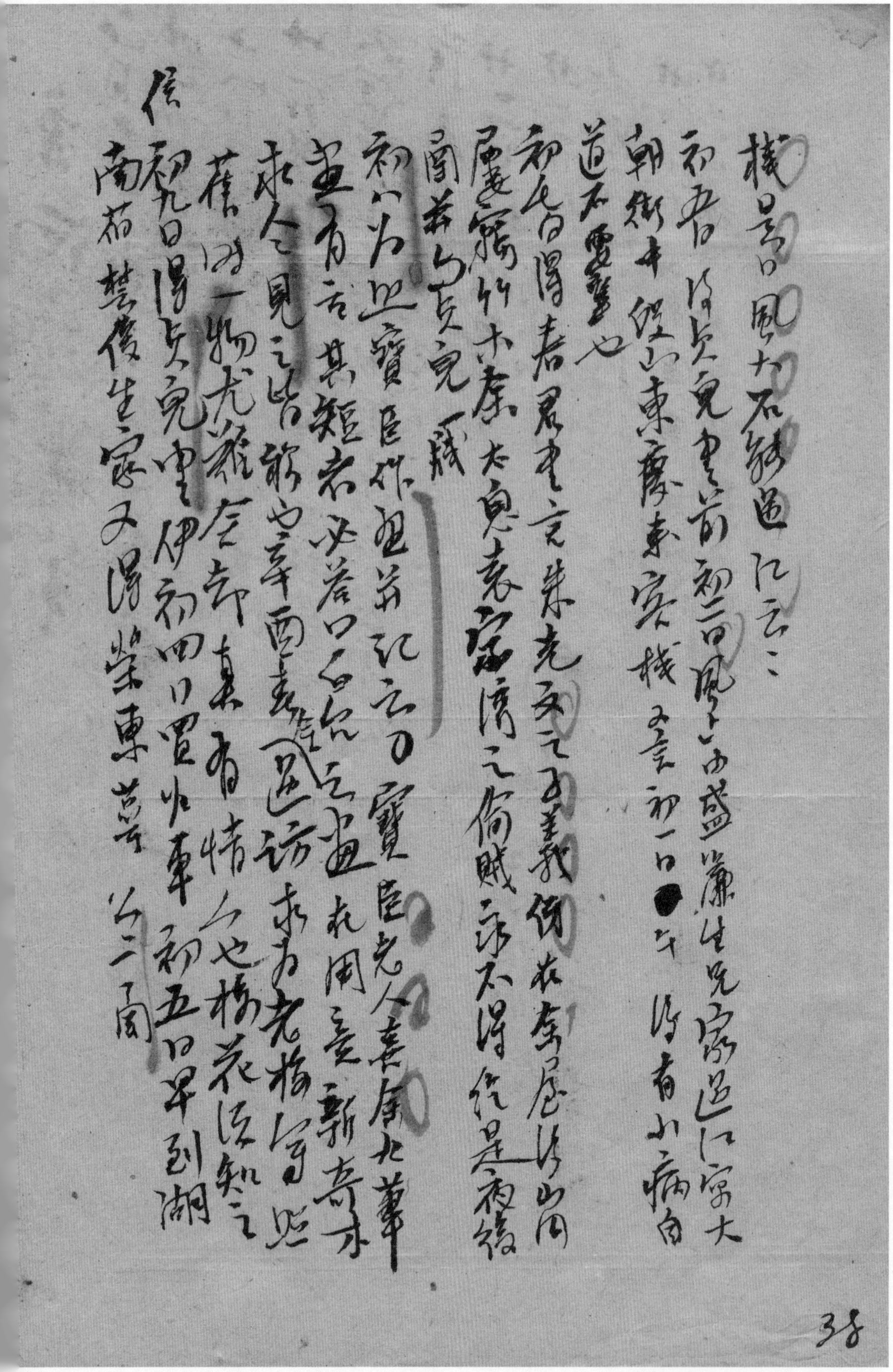

……棧。是日風大不能過江云云。
初五日，得貞兒書。前初二日風止，由盛簾生兒家過江，寓大朝街中段山東慶來客棧。又言初一日午後有小病，自道不要緊也。
初七日，得春君書，言朱光文之子義伢在余屋後山內屢竊竹木。余太息袁家灣之偷賊永不得絕。是夜復函并與貞兒一箋。
初八，為熙寶臣作畫并記云：寶臣老人喜余大筆畫，有人言其短者，必答曰：白石之畫在用意新奇，不求人人見之皆稱也。辛酉春，余過訪，求為老梅寫照。舊時一物尤難捨卻，真有情人也。梅花須知之。
初九日，得貞兒書。伊初四日買火車，初五日早到湖南省楚俊生家。又得榮東蕚公二函。

五月，悟園為更，甚妥也。
廿九日，作柳絮詩：「忙飛亂起春風殘，只博兒童一捉歡。不見棉花花落後，無衣天下正當寒。」
自家畫稿。
四月初二，與春君及寶珠書，又與子貞書。
初三，自題畫石榴云：「石榴結子，任爾西風。」
初五日，於珠寶市中慶隆齋買得之鞋底子寬厚，最中足。
初九日，得家書并潤生書。作無題詩云：「大板鐘鼎珂羅畫，摹仿成形自不羞。老萍自用我家

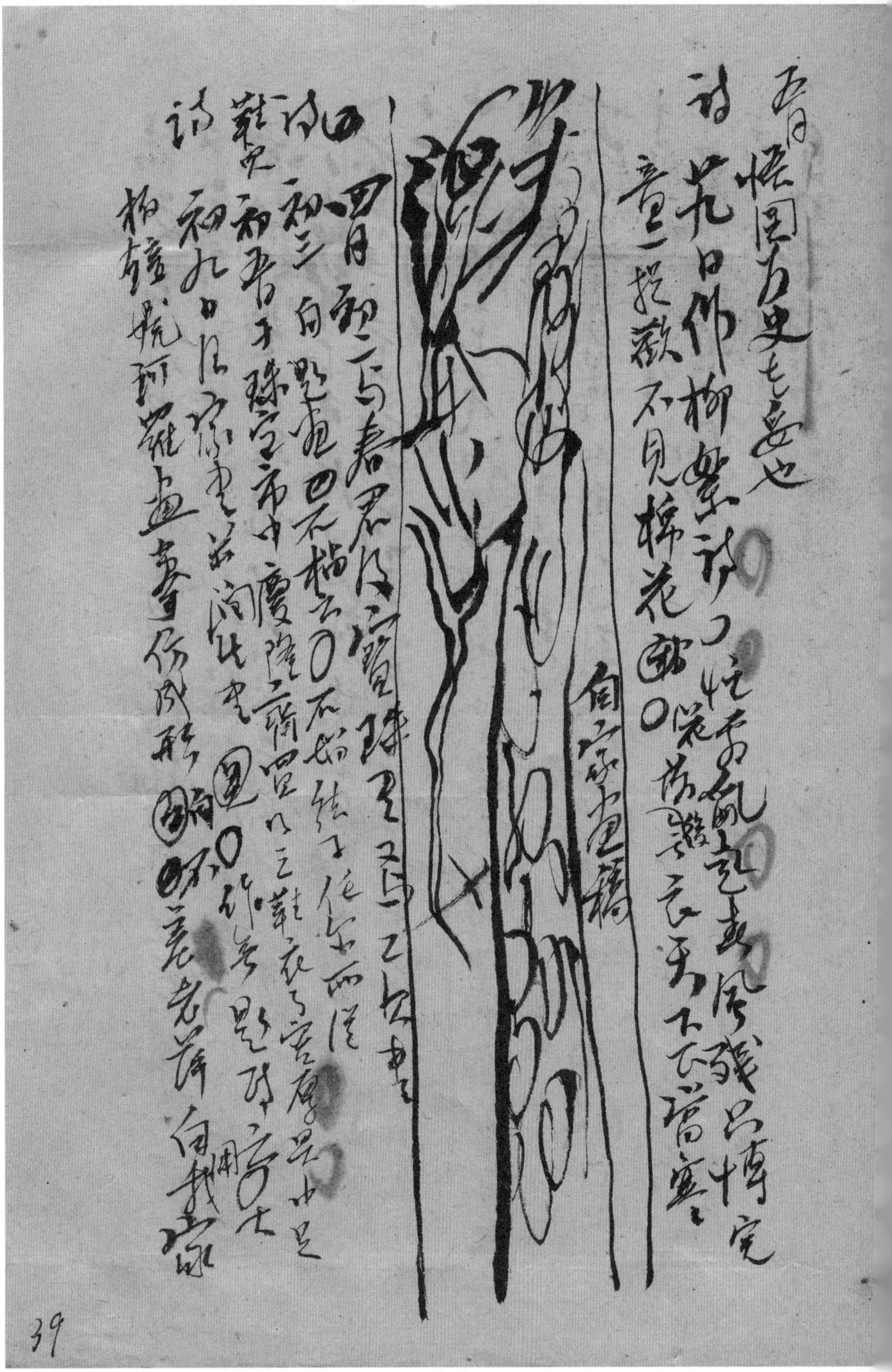

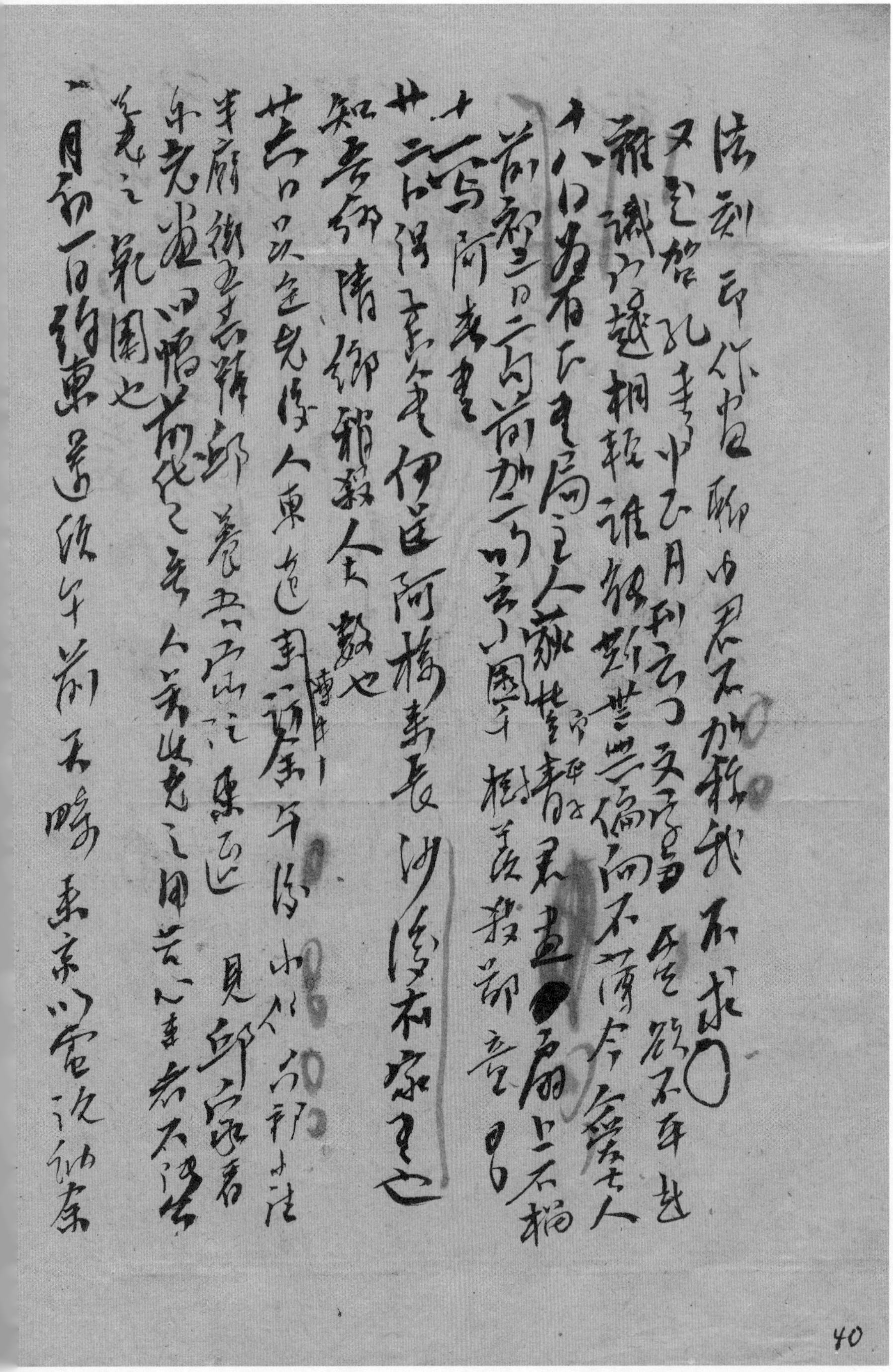

法，刻印作畫聊由，君不加稱我不求。」
又題賀孔才中正月刊云：「文字無靈欲不平，越難識字越相輕。誰能斯世無偏向，不薄今人愛古人。」
十八日，為有正書局主人荻楚青（即平子）君畫扇上石榴。以前初三日二句前加二句云：「小園千樹，羨殺鄰童。」
十六，與阿春書。

廿二日，得子貞書，伊送阿梅來長沙後，在家書也。知吾鄉清鄉，稍殺人天數也。
廿六日，吳缶老後人東邁與陳半丁來訪余。午後小□□□窪半壁街五十六號邱養吾家往東區。見邱家有尔老畫四幅，前代已無人矣。此老之用苦心，來者不能出此老之範圍也。
□月初一日，約東邁飲。午前天畸來京以電話約余同去保陽。初二日午後（下午二點鐘）同天畸往保陽，住竈君廟街。

初三日，與春君書，言移孫在學堂好事。又與子如書，又與……

十二日，寄畫還借山，令子貞贈人。

十三日，又與子貞快信片。連日以來與子如書，子如復稟。并得家信平安。

十四，由保定還京師。

十五日，與子貞書，令其勿往湖北。云：翁少時之氣骨聞於遠近，真知余謂為真高士。今為汝輩求人，或求而不答，何以對人？汝等不能光前，本未讀書，翁不加怪，勿使翁老年無氣骨也。

十六日，往楊梅竹斜街東頭福星店內王星齋扇莊買扇。得梅兒書（伊來長沙，欲學實業，或織襪。求余匯洋銀錢廿元）。

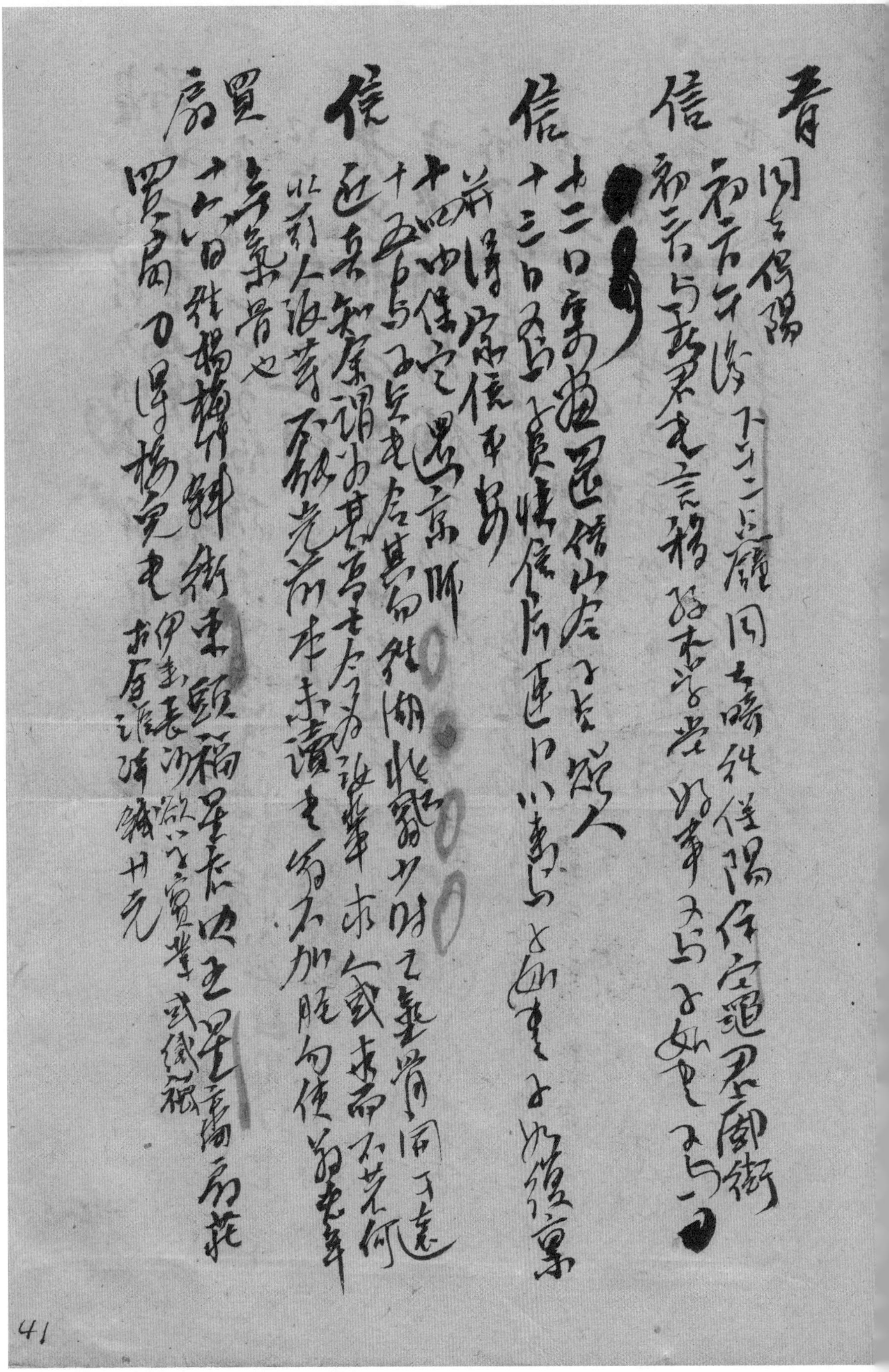

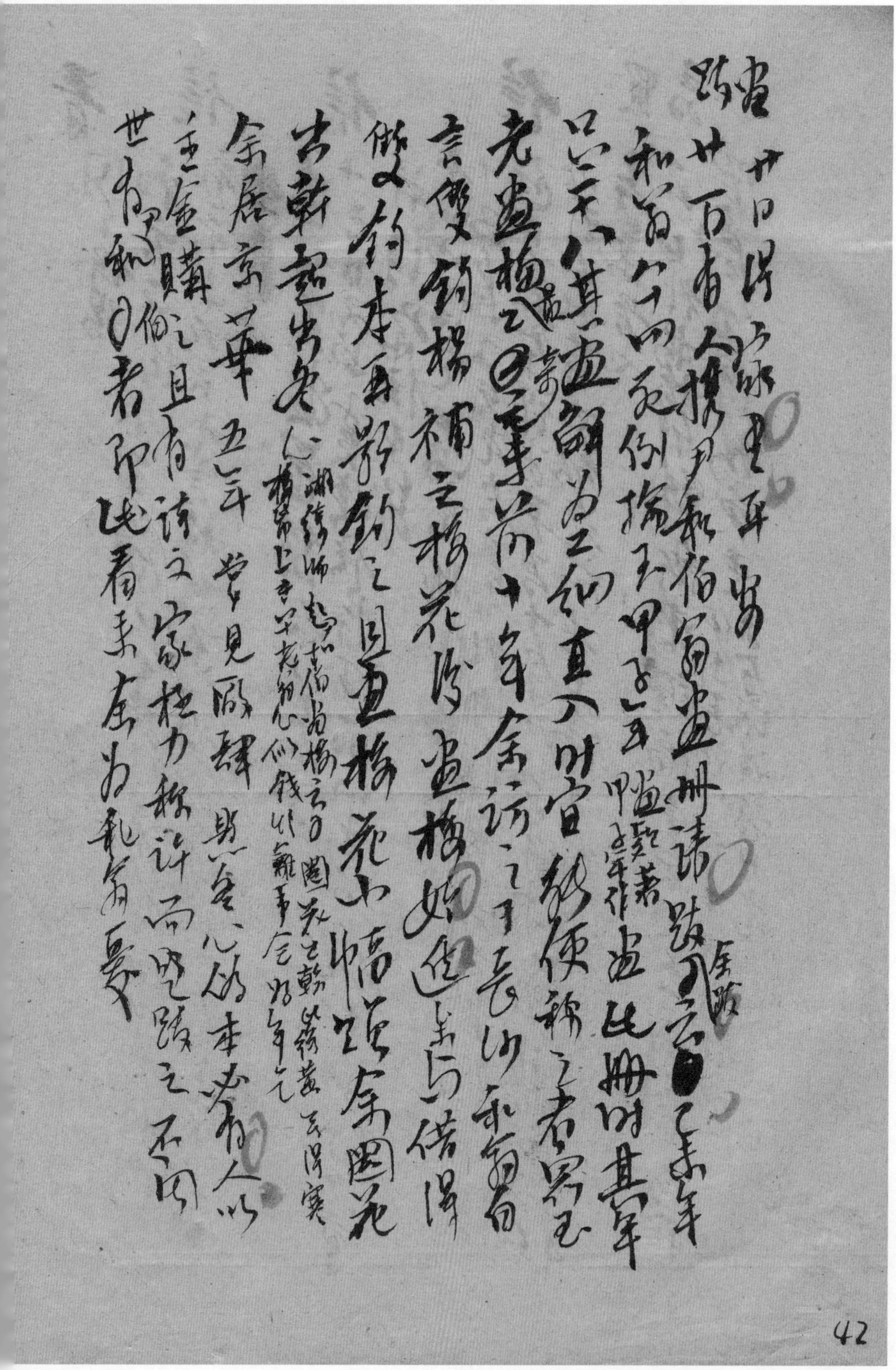

廿日，得家書平安。

廿一日，有人攜尹和伯翁畫冊請跋。余跋云：己未年和翁八十四死，倒掄至甲子年（畫款著甲子年作）。畫此冊時其年只二十八。其畫解為工細，直入時宜，能使稱之者眾。至老畫梅最工奇。己未前十年，余訪之於長沙。和翁自言雙鉤揚補之梅花後，畫梅始進。余與借得雙鉤本再影鉤之，且畫梅花小幅贈余，圈花出幹，超出冬心（湘綺師題尹和伯畫梅云：圈花出幹比徐黃，寫得寒梅紙上香。八十老翁心似鐵，竹籬茅舍好年□）。余居京華五年，嘗見廠肆懸冬心偽本，必有人以重金購之，且有詩文家極力稱許，而題跋之不聞世有尹和伯者，即此看來，余為和翁憂。

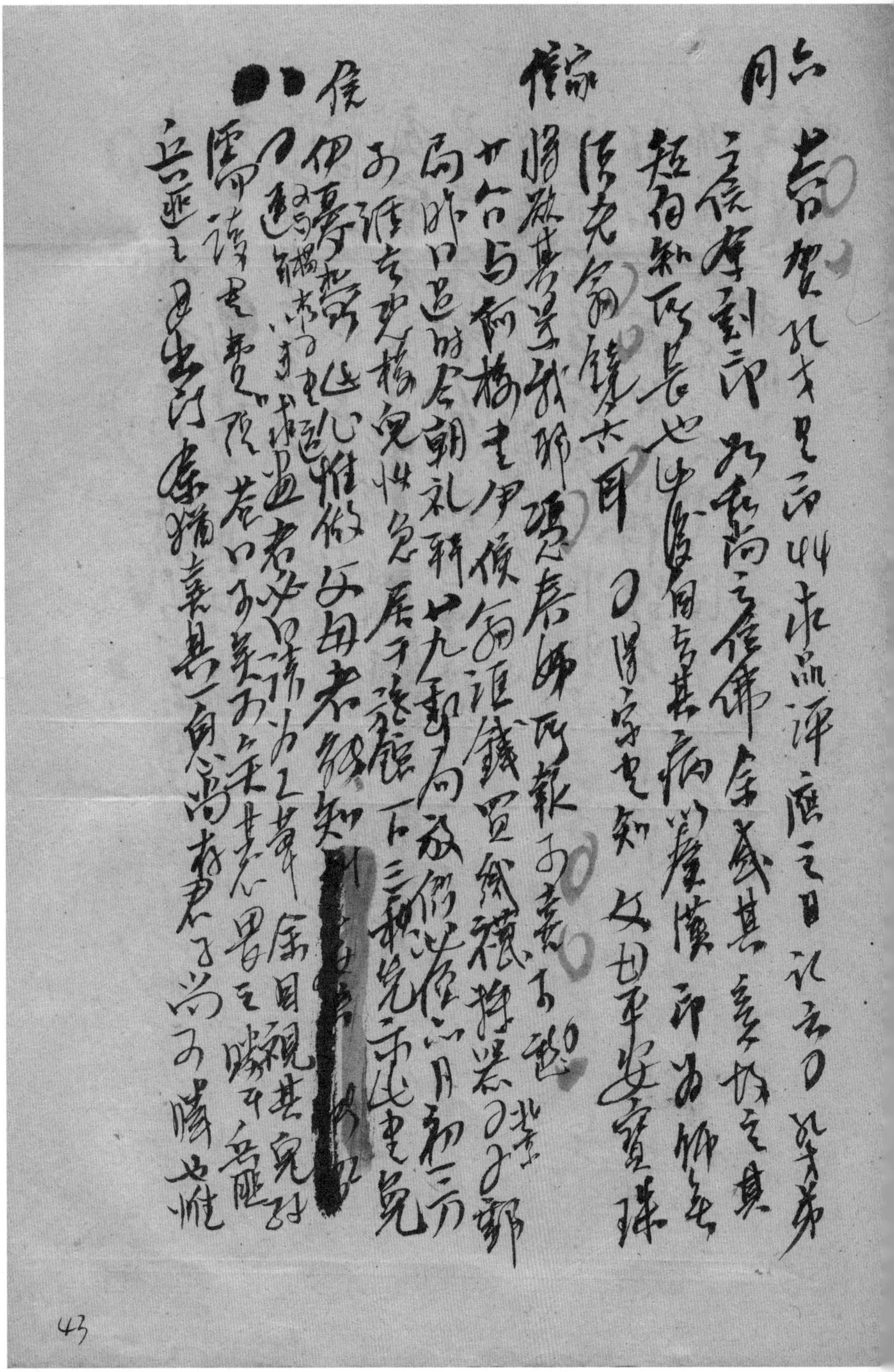

廿六日，賀孔才呈印草求品評，應之且記云：孔才弟之信余刻印，如和尚之信佛。余感其意，故言其短，自知所長也。此後自去其病。以秦漢印為師，無須老翁饒舌耳。

得家書，知父母平安。寶珠將欲真累我耶。滉春姊所報，可喜可愁。

廿八日，與阿梅書，伊候翁匯錢買織襪機器。北京郵局昨日過時，今朝禮拜。廿九，郵局放假，必須六月初一方可匯去，恐梅兒性急，居於旅館，一日三秋，先示此書，免伊憂鬱。此心惟做父母者能知。

又與楊皙子書，云：連年以來，求畫者必曰請為工筆。余目視其兒孫需讀書費，口強答曰可矣可矣，其心畏之勝於兵匪。兵匪之出門，余猶喜其一息尚存，君子尚可憐也。惟

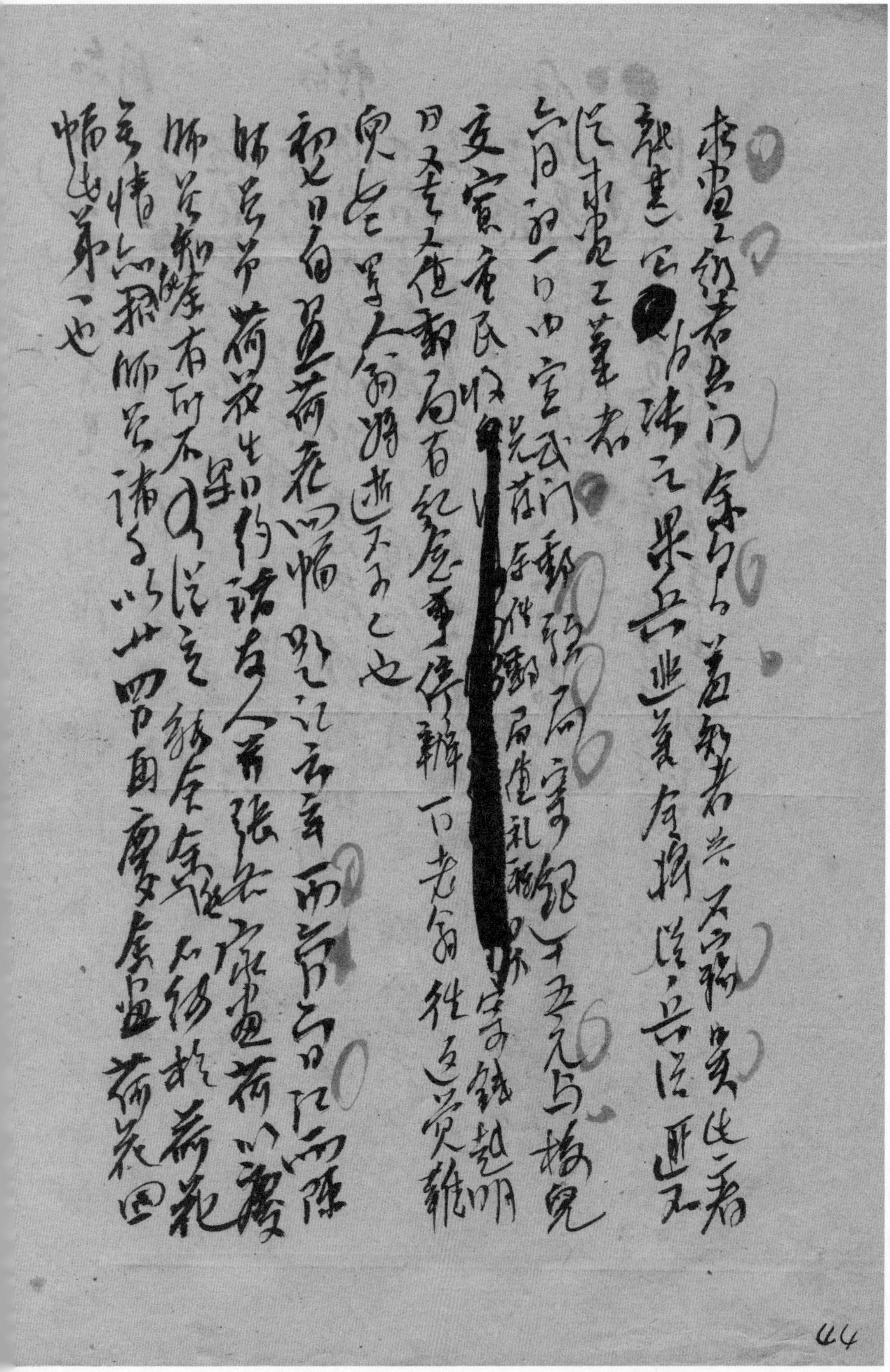

求畫工綴者出門，余以為羞，知者豈不竊笑。此二者孰甚，公為決之。果兵匪善，余將從兵從匪，不從求畫工筆者。

六月初一日，由宣武門郵務局寄銀十五元與梅兒，交賓重民收。先廿□□余往郵局，值禮拜日不寄錢。越明日又去，又值郵局有紀念事，停辦一日。老翁往返覺難，兒女之累人，翁將逝不可已也。

初七日，自畫荷花四幅。題記云：辛酉六月六日，江西陳師曾為荷花生日約諸友人，并張各家畫荷花以慶。師曾知余有所不樂從，竟能捨余。然余不能於荷花無情，亦能招師曾諸子以廿四日再慶。余畫荷花四幅，此第一也。

初九日，為姚茫父畫扇卅二柄，未有不成畫者。此余平生作畫之高興第一回也。題矮雞冠花句云：「笑君如此真材短，眾草低垂卻見高（起二句云：不管秋聲作怒號，風來折盡恥蓬蒿）。」

十二日與賓生書。

十二，與麼畫壽人，款稱簡潔：辛酉夏畫此壽某□□（姓□□，官銜□□，號□□），某某母□（數）十。齊麼麼麼（三人共書款）。

廿二日，與楚俊生書，言匯銀與賓榮東未得回信，請伊代查。作畫荷為廿四日作荷花生日題云：「一花一葉掃凡胎，拋杖拈毫畫出來。解語荷花應記得，那年生日老萍衰。」

廿四，得榮東書知匯伊十五元已收到。今日為荷花生日，余畫荷花大小三十餘紙，畫皆未醜。有最佳者惟

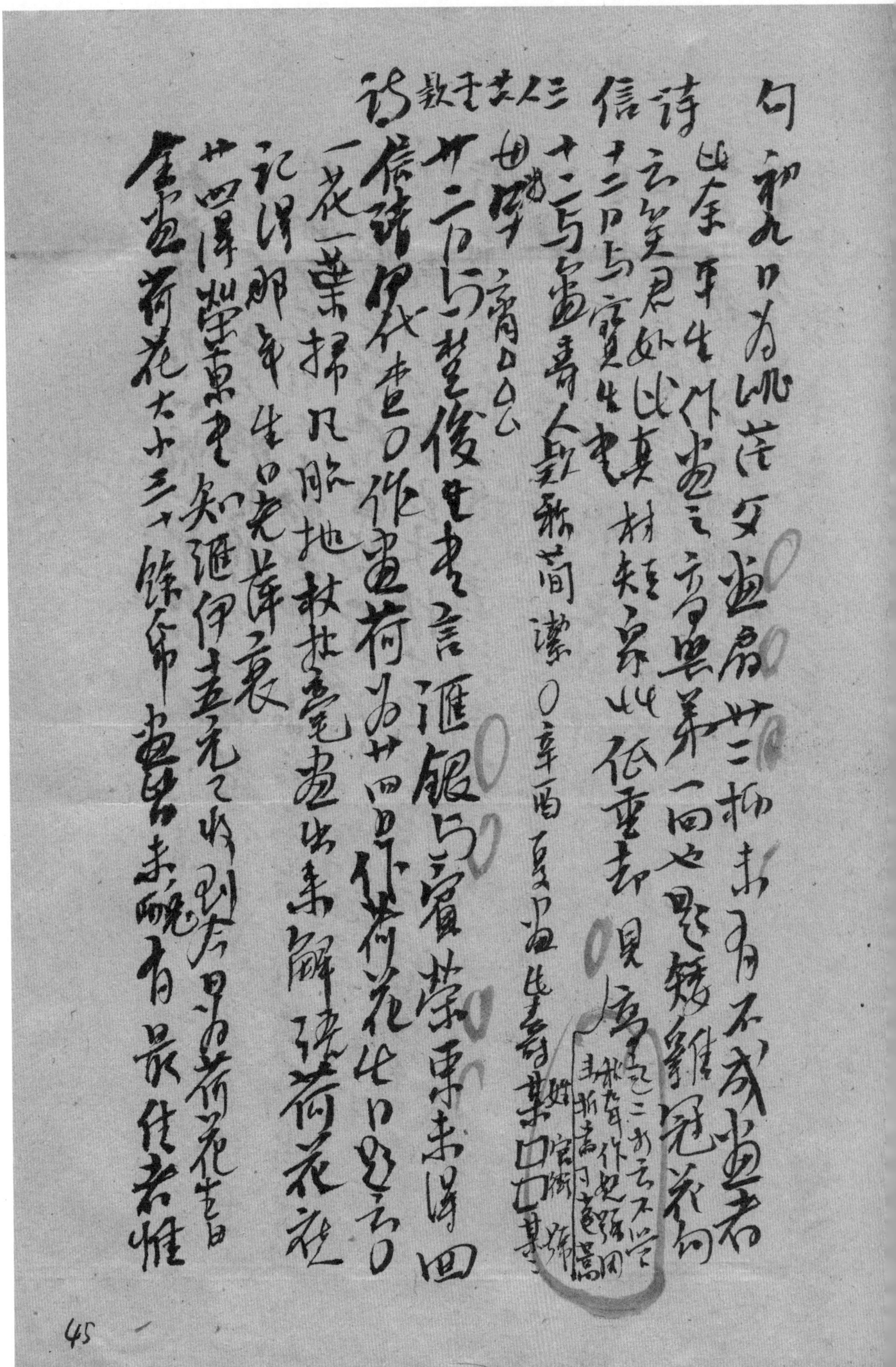

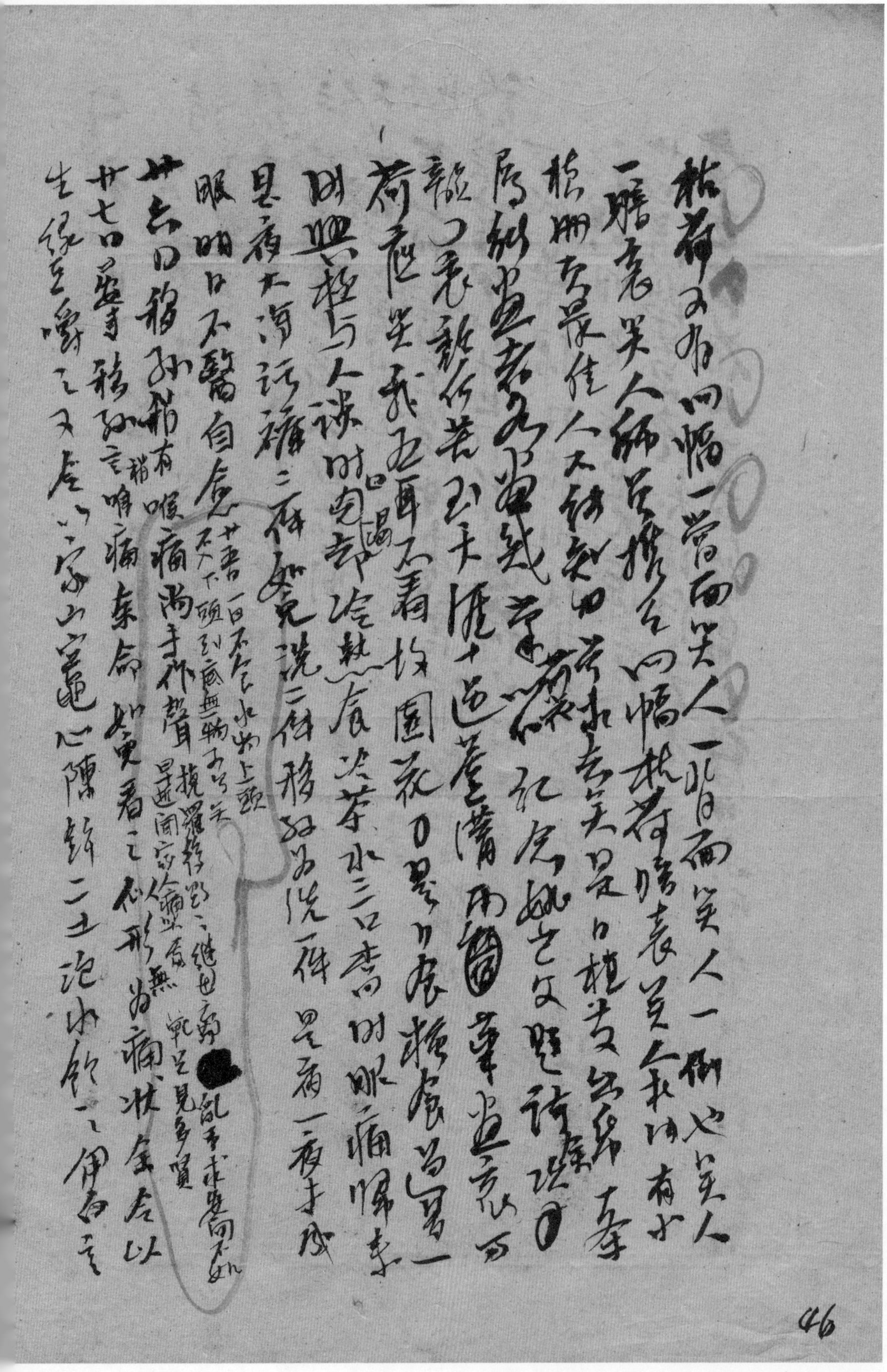

枯荷。又有四幅，一當面笑人，一背面笑人，一倒也笑人，一暗裡笑人。師曾攜之四幅，枯荷暗裡笑人在內。有小橫冊頁最佳，人不能知，師曾求去矣。是日植支出紙一條，屬能畫者各畫幾筆荷花以作紀念。姚茫父題詩，余次韻：「衰頹何苦到天涯，十過蘆溝兩鬢華。畫裡萬荷應笑我，五年不看故園花。」是日食糖食過多，一時興極，與人談時口渴，忘卻冷熱，食冷茶水三口，當時腹痛歸來。是夜大瀉，汙褲三件。如兒洗二件，移孫為洗一件。是夜一夜未成眠。明日不醫自愈。廿五日一日不食水物，上頭不入，下頭到底無物可瀉矣。

廿六日，移孫稍有喉痛，尚未作聲。（挽羅復戡之繼母云：□□□亂事求安閑不如早逝；聞家人痛哭，處□範足見多賢。）

廿七日，晏來移孫言稍喉痛，余命如兒看之，似形為無痛狀。余令以生綠豆嚼之，又令以家山竈心陳壁二土泡水飲之，伊自言

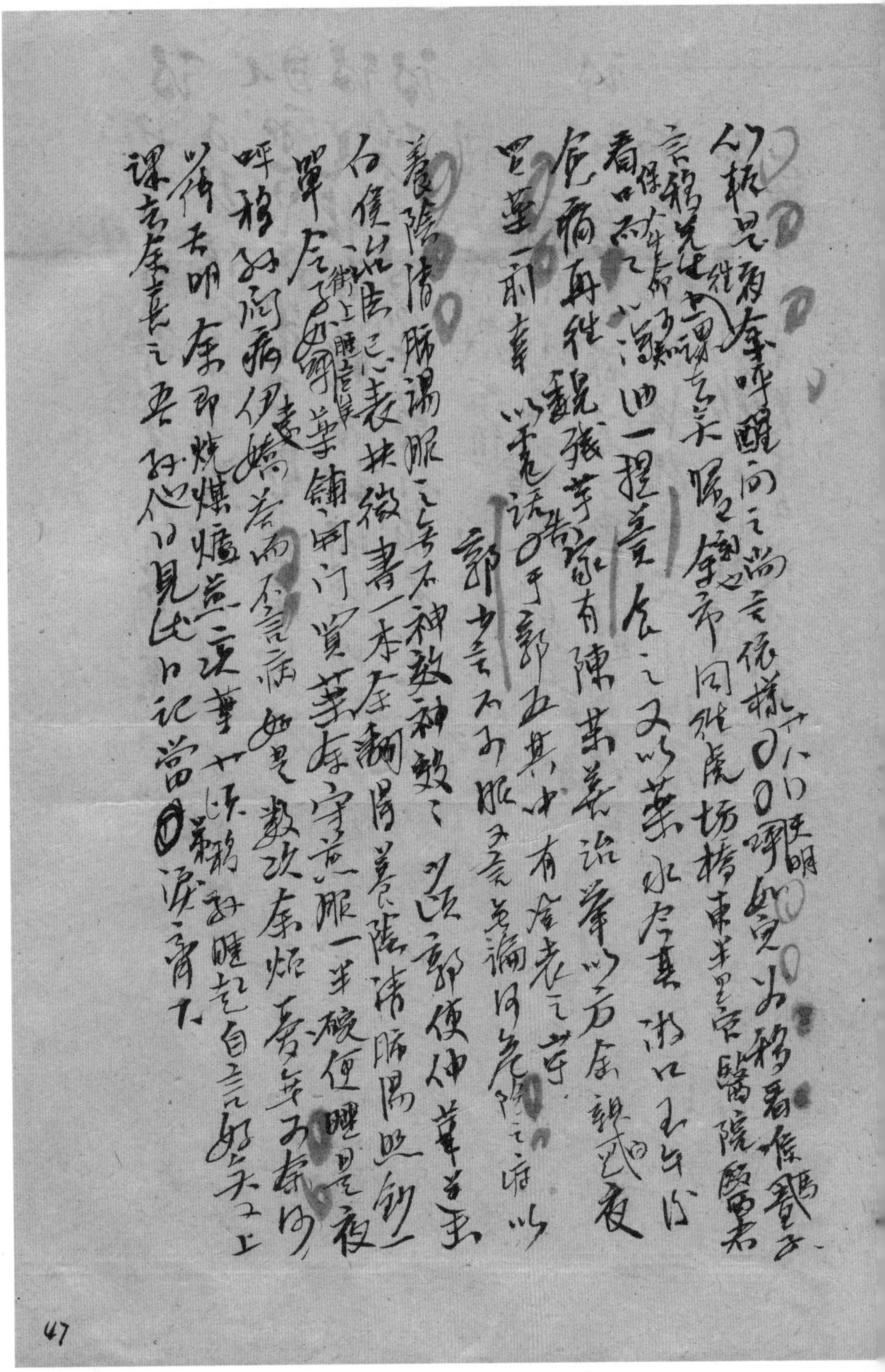

似輕。是夜余呼醒問之，尚言依樣。廿八日，天明，呼如兒為移看喉，馬童子言移先生往上課去矣，歸巳刻也。余即同往虎坊橋東半里官醫院。醫者看口而已（保人生命可知），以瀉油一提羹食之，又以藥水令其漱口。至午後愈痛，再往魏殘芋家。有陳某善治，舉以方，余親自□夜買藥一劑，幸以電話告於郭五。其中有□表之藥。郭少言不可服，又言無論何危險之症，以養陰清肺湯服之，無不神效，神效神效。少頃，郭使仲華送來《白喉治法忌表抉微》書一本。余翻得養陰清肺湯，照鈔一單（街上睡盡矣），令子如呼藥鋪開門買藥。余守煎，服一半碗便睡。是夜呼移孫問病。伊素嬌，答而不言病，如是數次，余煩憂，無可奈何，以待天明。余即燒煤爐煎二次藥。少頃，移孫睡起，自言好矣，又上課去。余喜之。吾孫他日見此日記，當弟淚齊下。

編注：「弟淚齊下」應為「涕淚齊下」。

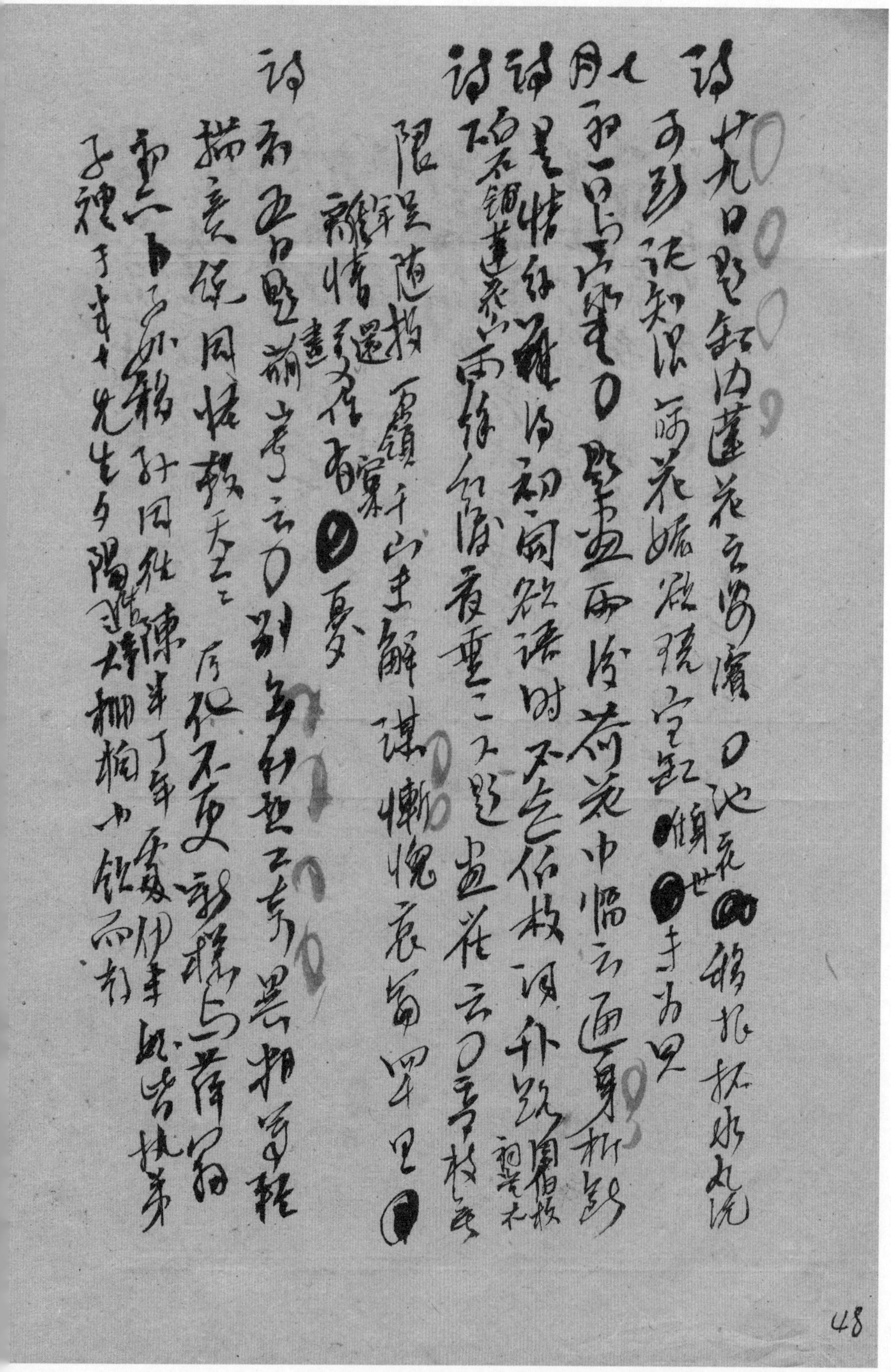

廿九日，題缸內蓮花云：「海濱池花□移根，杯水丸泥可斷魂。知得荷花嬌欲語，寶缸身世未為恩。」

七月初一日，與家書。題畫雨後荷花中幅云：「通身折斷是情絲，難得初開欲語時。不忘伯枚祠外路（周伯枚祠堂在白石鋪蓮花山下），雨餘紅淚夜垂垂。」又題畫雀云：「高枝無限足隨投，萬嶺千山未解謀。慚愧衰翁四千里，離（年）情還作有窠憂。」

初五日，題畫葫蘆云：「別無幻想工奇異，粗寫輕描意總同。怪殺天工工□化，不更新樣與萍翁。」

初六日，子如、移孫同往陳半丁（年）處，伊叔姪皆執弟子禮於半丁先生。夕陽，偕半丁之大柵欄，小飲而散。

編注：缺字漏字處以「□」補之。

十七日，得楊重子書，言子如之婦，其父欲將入學堂，需余即匯三十金為費，余答未許。非惜其金，竊恐學堂無德行女子也。又得家書，寶珠之病危急。余且愁且收拾行篋，余今年不病死皆應悶死也，深信算命。

十八日，上十一點五十分鐘開車，得絕句云：「勞人憔悴幾時休，十出京華滿面愁。路畔黃茅堆壘壘，昔人曾也好名否。偷生心事欲成灰，骨肉忘情願尚違。燕樹鄂雲都識我，年年黃葉此翁歸。」

十九日，巳刻過黃河，車聲丁丁當當，余今年來去四聞此聲，不覺淚潸然如雨。遇某軍同車，因感連年爭戰，哀之以詩：「年少何由識死因，□□□□正如雲。

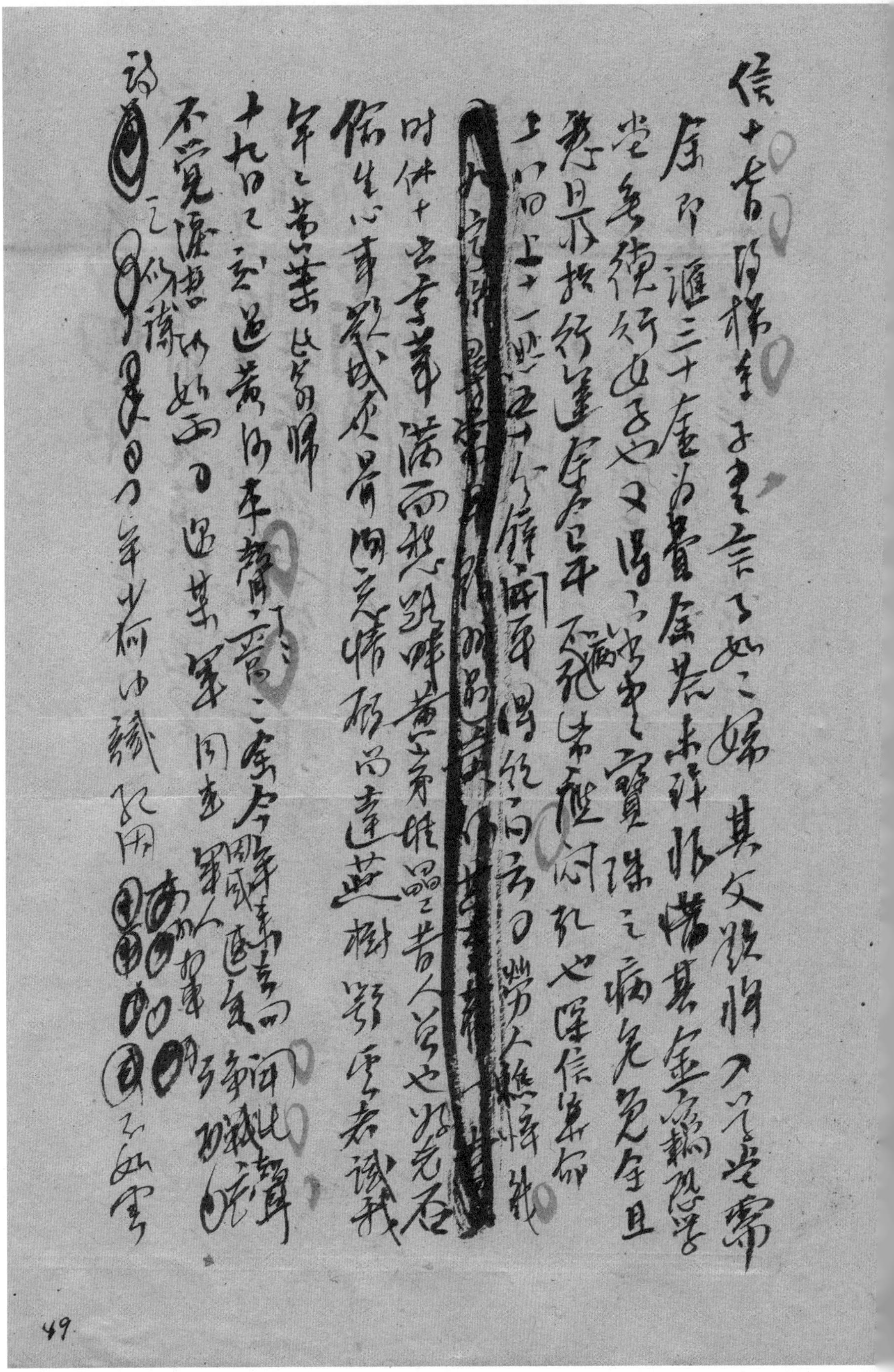

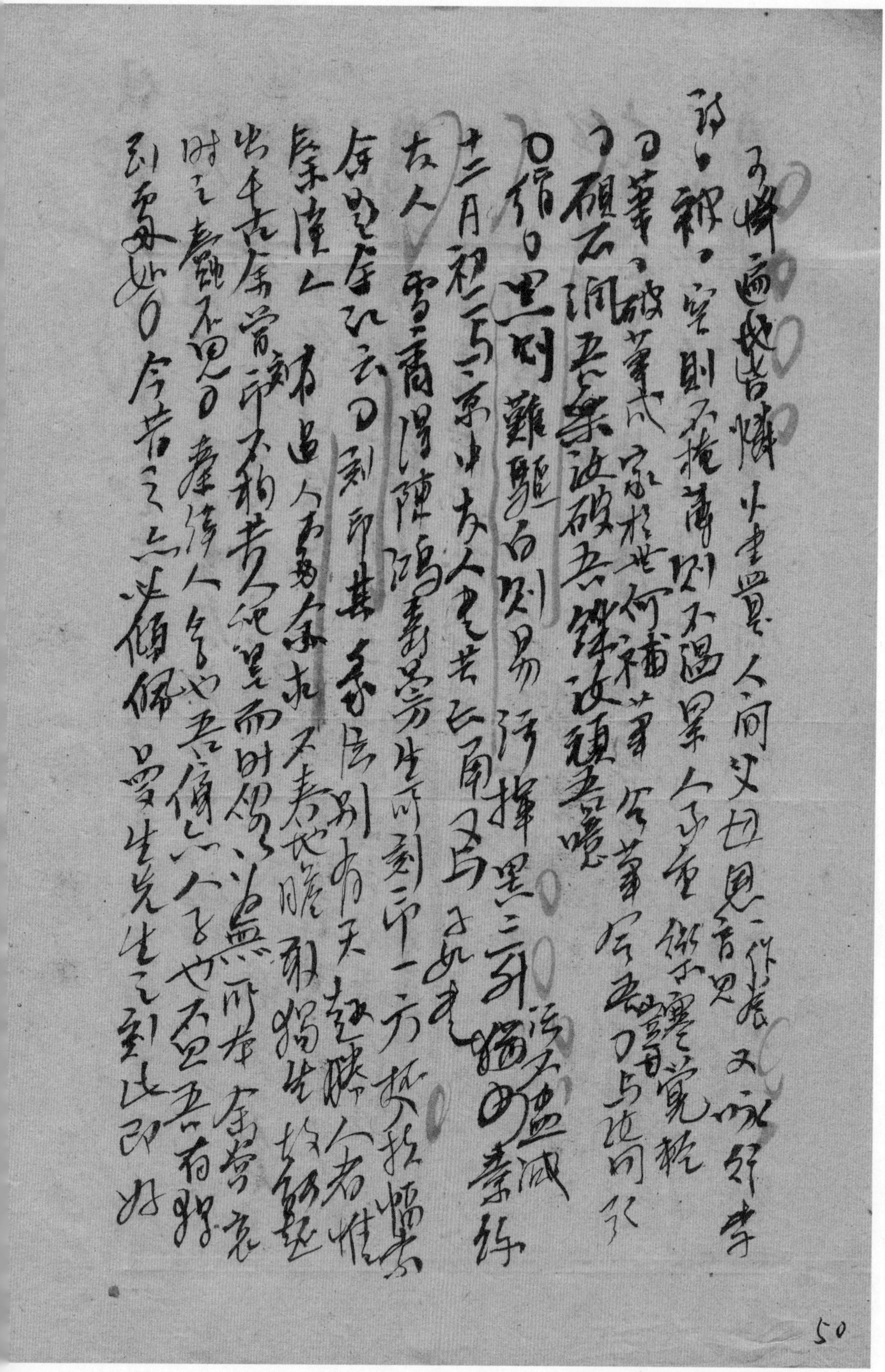

可憐遍地皆燐火，盡是人間父母恩（一作養育恩）。」又咏行李詩：
《被》：「窄則不掩，薄則不溫。累人承重，禦寒覺輕。」
《筆》：「破筆成塚，於世何補。筆兮筆兮，吾豈甘與汝同死。」
《硯》：「石潤吾樂，汝破吾饑，汝頑吾噫。」
《絹》：「黑則難驅，白則易汙。揮墨三升，汙不盡滅素絲。」
十二月初二，與京中友人書，共六函。又與子如書。

友人。雪齋得陳鴻壽曼生所刻印一方，拓入橫幅索余題。余記云：刻印，其篆法別有天趣勝人者，惟秦漢人。有過人處，全在不蠢，膽敢獨生，故能超出千古，余嘗刻印，不拘昔人繩墨，而時俗以為無所本。余嘗哀時人之蠢，不思秦漢人，人子也，吾儕亦人子也，不思吾有獨到處。如今昔之亦必傾佩，曼生先生之刻此印，好……

編注：此頁未完。

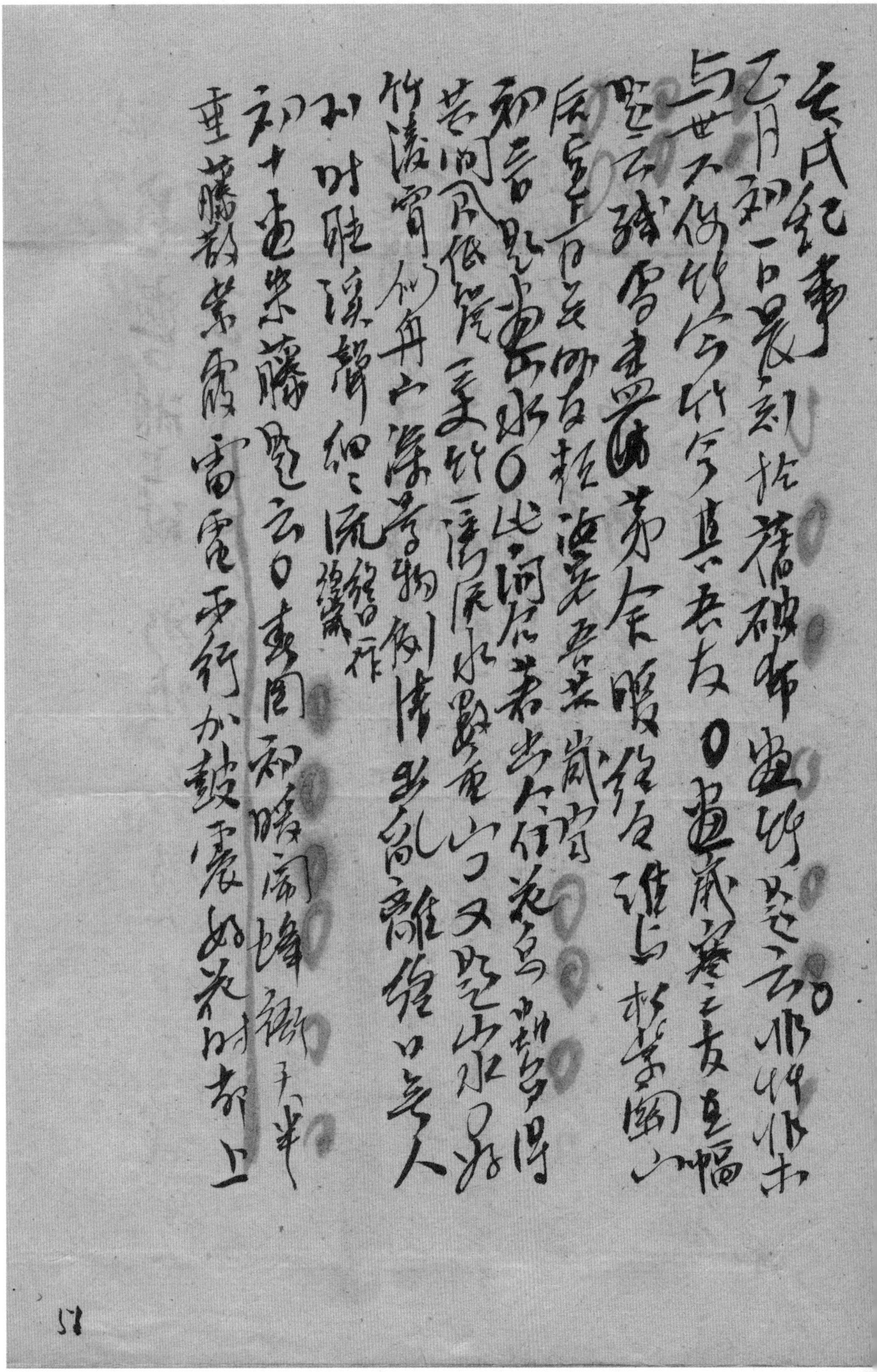

編注：此頁未完。

《壬戌紀事》

正月初一日，晨刻，拾舊破紙畫竹，題云：「非竹非木，與世不偶。竹兮竹兮真吾友。」畫歲寒三友直幅，題云：「殘雪盡□茅舍暖，經冬誰與扣柴關。山居豈肯無朋友，賴汝容吾共歲寒。」

初三日，題畫山水：「此間合著幽人住，花鳥蟲魚得共閑。□尺低□簷□三丈竹，一灣流水數重山。」又題山水：「好竹淩霄□似舟，山深景物例清幽。亂離終日無人到，時聽溪聲細細流（終日一作終歲）。」

初十，畫朱藤，題云：「春園初暖鬧蜂衙，天半垂藤散紫霞。雷電不行加鼓震，好花時節上……

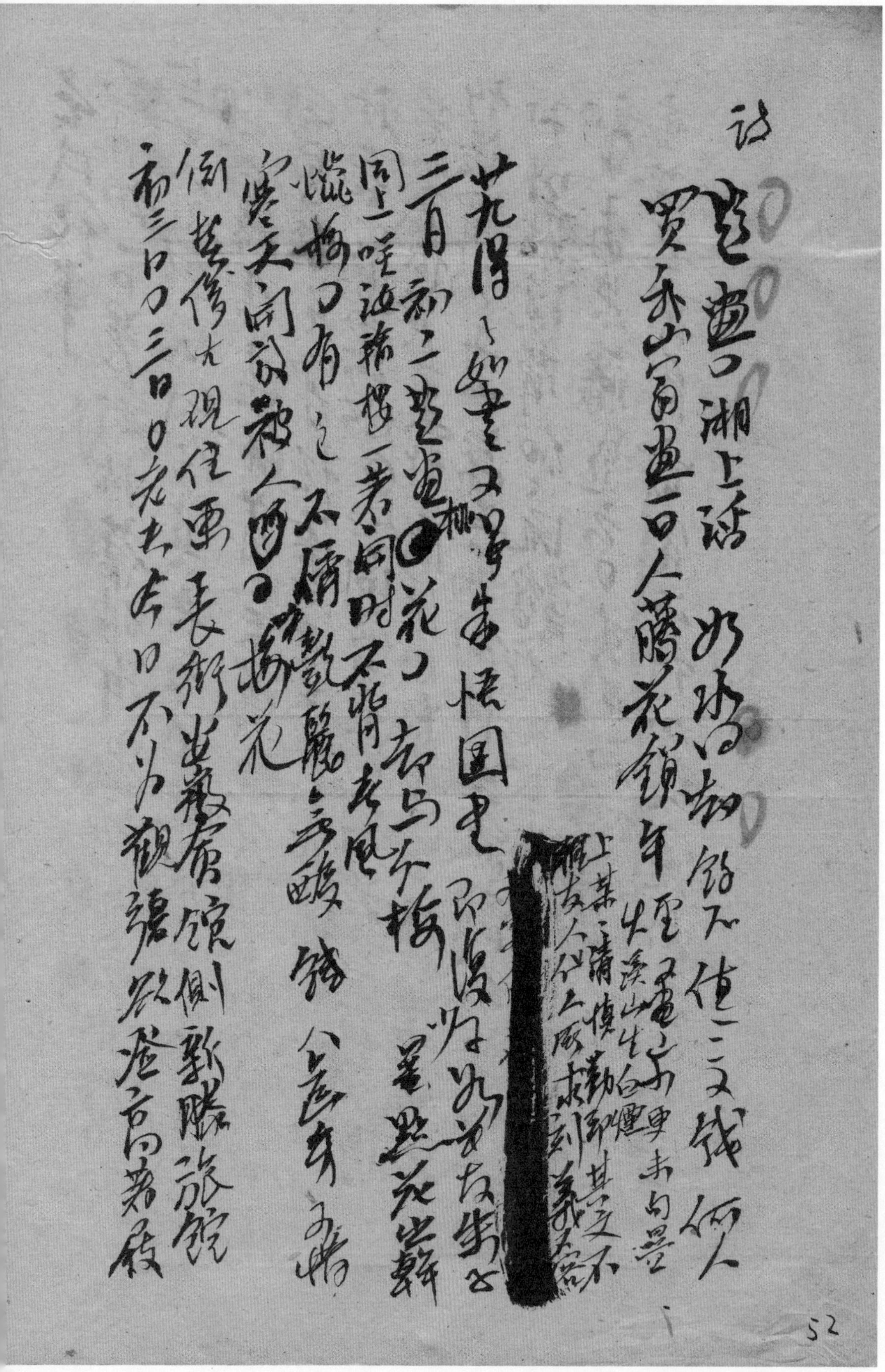

《題畫》：「湘上滔□如水田，劫餘不值一文錢。何人買我山翁畫，百尺藤花鎖午煙（又畫山水。更末句：疊□溪山生白煙）。

……（上某某清慎勤印，其文不雅。友人代人所求刻，義不容……）。

廿九，得子如書，又得朱悟園書，即復子如并及朱子。

三月初二，題畫桃花：「卻與□梅□異，點花出幹同工。笑汝輸梅一著，開時不背春風。」

《臘梅》：「有色不儕豔麗，無酸餞人齒牙。可惜寒天開放，被人□□梅花。」

□楚俊生現住東長街安徽會館側新滕旅館。初三日，三日：「老夫今日不為歡，強欲登高著屐難。自過冬天無日暖，草堂煙雨怯山寒。」

南湖住處見去年日記末筆。

廿日，午後出門。

廿一日，黃昏到湘潭，與植東之畫交楊聚英代送，并請代煎菌油寄畸文人。

廿二，到長沙，與烏石約如兒婚事，又與貞兒書。

廿三，與如兒書。楊二爺住上海靜安寺路地豐路六十號（李呆公，名昌譽，號建聞，住楚竹亭之□□，交俊生代交）。

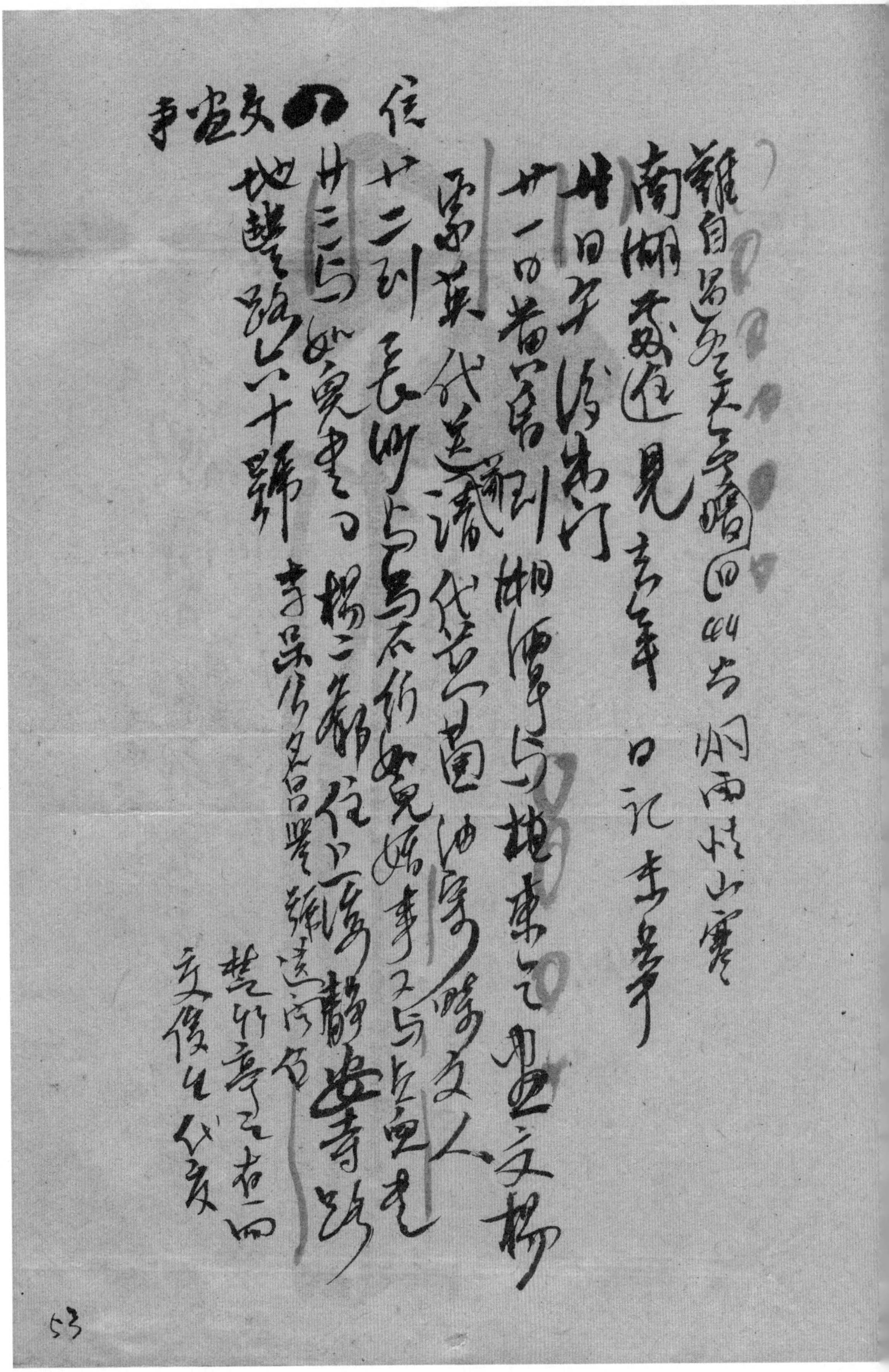

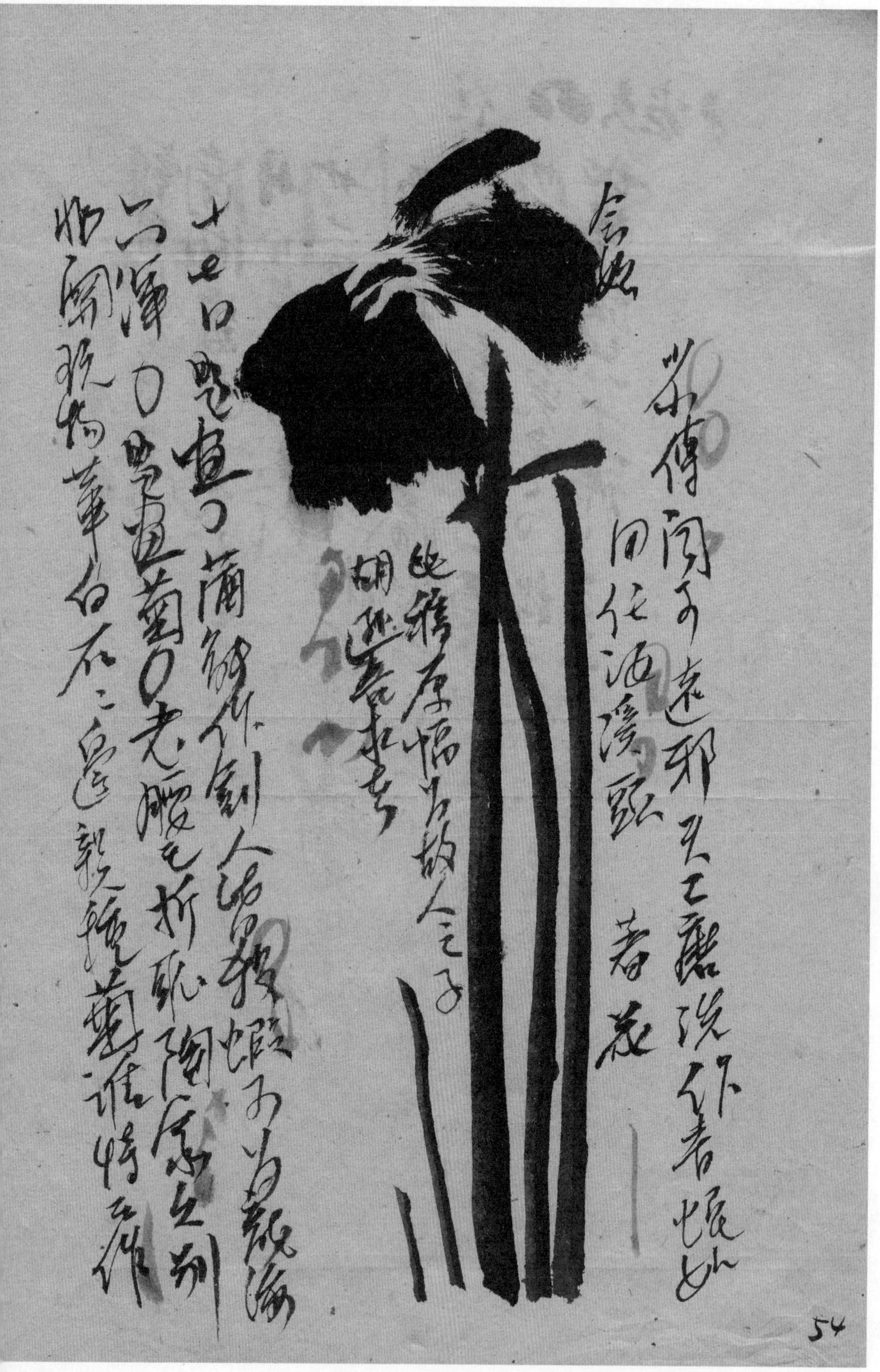

「少小傳聞可遠邪，天工磨洗作青蛇，如今始……用，任汝溪頭□著花（此稿原幅為故人之子胡遜吾求去）。

十七日，《題畫》：「蒲能作劍人皆殺，蝦可為龍海亦渾。」《題畫菊》：「老腰已折恥陶家，久別非關玩物華。白石石邊親種菊，誰憐三作……

編注：此頁未完。

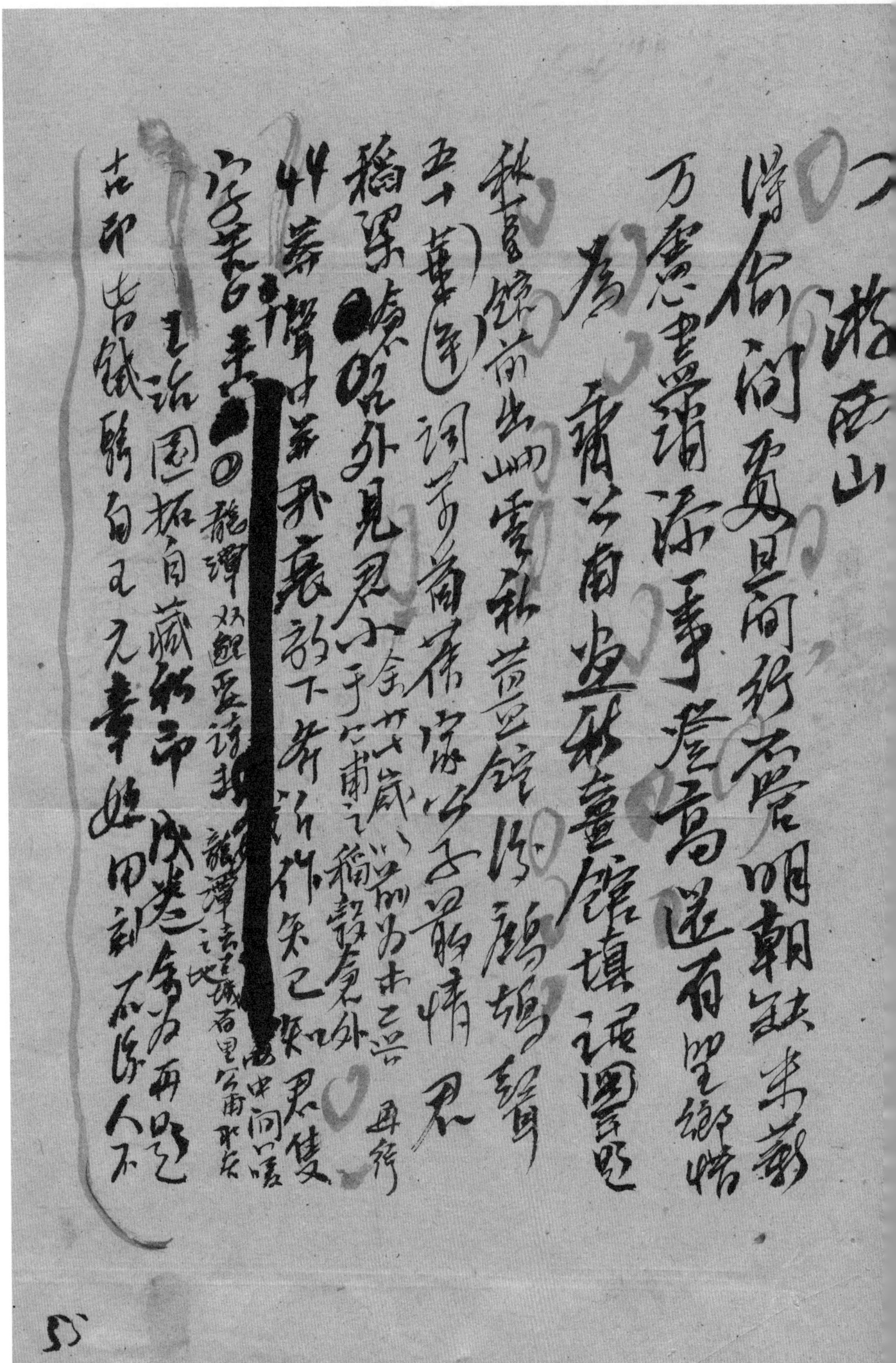

《遊西山》：「得偷閑處且閑行，不管明朝缺米薪。萬慮盡消添一事，登高還有望鄉惜。」

《為齊公甫畫秋薑館填詞圖并題》：「秋薑館前出岫雲，秋薑館後鷓鴣聲。五十年華詞萬首，舊家公子最情君。」

稻粱倉外見君小（余廿七歲以前為木工，嘗弄斧於公甫之稻穀倉外），草莽聲中并我衰。放下斧斤作知己，知君隻字苦辛來

（……龍潭雙鯉要詩來。龍潭去邑城百里，公甫所居之地）。

土治園拓自藏私印成卷，余為再題：古印皆鐵鑄，自王元章始用刻石，後人不……

編注：此頁未完。

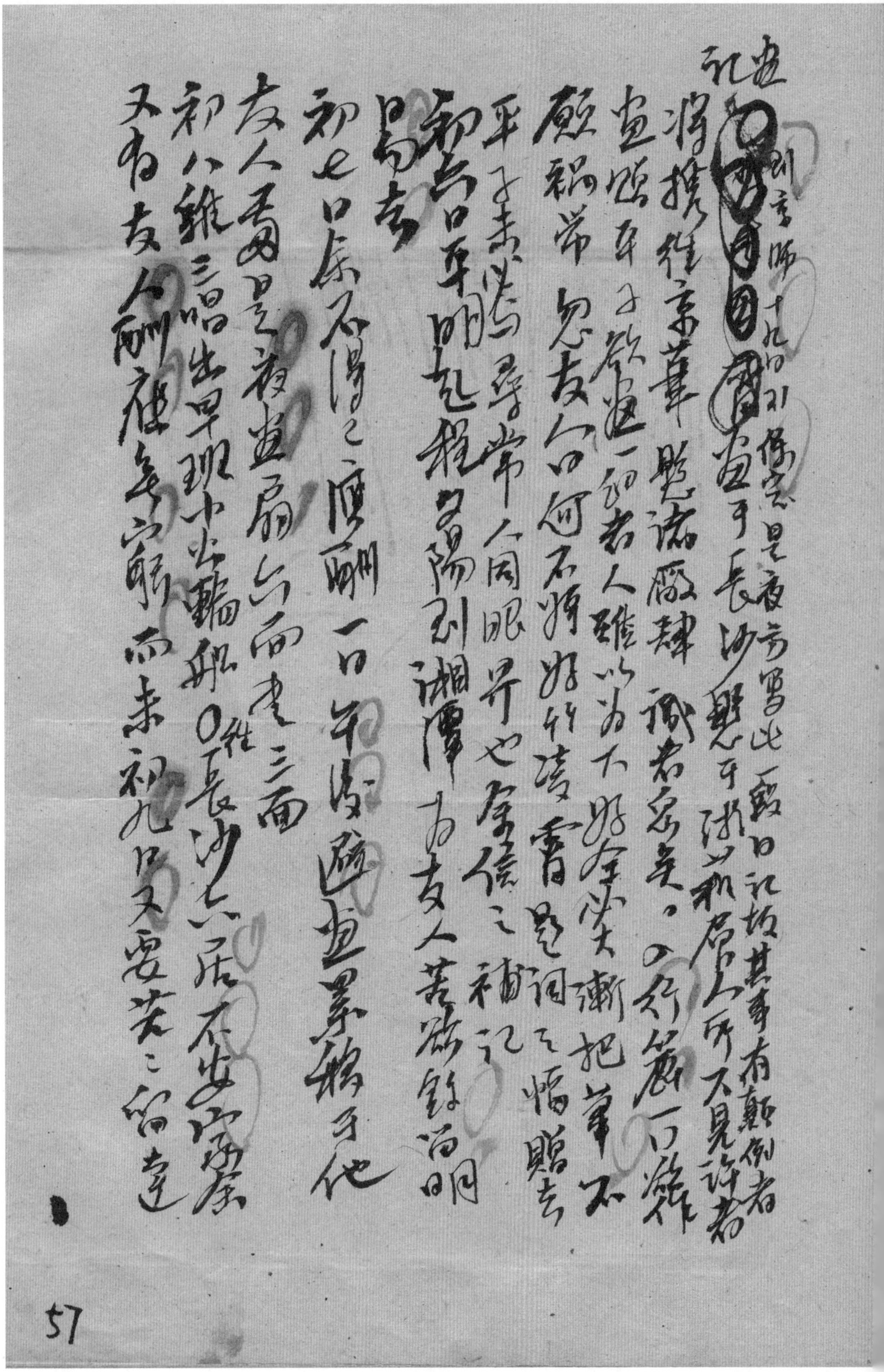

……到京師，十九日到保定，是夜方寫此一段日記，故其事有顛倒者。畫於長沙，懸於遊藝會，人所不見許者。將攜往京華，懸諸廠肆，識者眾矣，入行籠。一日欲作畫贈平子，欲畫一細者，人雖以為大好，余必大漸。把筆不願禍紙。忽友人曰：何不將好竹淩霄題詞之幅贈去，平子未必與尋常人同眼界也。余信之補記。

初六日，平明起程，夕陽到湘潭。為友人苦欲鉤留，明日勿去。

初七日，余不得已應酬一日。午後避畫累，移於他友人處。是夜畫扇六面、書三面。

初八，雞三唱，出早班小火輪船往長沙，亦居石安家。余又有友人酬應無窮而來。初九日，又要苦苦留連……

編注：此頁未完。

58

……正半年，用去二百五十餘元。如兒交來之用數，當說與伊母聽也。余責其費多，且余出京後伊常聽戲等為常，夜半不歸，余欲令其南歸，伊自言自新。

十四日，與天畸翁書。

十八日，得天畸翁書，始知伊住保，請余往保。

十九日，夕陽到保，住雙綵五道廟街七號夏天畸家。

廿日，與子如函（內言有藍洋布裳一件交老周拿出洗，未接回）。

天畸翁生於庚午十月廿日亥時，蓋余欲代求羅舜恂先生之夫人算命也。

廿二日，得如兒復稟，聞郭慈園之太夫人於廿一日……

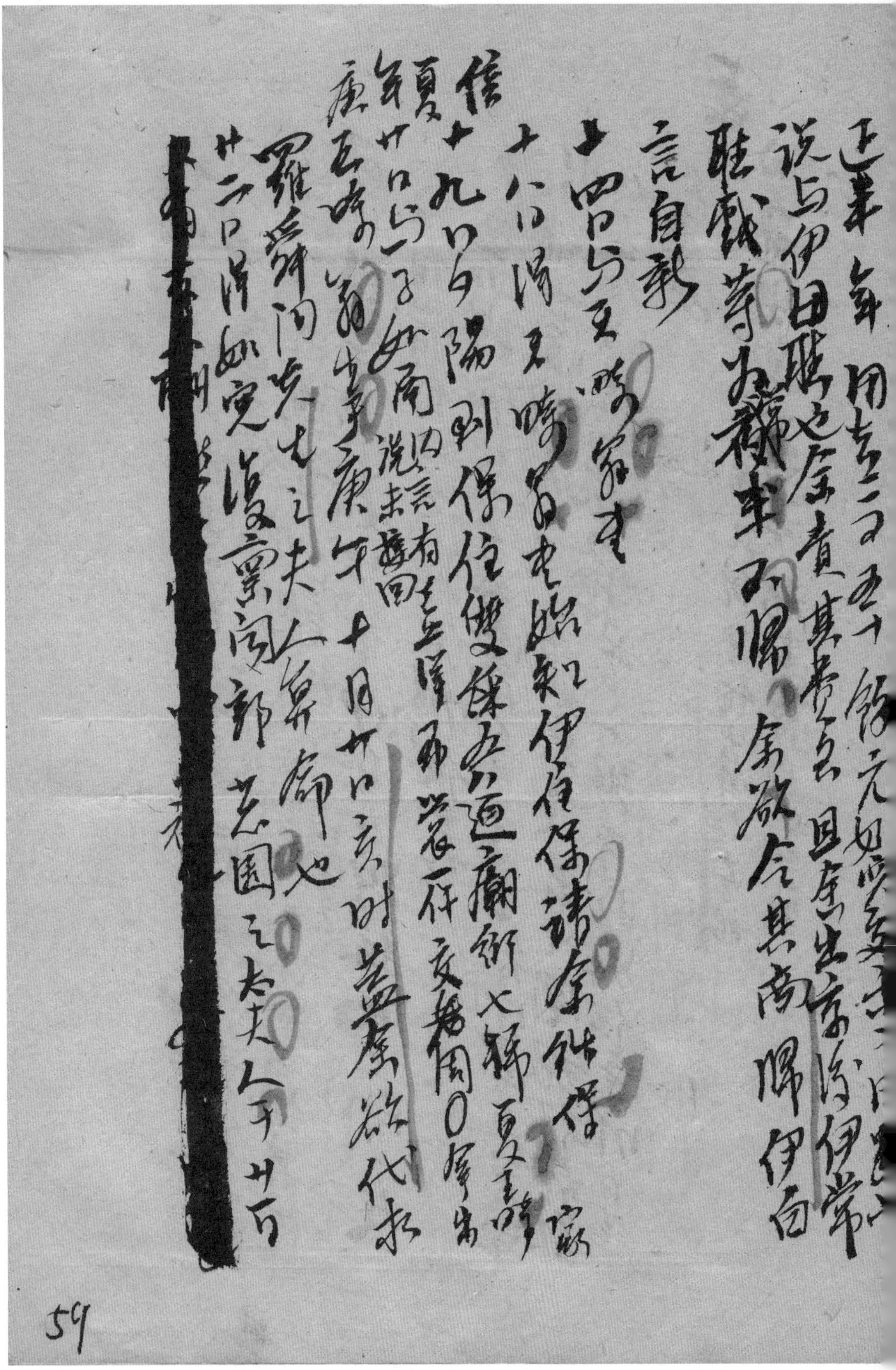

編注：此頁未完。

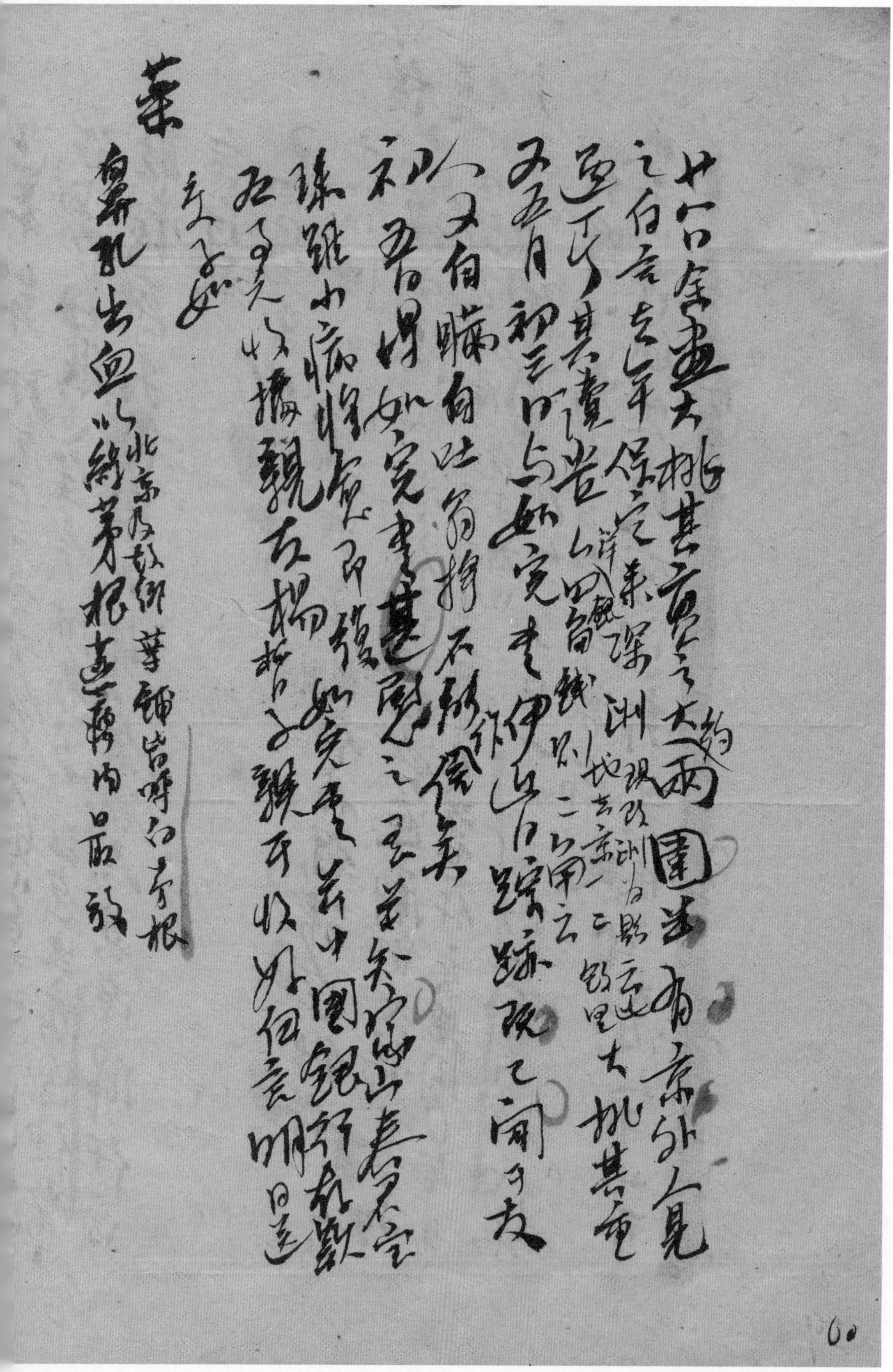

廿八日，余畫大桃，其實之大約兩圍半。有京外人見之，自言去年保定來深洲（現改洲為縣，云此地去京城一二百餘里），大桃其重過一斤，其價貴洋銀四角，賤則二角云。

又五月初三日，與如兒書，伊近日踪跡既已聞於友人，又自瞞自吐，翁將不能作信矣。

初五日，得如兒書，甚慰之至，并知家山春君、寶珠雖小病將愈，即復如兒書，并中國銀行存款五百元收據，親交楊皙子親手收好，自言明日送交子如。

鼻孔出血，以絲茅根（北京及故鄉藥鋪皆呼白茅根）蒸瘦肉，最效。

初七，題畫雞頭菱：「不忘同唱采菱歌，樂事從來有幾何。食我雞頭親剝肉，不辭纖指刺痕多。」

初十日，得子如書，由皙子寄物已到。又言移孫病發大作勢，通身無力，余昨初八夜下半夜睡不著，余恐有後人不利，今果然也，即作函與子如、移孫。

十四日，得如兒書，言移孫病未大減，醫者所言病原為用心過度，以至傷陰，恐成勞症。余心不樂，即為天畸商之明日回京。

十五日，已刻開車，酉後到京，即見移孫瘦得不堪，探其額，問其病，微有熱。稍減即令就醫，移孫就醫歸，自言醫者云此方服三副當效，病可愈矣。

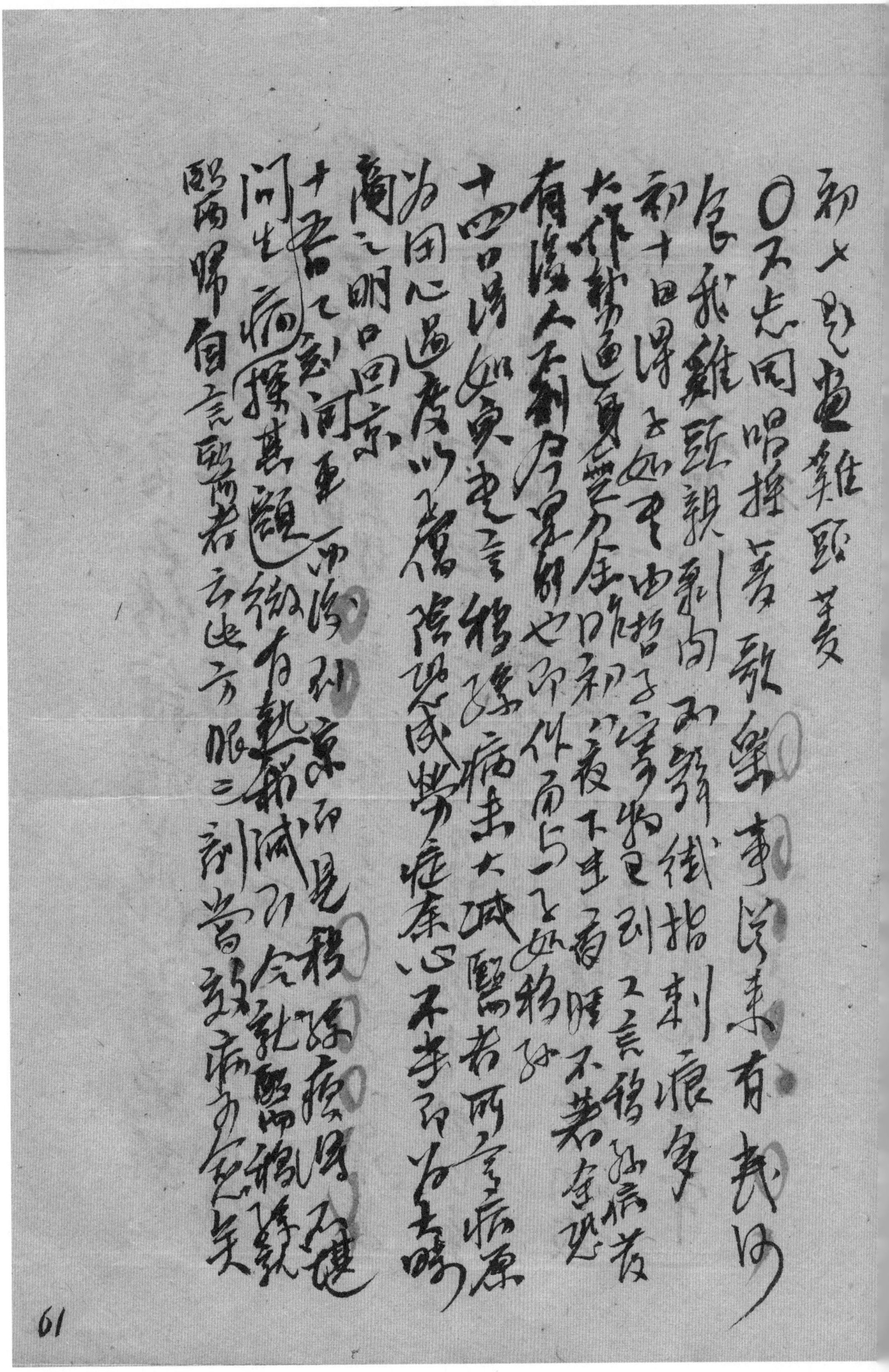

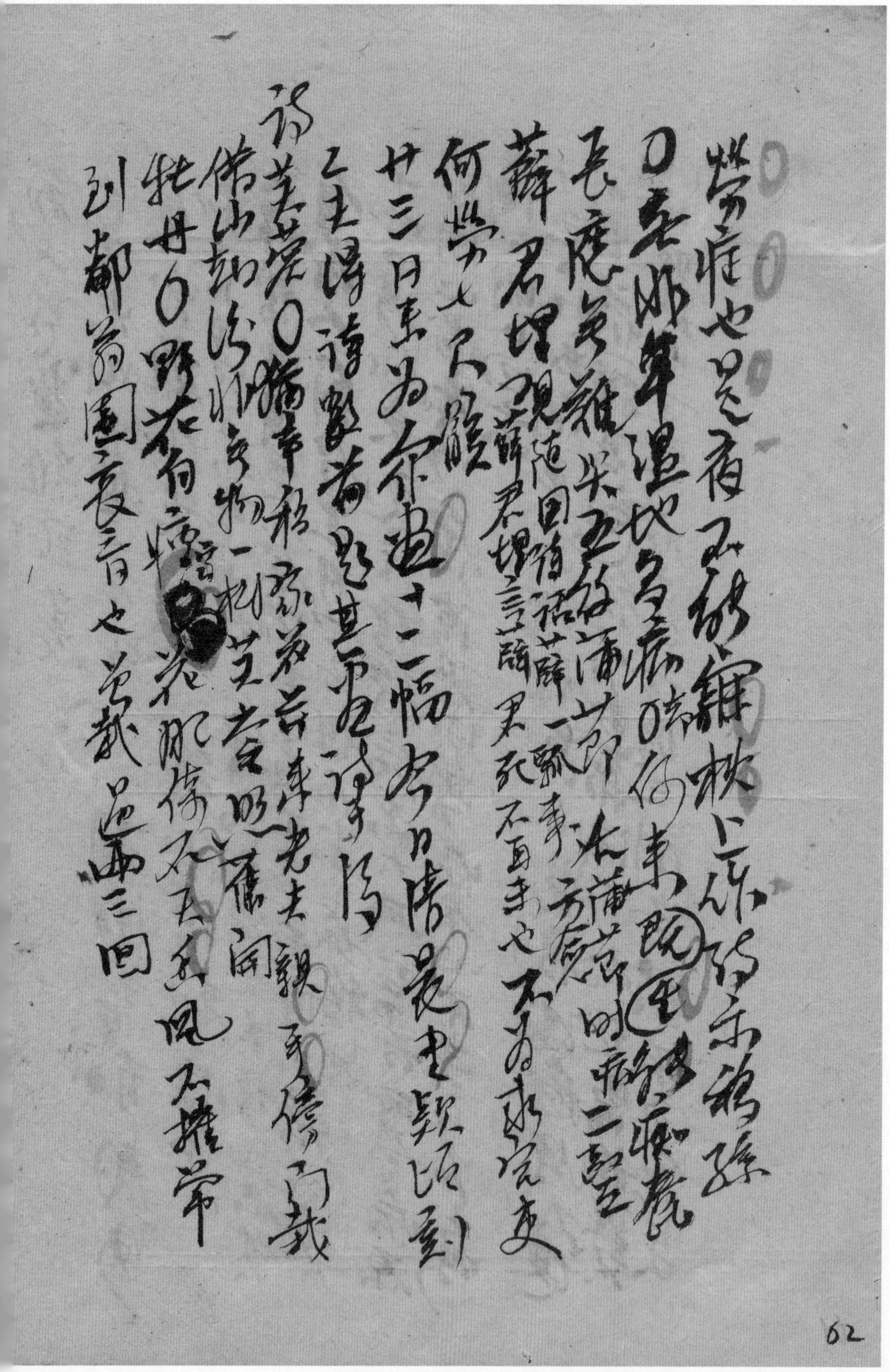

……勞症也，是夜不能寐，枕上作詩示移孫：「客非卑溫地，多病卻何來。生既能痴蠢，長應無難災。五絲蒲節活（蒲節時病方愈），二豎薛君埋（見《隨園詩話》薛一瓢事。薛君埋，言薛君死不再來也）。不為求官吏，何勞七尺骸。」

廿三日，來為人作畫十二幅，今日清晨書款，頃刻工夫得詩數首，題其畫詩於後。《芙蓉》：「猶幸移家花并來，老夫親手傍門栽。借山劫後非無物，一樹芙蓉照舊開。」

《牡丹》：「野花自瘦家花肥，倚石天香風不摧。常到鄰翁園裡看，也曾栽過兩三回。」

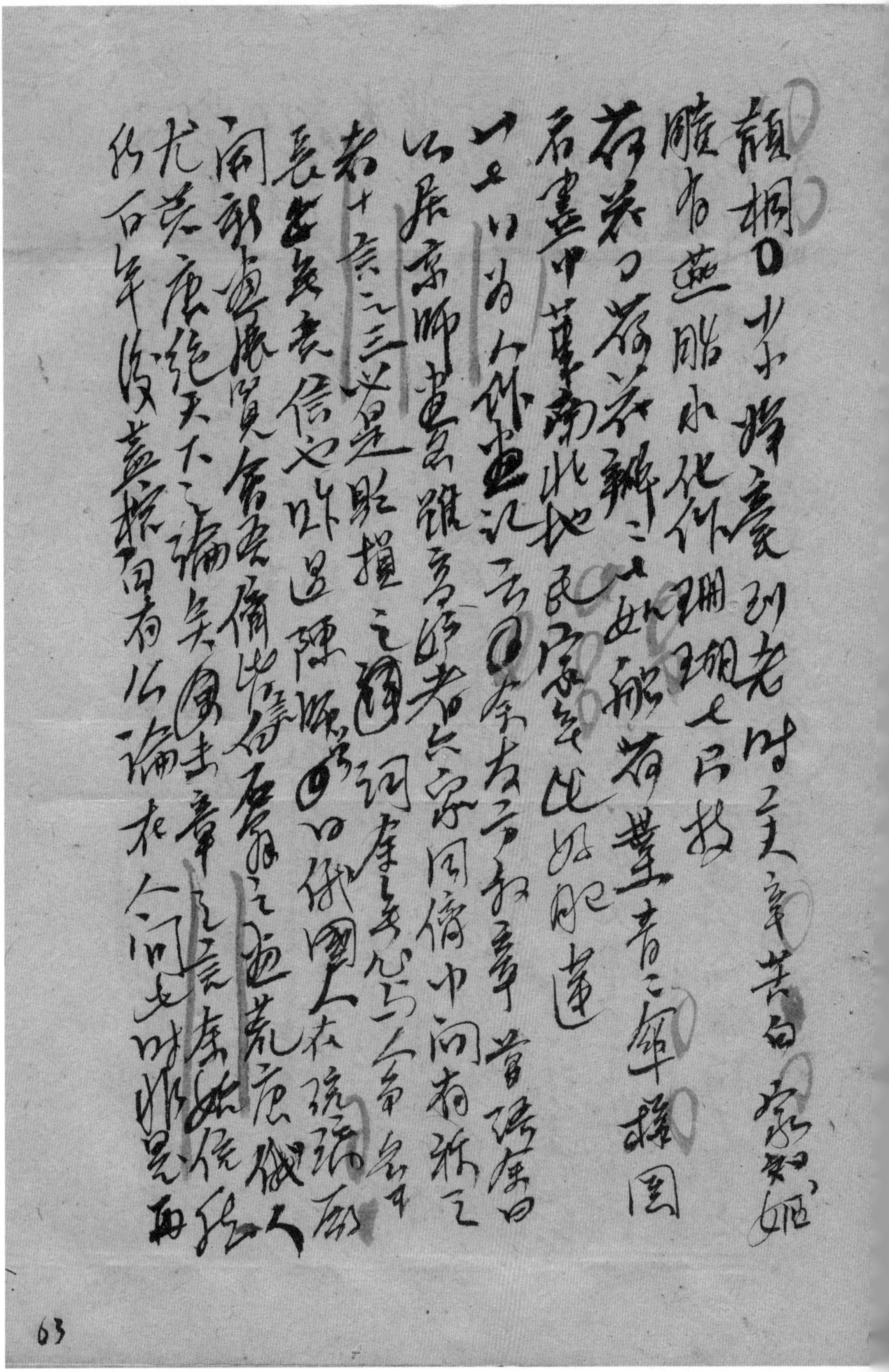

《頳桐》：「少小揮毫到老時，工夫辛苦自家知。山姬剩有燕脂水，化作珊瑚七尺枝。」

《荷花》：「荷花瓣瓣大如船，荷葉青青傘樣圓。看盡中華南北地，民家無此好肥蓮。」

廿七日，為人作畫記云：余友方叔章嘗語余曰：公居京師，畫名雖高，妒者亦眾，同儕中間有稱之者，十言之三必是貶損之詞。余無心與人爭名於長安，無意信也。昨遇陳師曾，曰俄國人在琉璃廠開新畫展覽會，吾儕皆言白石翁之畫荒唐，俄人尤荒唐絕天下之論矣。赤章之言余始信然，然百年後蓋棺，自有公論在人間，此時非是，再……

編注：此頁未完。

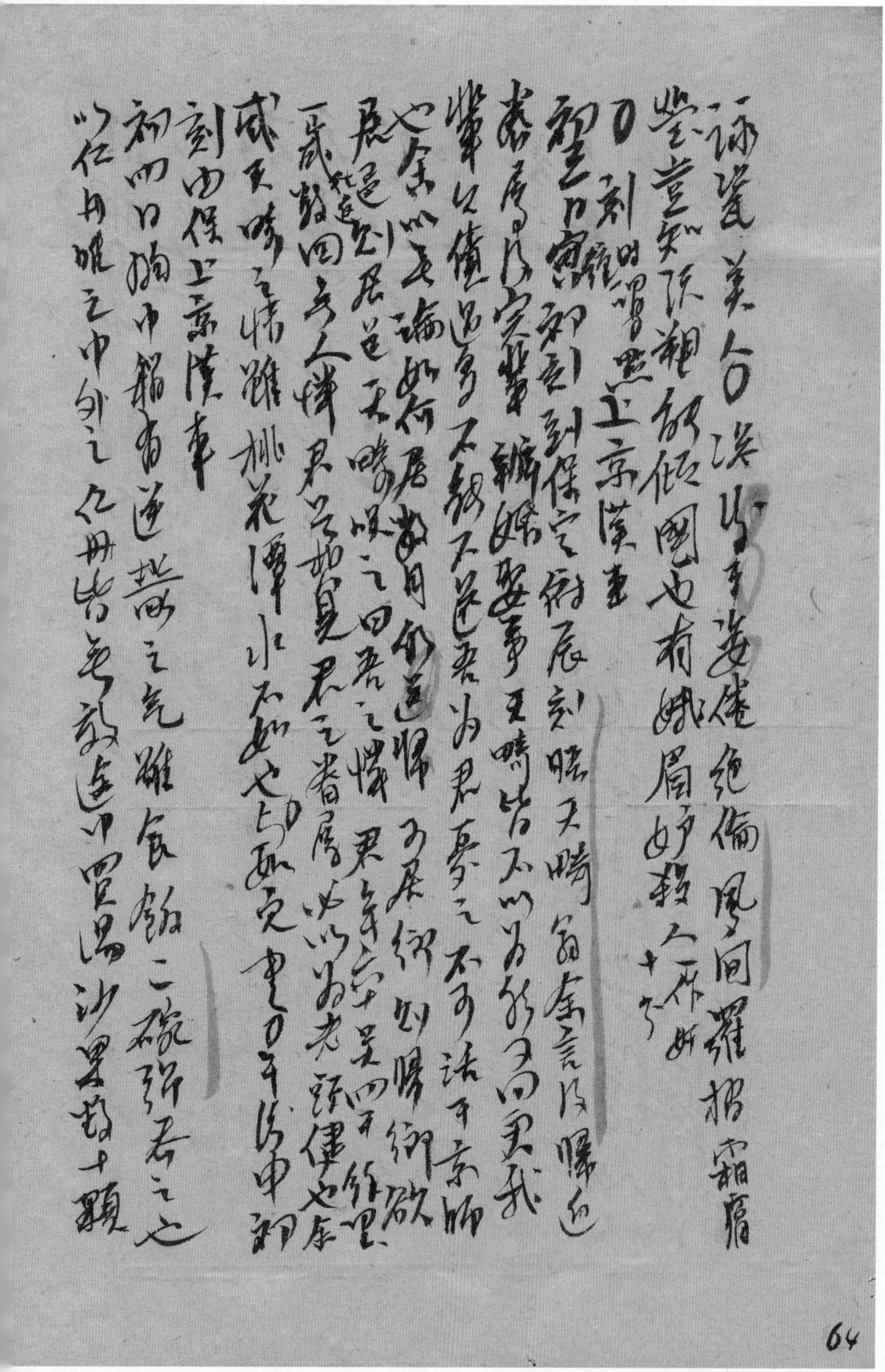

《咏瓷美人》：「浴後手姿倦絕倫，風開羅摺霜膚瑩。豈知泥塑能傾國，也有娥眉妒殺人（一作妒十分）。」

□刻（時謂□點鐘）上京漢車。

初三日，寅初刻到保定俯。辰刻晤天畸翁。余言及歸迎眷屬及兒輩辦婚娶事。天畸皆不以為然，又曰：□我輩欠債過多，不能不還。吾為君憂之，不可活於京師也。余以無論如何居數月仍送歸，可居鄉則歸鄉，欲居邑則居邑。天畸笑之曰：吾之憐君年六十矣，四千餘里，一歲往返數回，無人憐君，足想見君之眷屬必以為老頭健也。余感天畸之情，雖桃花潭水不如也。與如兒書。午後申初刻由保上京漢車。

初四日，胸中稍有逆鬱之氣，雖食飯二碗，強吞之也。以仁丹服之，中外之仁丹皆無效。途中買得沙果數十顆。

編注：「保定俯」應為「保定府」。

懷奉父母，未知可帶到家尚可食否？

初五日，寅初刻到漢口，即過江居鯰魚套金台旅館（金台館接客先生韓祥雲、店主余靜潭），精神甚倦，今年尤覺倍加矣。

初六，岳州道中聞稻香：瀟湘不歇一春雨，雨歇農人起早嗟。且喜今年田穀熟，武昌一帶到長沙。欄江疊網無魚漏，黨害官災豈遯逃。要識豐年是天意，為民竭力著（一作長）脂膏。

《避亂攜眷北上》：「不解吞聲小阿長，攜家北上太愴惶。回頭雨淚親還在，咬定蓮花是故鄉。」

長沙街道不平，小車傷其臂。

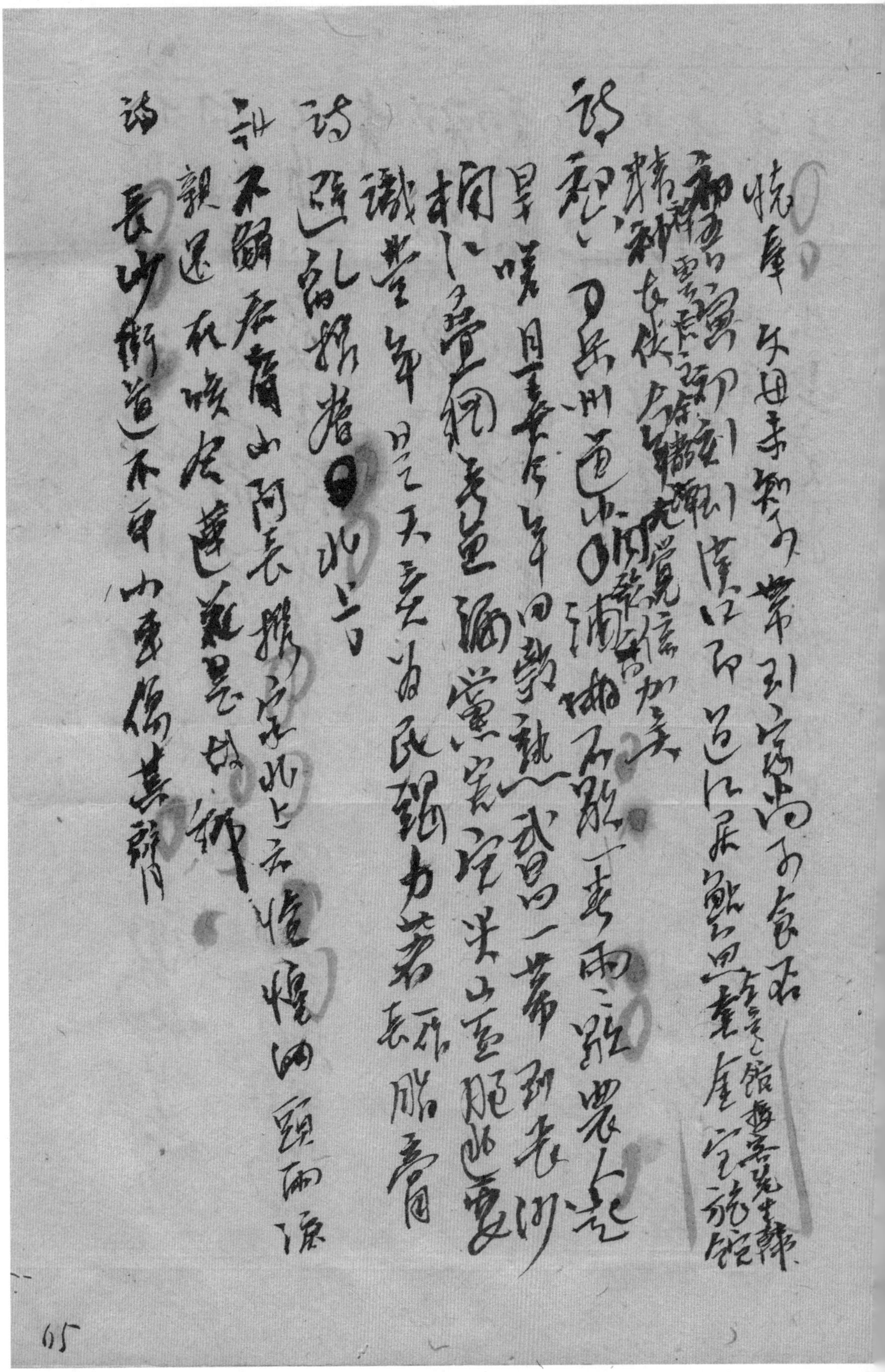

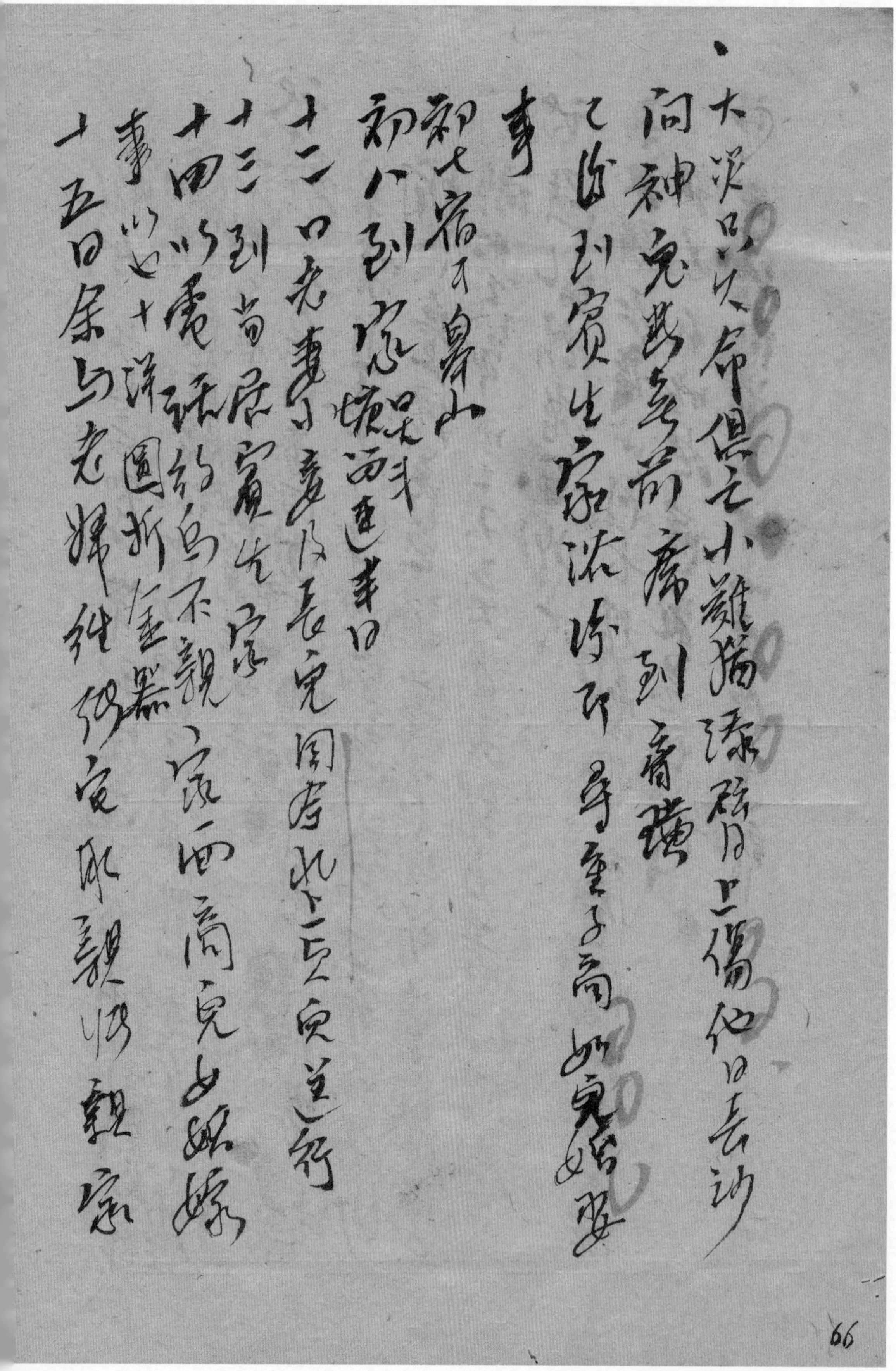

「大災只欠命俱亡，小難猶添臂上傷。他日長沙問神鬼，斷無前席到齊璜。」

已後到賓生家，浴後即尋重子商如兒婚娶事。

初七，宿於皋山。

初八，到家（星斗塘留連半日）。

十二日，老妻、小妾及長兒同余北上，貞兒送行。

十三，到省，居賓生家。

十四，以電話約烏石親家面商兒女婚嫁事，以七十洋圓折金器。

十五日，余與老婦往張宅取親，張親家……

編注：此頁未完。

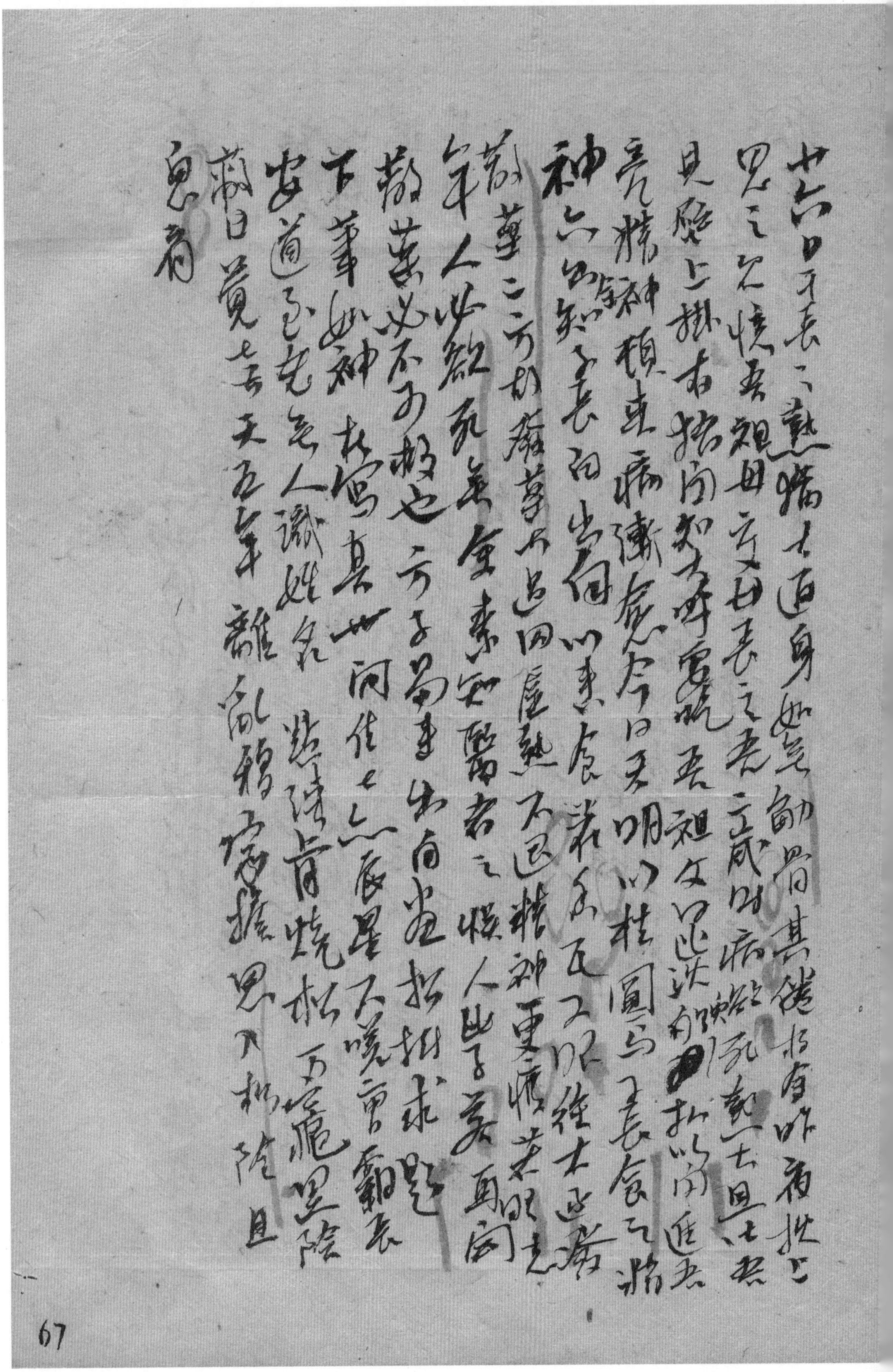
廿六日子長之熱猶大通身如無筋骨其倦極余昨夜枕上思之忽憶吾祖母父母長言吾二歲時病欲死熱大且吐吾見壁上掛有豬肉知大呼要吃吾祖父曰此兒作沈船扒以肉進吾竟精神頓爽病漸愈今日天明以桂圓與子長食之精神亦出余知子長自出向以來食藿香丸又服徐右丞發散藥二方故發藥大過因虛熱不退精神更疲若是老年人必欲死矣余素知醫者之誤人此子若再用開散藥必不可救也方子易來出自畫松樹求題下筆如神在寫真世間佳士亦辰星不嗟曹霸長安道至老無人識姓名點漆青燒松萬竈黑陰蔽日覺無天五年離亂移家擔思入松陰且息肩

67

廿六日，子長之熱猶大，通身如無筋骨，其倦極。余昨夜枕上思之，忽憶吾祖母、父母長言吾二歲時病欲死，熱大且吐，吾見壁上掛有豬肉，知大呼要吃，吾祖父曰此兒作沈船。扒以肉進，吾竟精神頓爽，病漸愈。今日天明以桂圓與子長食之，精神亦出。余知子長自出向以來，食藿香丸，又服徐右丞發散藥二方，故發藥大過，因虛熱不退，精神更疲。若是老年人必欲死矣。余素知醫者之誤人，此子若再用開散藥，必不可救也。方子易來，出自畫松樹求題：「下筆如神在寫真，世間佳士亦辰星。不嗟曹霸長安道，至老無人識姓名。」「點漆青燒松萬竈，黑陰蔽日覺無天。五年離亂移家擔，思入松陰且息肩。」

編注：「出向」應為「出門」。

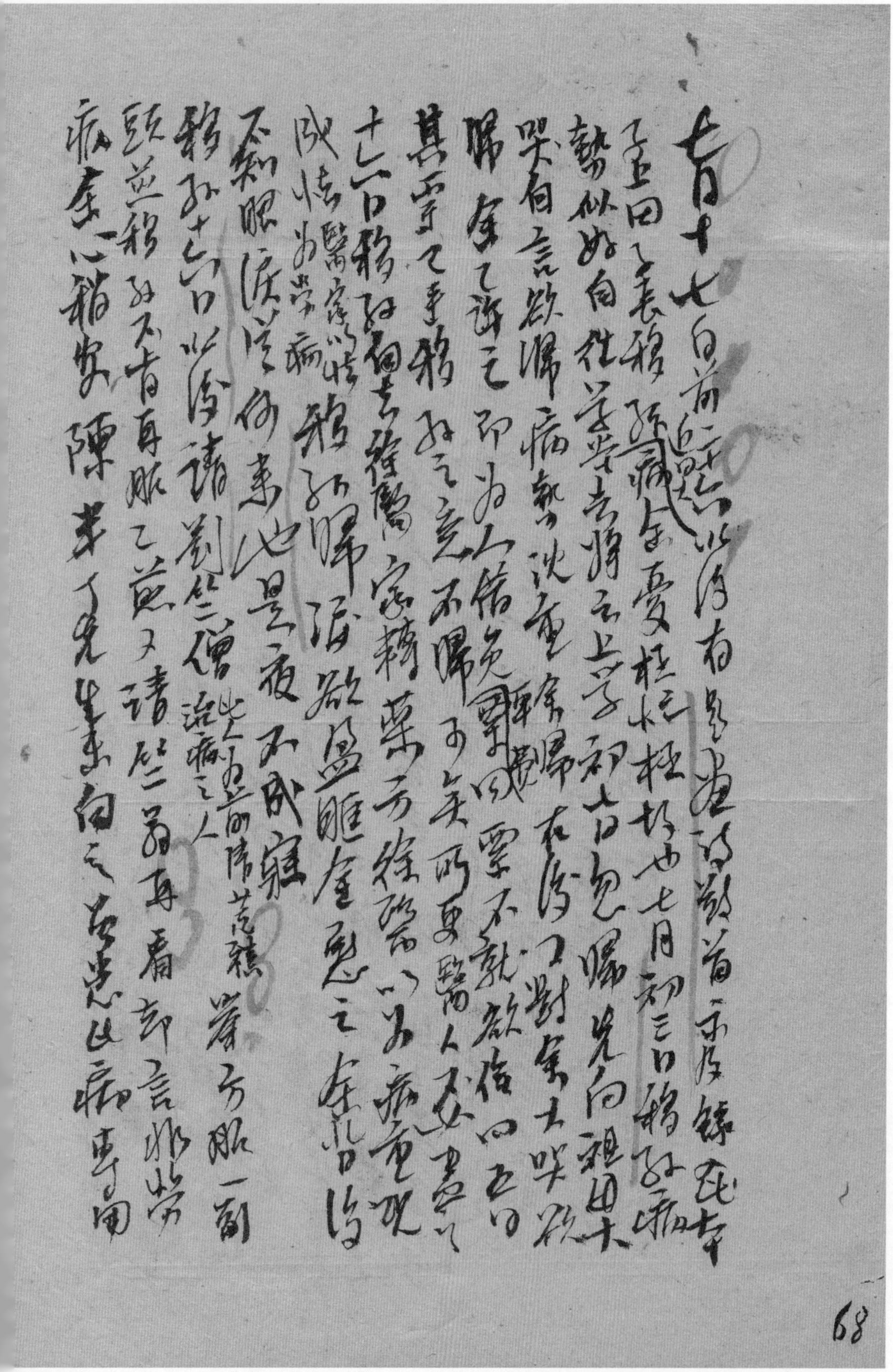

七月十七，自前二十六以後，有題畫詩數首未及錄入此本子上。因子長、移孫近日大病，余憂極忙極故也。七月初三日，移孫病勢似好，自往學堂去，將云上學。初七日忽歸，先向祖母大哭，自言欲歸，病勢沉重。余歸在後，又對余大哭欲歸。余已許之，即為人借免車費票，因票不就，欲俟四五日。其票已來，移孫之意不歸可矣。所更醫人，不必盡言。十六日，移孫自去徐醫家轉藥方，徐醫以為病重，恐成怯（醫家以怯為勞病）。移孫歸，淚欲盈眶，余慰之。余背後不知眼淚從何來也。是夜不成寐。移孫十六日以後請劉竺僧（此人為前清慈禧治病之人）擧方，服一副頭煎，移孫不肯再服二煎。又請竺翁再看，卻言非勞病，余心稍安。陳半丁先生來，自言曾患此病，專用

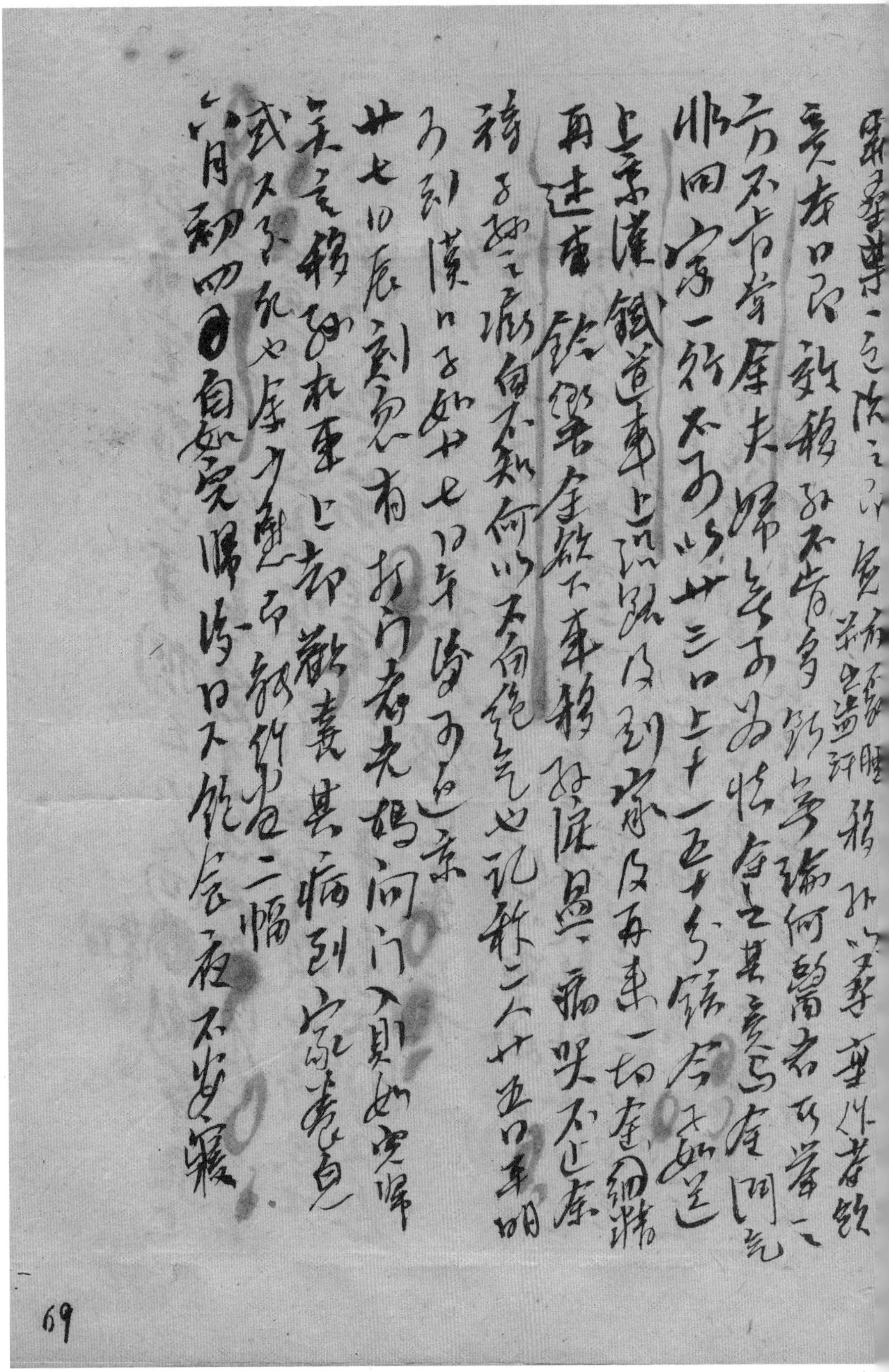

霜桑葉一包治之即愈（夜不能睡，并出盜汗）。移孫以桑葉作茶飲，竟本日即效。移孫不肯多飲，無論何醫者所舉之方不肯嘗。余夫婦無可為怯。余之其意與余鬥氣，非回家一行不可以。廿三日，上十一五十分鐘，令子如送上京漢鐵道車上。沿路及到家及再來，一切余精細再述。車鈴響，余欲下車，移孫淚盈盈，痛哭不止。余待子孫之痴，自不知何以不自絕氣也。記稱二人廿五日平明可到漢口，子如廿七日午後可返京。廿七日辰刻，忽有打門者，老媽開門，入則如兒歸矣。言移孫在車上卻歡喜，其病到家養息或不至死也。余少慰，即能作畫二幅。

六月初四，自如兒歸後，日不飽食，夜不安寢。

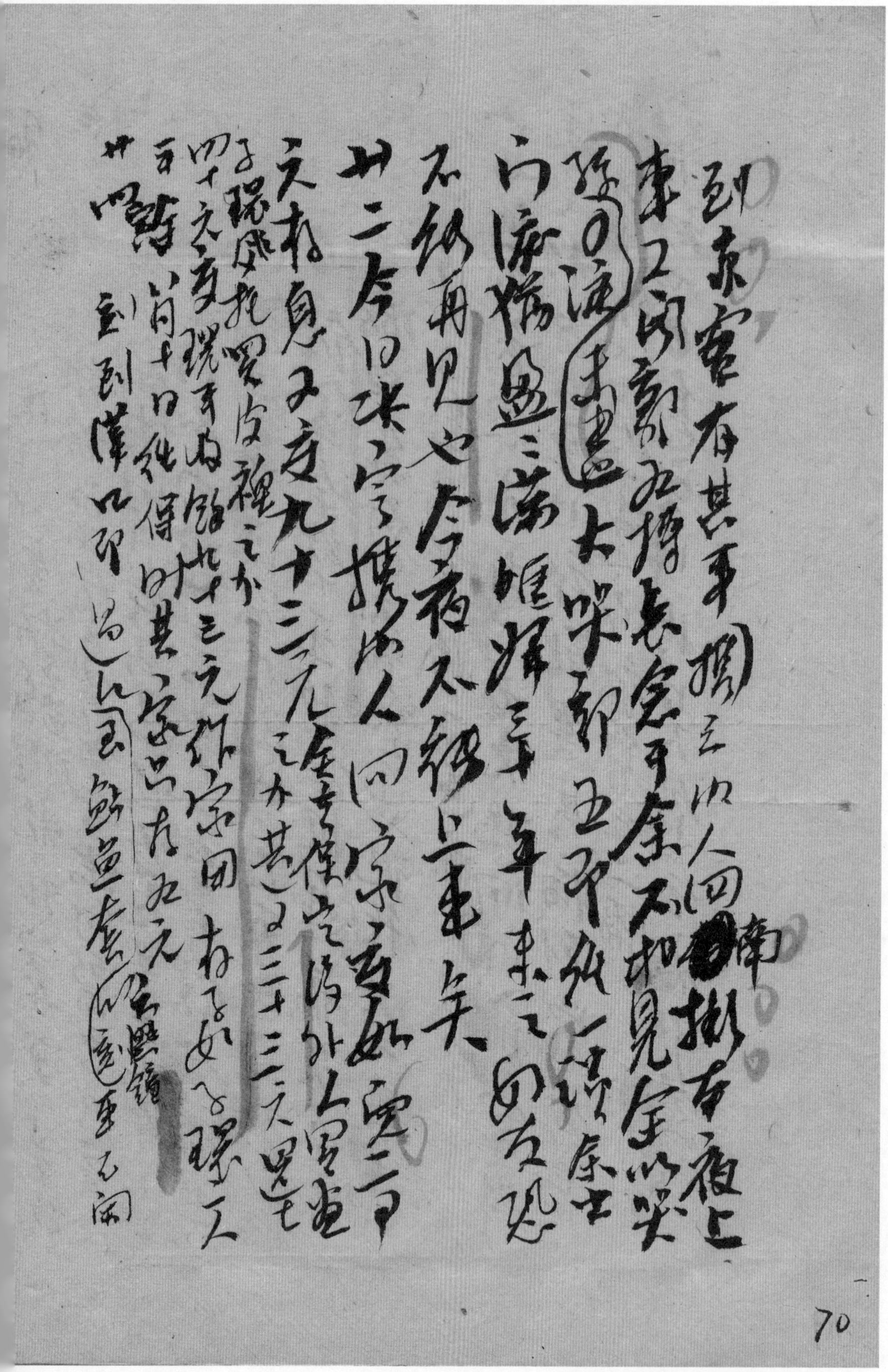

到京實有其事，攜之內人回南。擬本夜上車，又聞郭五將長念於余不相見，余以哭孫未盡淚大哭郭五，即往一談。余出門，淚猶盈盈滿眶，歸三十年來之好友恐不能再見也。今夜不能上車矣。

廿二，今日決定攜內人回家。交如兒二百元存息，又交九十三元（余去保定後，外人買畫之錢共一百又三十三元，還去子環之父托買皮襖之錢四十元交環手收，餘九十三元作家用，存子如、子環二人手。余八月十日往保時，其家只存五元）。

廿四，寅刻到漢口，即過江。卯刻（六點鐘）至鮎魚套，車已開行，晚七點方上車。

廿五，寅後到長沙即上小火輪。巳未到湘潭。余不能進食，即問醫者曹國安居址，在十六總後東興樓蕭老三之住宅。余往不遇，聞伊已入城。余又入城晤焉，求之費盡喉舌，始喏，約至伊家一宿。

廿六，天未明，偕黃君還家。至白石鋪聞移孫病已大減，余喜極，猶有淚盈盈於眶，此淚非經過此事不知從何來也。黃昏到家，移孫見祖父、祖母，亦有淚不可止，此乃傷心之餘淚未盡，故如此也。移孫病減，乃王文緯為衡陽人探其脉，不問能知為陰虛，舉方能用龜板、苟杞、知母、釵斛等藥。貞兒

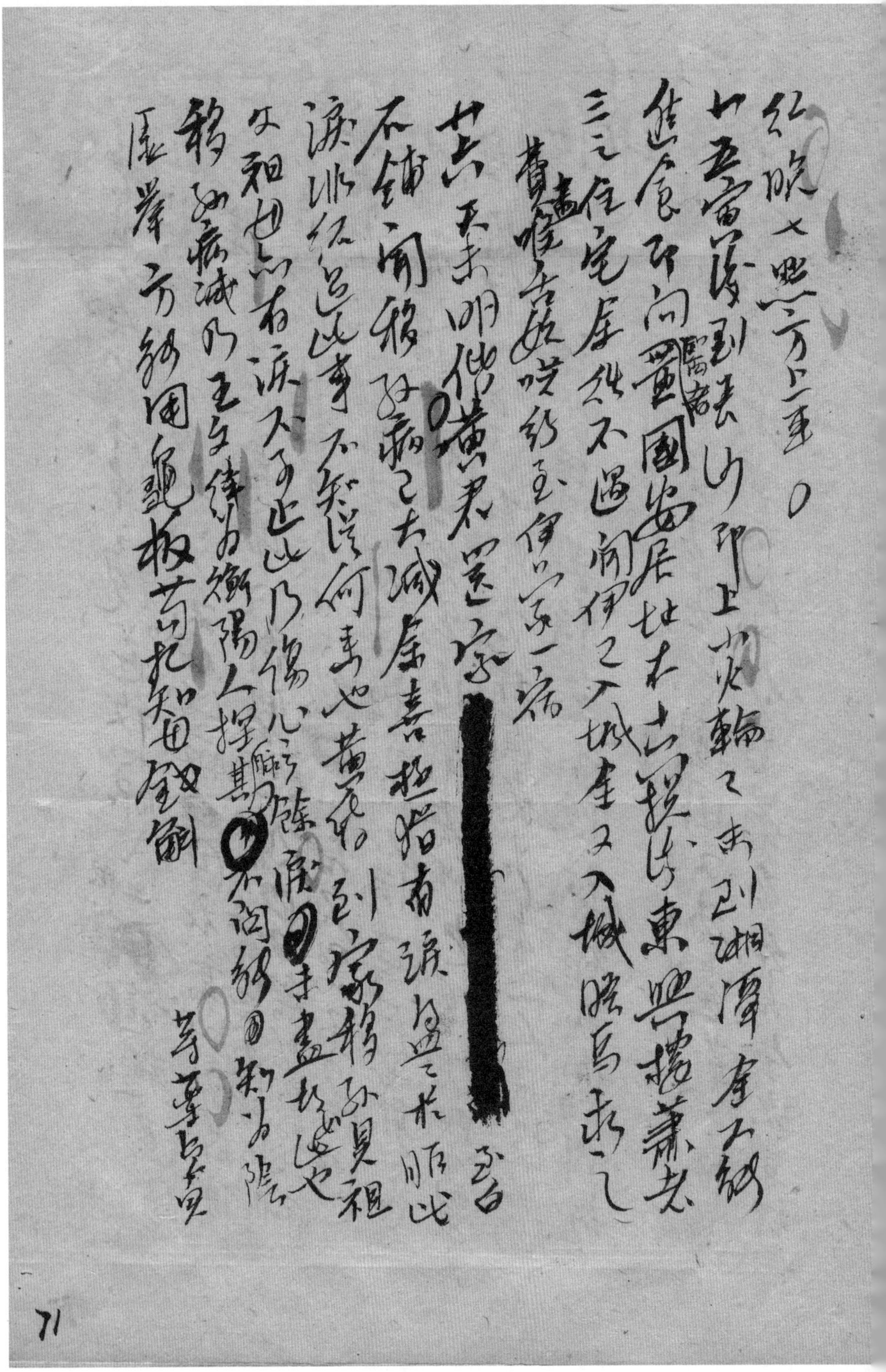

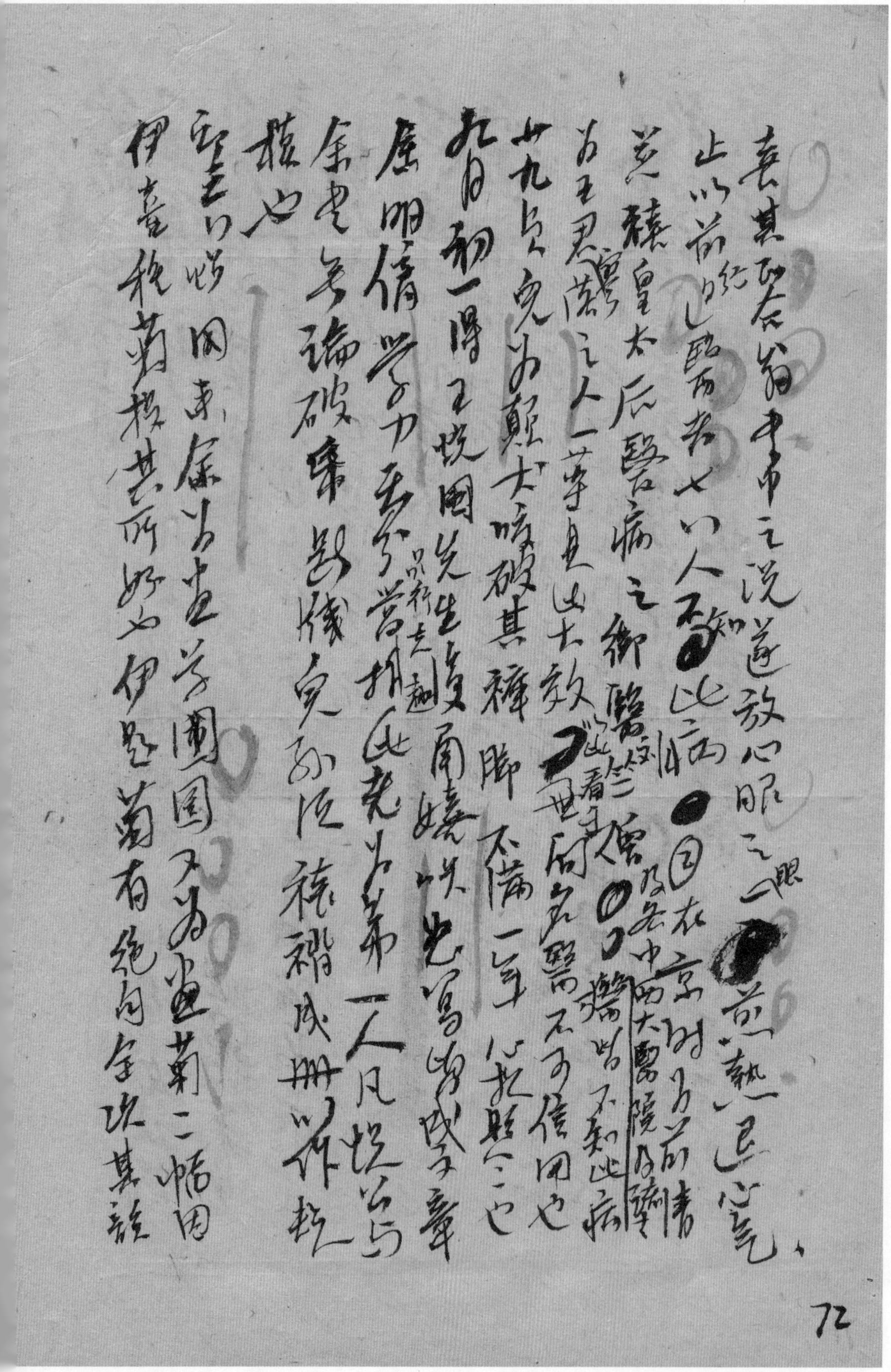

喜其正合翁書中之說，遂放心服之。服一煎熱退，心氣止。以前經過醫者七八人，不知此病。在京時，為前清慈禧皇太后醫病之御醫劉竺僧及各中西大醫院及諸□醫皆不知此病，為王君寥落之人一藥見此大效，以此看來世間名醫不可信用也。

廿九，貞兒為顛犬咬破其褲腳不滿一年，心總懸懸也。

九月初一，得王蛻園先生復函，嬉笑怒罵皆成文章，余朋儕學力、天分、品行、志趣，當推此老為第一人。凡蛻公與余書，無論破紙斷箋，兒孫須裱褙成冊，以作規模也。

初三日，蛻園來，余為畫《學圃圖》，又為畫菊二幅，因伊喜種菊，投其所好也。伊題菊有絕句，余次其韻云：「十年盜寇如鱗密，草莽無聲細細搜。只好攜家從北上，人如霜菊算低頭。」
《自題畫鳥》：「高岩大樹亂鷹啼，飽足無非樹下雞。此鳥已將在沙際，月明顛倒（一作移影）一雙栖。」
初十日，移孫病減十之七。今日探定賓生在昔住處，伊曾書一紙條與其妻，云：小吳門外正街外東區警察署問賓巡長便是。余大喜，喜其吾家竟有女婿為官長，其勢甚□，從此賓生將阿梅一日大打一頓。無論吾女有禮無禮，則吾夫妻父子不敢作聲，貞兒、如兒、移孫須留意焉。

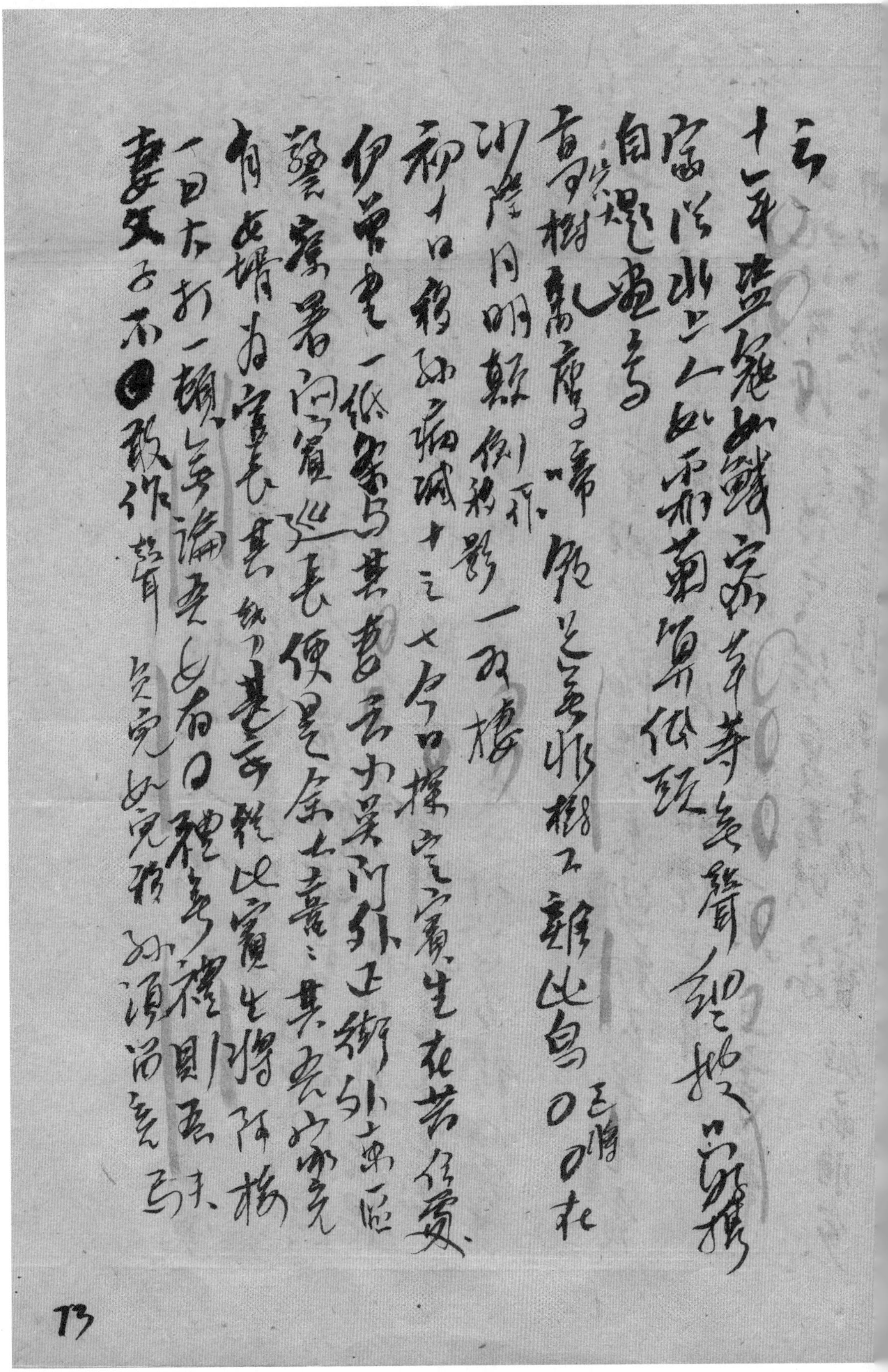

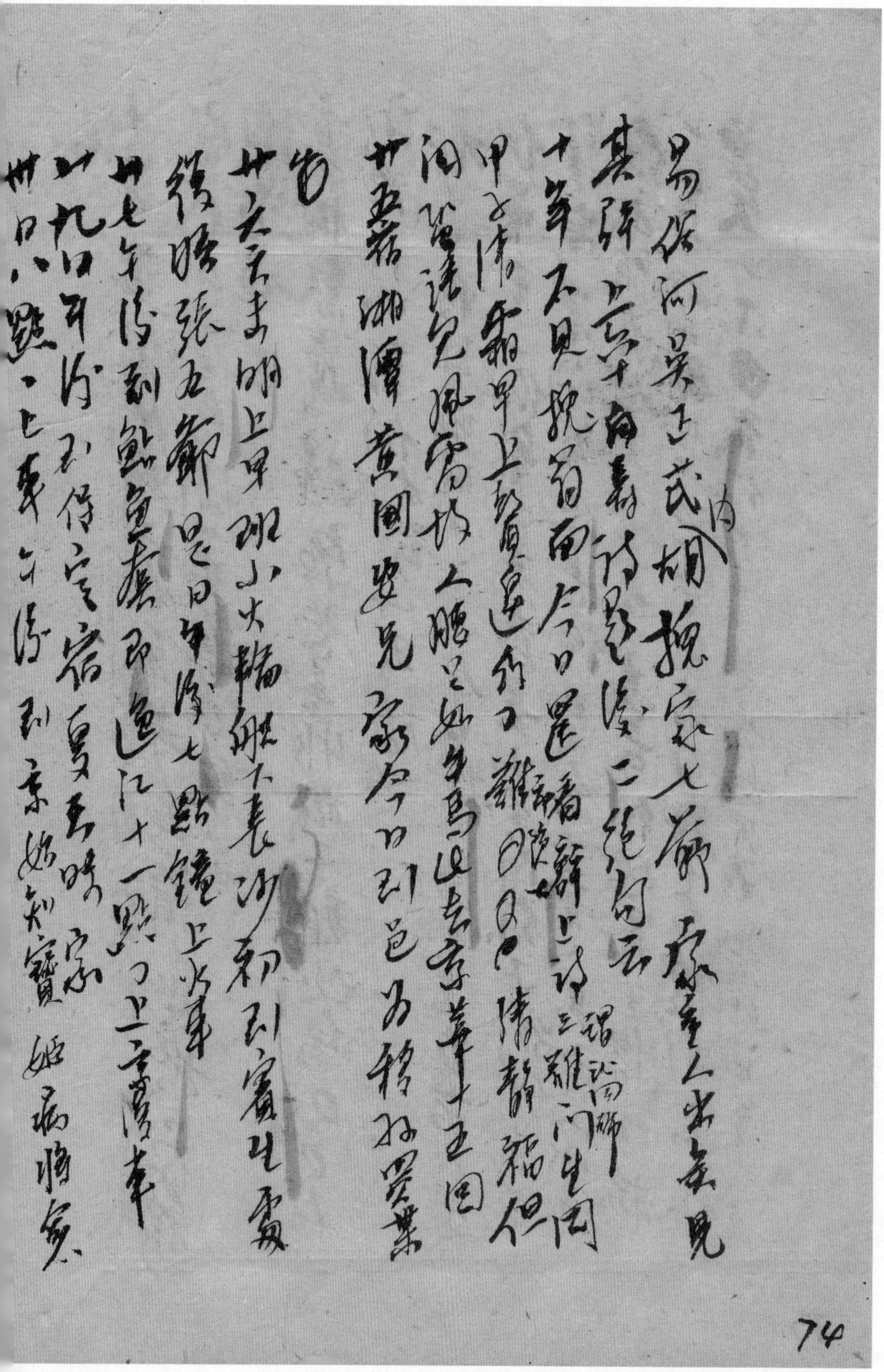

……易俗河吳正茂內胡槐家七爺家，主人出矣，見其壁上六十自壽詩，題後二絕句，云：「十年不見槐翁面，今日還看壁上詩（謂沁園師）。三雅門生同甲子，清霜早上鬢邊絲。」

「市隱大難清靜福，但聞蛩語忽風雷。故人腰足如牛馬，此去京華十五回。」

廿五，宿湘潭黃國安兄家。今日到邑為移孫買藥。

廿六，天未明，上早班小火輪船下長沙。初到賓生處，復晤張五爺。是日午後七點鐘上火車。

廿七，午後到鮎魚套，即過江，十一點上京後車。

廿九日，午後到保定，宿夏天畸家。

卅日，八點上車，午後到京，始知寶姬病將愈……

《萍翁詩草》丁巳重之京師。

《次韻楊潛廣喜白石過寺居（時潛庵居北京法源寺）》：「塵心消得幾聲鐘，寂靜渾同世外悰。六十老翁身萬里，秋風來聽六朝松（寺外有古松為唐時物也）。」

《食葡萄》：「高堂八十別兒愁，一事無因又遠遊。日食葡萄當餐飯，京華老死未為羞。」

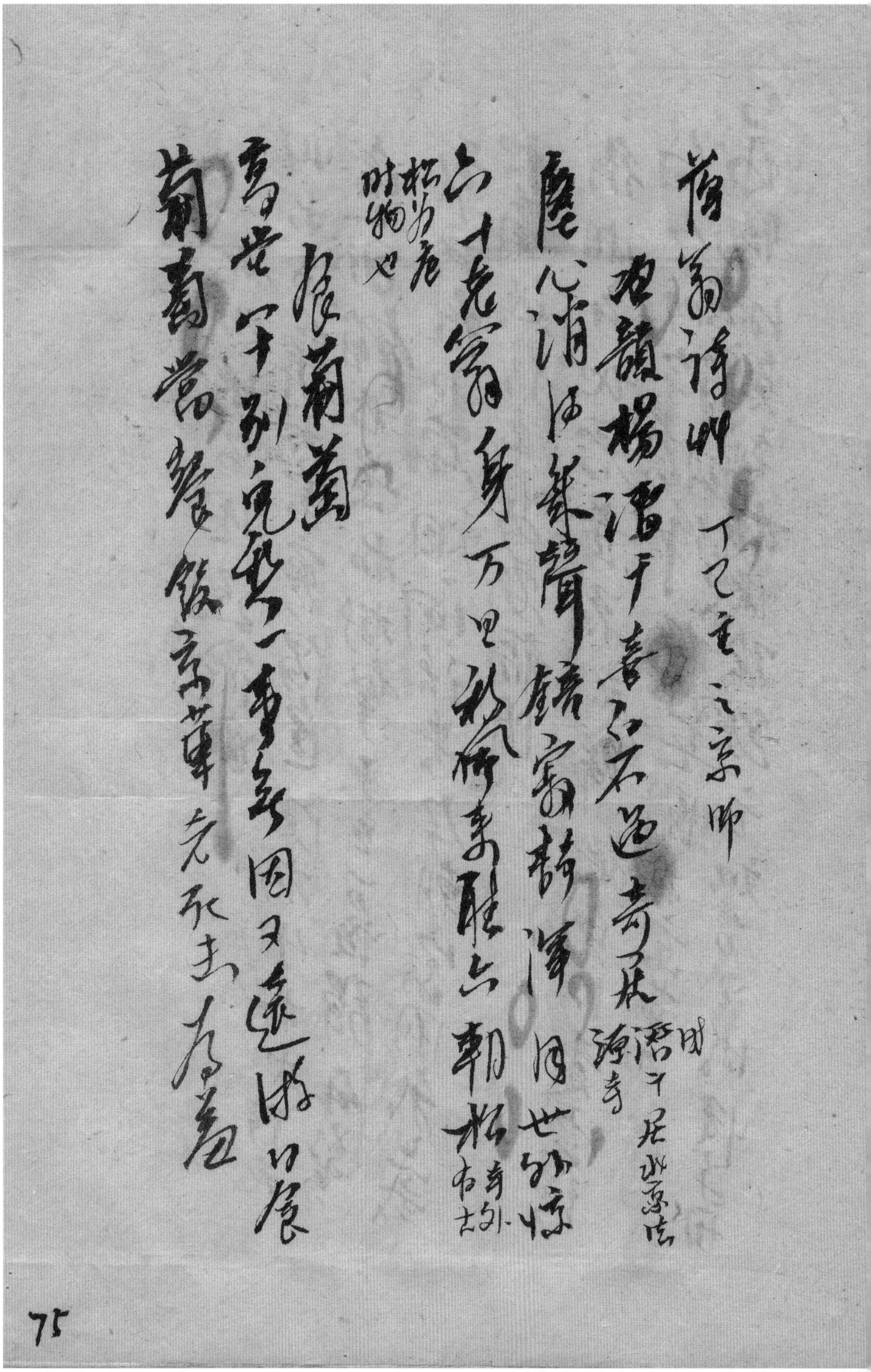

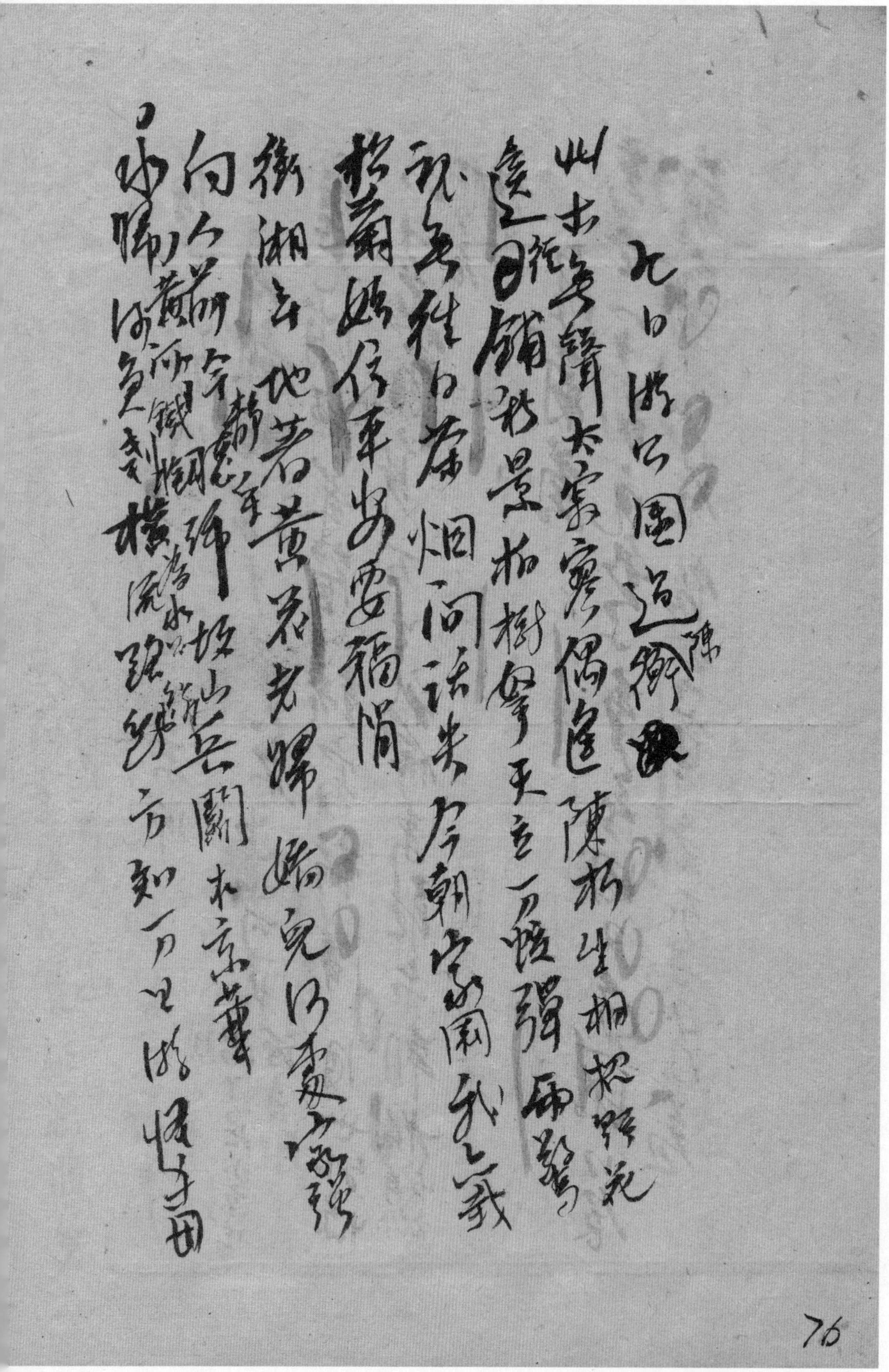

《九日遊公園遇陳衡》：「草木無聲太寂寥，偶逢陳朽坐相招。野花繞徑鋪秋景，柏樹挐天立萬蛟。彈雨驚魂無往日，茶煙閑話失今朝。家園我亦栽松菊，始信平安要福消。」

「衡湘無地著黃花，老婦嬌兒何處家。強向人前誇靜樂，故山兵鬪在京華。」

「水歸（黃河鐵橋為水洗斷）河急劃橫流，路斷方知萬里遊。怪殺毋……」

編注：此頁未完。

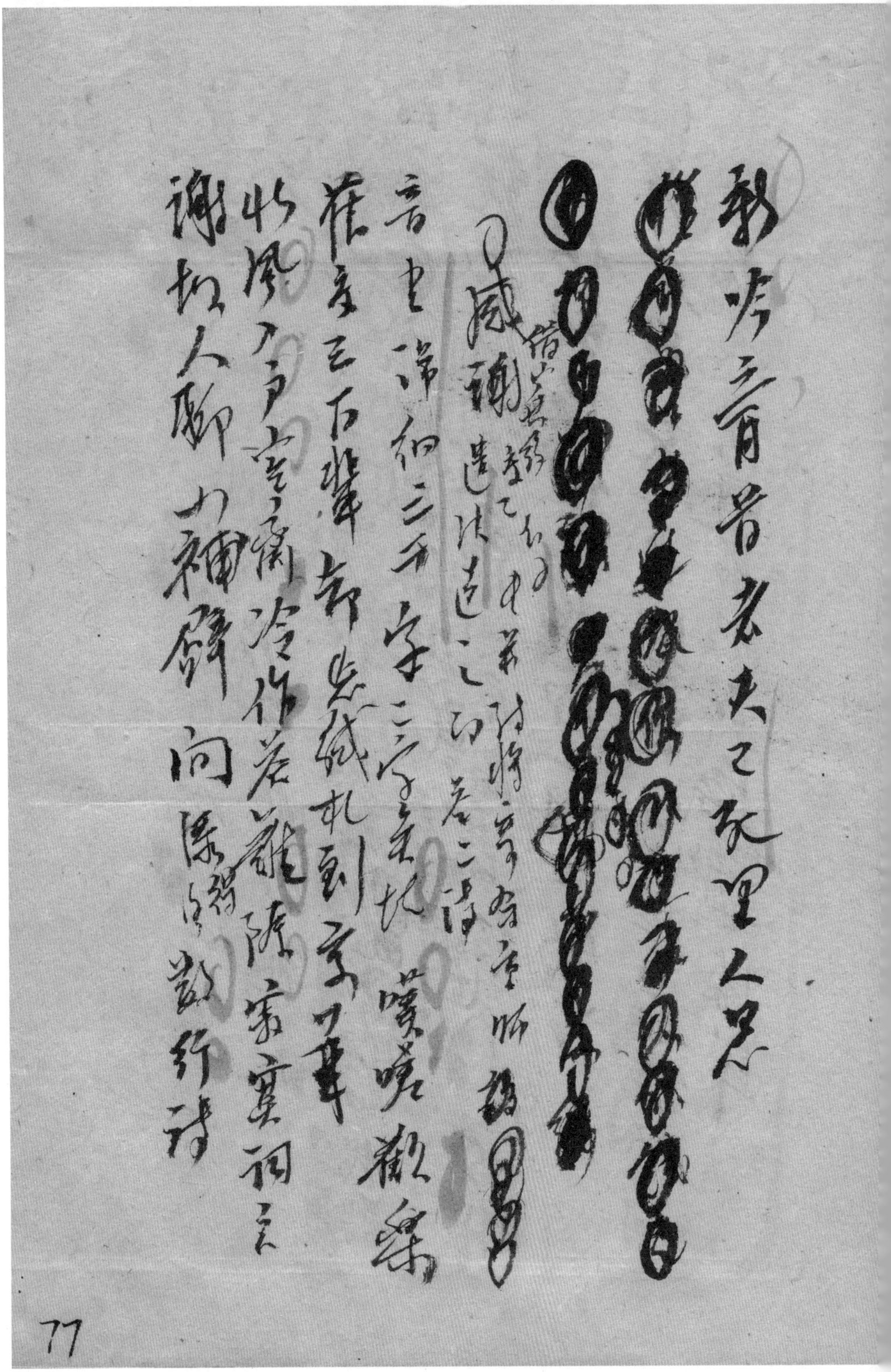

「……新吟三百首，老夫已死里人愚。」

《感謝（借山兵後，友人以書并詩將寄余京師。後聞余歸，遣使達之，即答二詩）》：「音書詳細三千字，一字真堪嘆嗟。歡樂舊交三百輩，都忘緘札到京華。」

「北風入戶空齋冷，作答難陳寂寞詞。多謝故人聊小補，壁間錄得數行詩。」

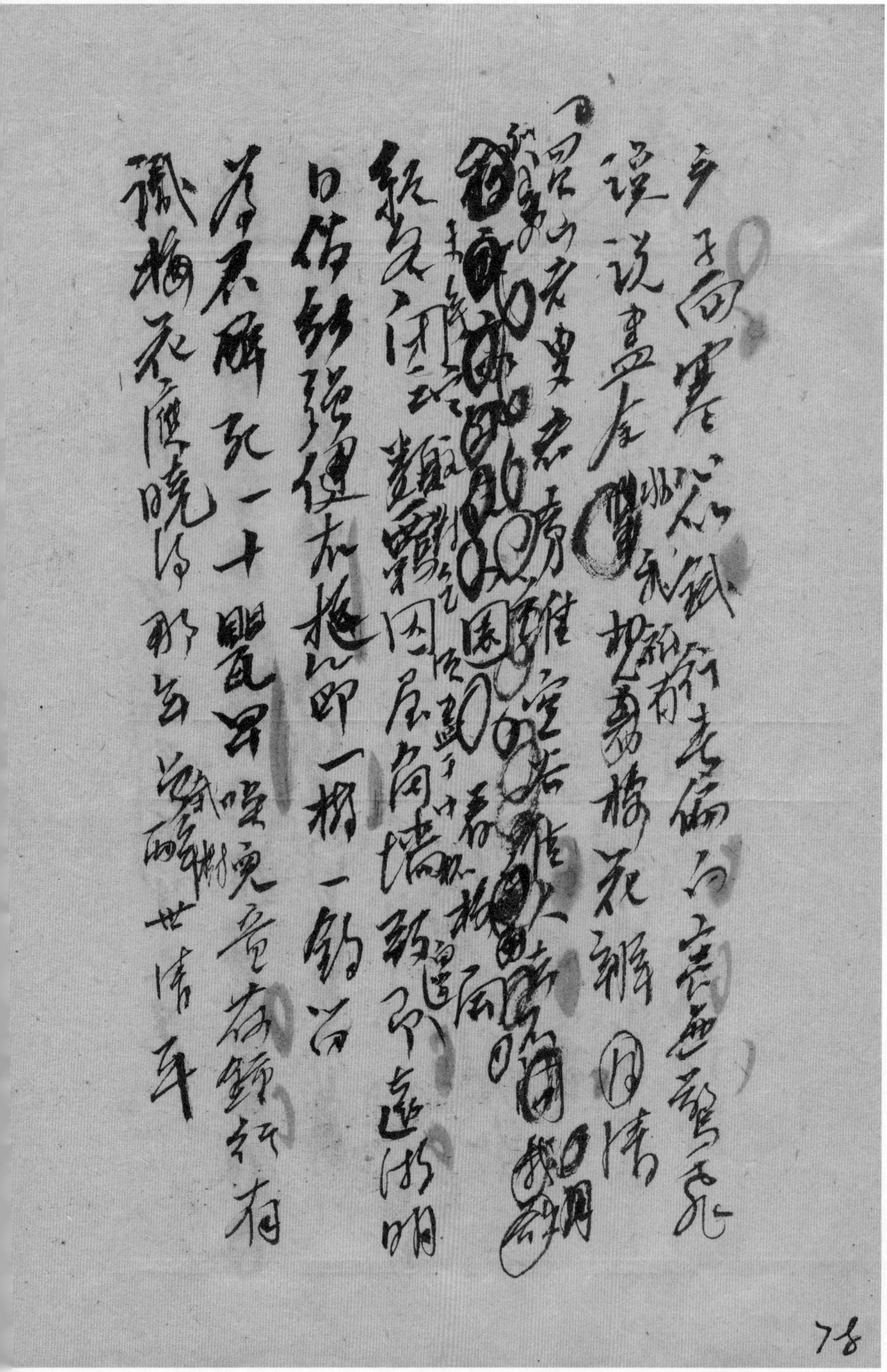

「□子面寒心似鐵，行無偏向害無驚。飛讒說盡全非我，只有梅花辨得清。」

「買山老叟□茅堆，空谷佳人……」

「經冬閉戶類羈囚，屋角牆邊即遠遊。明日借能強健在，拖笻一樹一鉤留。」

「為君辭死一千罍，早喚兒童荷鍤行。有識梅花應曉得，那年曾醉（栽樹）世清平。」

《畫梅并序》：「邑女楊韡春遲嫁，早寡，常依其母，喜讀書，能詩，嘗求余畫，或恐他人加，餘□□贈詩題滿賦詩。

惜玉誰為醉似泥，孤山如夢鳥空啼。□梅可否無遺恨，曾將我家喚作妻。

小驛孤城舊夢荒，花開花落事尋常。蹇驢深雪寒吹笛，只有梅花解我狂。

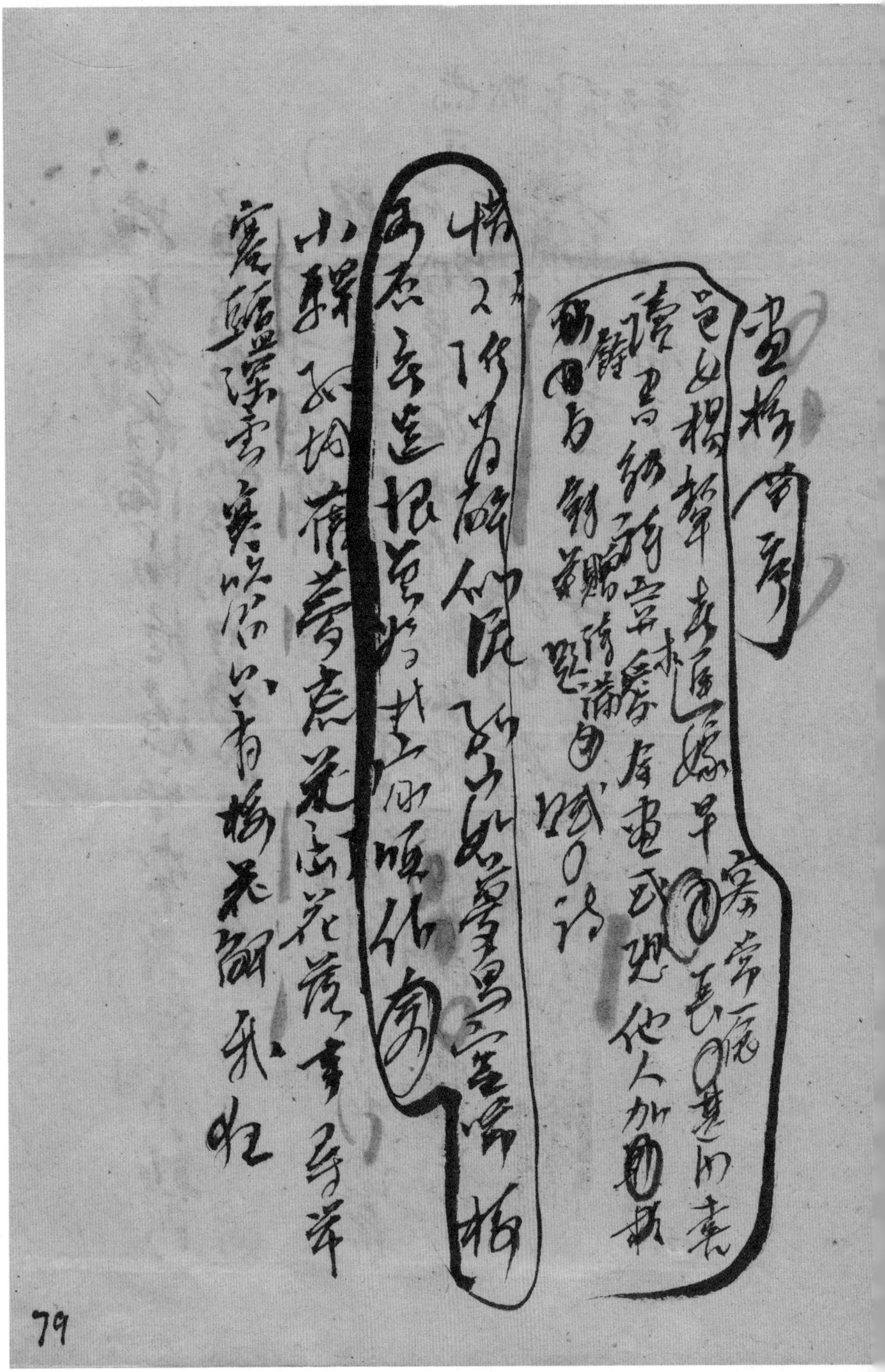

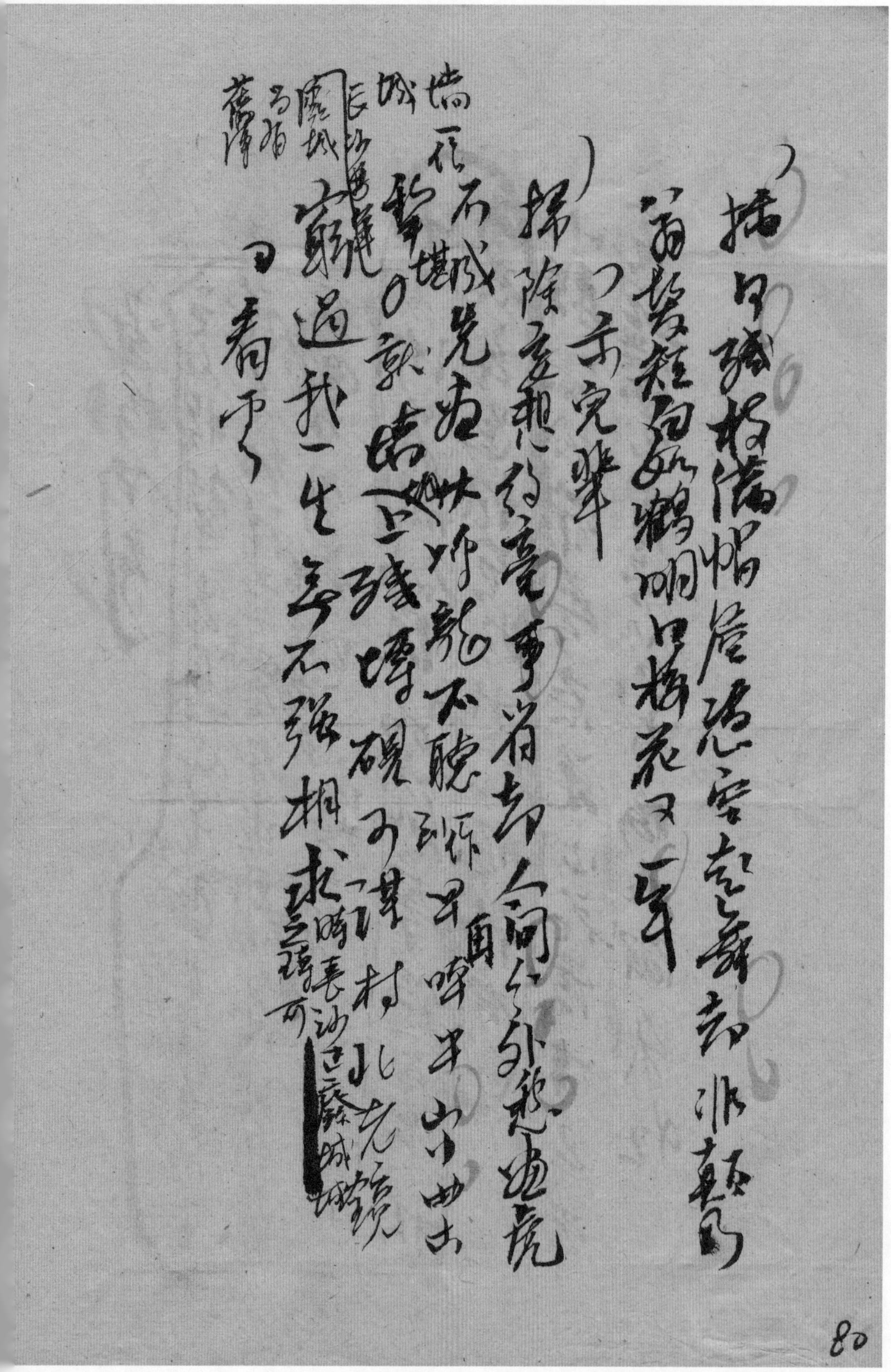

插得殘枝滿帽檐，憑空起舞卻非顛。乃翁髮短白如鶴，明日梅花又一年。」

《示兒輩》：「掃除妄想絲毫事，省卻人間分外愁。畫虎不成先畫犬，呼龍不聽（一作到）再呼牛。山中曲古犁堪就，牆上殘塼硯可謀。村北老饞窮過我，一生無不強相求（時長沙正廢城城之磚可……）。」

《看雲》……

編注：此頁未完。

《喜岩上老人過借山館賦贈》：「六十年華兩鬢斑，從無姓字落人寰。出門一笑尋詩去，只在岩前水石間（老人六十歲後始學詩）。」

「不信人窮為作詩，天明展卷夜鐙遲。溪頭一日東風雨，流去桃花也不知。」

「庭除終歲鋤蒼苔，傍戶專為俗客開。膝下兒孫長似我，才看此老送詩來。」

「紅梨含蕊柳初黃，依樣風光短短牆。十二

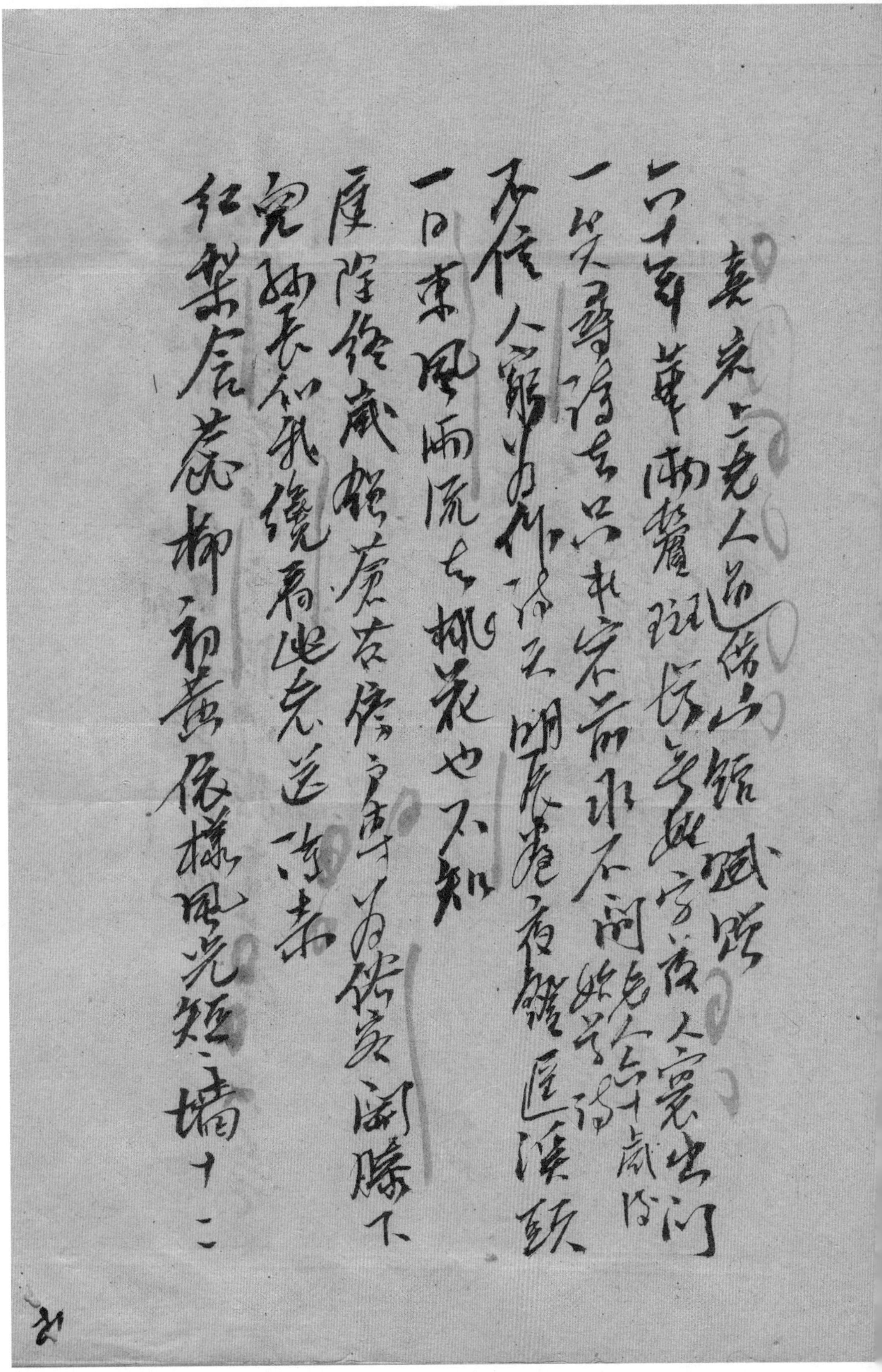
喜岩上老人過借山館賦贈
六十年華兩鬢斑從無姓字落人寰出門
一笑尋詩去只在岩前水石間老人六十歲後始學詩
不信人窮為作詩天明展卷夜鐙遲溪頭
一日東風雨流去桃花也不知
庭除終歲鋤蒼苔傍戶專為俗客開膝下
兒孫長似我才看此老送詩來
紅梨含蕊柳初黃依樣風光短短牆十二

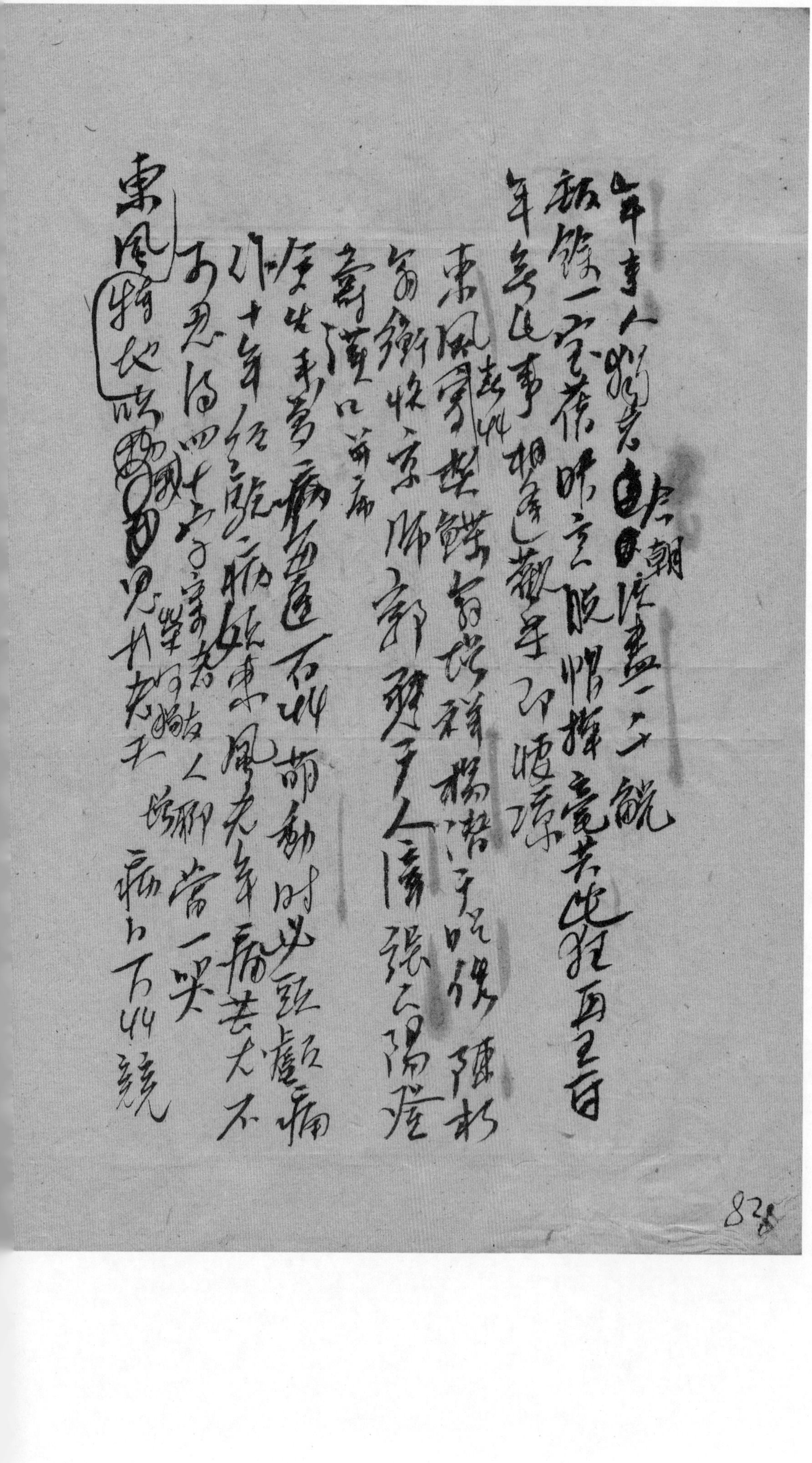

年來人獨老，今朝淚盡一千觥。」

「劫餘一室舊晴窗，脫帽揮毫共此狂。再五百年無此事，相逢歡樂即悽涼。」

《東風春草寄樊鰈翁增祥、楊潛庵昭儁、陳朽翁衡恪、京師郭憨廣人漳、張正陽登壽漢口并序》：「余生來多病，每逢百草萌動時必頭顱痛作，十年經驗，病始東風。老年痛苦，尤不可忍，得四十字寄諸友人，聊當一哭。特地東風吹，恩榮何獨□。老夫增病日，百草競……」

編注：此頁未完。

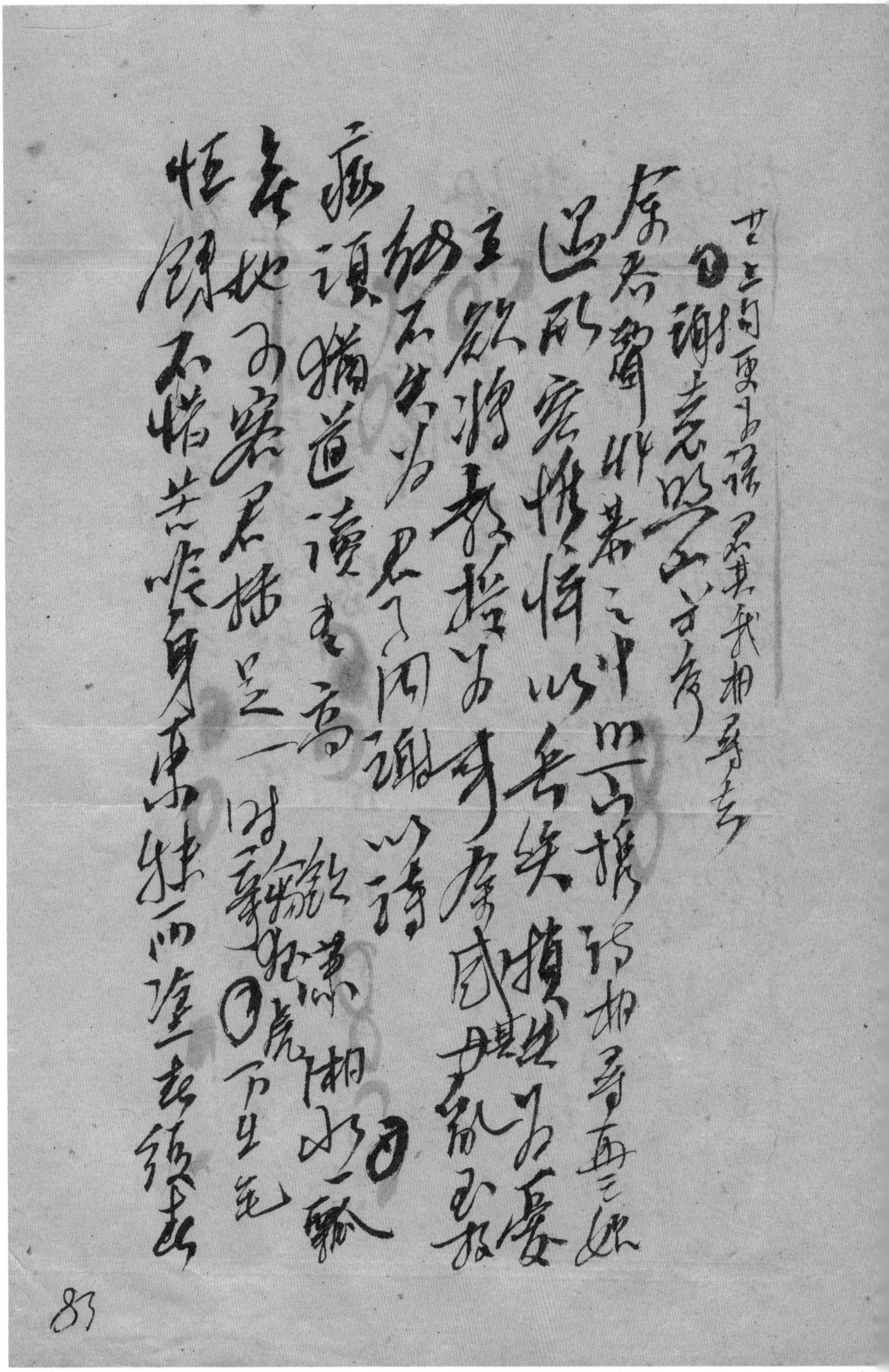

「……其上句更為『諸君共我相尋去』。」

《謝袁煦山并序》：「余吞聲草莽之中，煦山攜詩相尋，再三始遇，形容憔悴，以兵災損失為憂，且欲將教授為事。余感其世亂至極，能不失為君子，因謝以詩：痴頑猶道讀書高，□飲瀟湘水一瓢。無地可容君插足，一時人物狂虎萬牛毛。恒□不惜苦吟身，東抹西塗春復春……」

編注：此頁未完。

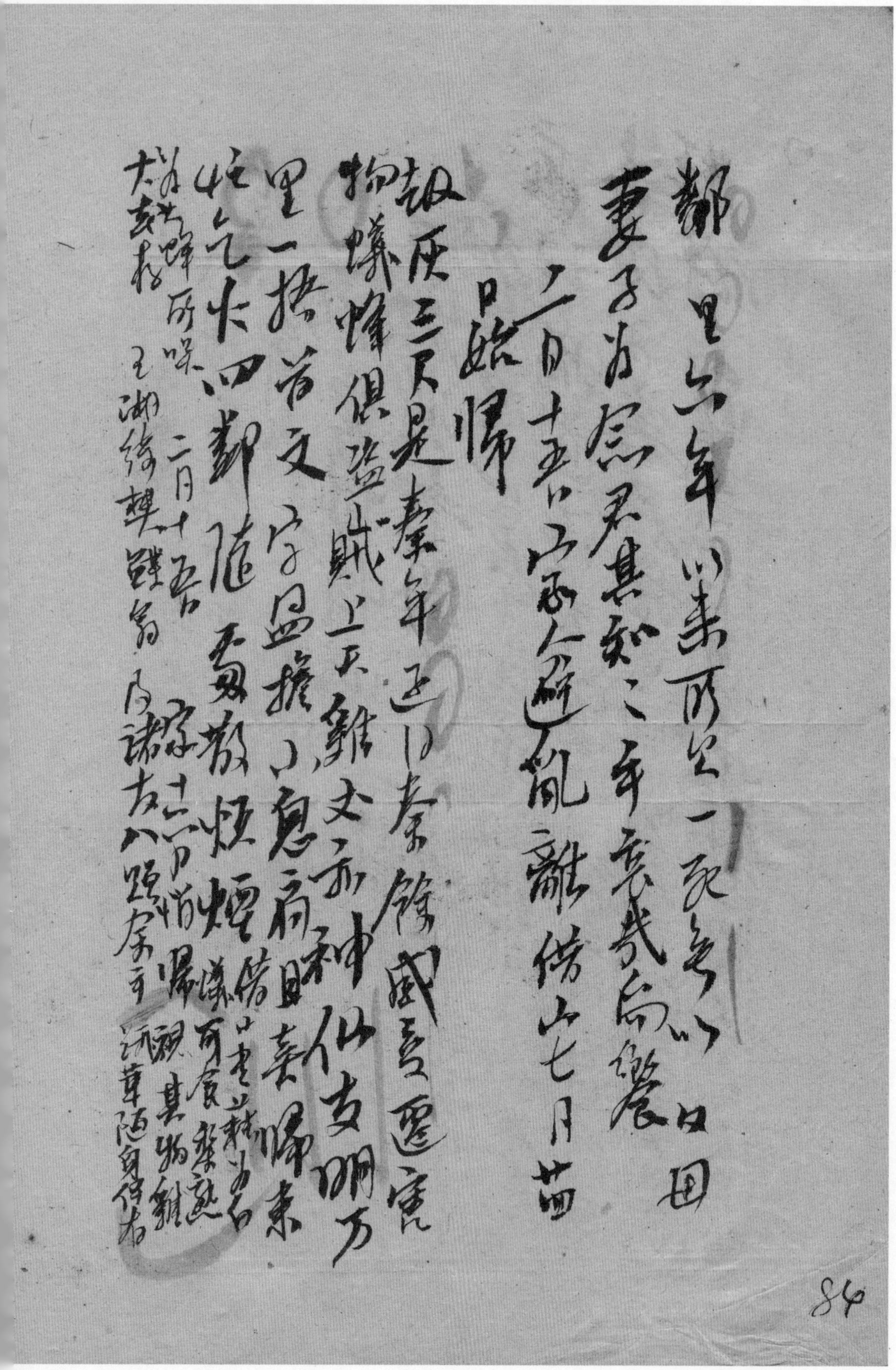

「……鄰里，六年以來所欠一死，無以父母妻子為念，君其知之乎，哀哉尚饗！」

《二月十五日，家人避亂離借山，七月廿四日始歸》：「劫灰三尺是秦年，逐目秦餘感變遷。害物蟻蜂俱盜賊，上天雞犬亦神仙。支明萬里一搔首，文字盈擔小息肩。且喜歸來忙乞火，四鄰隨處散炊煙（借山書籍為白蟻所食，梨熟為大蜂所啖。二月十五日□家，十六日悄歸，視其物，雞犬無存。王湘綺、樊鰈翁及諸友人贈余手跡，幸隨身保存）。」

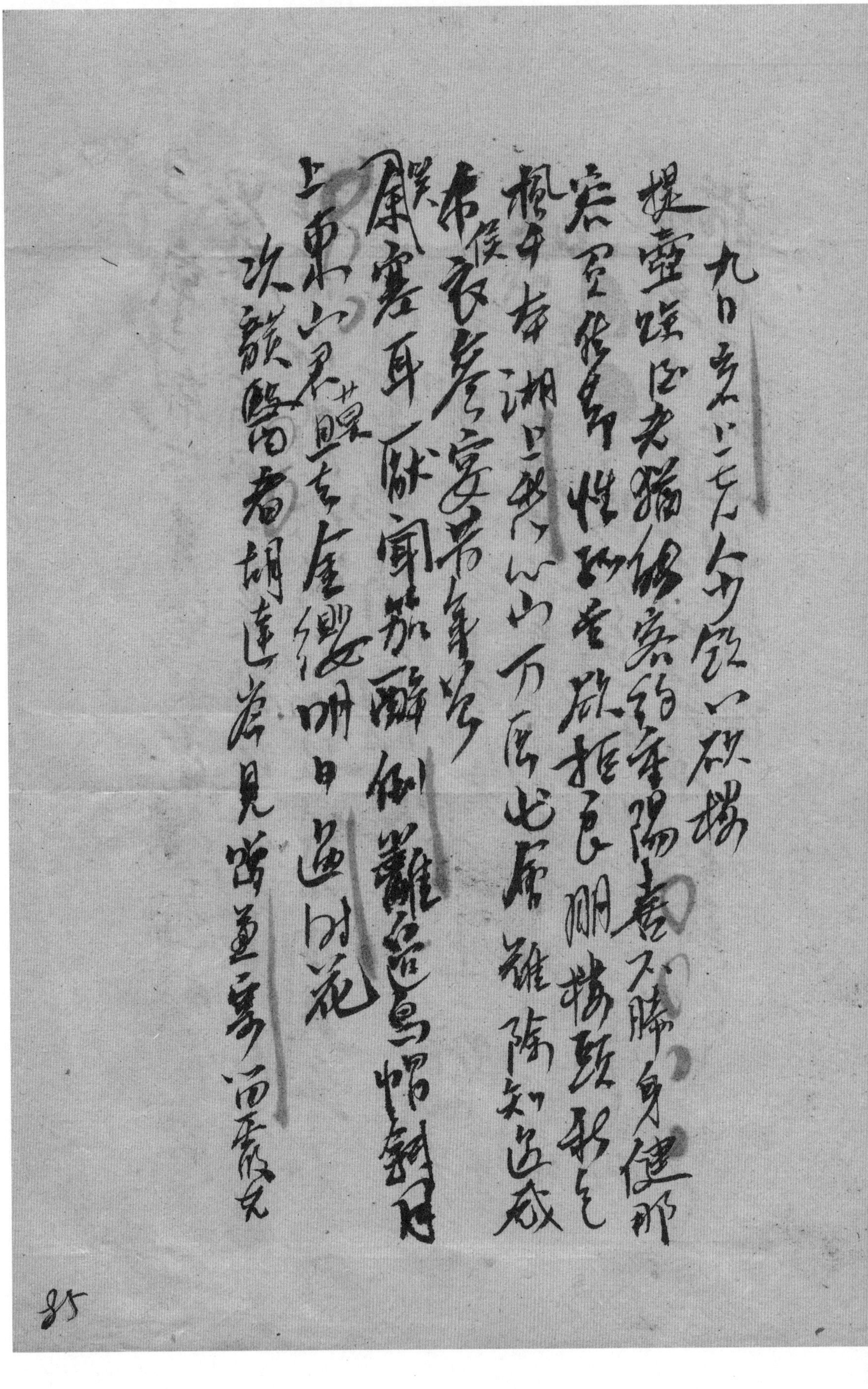
九日岩上老人少飲八硯樓
提壺賒酒老猶能客約重陽喜不勝身健那
容負佳節性孤豈欲拒良朋樓頭秋色
楓千本湘上愁心山萬層此會難除知遇感
布衣侯參宴昔年曾
笑余塞耳厭聞笳醉倒籬邊烏帽斜月
上東山君且莫去金纓明日過時花
次韻醫者胡達岑見贈兼寄留霞老
85

《九日岩上老人少飲八硯樓》：「提壺賒酒老猶能，客約重陽喜不□。身健那容負佳節，性孤豈欲拒良朋。樓頭秋色楓千本，湘上愁心山萬層。此會難除知遇感，布衣（侯）參宴昔年曾。」

「笑余塞耳厭聞笳，醉倒籬邊烏帽斜。月上東山君且（莫）去，金纓明日過時花。」

《次韻醫者胡達岑見贈兼寄留霞老》

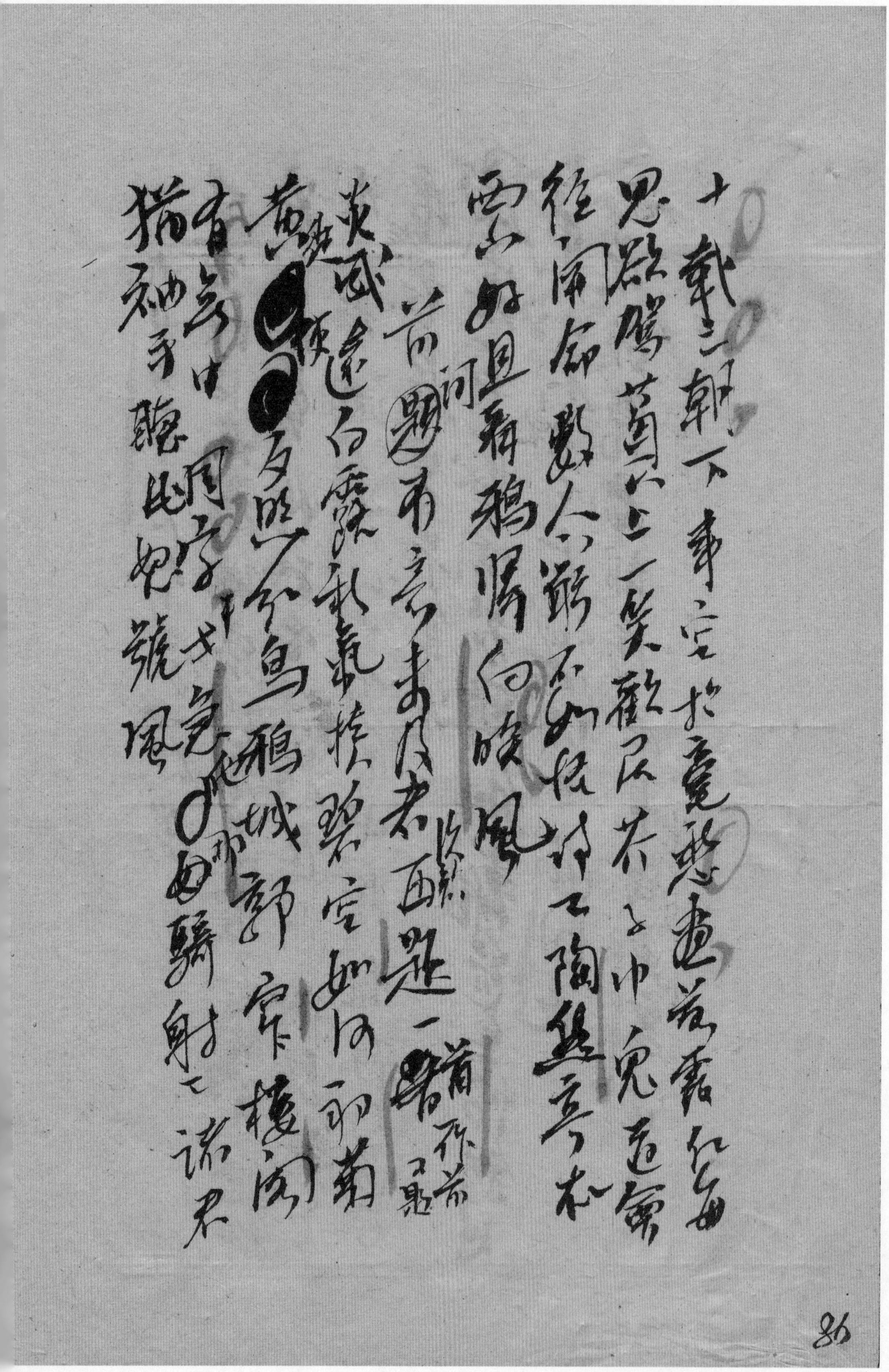

「十載三朝萬事空，拈毫愁畫落霞紅。每思欲駕蔦天上，一笑歡居芥子中。鬼道曾經關命數，人窮不必怪詩工。陶然亭在西山好，且看鴉歸向晚風。」

前詞有意未及者，次韻再題一首（一作前又題）：「炎威遠白露，秋氣橫碧空。如何初菊黃，徒使夕照紅。烏鴉城郭窄，樓閣有無中。同室干戈急，他邦騎射工。諸君猶袖手，聽此怒號風。」

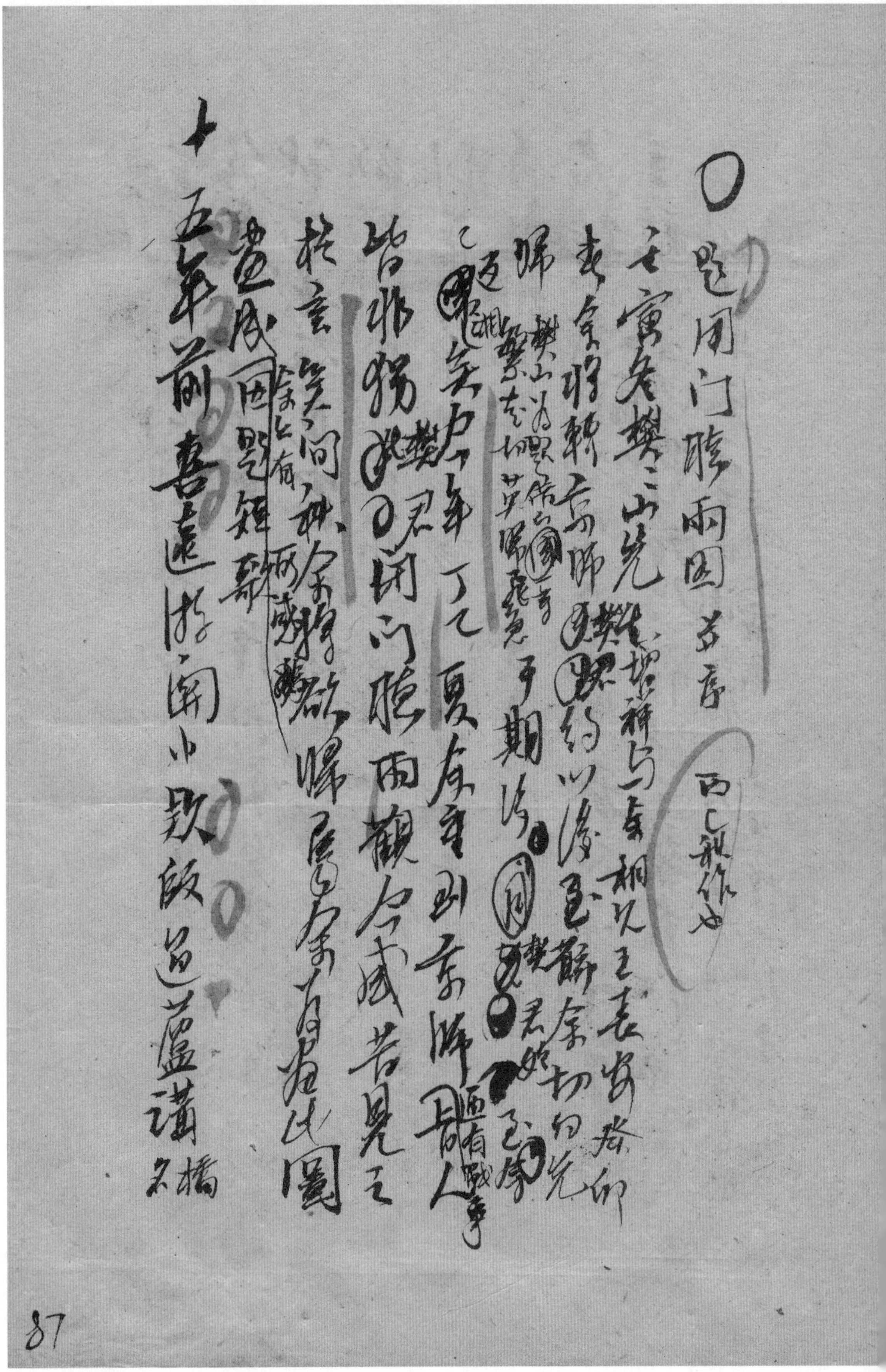

《題〈閉門聽雨圖〉并序（□巳秋作也）》：「壬寅冬，樊樊山先生增祥與余相見於長安。癸卯春，余將轉京師。樊君約以後至，勸余切勿先歸（樊山為題借山圖詩，繁知切莫歸飛急）。於期後，樊君始至，則余已返湘矣。今年丁巳夏，余重到京師，遇有戰事，昔人皆非，獨樊君閉門聽雨，觀今感昔，見之於言笑間。秋，余將欲歸，屬余為畫此圖。畫成，余亦有所感焉，因題短歌。

十五年前喜遠遊，關中款飯過蘆溝（橋名）。

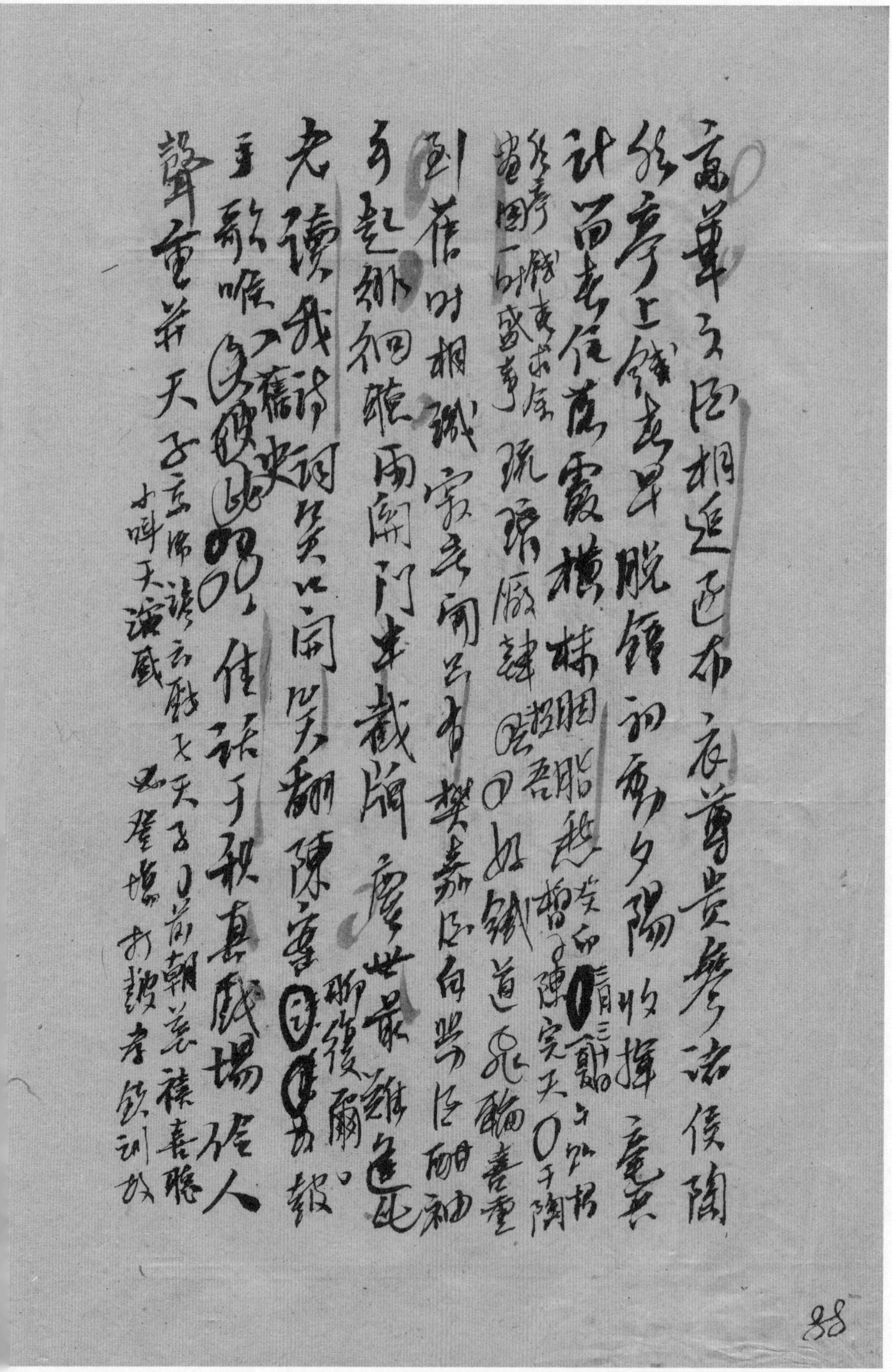

京華文酒相追逐，布衣尊貴參諸侯。陶然亭上餞春早，脫鐘初動夕陽收。揮毫無計留春住，落霞橫抹胭脂愁（癸卯三月三十日，夏午，貽、楊皙子、陳完夫於陶然亭餞春，求余畫圖，一時盛事）。」

「琉璃廠肆投吾好，鐵道飛輪喜重到。舊時相識寂無聞，只有樊嘉酒自勞。」「酒酣袖手起徘徊，聽雨關門半截牌。慶世最難逢此老，讀我詩詞笑口開。」「笑翻陳案聊複爾，鼓手歌喉入舊史。佳話千秋真戲場，伶人聲重并天子（京師諺云：戲子天子。前朝慈禧喜聽小叫天演戲，必登場打鼓，孝欽訓政，叫天與瑤卿皆賜六品緋，供奉內廷，深邀睿賞）。□□不獨（喜）聽戲人，瑤卿淪落叫天死。若論聲色俱絕倫，劉女梅即皆未是。□□（皆近時名伶）。」「近來爭戰遍人寰，刀槍不毀舊河山。滿地黃沙（五月二十日京師城內有戰事）□□□，四圍紅葉雨風還。頤和園裡昔人去，淩煙閣上功臣閑。芙蓉集裳真堪著，秋葡落英殊（饑）可餐。」「我聞寒蛩愁唧唧，復觸此言長太息。我本天涯坎懍身，離亂重逢合沾臆。」「燕城舊約憶相違，銷盡輪蹄汗總揮。春草傷情南浦別，好山□□扶林歸。」

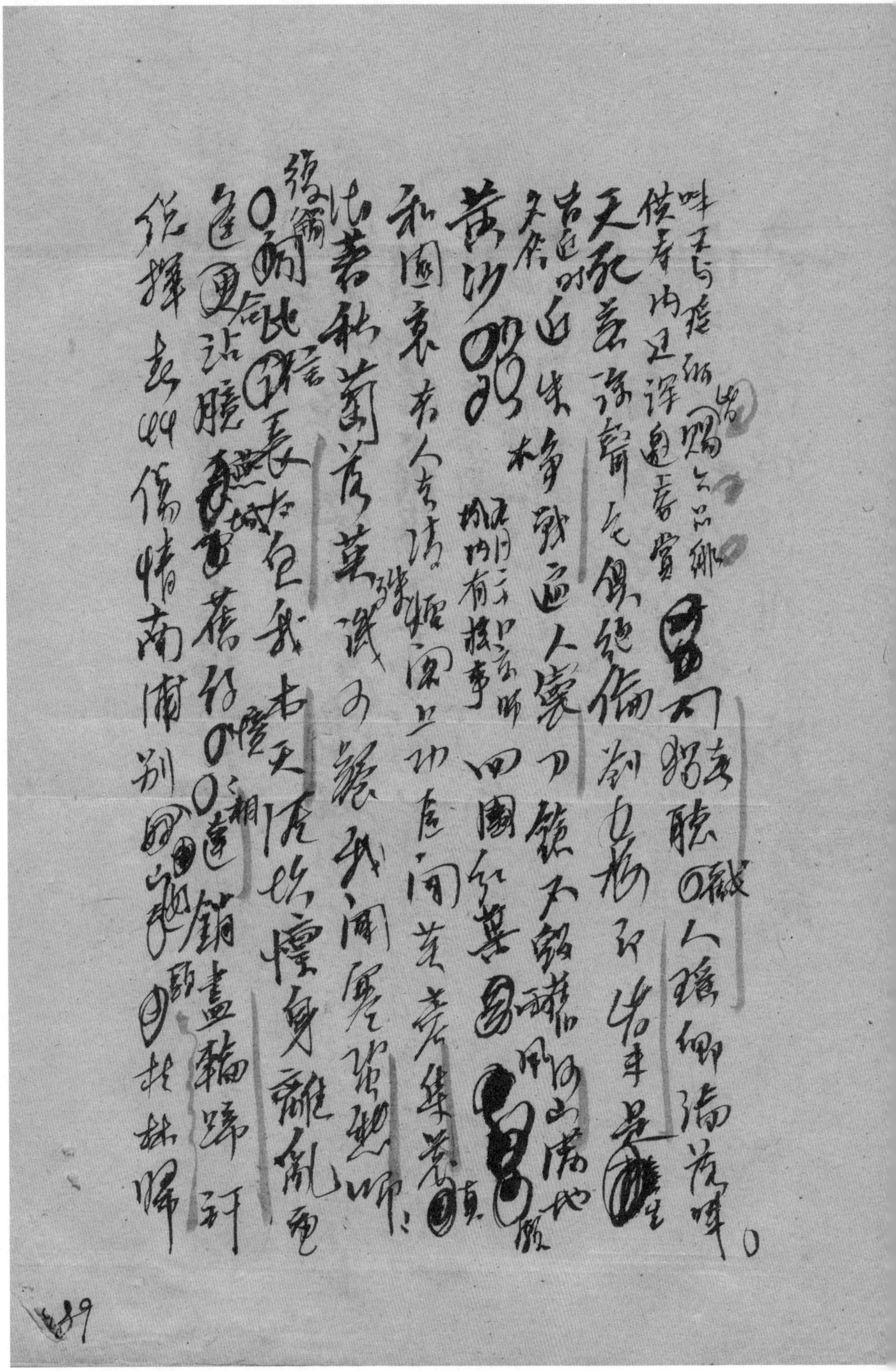

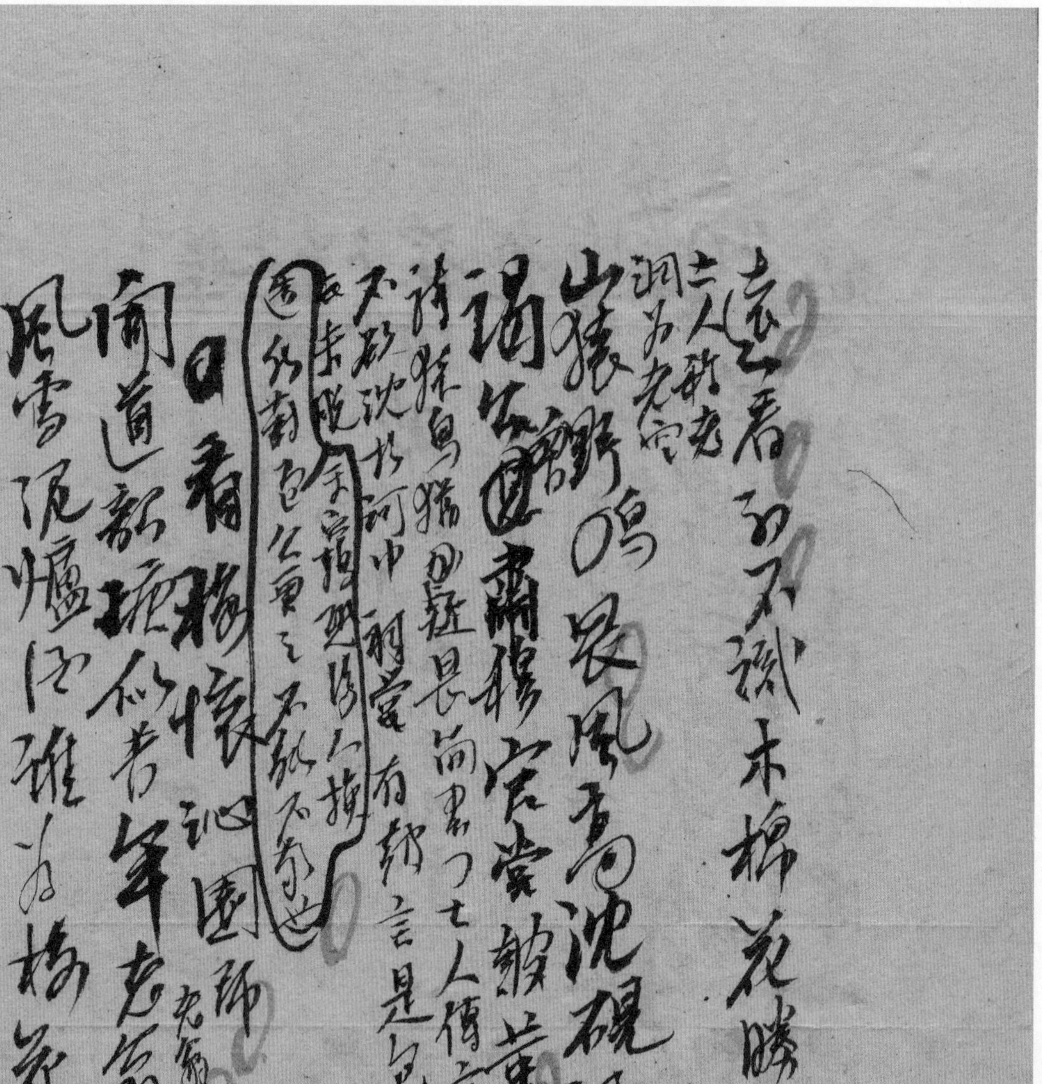

「……遠看初不識，木棉花勝晚霞紅（端溪硯石佳者出自老洞，士人稱老洞為老空）。」

「山猿野鳥畏風高，沉硯河流無怒濤。我昔謁公曾肅穆，官堂鼓革南餘毛（謁包公祠詩。猿鳥猶疑畏簡書。士人傳言包文拯辭肇慶，一硯不欲沉於河中。祠堂有鼓言是包公在時物。鼓皮尚有牛毛未脫。余竊恐後人換造，然對包公曾之不能不敬也）。」

《看梅懷沁園師（老翁謂沁園師）》：「聞道韶塘似昔年，老翁行處總悽然。長途風雪泥爐酒，誰為梅花醉歡顛。」

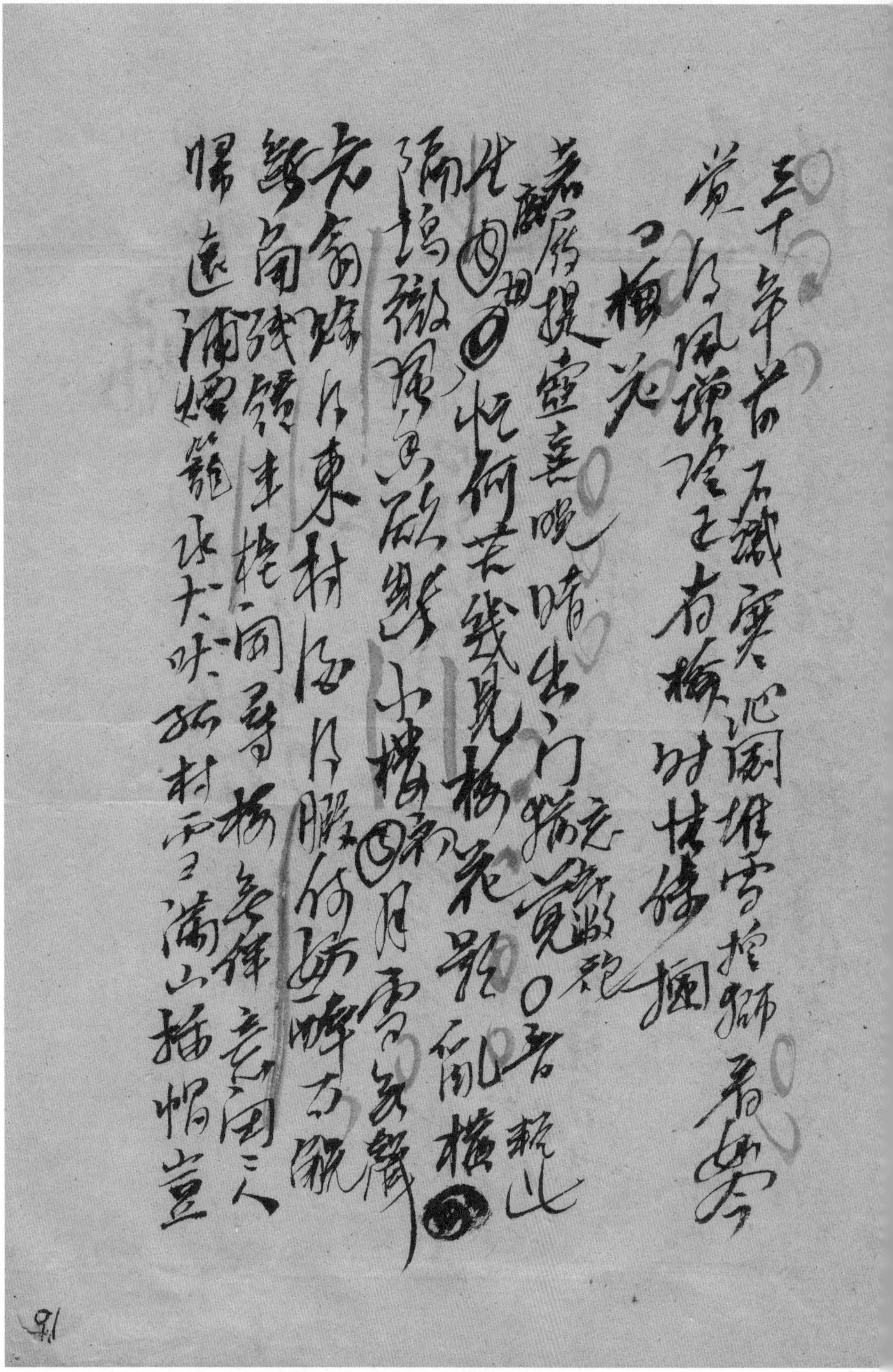

「三十年前不識寒，沁園堆雪□獅看。如今覺得風增冷，正有梅時怯倚欄。」

《梅花》：「著屐提壺喜晚晴，出門猶覺□□（忘卻敝袍）輕。此生塵世忙何苦，幾見梅花影亂橫。隔塢微風香欲斷，小樓初月雪無聲。老翁賒得東村酒，得暇何妨醉萬觥。」「斷角殘鐘半掩關，尋梅無伴意閑閑。人歸遠浦煙籠水，犬吠孤村雪滿山。插帽豈……」

編注：此頁未完。

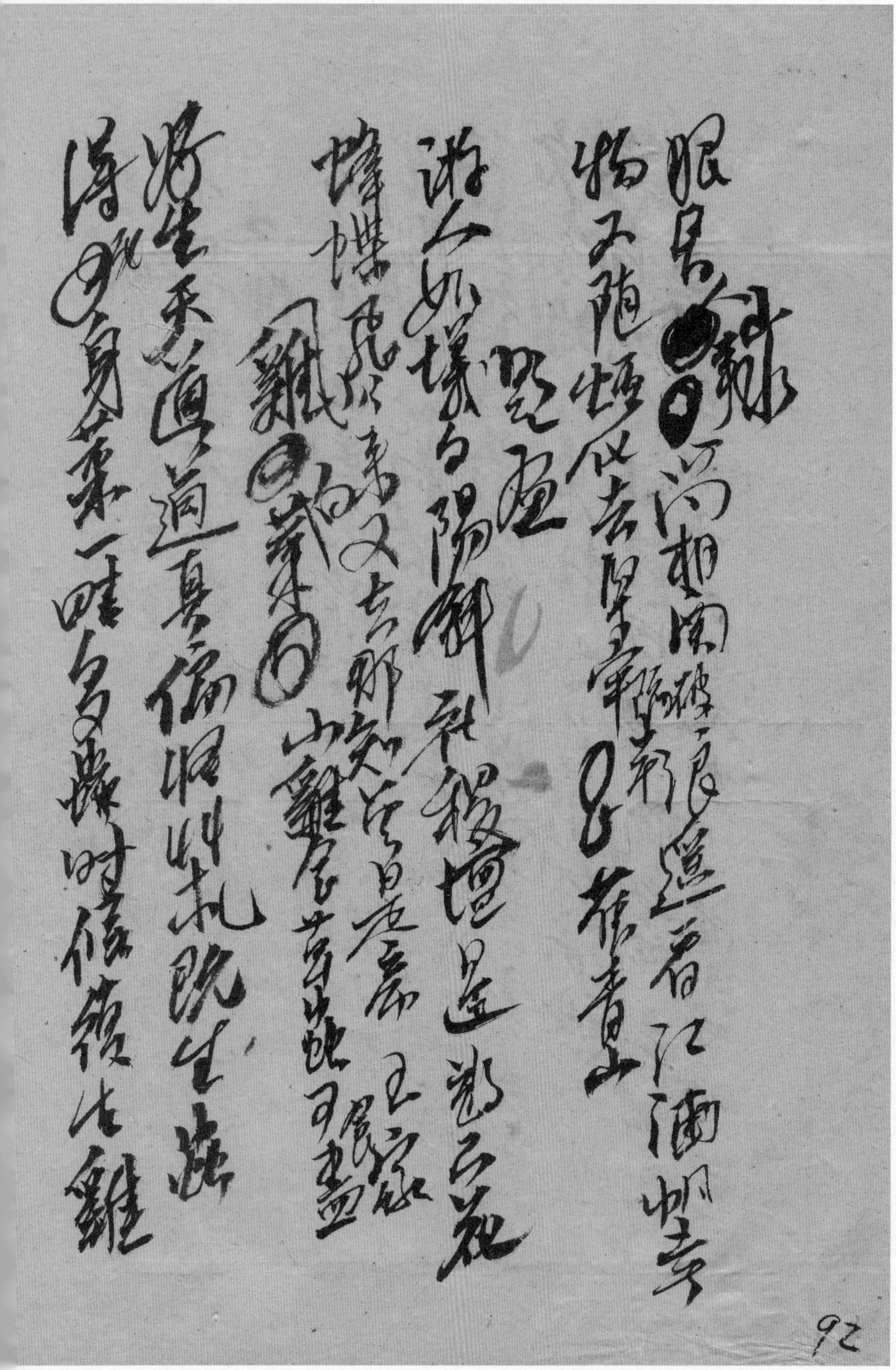

《山水》：「眼昏人事尚相關，破浪遙看江浦帆。幸物又隨煙化去，堅牢隔岸舊青山。」

《題畫》：「遊人如蟻夕陽斜，社稷壇邊數尺花。蜂蝶飛飛來又去，那知曾是帝王家。」

《雞白菜（小雞食草蟲可食盡）》：「好生天道真偏怪，草木既生蟲□□。□得□身菜一畦，多蟲時候復生雞。」

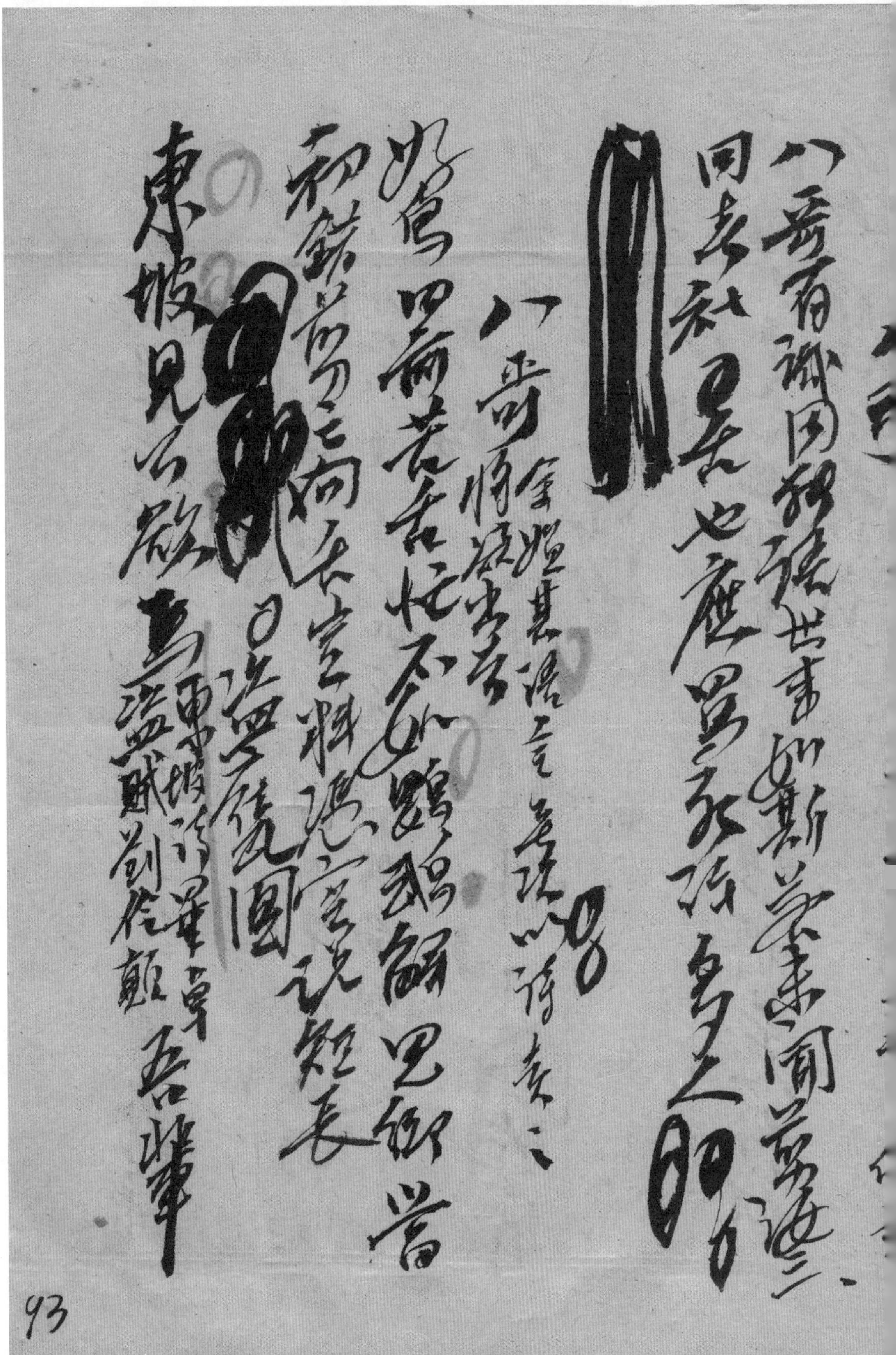
八哥有識因能語，世事如斯若未聞。剪汝三回春社舌，也應罵死許多人。
八哥 余嫌其語言無次，以詩責之，將欲出者
好鳥因前苦舌忙，不如鷓鴣解思鄉。當初錯剪三回舌，豈料憑空說短長。
盜甕圖
東坡見公欲罵 東坡詩畢卓盜賊劉伶顛 吾輩
93

《八哥（兒輩得於西山，剪其舌，教之能言）》：「八哥有識因能語，世事如斯若未聞。剪汝三回春社舌，也應罵死許多人。」

《八哥（余嫌其語言無次，以詩責之，將欲出者）》：「好鳥因前苦舌忙，不如鷓鴣解思鄉。當初錯剪三回舌，豈料憑空說短長。」

《盜甕圖》：「東坡見公欲罵（東坡詩：畢卓盜賊劉伶顛），吾輩

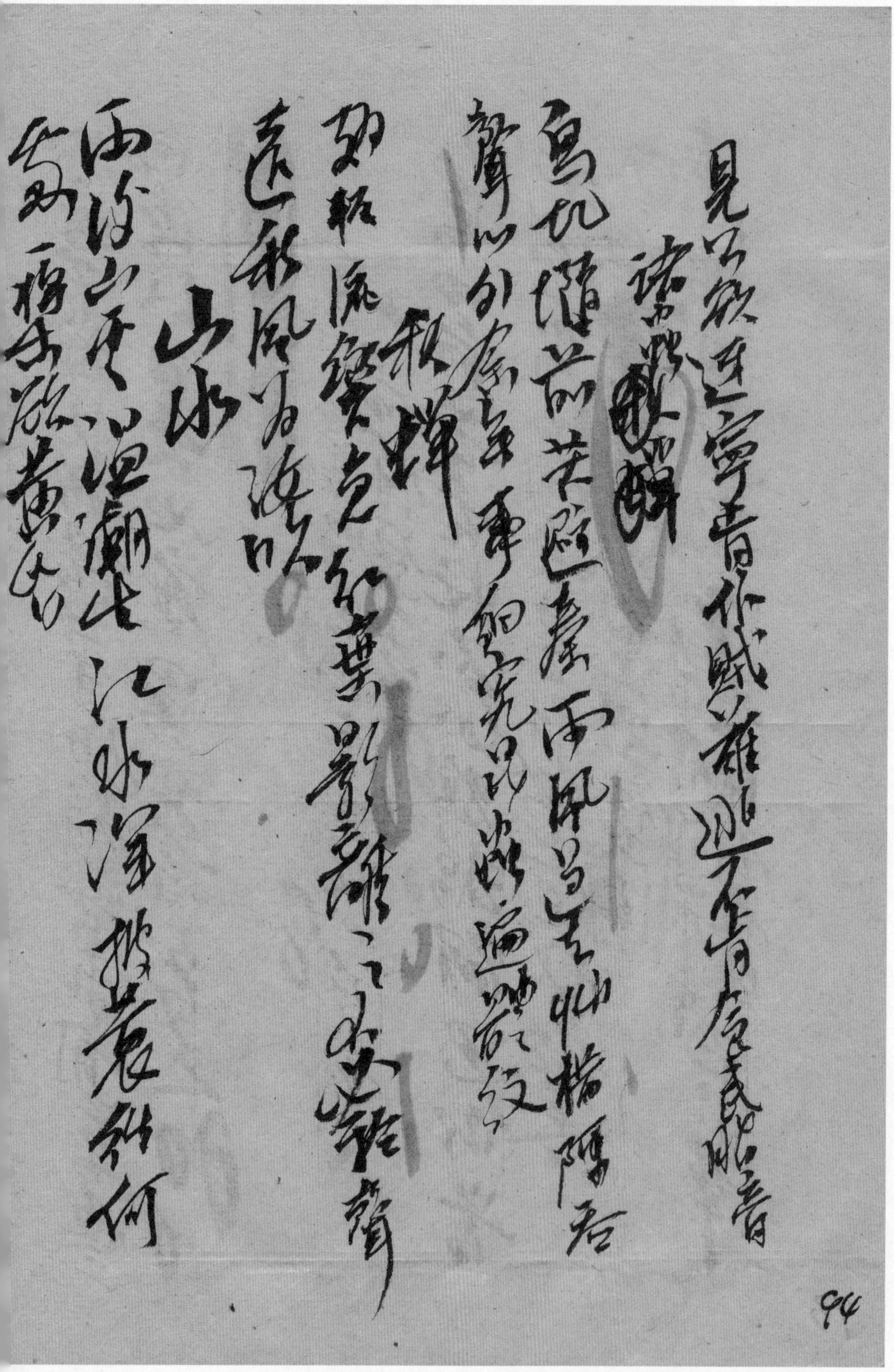

見公欲迓。寧肯作賊難逃，不肯食民脂膏。」

《諸蟲》：「鳥圮墮前苦避秦，雨風過去草橫陳。吞聲以外餘無事，細究昆蟲遍體紋。」

《秋蟬》：「翅輕流響急，紅葉影離離。不必矜聲遠，秋風為汝吹。」

《山水》：「雨後山雲濕，潮生江水渾。披蓑往何處，一檠欲黃昏。」

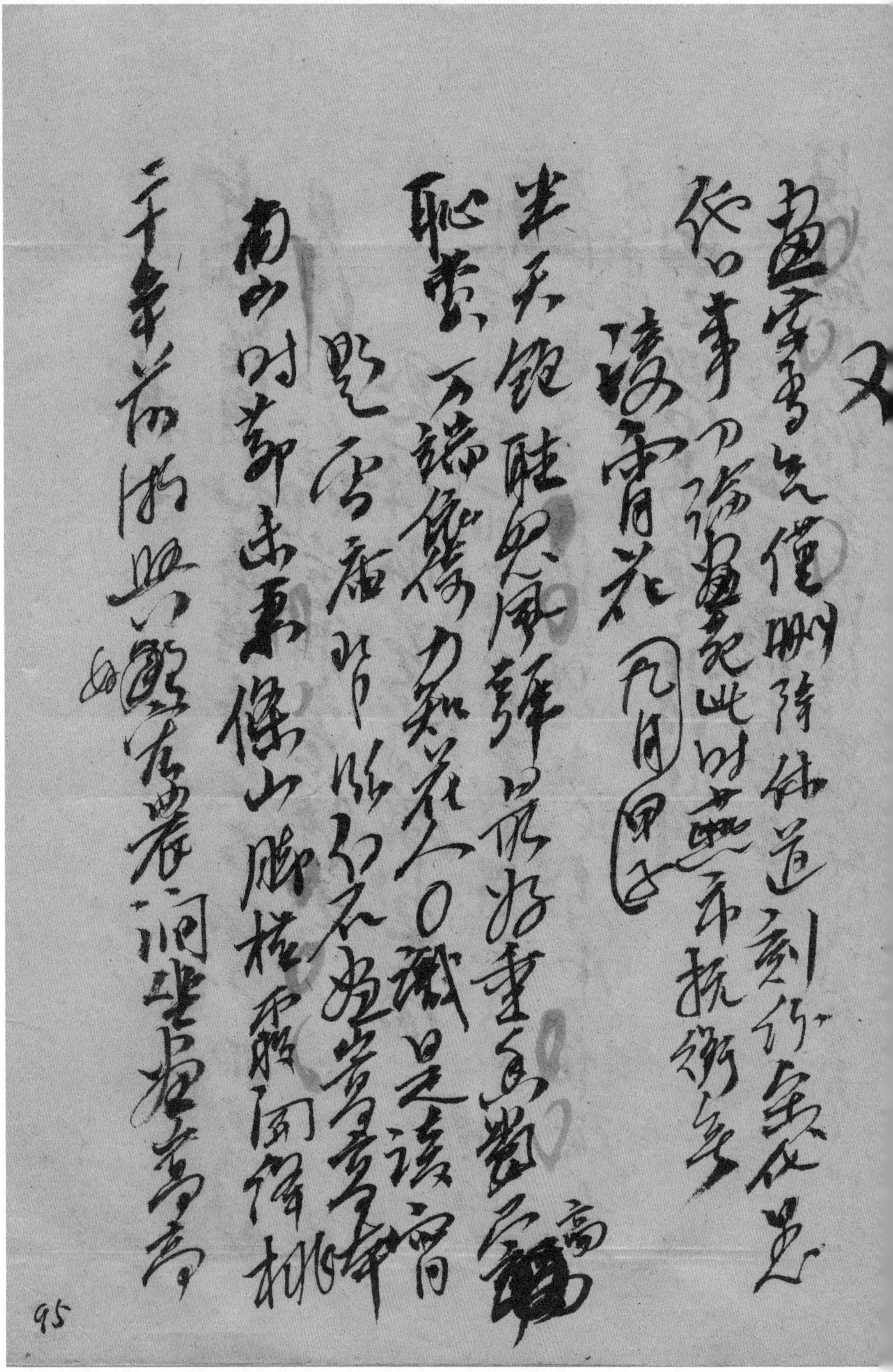
又
畫家習氣僅刪除休道刻絲宋代愚
他日筆刀論畫苑此時燕市抗衡無
淩霄花（九月甲子）
半天飽聽怒風號最好垂香數尺高
恥費萬端依倚力知花人識是淩霄
題雪庵背臨白石畫嵩高本
看山時節未蕭條山腳橫霞開絳桃
二十年前遊興好宏農澗坐畫嵩高

又：「畫家習氣僅刪除，休道刻絲宋代愚。他日筆刀論畫苑，此時燕市抗衡無。」

《淩霄花（甲子九月）》：「半天飽聽怒風號，最好垂香數尺高。恥費萬端依倚力，知花人識是淩霄。」

《題雪庵背臨白石畫嵩高本》：「看山時節未蕭條，山腳橫霞開絳桃。二十年前遊興好，宏農澗坐畫嵩高。」

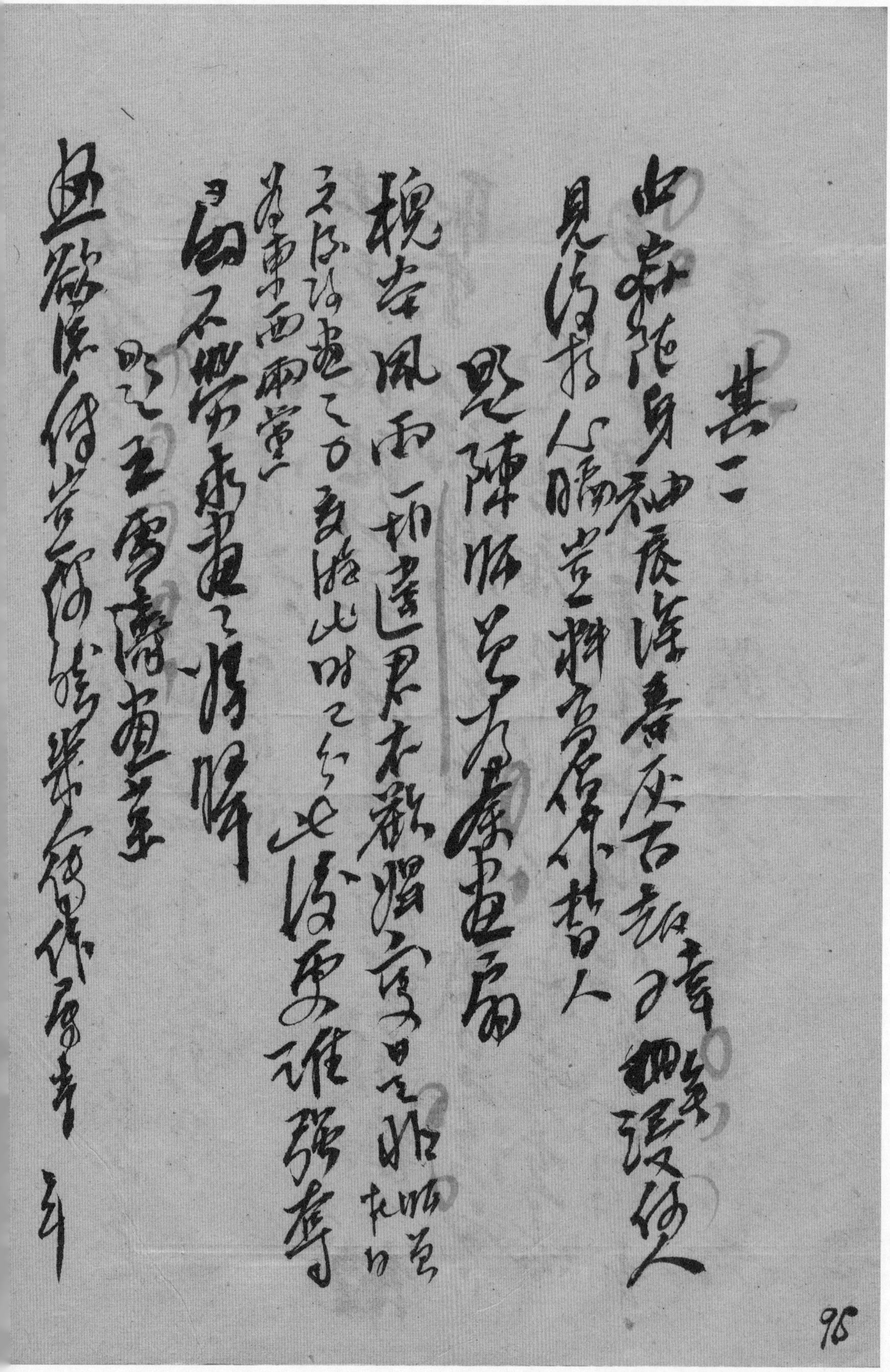
其二
中嶽隨身袖底深秦灰百劫幸無浸何人
見後存心膈豈料高僧作替人
題陳師曾為余畫扇
槐堂風雨一相違君在歡娛變是非師曾在日
文酒詩畫之交遊此時已分為
東西兩黨此後更誰強奪
扇不勞求畫畫將歸
題王雪濤畫菜
畫欲流傳豈偶然幾人傳作屬青年
95

其二：「中嶽隨身袖底深，秦灰百劫幸無浸。何人見後存心膈，豈料高僧作替人。」

《題陳師曾為余畫扇》：「槐堂風雨一相違，君在歡娛變是非（師曾在日文酒詩畫之交遊，此時已分為東西兩黨）。此後更誰強奪扇，不勞求畫畫將歸。」

《題王雪濤畫菜》：「畫欲流傳豈偶然，幾人傳作屬青年。」

憐君直得前人意，五彩靈光散墨煙。」「難得風流不薄余，乘青欲與古人俱。他年畫苑編名姓，但願刪除到老夫（妄論此時他日凡有書畫事，將余姓名錄入者，余效板橋道人死為厲鬼報之）。」

《畫燈一檠贈雪庵上人》：「經年懶不出門行，市襪無塵足垢輕。猶有前因未消滅，蓮花寺裡佛前鐙。畫理詩思亦上乘，寂寥何幸對枯僧。孤鐙若肯常回照，上汝餘年共死生。」

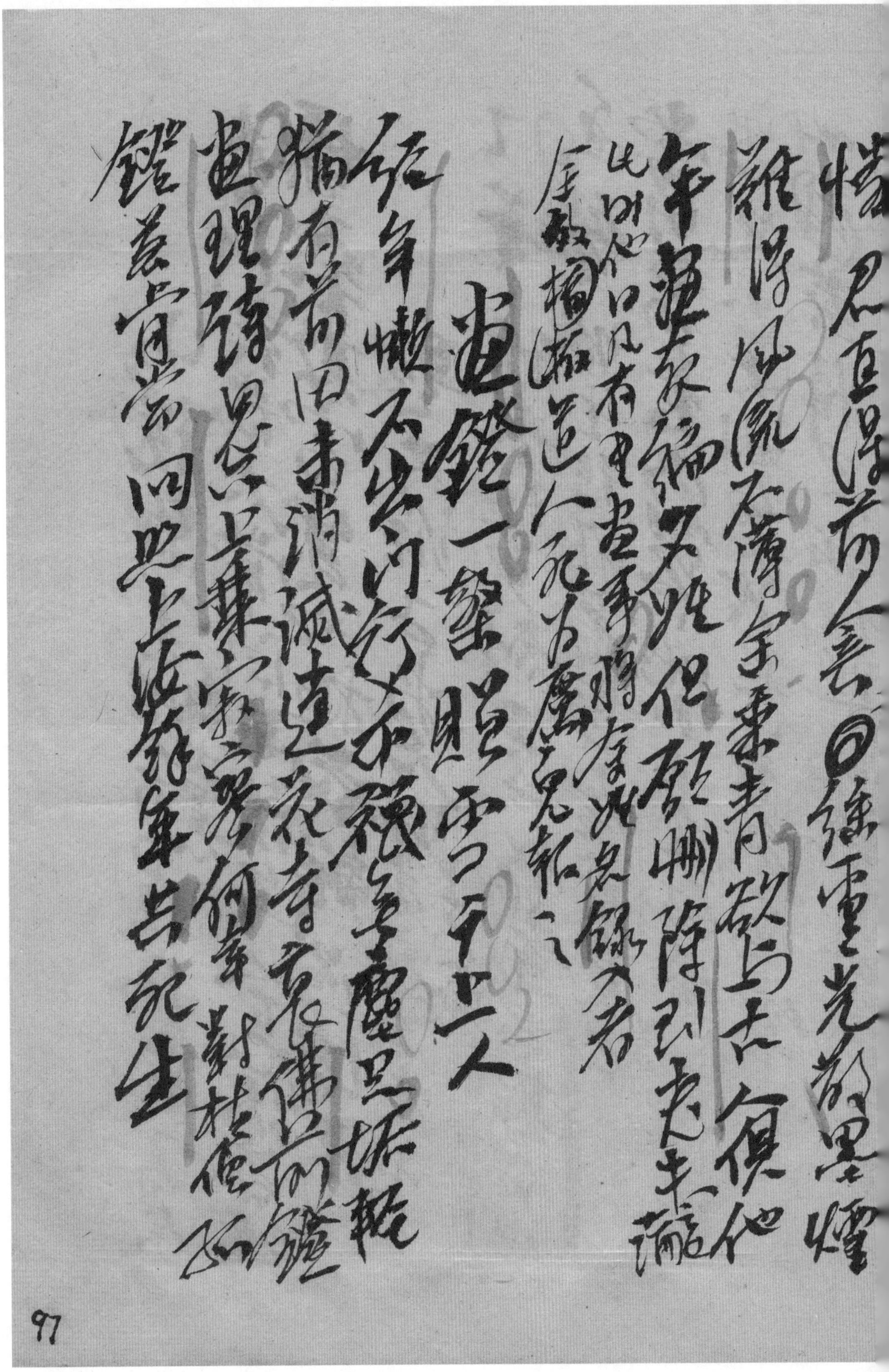

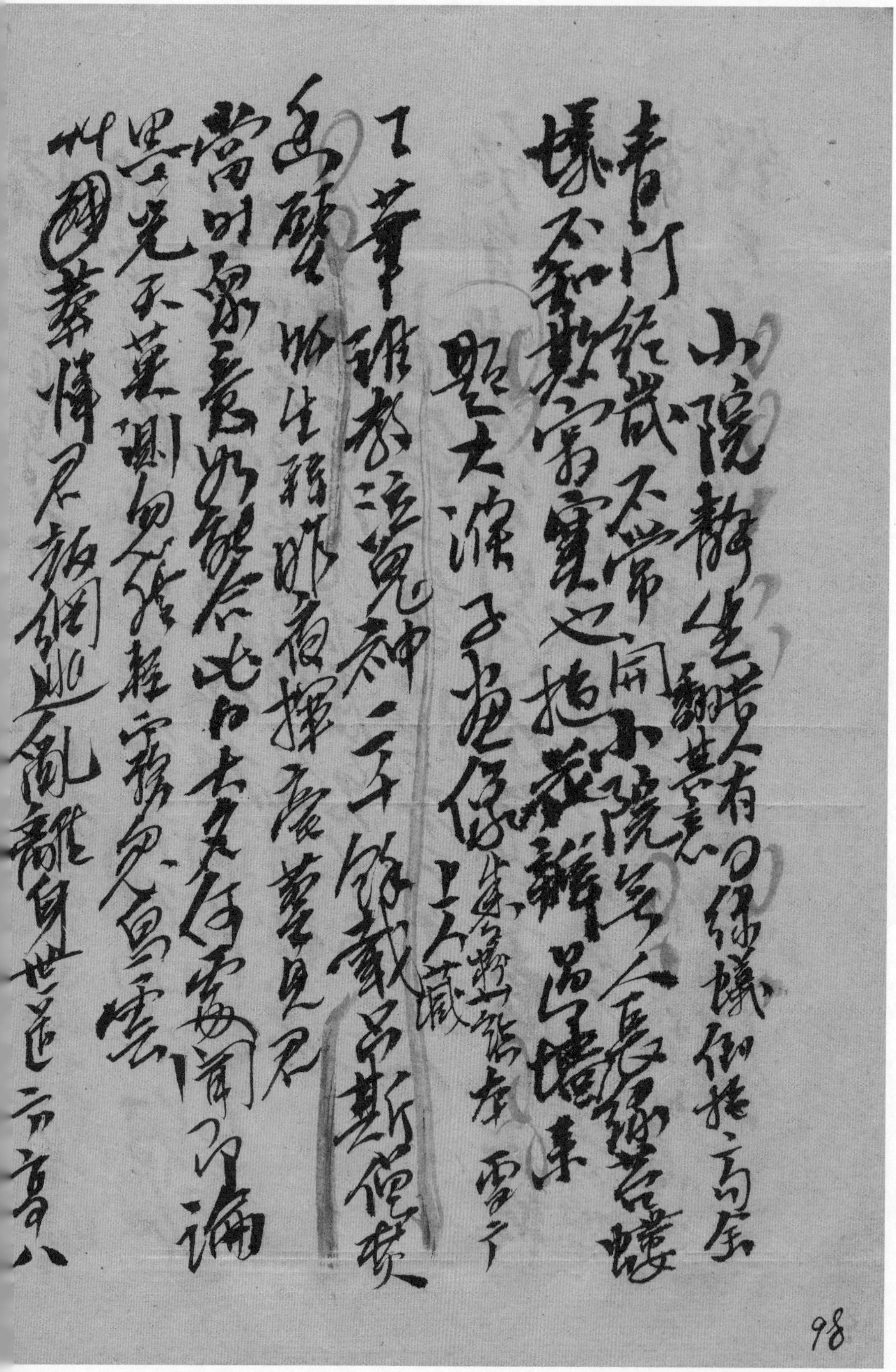

小院靜坐（昔人有緣蟻倒拖二句，余翻其意）：「青門經歲不常開，小院無人長綠苔。螻蟻不知欺寂寞，也拖花瓣過牆來。」

《題大滌畫像（朱彝臨本，雪廣上人藏）》：「下筆誰教泣鬼神，二千餘載只斯僧。焚香願□師生拜，昨夜揮毫夢見君。」

「當時眾意如能合，此日大名何處聞。即論墨光天莫測，忽然輕霧忽烏雲。」「草莽憐君劫網逃，亂離身世道方高。八……」

編注：此頁未完。

《十二月十二日重封移孫衣箱》：「衣上塵脂未并埋，重封不必再三開。□非瑤島長相見，一息猶存淚自來（此詩有前二句是吳）。

《鳥》：「風木栖難息，啞啞霜氣侵。夜啼聞製曲，移響入清琴。」

《翡翠鳥》：「荷葉俱青難辨色，身輕如燕嗜如雕。一生飽食魚多少，猶恐鷹鸇下碧霄。」

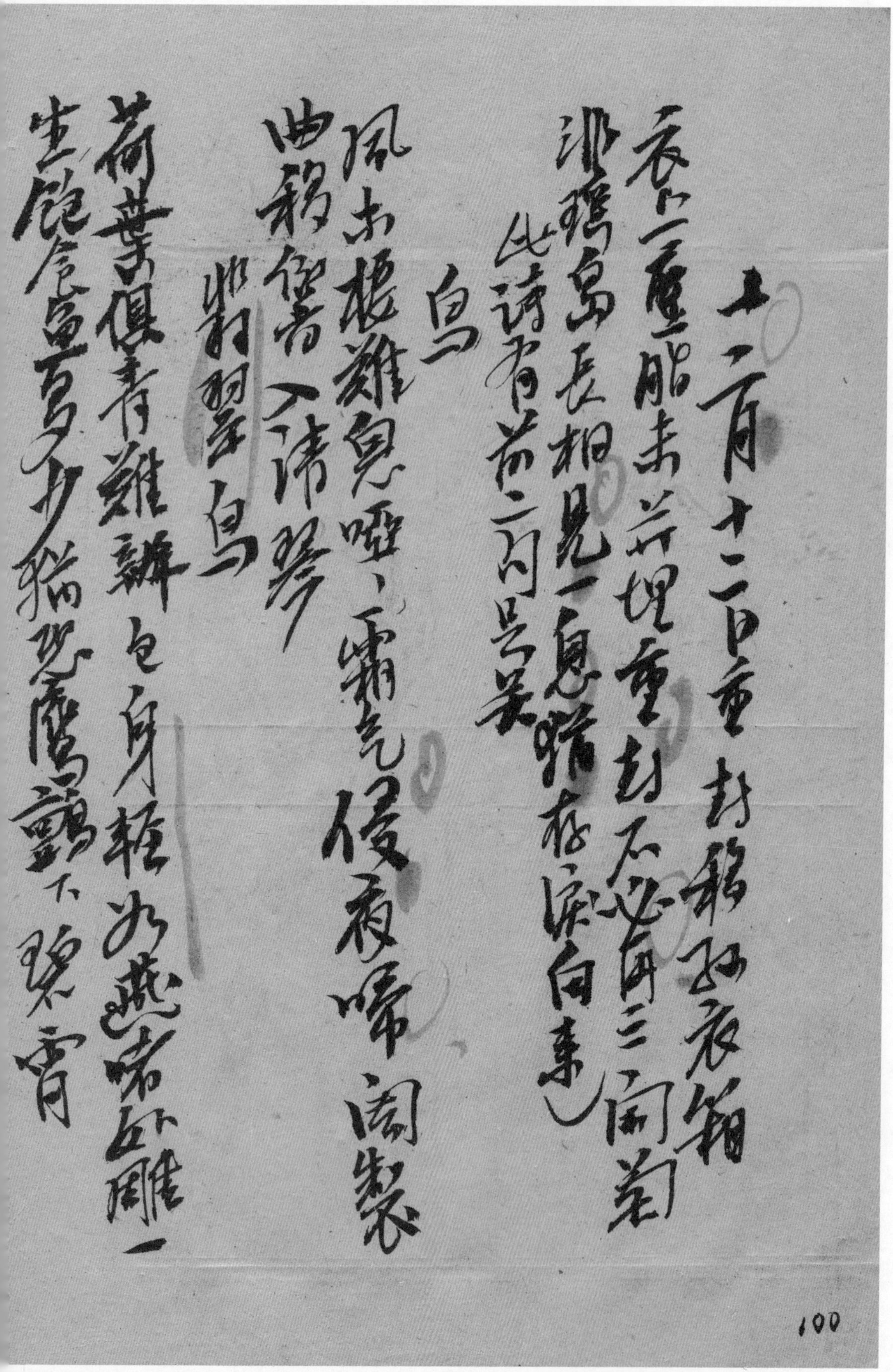
十二月十二日重封移孫衣箱
衣上塵脂未并埋重封不必再三開□
非瑤島長相見一息猶存淚自來
此詩有前二句是吳
鳥
風木棲難息啞啞霜氣侵夜啼聞製
曲移響入清琴
翡翠鳥
荷葉俱青難辨色身輕如燕嗜如雕一
生飽食魚多少猶恐鷹鸇下碧霄
100

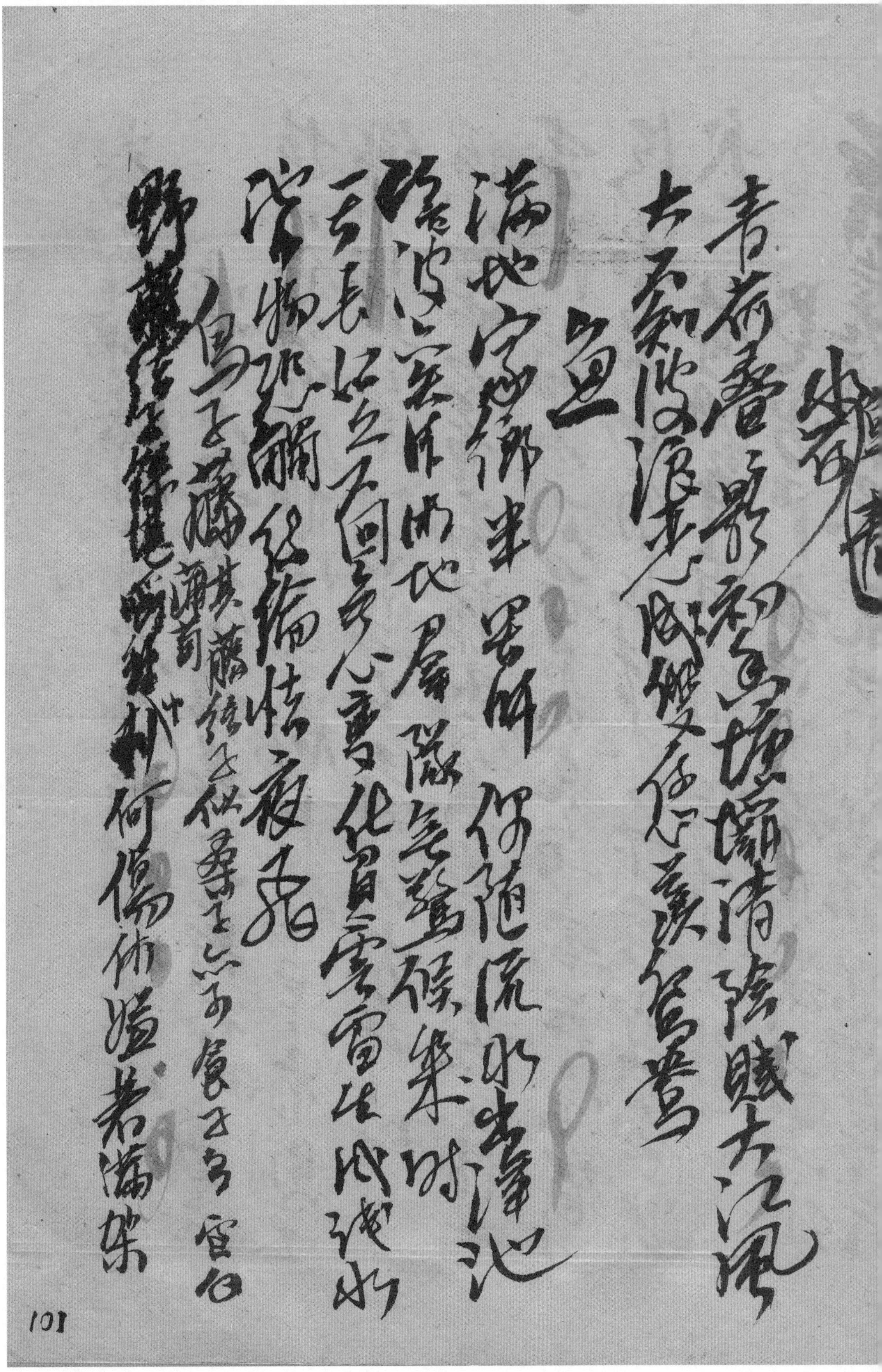

《水鳥青荷》：「青荷疊疊影初香，塘壩清陰賤大江。風大不知波浪惡，成雙何必羨鴛鴦。」

《魚》：「滿地家鄉半罟師，偶隨流水出渾池。滄波亦失清遊地，群隊無驚候幾時。」

「一去長江久不回，無心變化負雲雷。生成淺水池中物，恐觸絲綸怯夜飛。」

《烏子藤（其藤結子似桑子，亦可食，子多密似蒲萄）》：野藤結子飢堪嚼，小刺何傷休嫌著。滿架

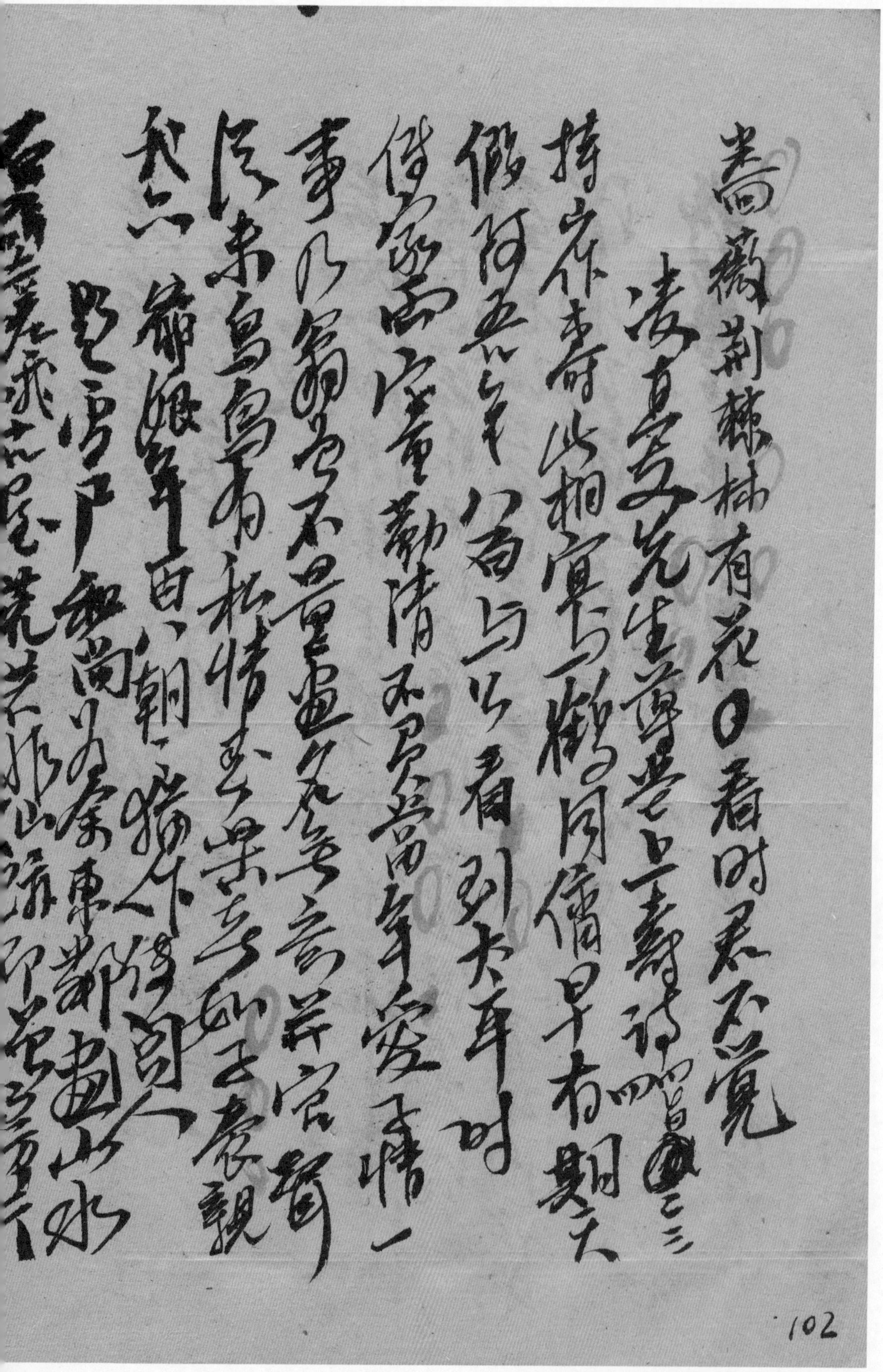

薔薇荊棘林，有花看時君不覺。」

《淩直支先生尊堂上壽詩（□□二三四）》：「持山作壽此相宜，與鶴同儕早有期。天假阿吾年八百，與公看到太平時。」

「傳家兩字重勤清，不負當年愛子情。一事乃翁曾不量，畫名無意并官聲。」「從來烏鳥有私情，至樂莫如子養親。我亦爺娘年百八，朝朝猶作傳閭人。」

《題雪庵和尚為余東鄰畫山水》：「石壁嵯峨古屋荒，若非仙跡即僧房。片

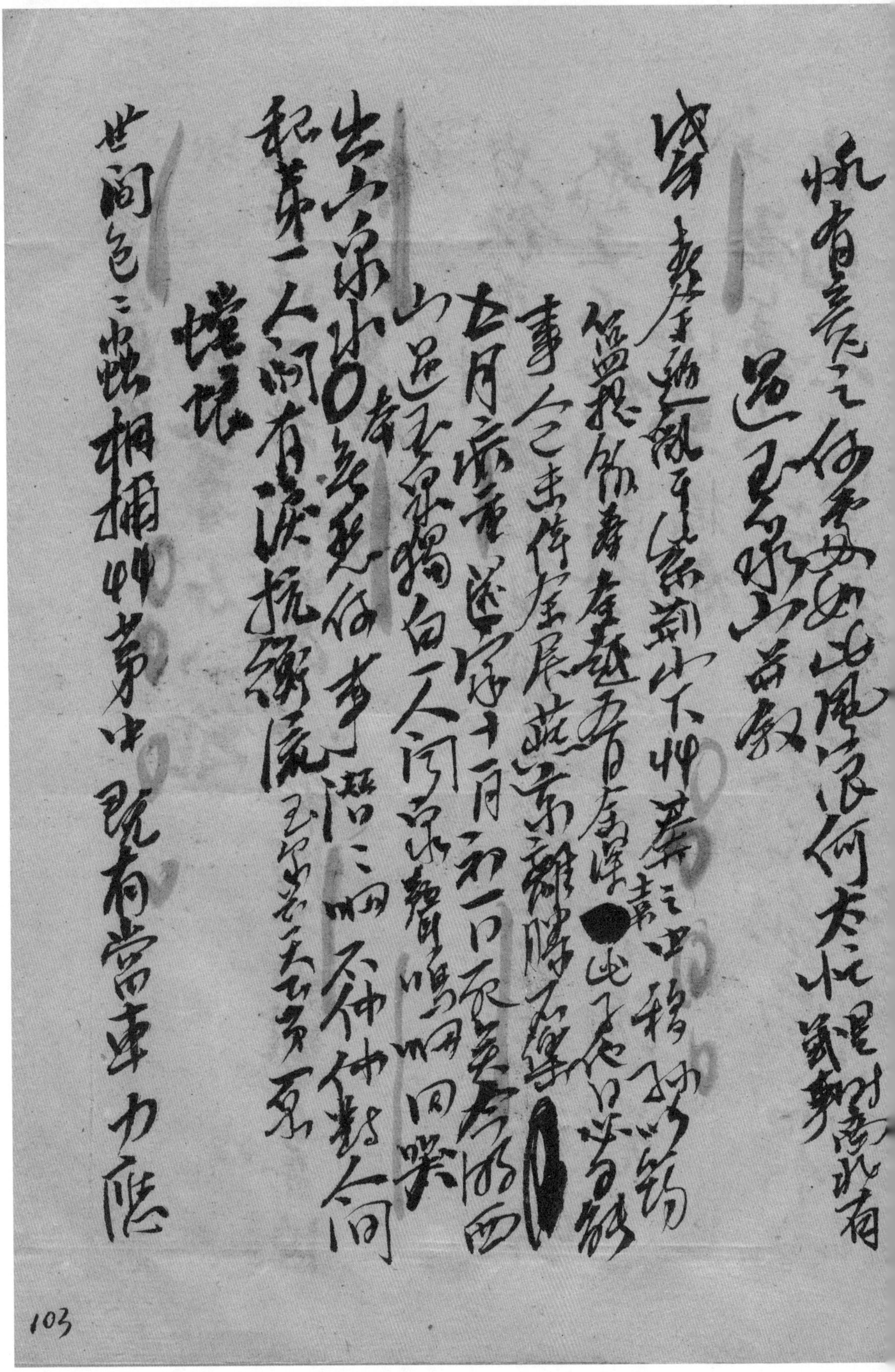

帆有意之何處，如此風浪何太忙（□時南北有戰事）。」

《過玉泉山并敘》：「戊午春余避亂於紫荊山下草莽之中，移孫以筠籃提飯奉余。越五日，余深喜此子他日必可能事人。己未侍余居燕京，離膝不樂。五月病重還家，十一月初一日死矣。今遊西山過玉泉，獨自一人聞泉聲嗚咽，因哭。『出山泉水本無愁，何事潛潛咽不休。休對人間稱第一，人間有淚抗衡流』。玉泉名天下第一泉。」

《蝗螂》：「世間色色蟲，相捕草茅中。既有當車力，應

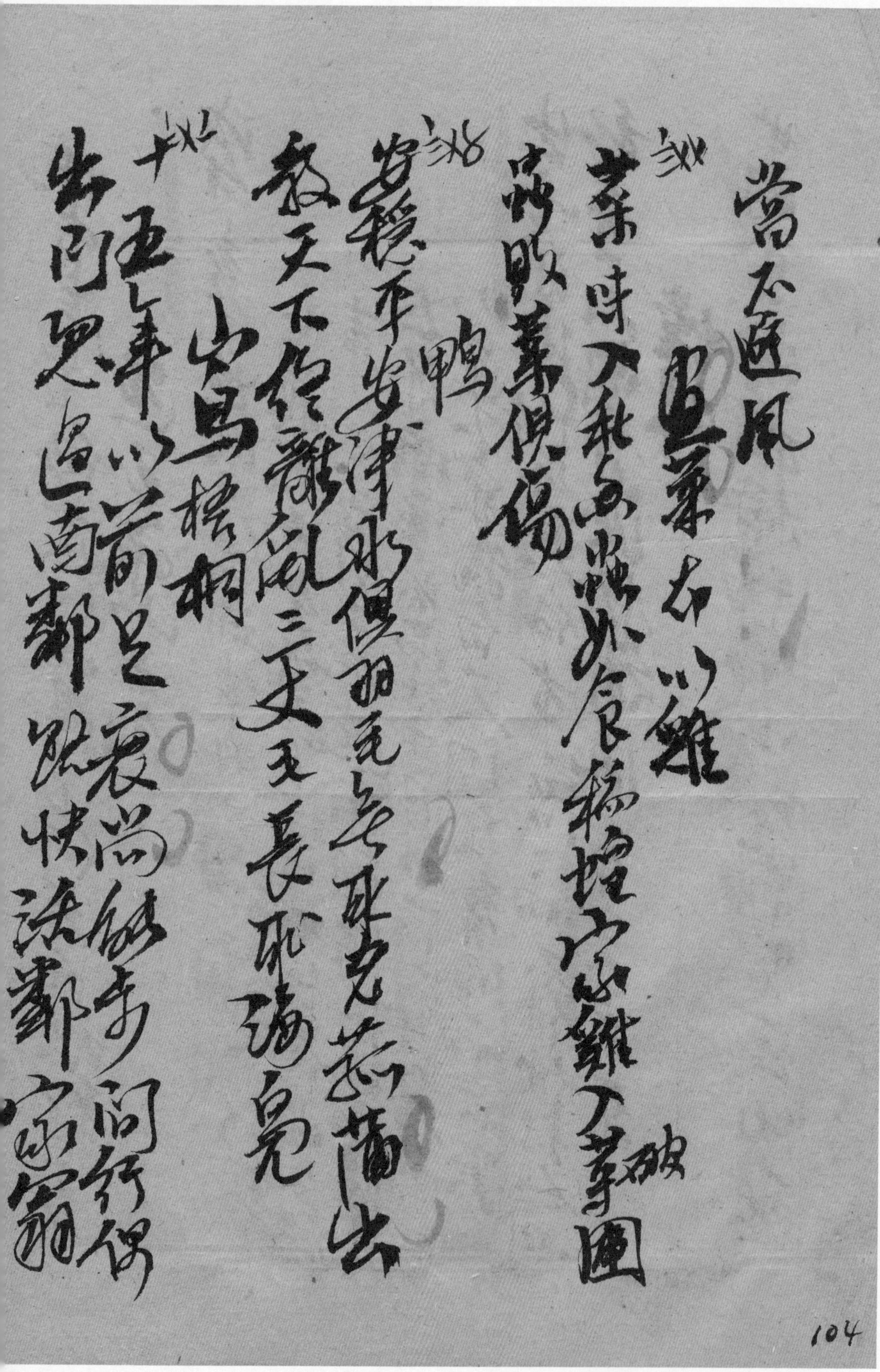

當不避風。」

《畫菜布以雞》：「菜味入秋香，蟲如食稻蝗。家雞入（破）菜圃，蟲敗菜俱傷。」

《鴨》：「安穩平安淺水俱，羽毛無取老菰蒲。出教天下終離亂，三丈毛長恥海梟。」

《山鳥梧桐》：「十五年以前，足衰尚能步，閑行偶出門，忽遇南鄰路。快活鄰家翁，

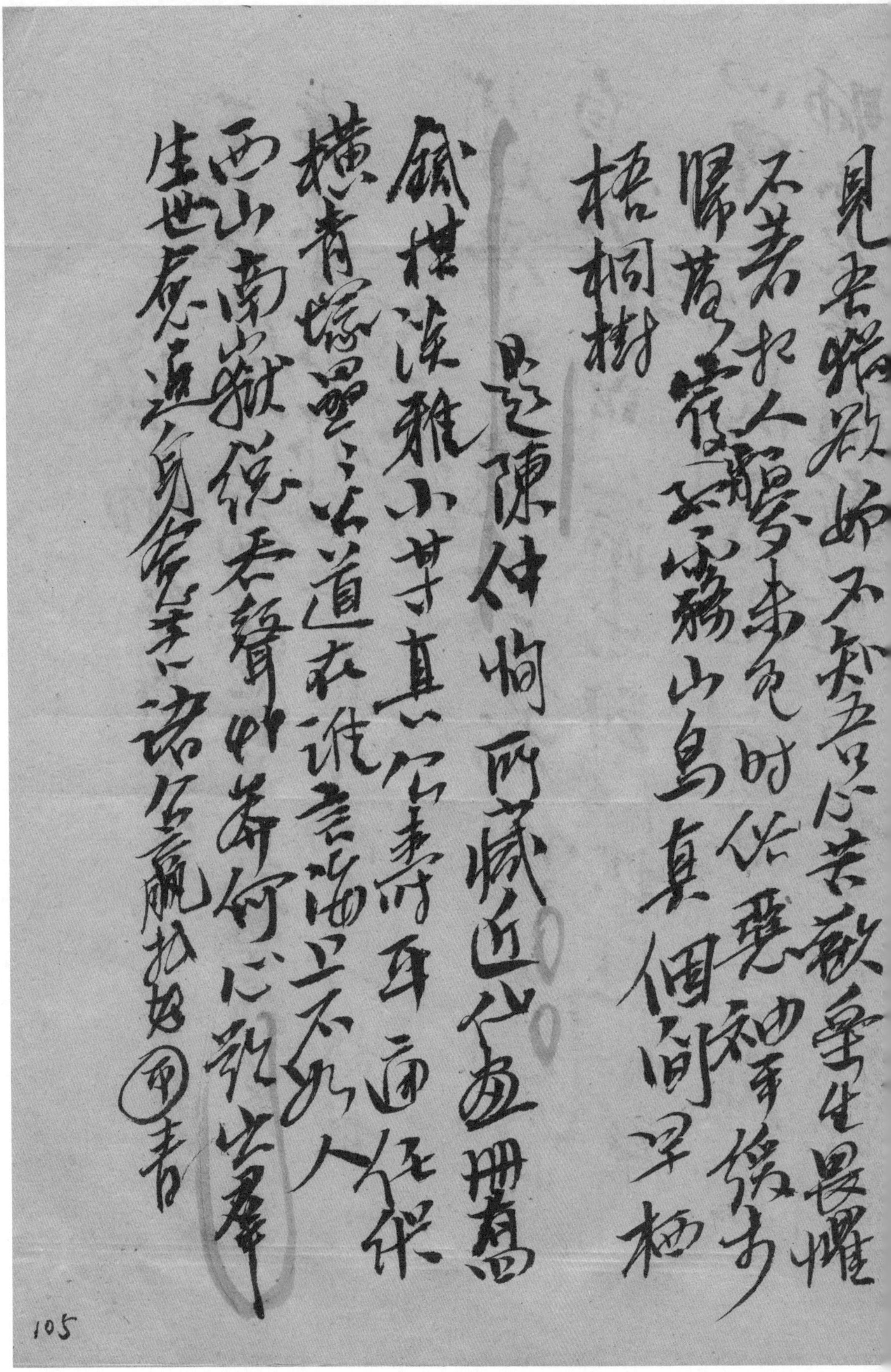

見吾猶欲妒。不知吾心苦，歡樂生畏懼。不著杞人憂，未免時俗惡。袖手緩步歸，落霞齊孤霧。山鳥真個閑，早栖梧桐樹。」

《題陳仲恂所藏近代畫冊有四》:「鐵梅淡雅小梅真，公壽平通任縱橫。青塚壘壘公道在，誰言海上不如人。

西山南嶽總吞聲，草莽何心欲出群。生世愈迫身愈苦，諸公贏拭好平青。」

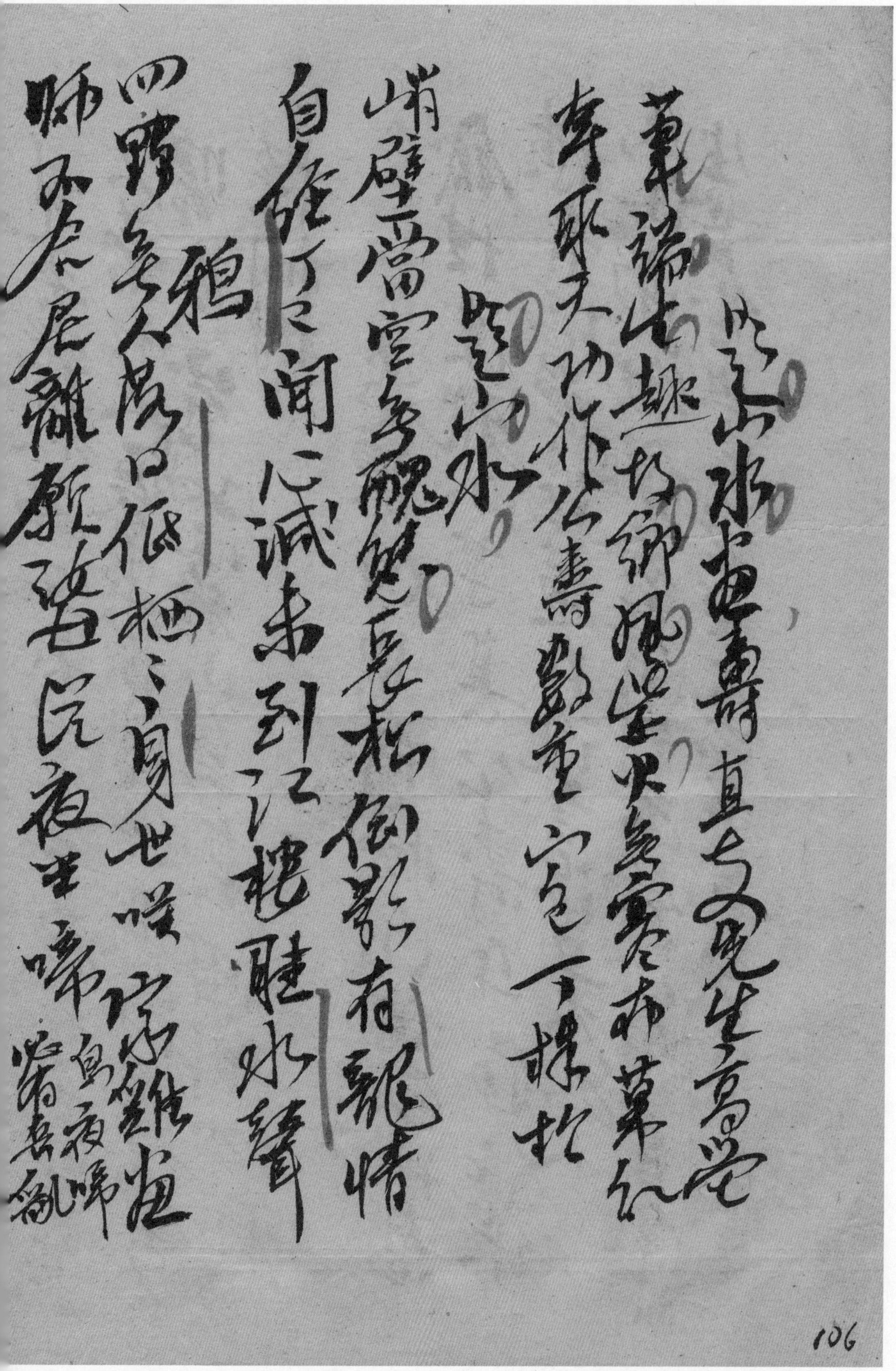

《題山水畫壽直支先生高堂》：「筆端生趣故鄉風，柴火無寒布幕紅。奪取天功作公壽，數重山色萬株松。」

《題山水》：「峭壁當空無醜態，長松倒影有龍情。自經丁巳閑心滅，未到江樓聽水聲。」

《鴉》：「四野無人落日低，棲棲身世笑家雞。畫師不合居離□頗，汝毋從夜半啼（烏夜啼必有兵亂）。」

編注：「畫師不合」句漏字，以「□」標示。

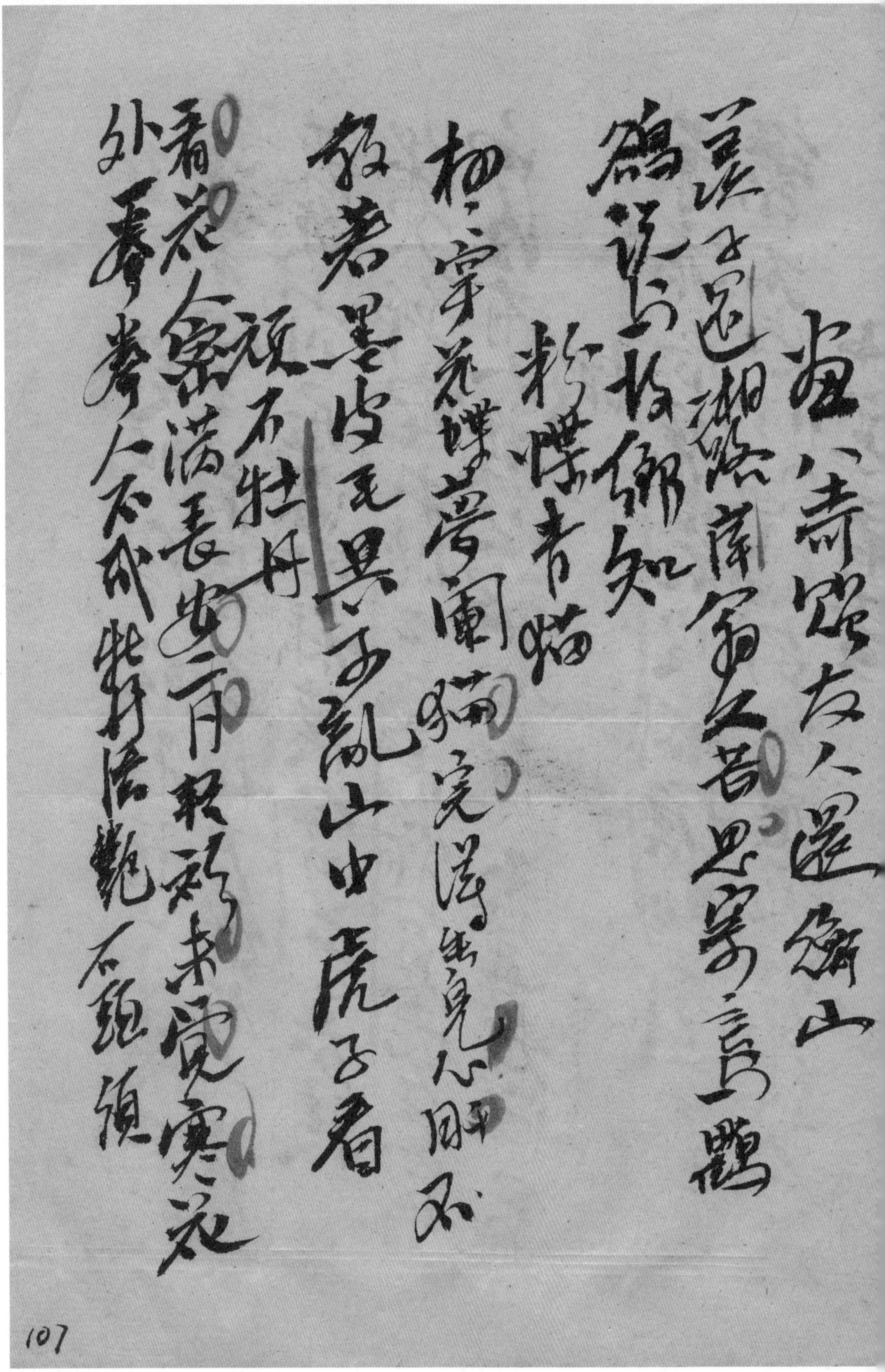
畫八哥贈友人還衡山
羨子還湘路萍翁久苦思寄言與鸜
鵒說與故鄉知
粉蝶青貓
栩栩穿花蝶夢闌貓兒得失見心肝不
教著墨皮毛異可亂山中虎子看
頑石牡丹
看花人密滿長安二月輕衫未覺寒花
外一拳拳人不□牡丹嬌艷石頭頑
107

《畫八哥贈友人還衡山》：「羨子還湘路，萍翁久苦思。寄言與鸜鵒，說與故鄉知。」

《粉蝶青貓》：「栩栩穿花蝶夢闌，貓兒得失見心肝。不教著墨皮毛異，可亂山中虎子看。」

《頑石牡丹》：「看花人密滿長安，二月輕衫未覺寒。花外一拳拳人不□，牡丹嬌豔石頭頑。」

編注：「花外一拳」句多書「拳」字。

《題張雪揚秣陵山水卷子》：「少年心手最憐君，穩厚縱橫正出群。若使山川居盛世，秣陵今日并嘉陵。」

「幾人丘壑在胸工，無悶猶貧老缶窮。向後有人發公論，也應不算老萍翁。」

《蝦》：「茅塘春漲碧波瀾，塘坳蘆茅青正繁。不忘叮嚀牆角外，蘆蝦消息待君還。」

《小窗看雪》：

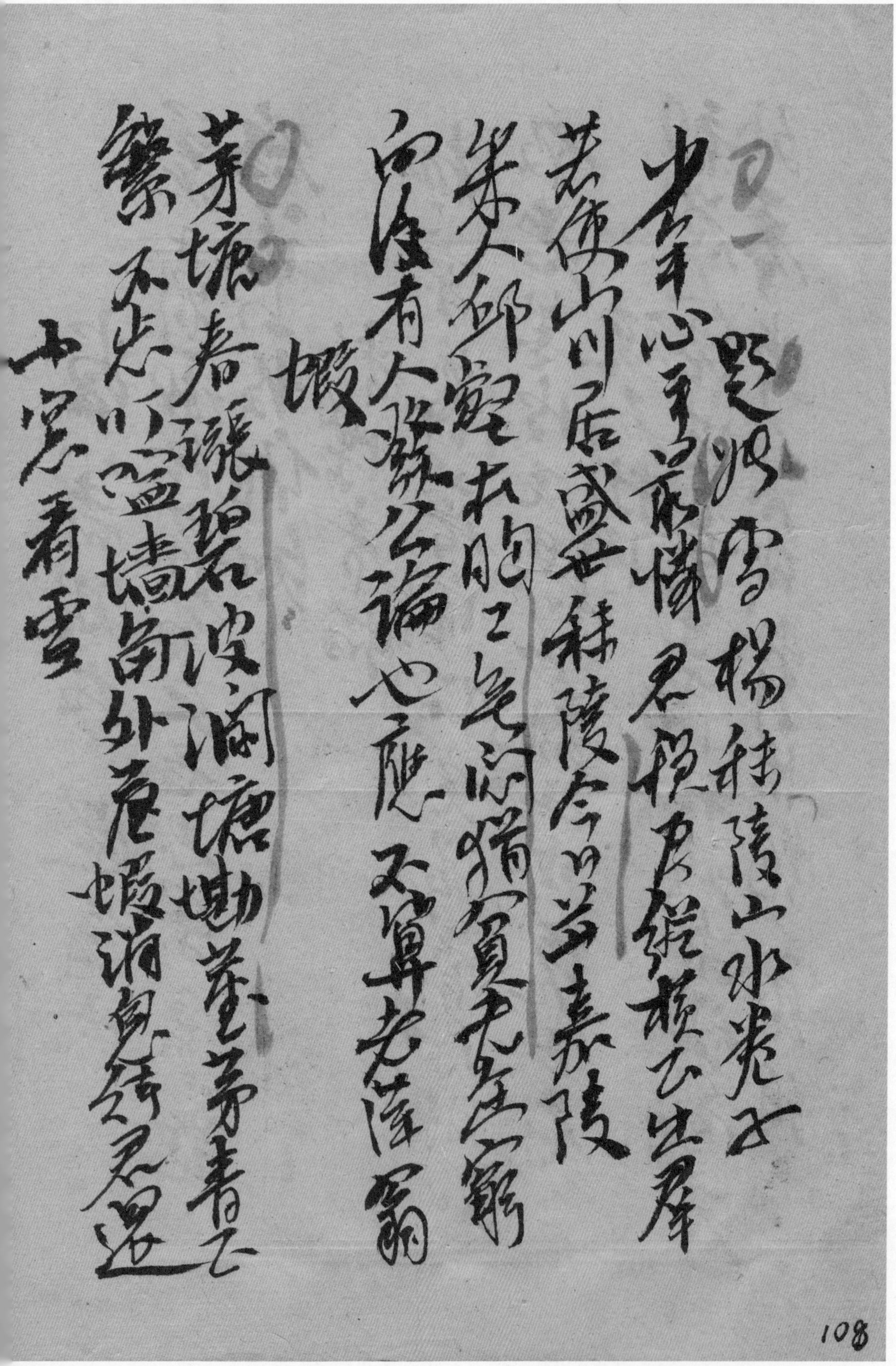
題張雪揚秣陵山水卷子
少年心手最憐君穩厚縱橫正出群
若使山川居盛世秣陵今日并嘉陵
幾人丘壑在胸工無悶猶貧老缶窮
向後有人發公論也應不算老萍翁
蝦
茅塘春漲碧波瀾塘坳蘆茅青正
繁不忘叮嚀牆角外蘆蝦消息待君還
小窗看雪
108

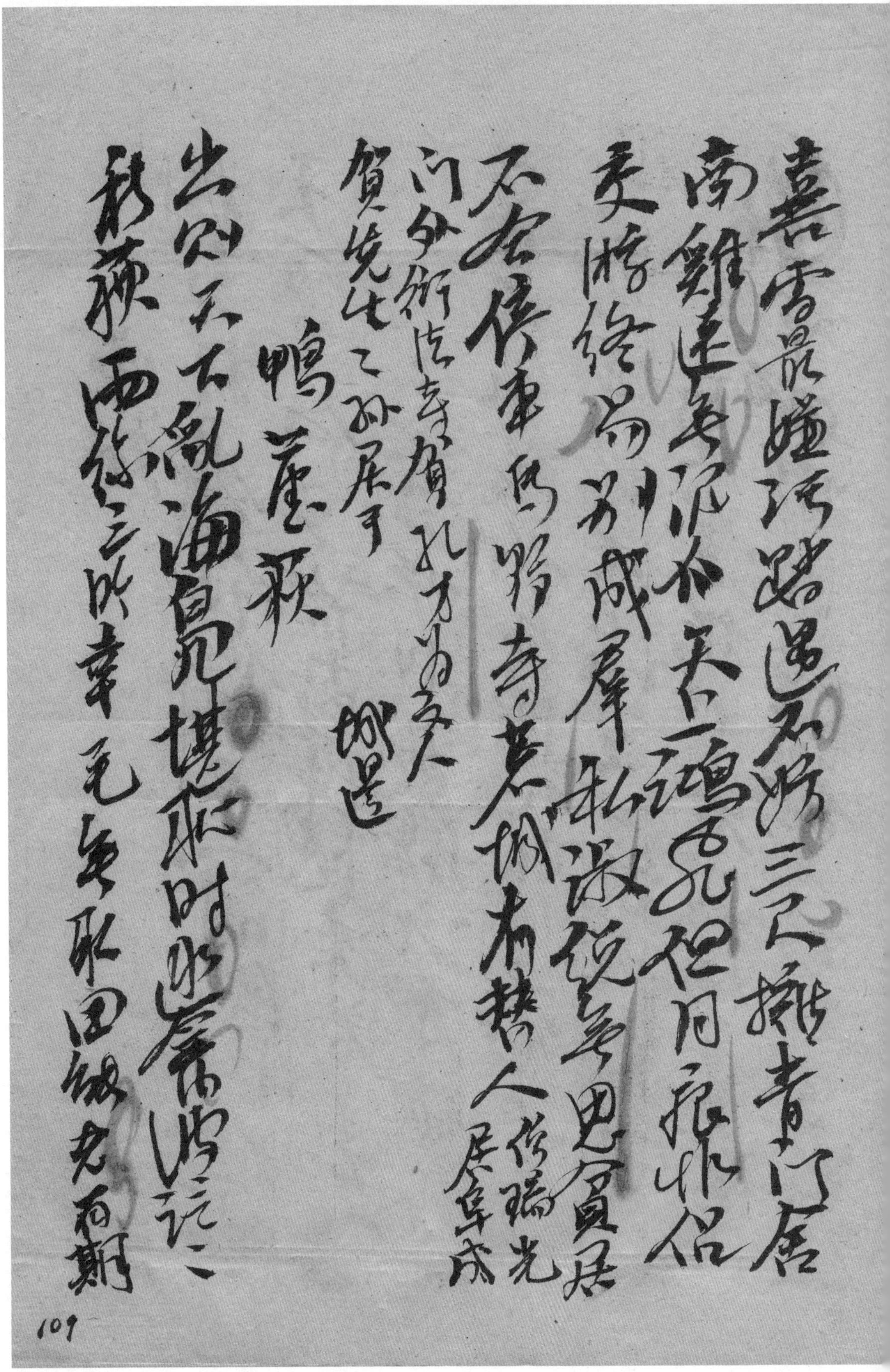
喜雪最嫌汚踏過不妨三尺擁青門舍
南雖遠無泥爪天上鴻飛但月痕非侶
交遊終易別成群私淑總無恩貧居
不合停車馬野寺荒城有替人 僧瑞光居阜成
門外衍法寺賀孔才為文人
賀先生之孫居于 城邊
鴨蘆荻
出則天下亂海鳧堪恥時幽禽波泛泛
秋荻雨絲絲所幸毛無取因能老有期
109

「喜雪最嫌汙踏過，不妨三尺擁青門。舍南雖遠無泥爪，天上鴻飛但月痕。非侶交遊終易別，成群私淑總無恩。貧居不合停車馬，野寺荒城有替人（僧瑞光居阜成門外衍法寺，賀孔才為文人賀先生之孫，居於城邊）。」

《鴨蘆荻》：「出則天下亂，海鳧堪恥時。幽禽波泛泛，秋荻雨絲絲。所幸毛無取，因能老有期。」

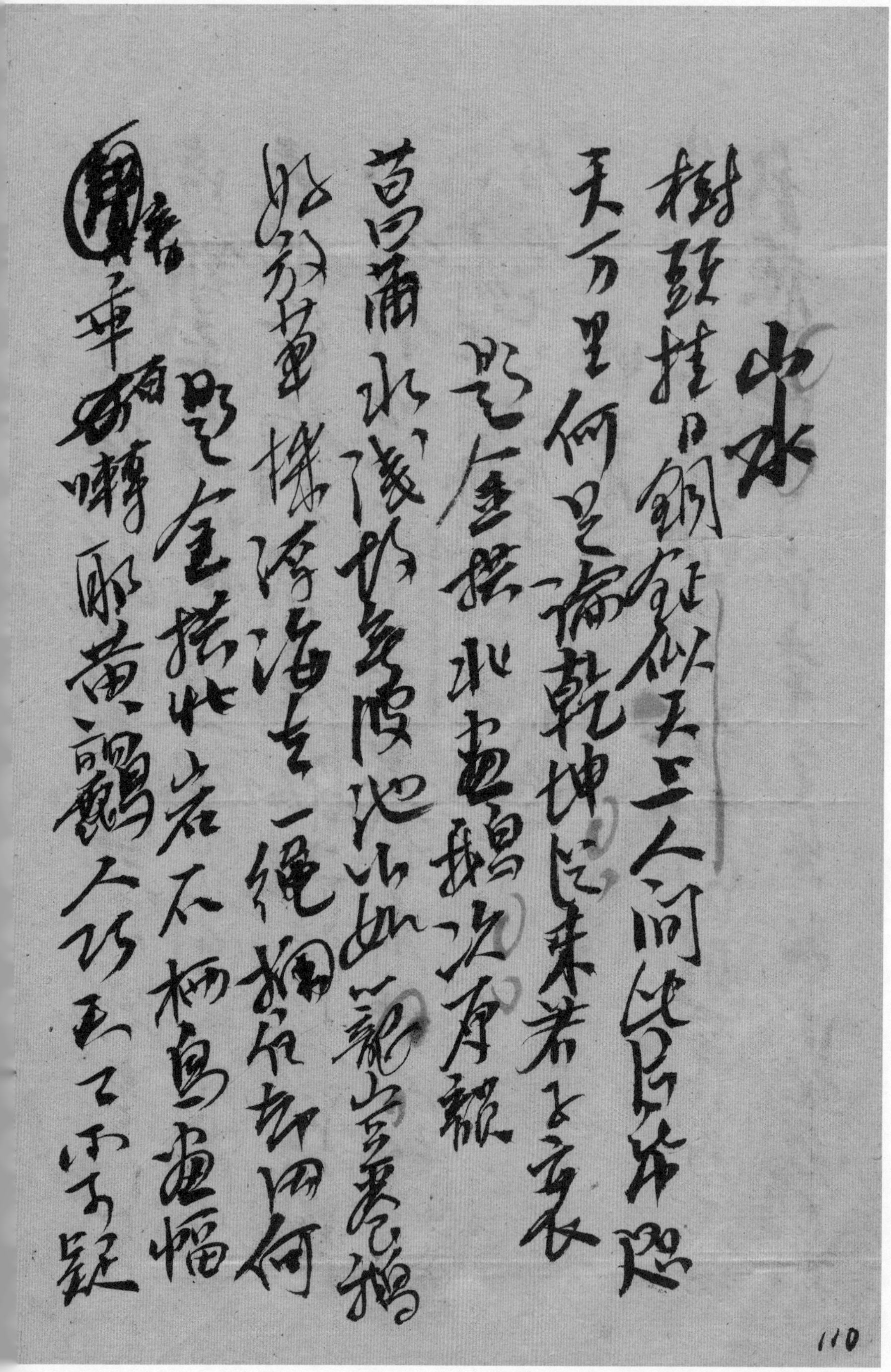

《山水》：「樹頭掛日銅鉦似，天上人間此片紙。咫尺萬里何足論，乾坤從來芥子裡。」

《題金拱北畫鵝，次原韻》：「菖蒲水淺故無波，池水如籠豈養鵝。好放筆機浮海去，一繩攔住卻因何。」

《題金拱北〈岩石栖鳥〉畫幅》：「音乖百囀恥黃鸝，人巧天工兩可疑。

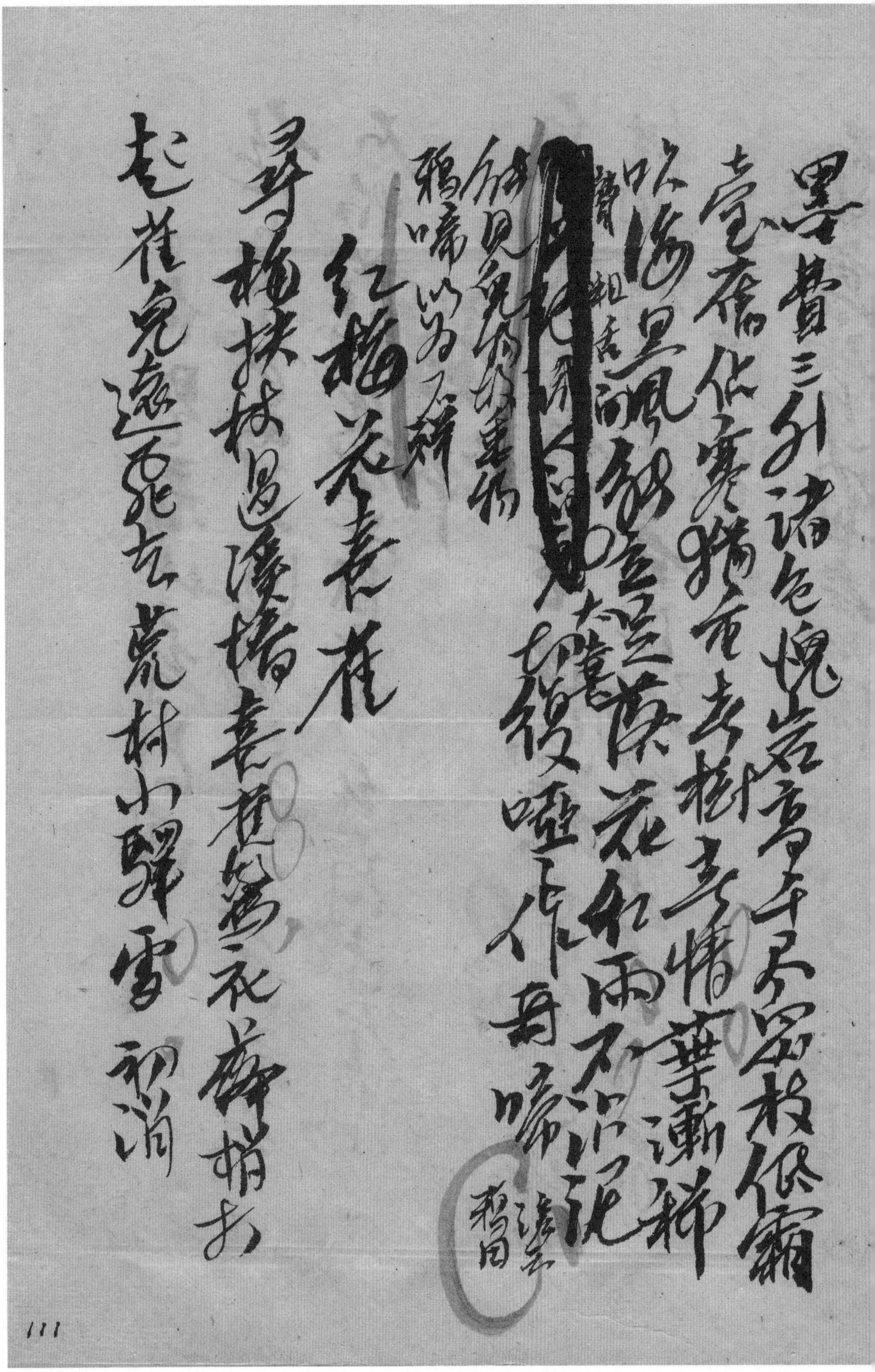

墨費三升諸色愧，岩高千尺眾枝低。霜臺舊侶寒猶重，春樹春情葉漸稀。吹海黑風能立足，落花紅雨不沾泥（諺云：鴉目能見鬼物，故無物鴉啼，以為不祥）。」

《紅梅花喜雀》：「尋梅扶杖過溪橋，喜雀驚花上絳梢。打起雀兒遠飛去，荒村小驛雪初消。」

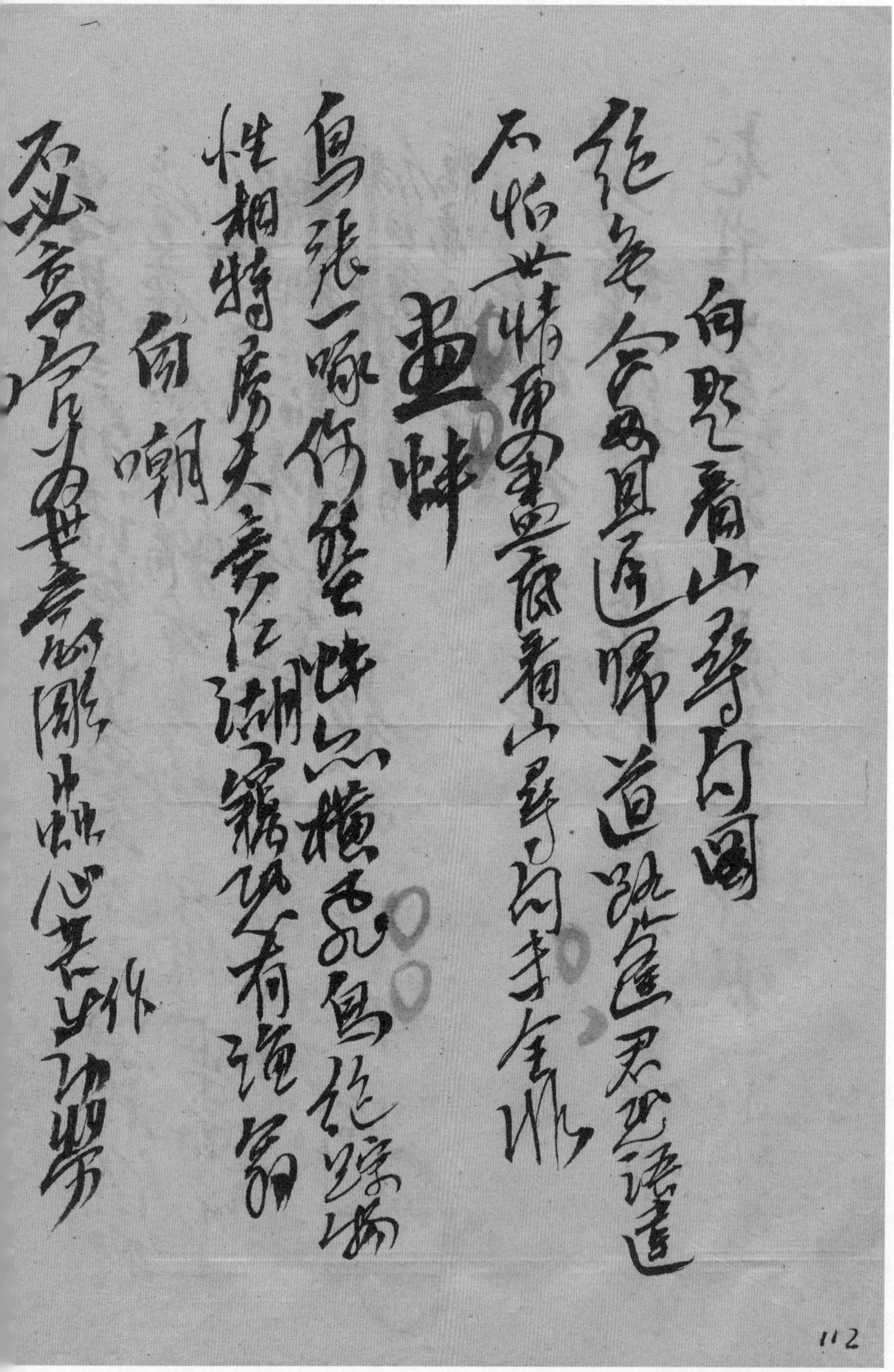

《自題〈看山尋句圖〉》：「絕無人處且遲歸，道路逢君恐語違。不怕世情更盡底，看山尋句未全非。」
《畫蚌》：「鳥張一啄偶然工，蚌亦橫飛鳥絕蹤。物性相持屬天意，江湖竊恐有漁翁。」
《自嘲》：「不必高官為世豪，雕蟲心苦作功勞。」

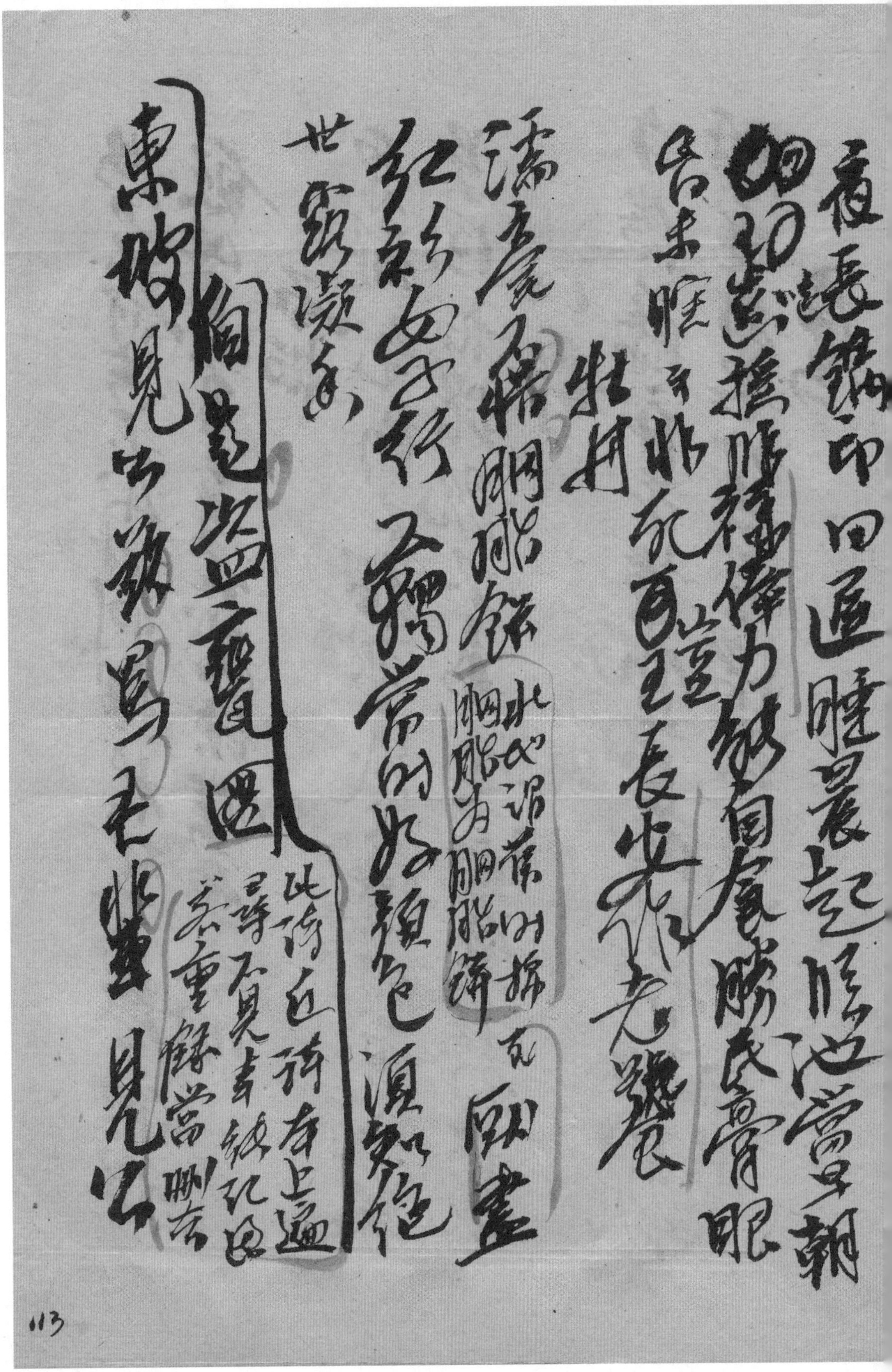

夜長鑴印因遲睡，晨起臨池當早朝。□□齒搖非祿俸，力能自食勝民膏。眼昏未瞎手非死，豈至長安作老饕。」

《牡丹》：「濡毫不惜胭脂餅（北地謂舊時棉花胭脂為胭脂餅），厭盡紅衫女子行。不獨當時好顏色，須知絕世露凝香。」

《自題「盜甕圖」（此詩近詩本上遍尋不見，幸能記得，若重錄當刪去）》：「東坡見公欲罵，吾輩見公……」

編注：此頁未完。

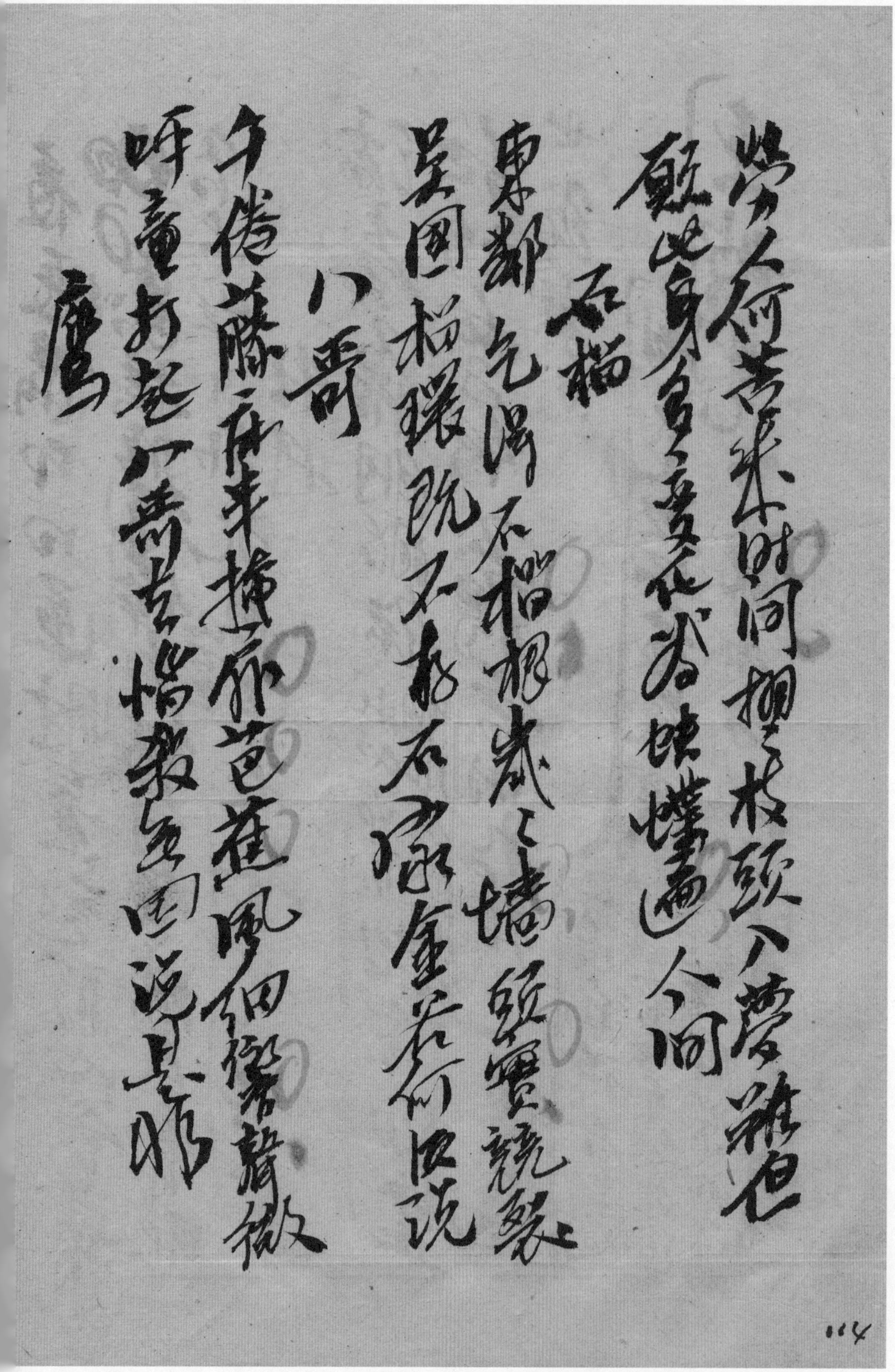
勞人何苦幾時閑栩栩枝頭入夢難但
願此身多變化化為蛺蝶遍人間
石榴
東鄰乞得石榴根歲歲牆頭實競裂
吳國榴環既不存石家金谷何須說
八哥
午倦藤床半掩扉芭蕉風細響聲微
呼童打起八哥去惱殺無因說是非
鷹
114

「勞人何苦幾時閑，栩栩枝頭入夢難。但願此身多變化，化為蛺蝶遍人間。」

《石榴》：「東鄰乞得石榴根，歲歲牆頭實競裂。吳國榴環既不存，石家金谷何須說。」

《八哥》：「午倦藤床半掩扉，芭蕉風細響聲微。呼童打起八哥去，惱殺無因說是非。」

《鷹》：

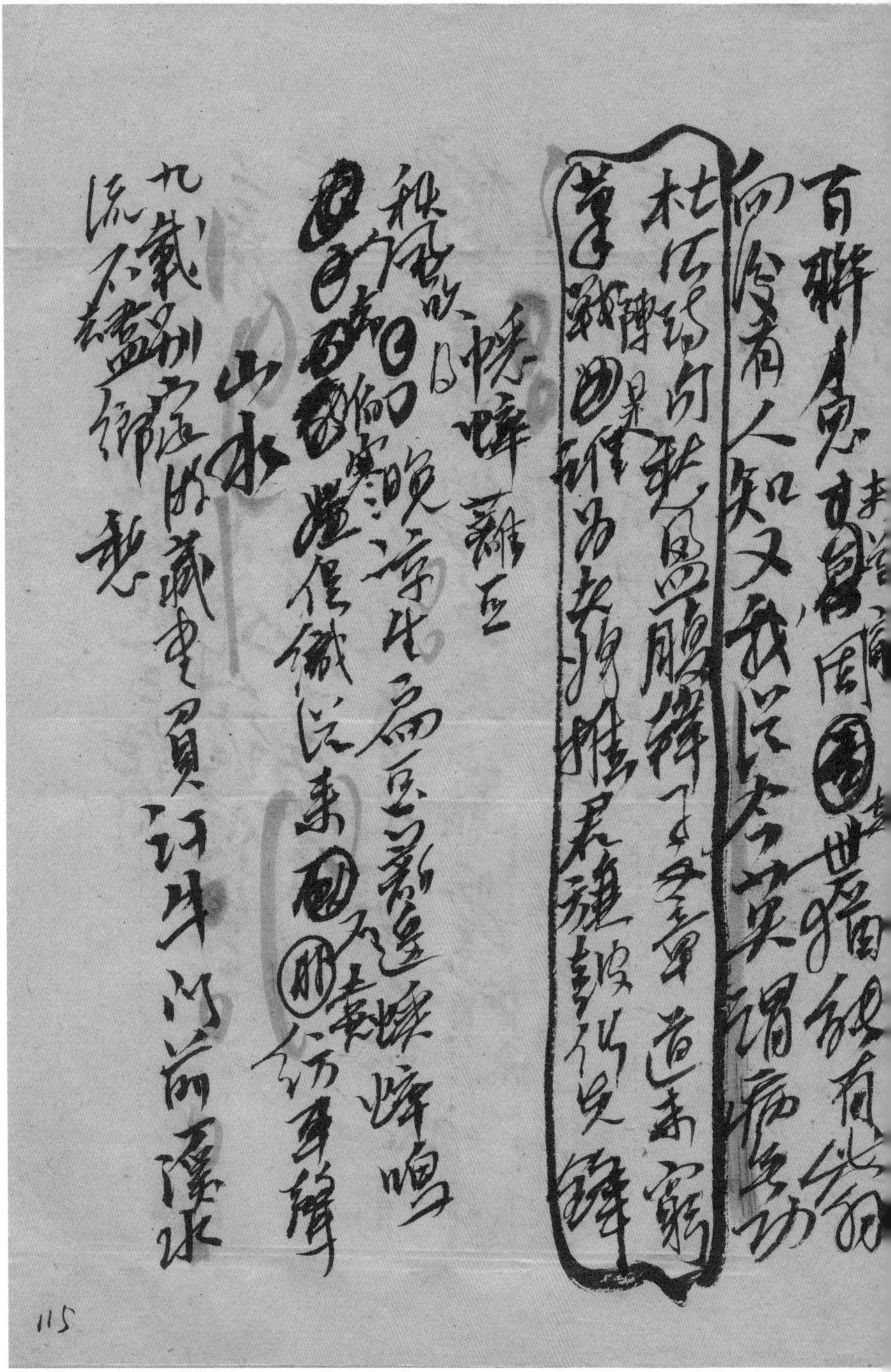

「百聯才思未曾窮（周），斯世猶能有此翁。向後有人知又我，從來莫謂病無功。
杜公詩句愁盈腹，韓子文章道未窮。筆戰（陣）是誰為老將，推君旗鼓作先鋒。」
《蟋蟀籬豆》：「秋風吹得晚涼生，扁豆籬邊蟋蟀鳴。人卻怕寒嫌促織，從來不喜紡車聲。」
《山水》：「九載別家遊，藏書負汗牛。門前一溪水，流不去（盡）鄉愁。」

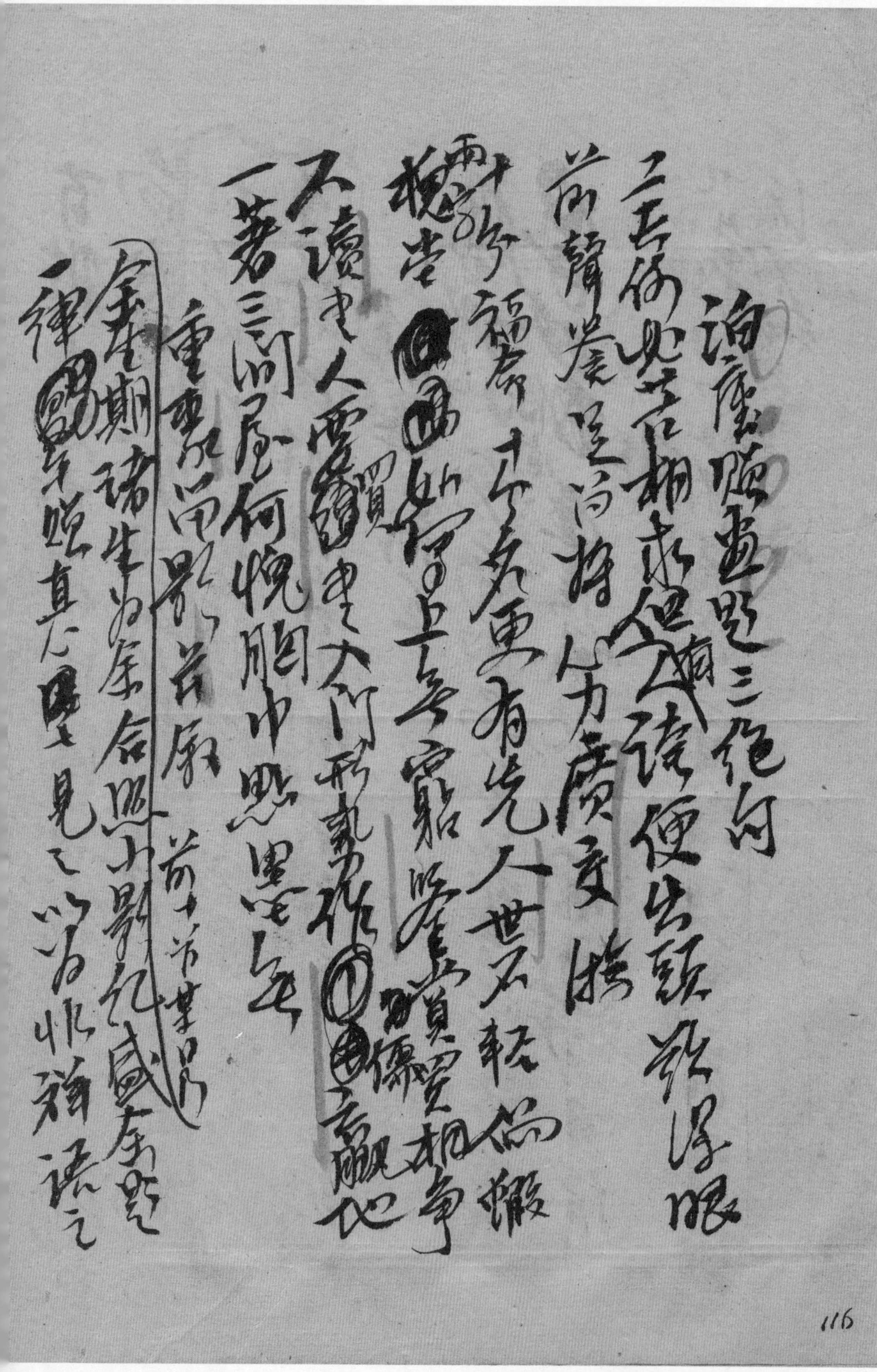

《泊廬贈畫題三絕句》：「工夫何必苦相求，但有人誇便出頭。欲得眼前聲譽足，留將心力廣交遊。」「十分福命十分名，更有先人世不輕。倘假兩字槐堂如寫上，無窮鑒賞買相爭。」「不讀書人要買畫，入門形勢作名儒。贏他一著三間屋，何愧胸中點墨無。」

《重聚留影并敘》：「前十一月某日乃余生期，諸生為余合照小影紀盛。余題一律。贈直心，見之以為非祥，語之仲恂。恂述其言，余曰只要詩好，生死何關？只是此生有未為，遂約諸子復。余著僧衣小影，他日亦作剪紙可矣。
浴浴殘軀沐沐顏，在家可與佛同龕。天花親□吾曾著，記得前身是阿難（余初遊南嶽廟，見大□，□然舊物也）。」
「何方脫灑活餘年，借得僧衣不論錢。安得妻兒難認識，人生何必作神仙。除卻清言口便緘，世人都笑老愚頑。最難諸子從吾好，知到人間有借山。」（袈裟遮體俗全無，塵土推胸思有餘，□是阿吾還是佛。）

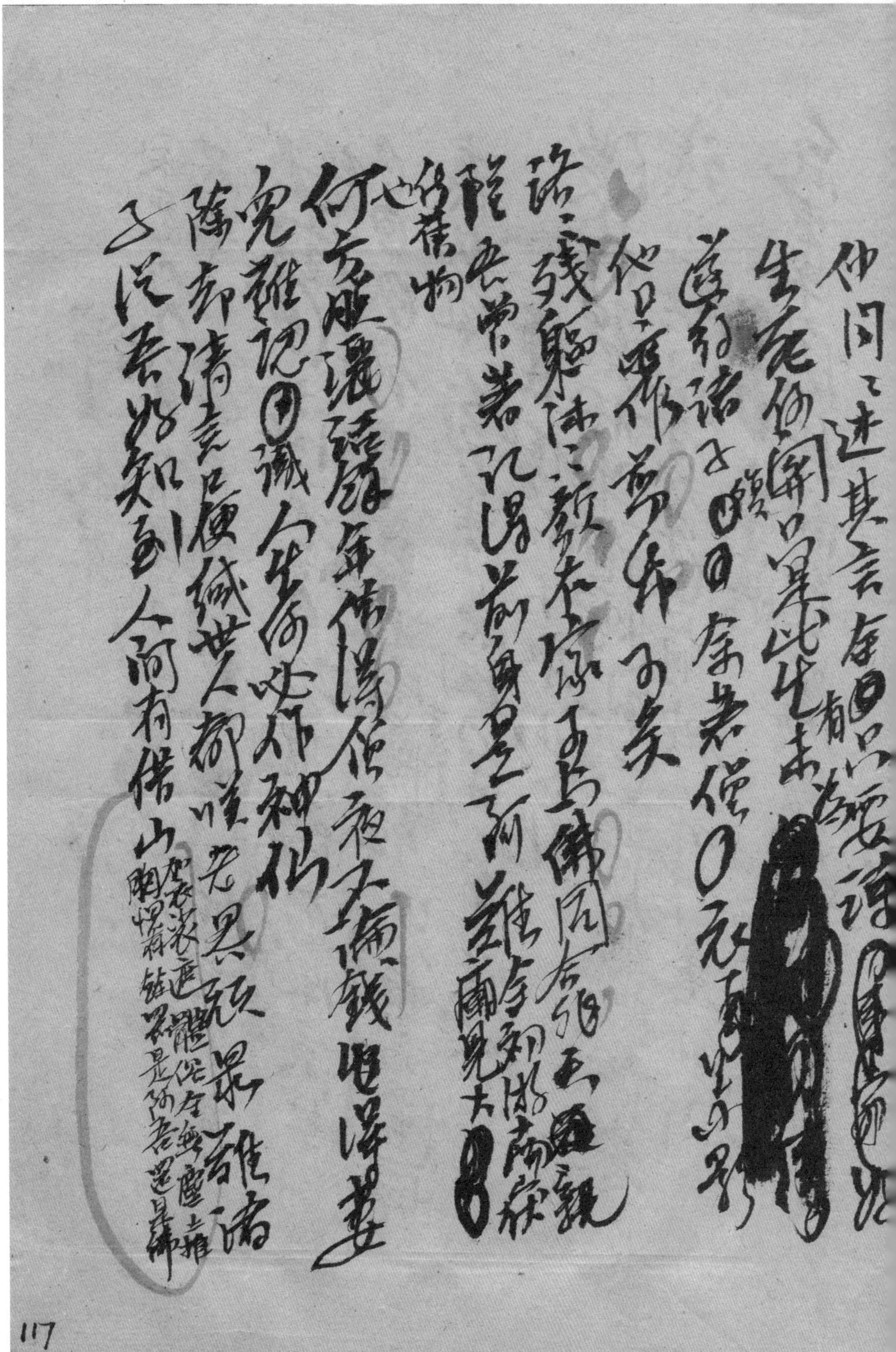

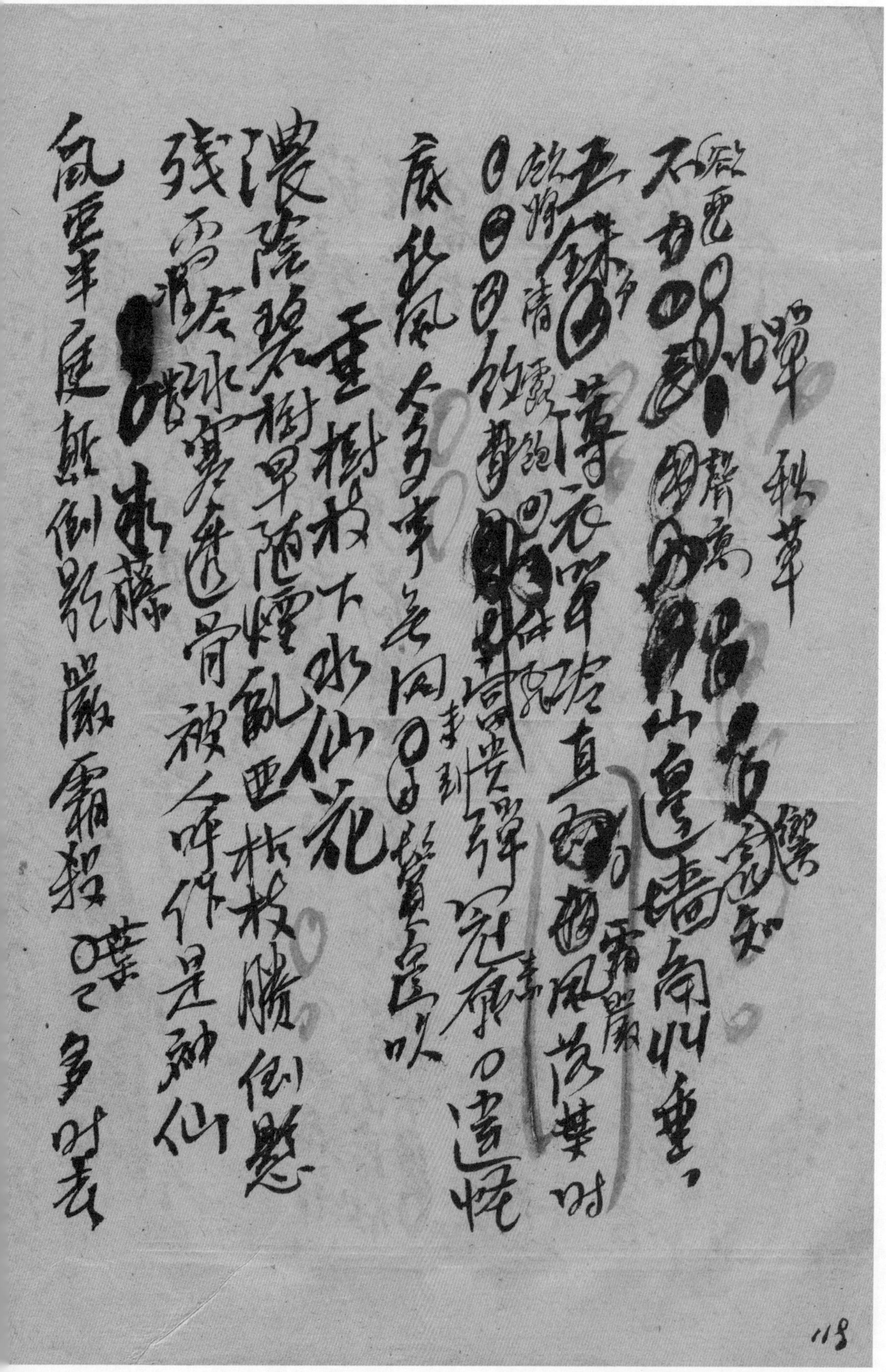

《蟬・秋草》：「不欲聲高響眾知，山邊牆角草垂垂。五銖□薄衣單冷，直風霜嚴落葉時。」「飲將清露飽休飛，富貴彈冠素願違。怪底秋風太多事，無因來到鬢邊吹。」

《垂樹枝下水仙花》：「濃陰碧樹早隨煙，亂亞枯枝臏倒懸。殘雪冷冰寒透骨，被人呼作是神仙。」

《將發朱藤》：「亂亞半庭顛倒影，嚴霜殺葉已多時。春……」

編注：此頁未完。

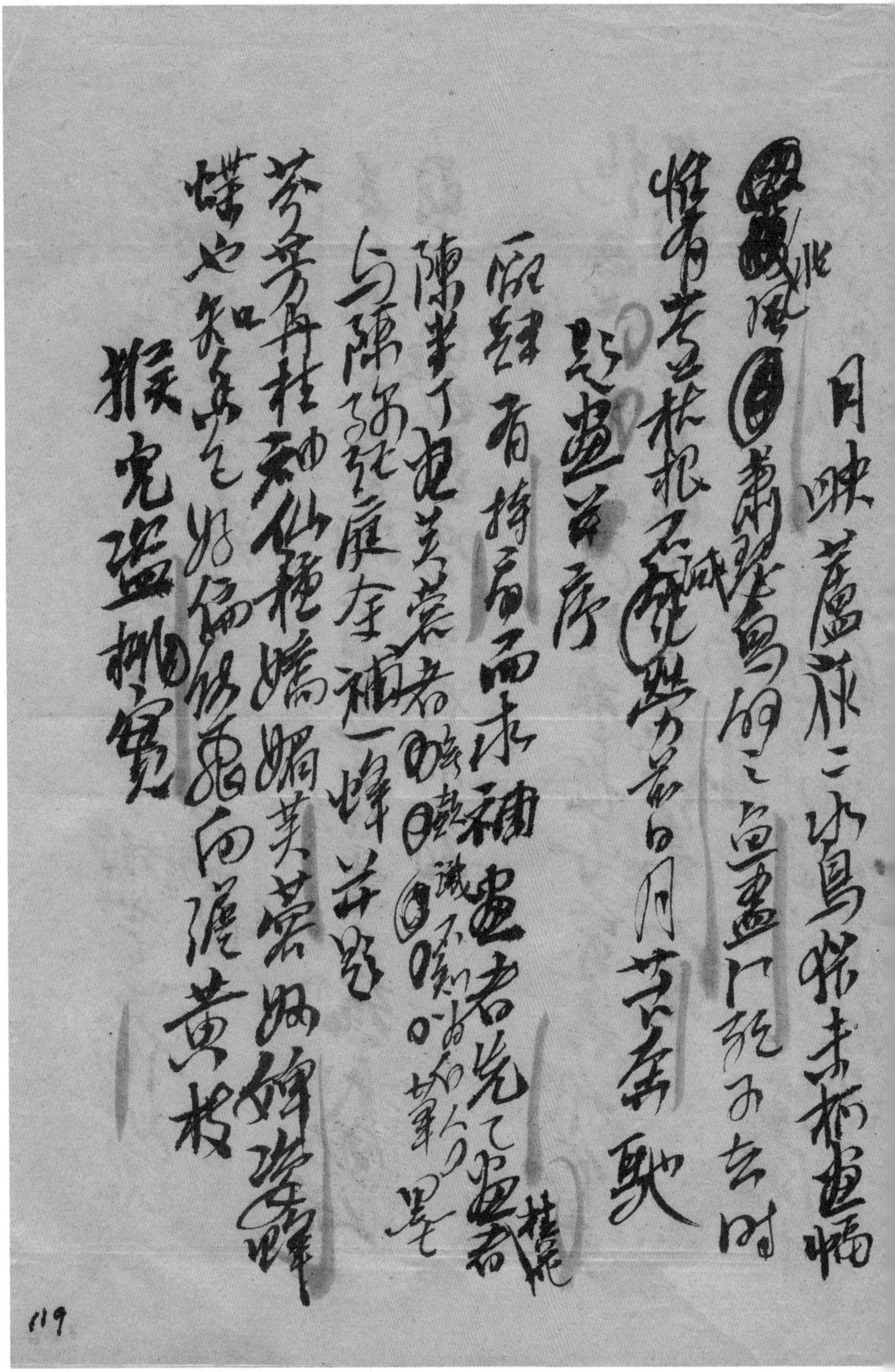

《月映蘆荻二水鳥猶未栖畫幅》：「北風蕭瑟鳥何之，魚盡江乾可去時。惟有蘆枯根不滅，勞茲日月苦奔馳。」

《題畫并序》：廠肆有將扇面求補畫者，先已畫桂花者陳半丁，畫芙蓉者無款識，不知為何人，筆墨與陳殊徑庭。余補一蜂并題：

「芬芳丹桂神仙種，嬌媚芙蓉奴婢姿。蜂蝶也知香色好，偏能飛向澹黃枝。」

《猴兒盜桃實》：

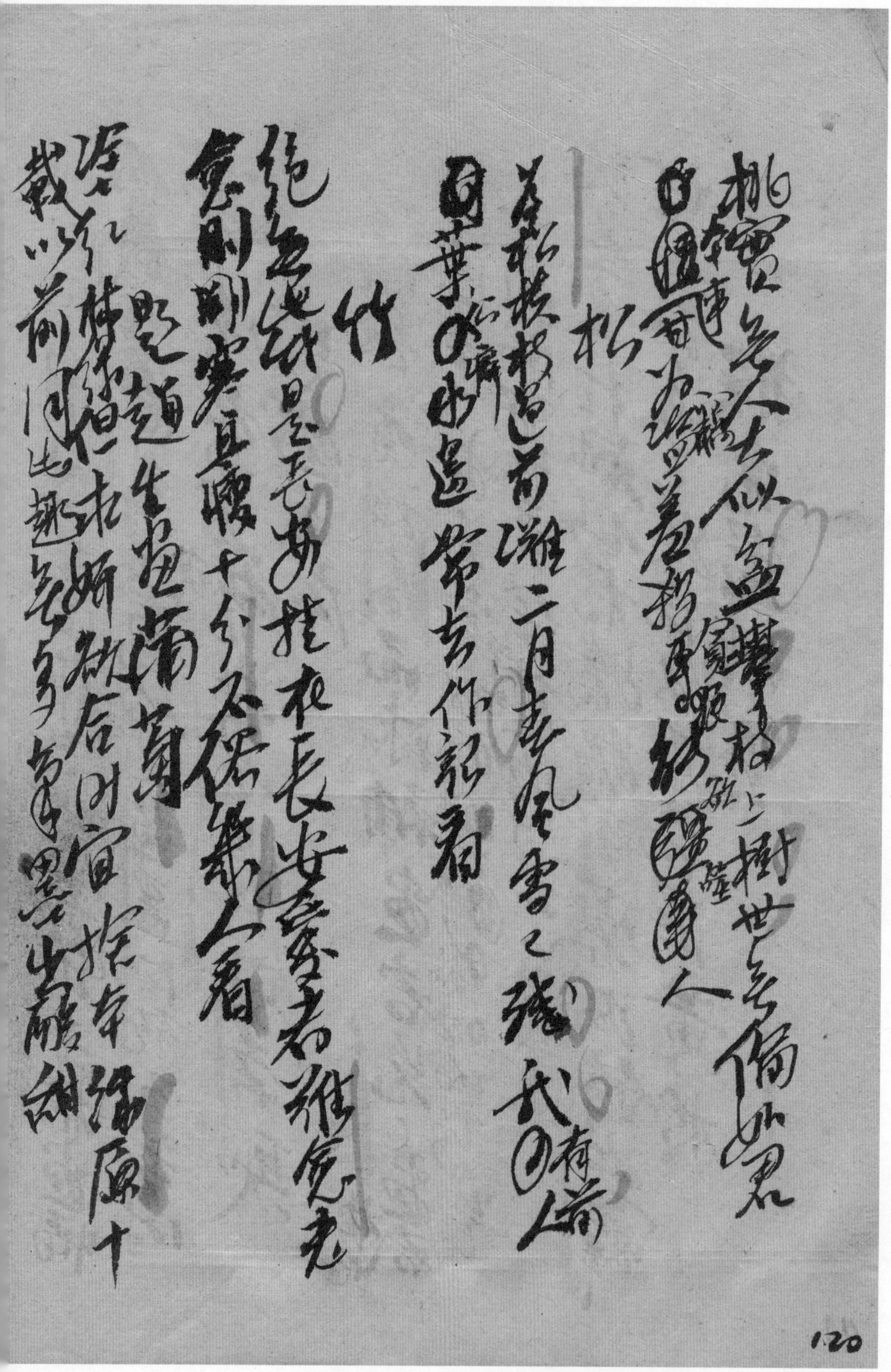

「桃實無人大似盆，攀枝上樹世無倫。如君本事甘為盜（竊），羞殺貪狼欲（能）噬人。」

《松》：「為松扶枝過前灘，二月春風雪已殘。我有前人葉公癖，水邊常去作龍看。」

《竹》：「絕無此竹是長安，掛在長安愛者難。愈老愈剛寒且瘦，十分不俗幾人看。」

《題趙生畫蒲萄》：「塗紅抹綠但求妍，欲合時宜捨本緣（原）。十載以前同此趣，無多筆墨出酸甜。」

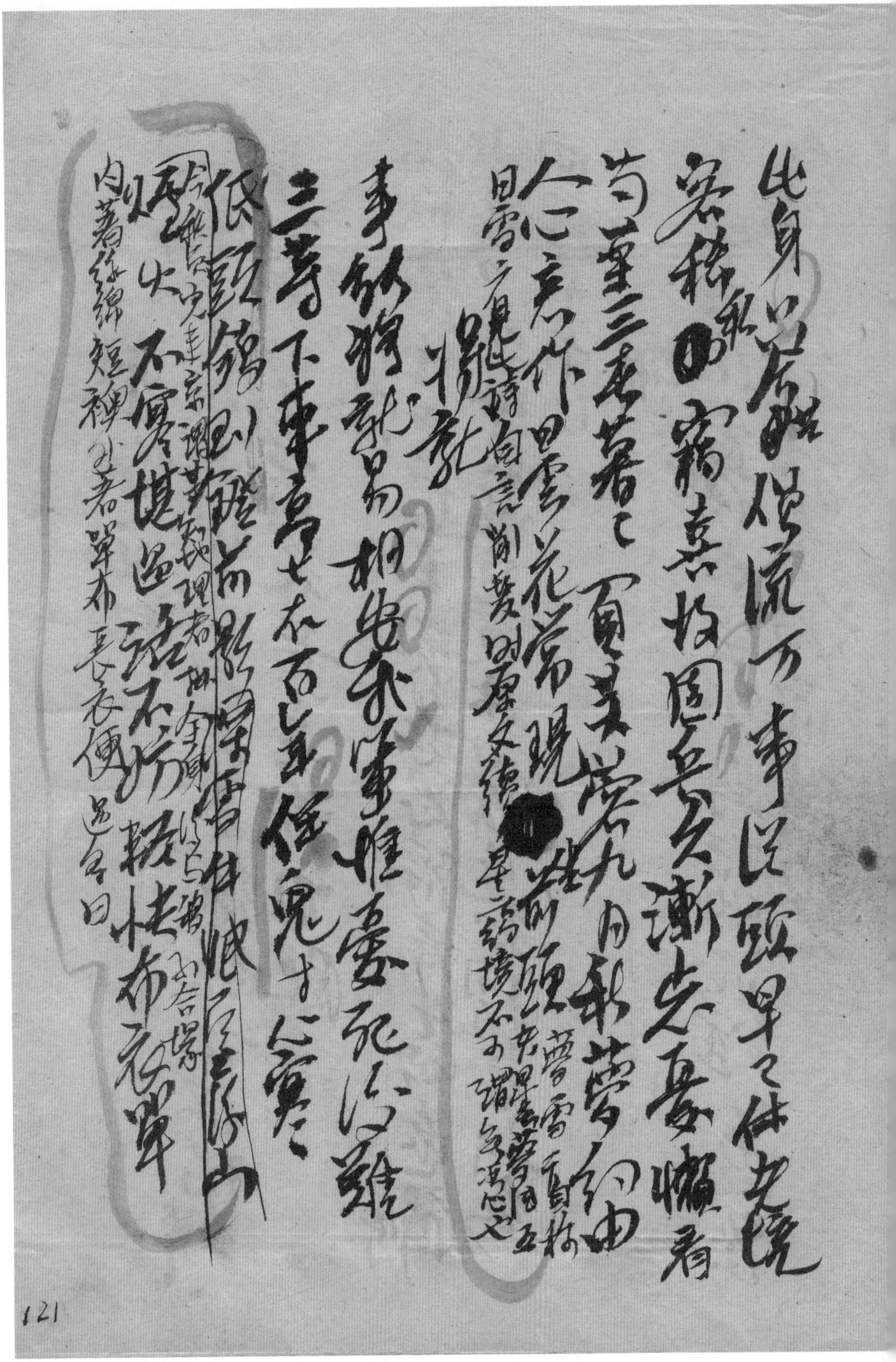

「此身只合共僧流，萬事從頭早已休。老境容稀私竊喜，故園兵久漸忘憂。懶看芍藥三春暮，已負芙蓉九月秋。夢幻由人心意作，曇花常現坐前頭（夢雪庵自稱老曇。夢後五日，雪庵見此詩自言削髮時原名續曇。幻境不可謂無憑也）。」

《將就》：「事能將就易相安，我輩惟憂死後難。三等下車高士在，百年伴鬼寸心寒。低頭鶴到鐙前影，深雪牛眠屋後山（今秋貞兒來京謂某知地理者擬余身後與移孫合塚）。爐火不寒堪過活，不妨輕快布衣單（內著絲綿短襖，外著單布長衣，便過冬日）。」

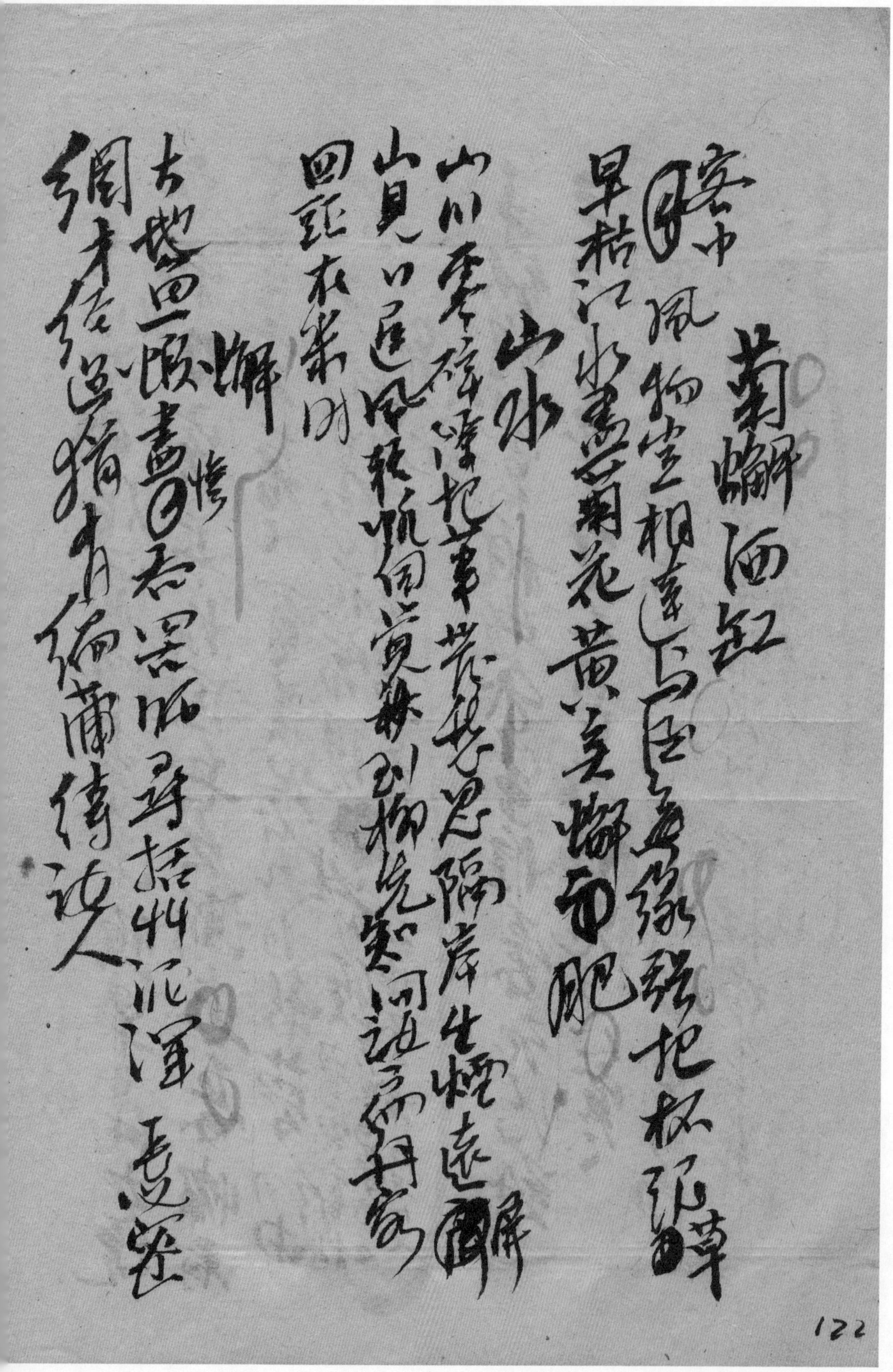

《菊蟹酒缸》：「客中風物豈相違，與酒無緣強把杯。泥草早枯江水盡，菊花黃矣蟹身肥。」

《山水》：「山川零碎除，把草發愁思。隔岸生煙遠，屏山見日遲。風輕帆自覺，秋到柳先知。問汝扁舟客，回頭在幾時。」

《蟹》：「大地魚蝦盡慘吞，罟師尋括草泥渾。長叉密網纔經過，猶有編蒲縛汝人。」

「高官厚祿在能言，倒掛天河瀉水源。一夜讀終三萬卷，笑君不值一文錢。」

《題賀孔才印》：「消愁詩酒興偏賒，濁世風流出舊家。絕技雕鐫瞞不住，少年名姓動京華。」

《草□粟上蝗蟲》：「禾田楓樹尚增糧，離亂家□痛傷，才過綠林官又到，豈知更有害□蝗。」

《孔才攜雪濤畫屬題》：「全刪古法自商量，休聽旁人說短長。豈識有人能拾取，絲毫難捨是王郎。」

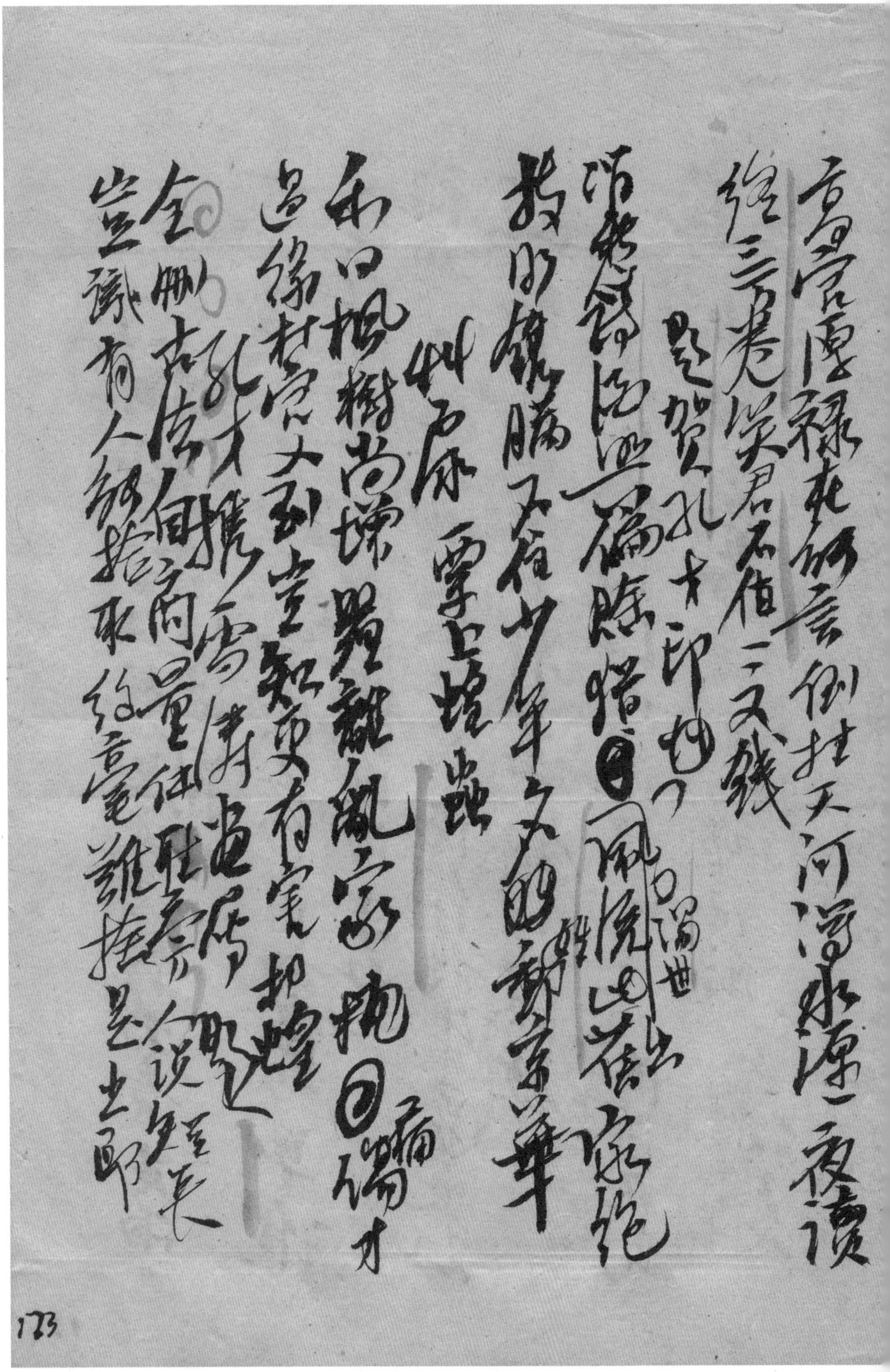

編注：「濁世風流出舊家」一作「猶□風流此舊家」。

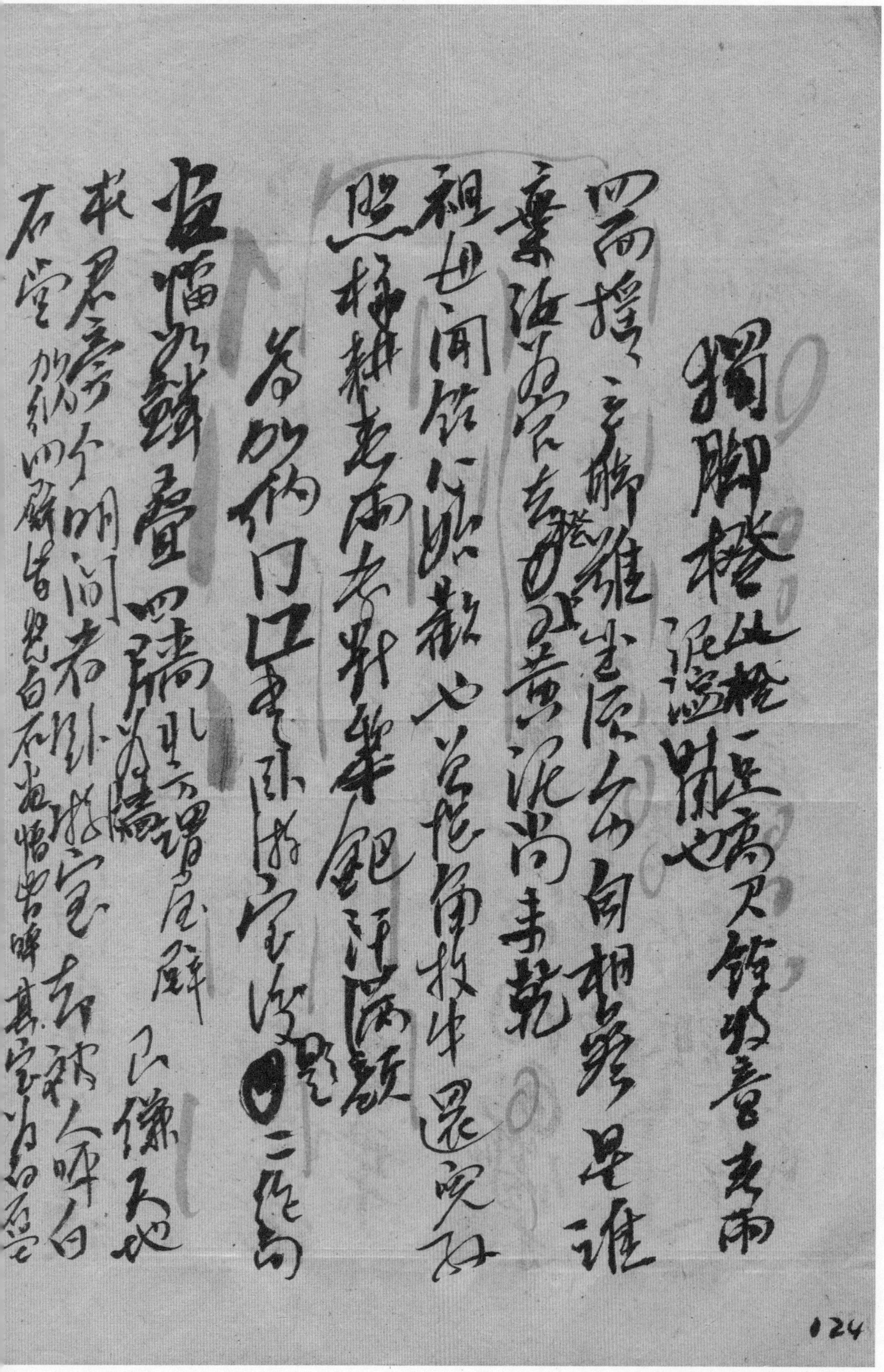

《獨腳櫈（此櫈一足高尺餘，牧童春雨泥濘時用也）》：「四面搖搖立腳難，坐須人力自相參。是誰棄汝為官去，櫈上黃泥尚未乾。
祖母聞鈴心始歡，也曾擔角牧牛還。兒孫照樣耕春雨，孝對犁鈀汗滿顏。」

《為加納□□書「臥遊室」，後題二絕句》：「畫幅如鱗疊四牆（北方謂屋壁為牆），尺縑天地在君旁。分明閑者臥遊室，卻被人呼白石堂（加納四壁皆懸白石畫幅，皆呼其室為白石室）。」

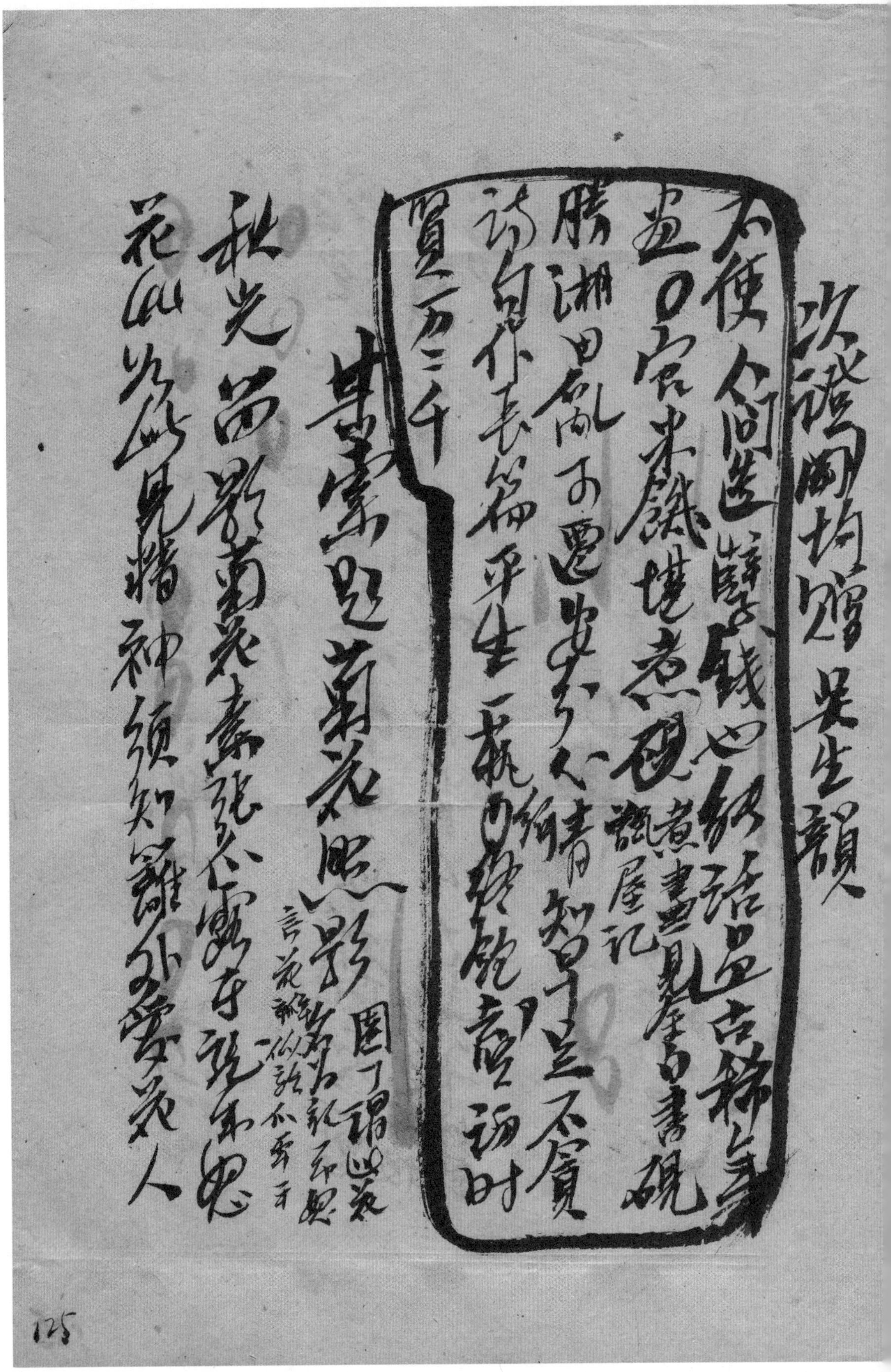

《次證剛均贈吳生韻》：「不使人間造孽錢，也能活過古稀年。畫☐官米饑堪煮（煮畫見余自書《甑屋記》），硯勝湘田亂可遷。安分心情知早足，不貪詩句作長篇。平生一藝能終飽，卻笑時賢萬萬千。」

《某索題菊花照影（園丁謂此花名為龍虎怒，言花瓣似龍爪虎牙）》：「秋光留影菊花素，張爪露牙龍虎怒。花草如此見精神，須知籬外愛花人。」

《讀陶荔男〈闕箴齋詩牘〉書後》：「陶君風義本無倫，痛哭難酬知己恩。千首詩篇才調絕，□生得力在梅根（梅根，陳姓）。」

《挽樊樊山翁》：「政治與文章，□作世賢宗匠。才華得知遇，曾為天子私人（余曾為刊「天子私人」印）。」

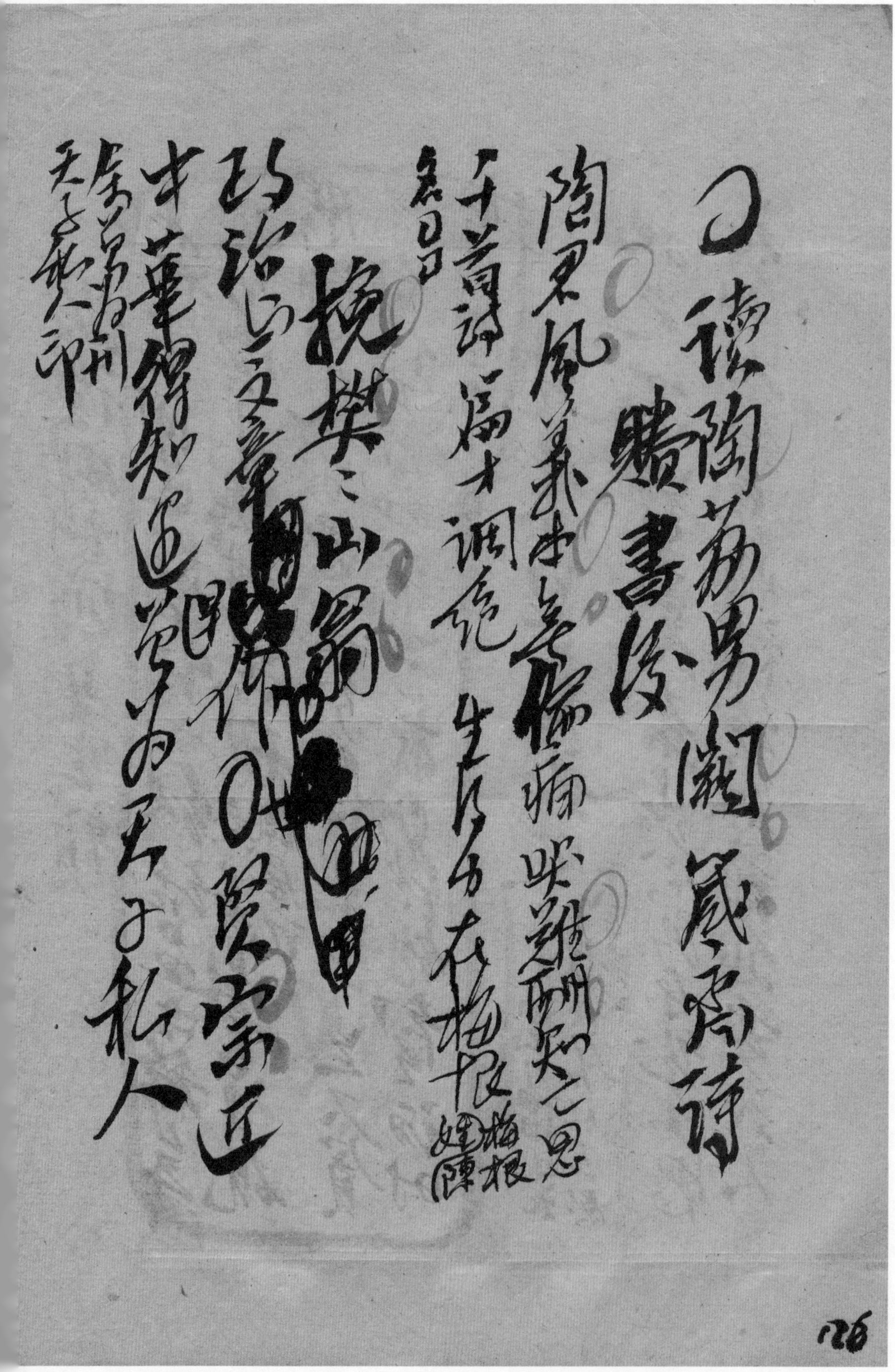

編注：缺漏字以「□」代之。

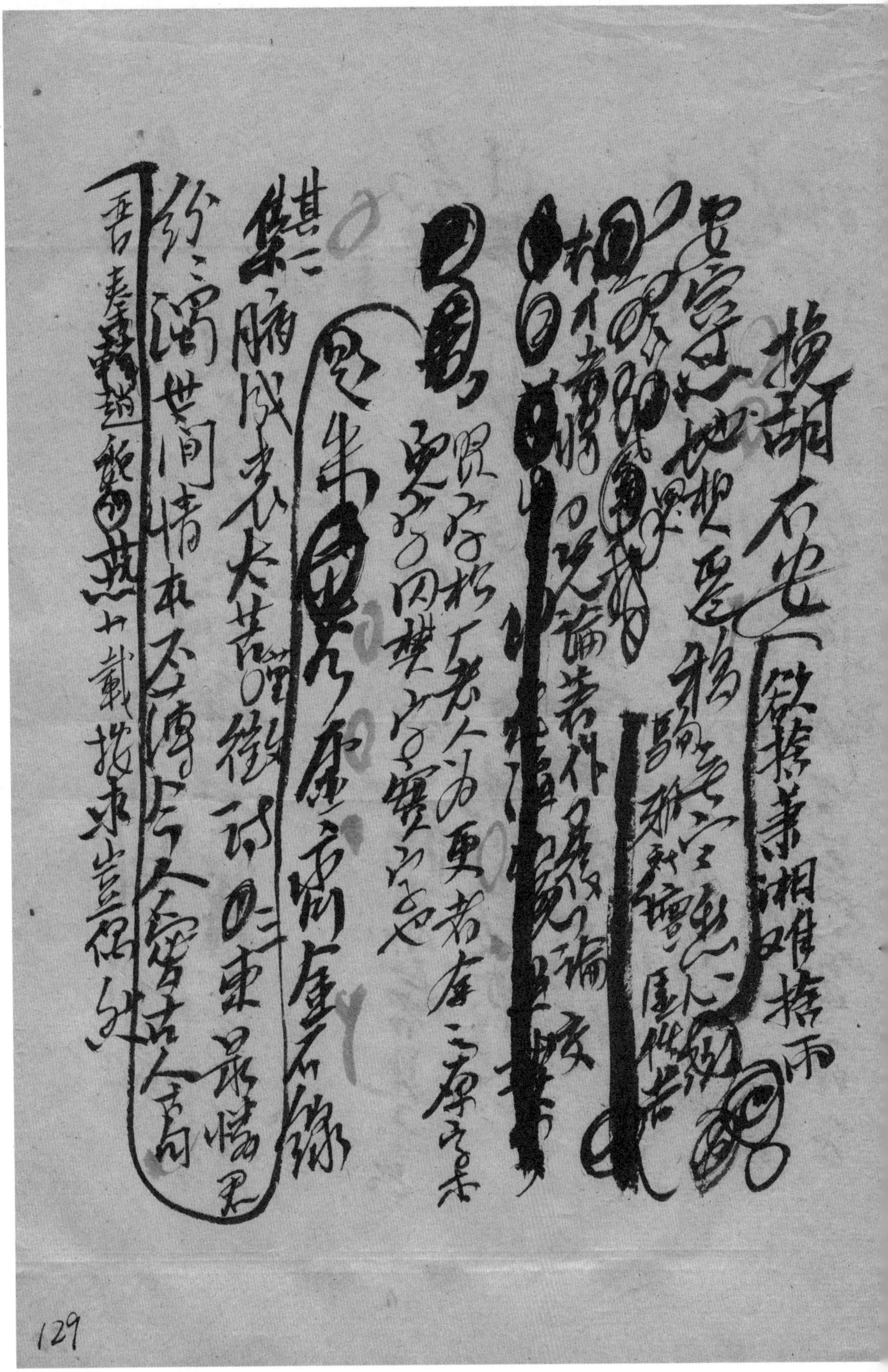

《挽胡石安》：「安寧心地想遷移，無定愁心，欲捨瀟湘難捨雨。騷雅社壇虛往昔，有才老將，先論著作後論文。賢字松庵老人為更者。余之原字本兒字，因樊字實字也。」

《題朱虛齋〈虛齋金石錄〉》：「其一：集腋成裘太苦勤，徵詩三東最憐君。紛紛濁世閑情在，不薄今人愛古人。古句。晉秦韓趙魏□燕，廿載搜求豈偶然。

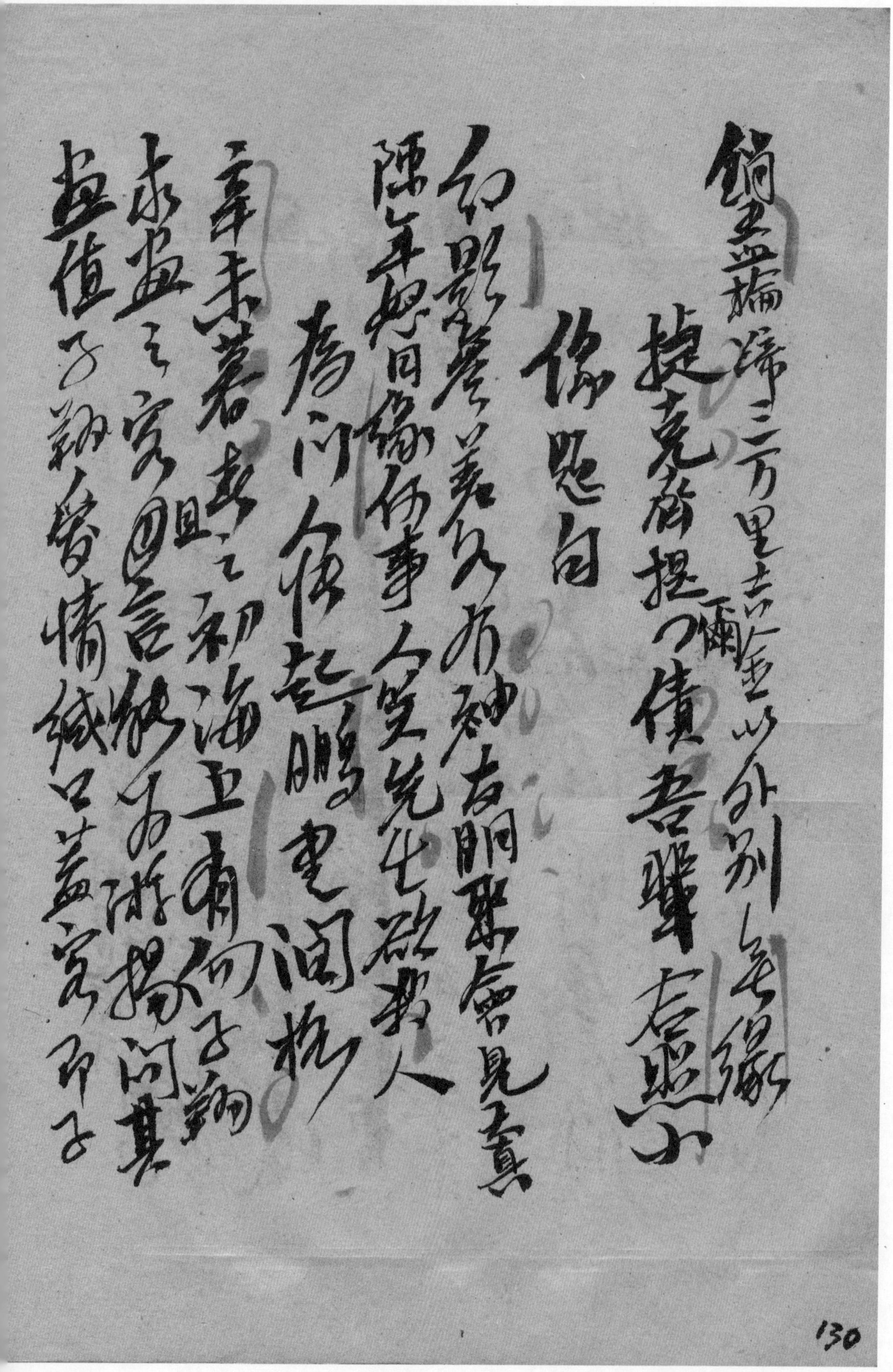

銷盡輪蹄三萬里，吉金以外別無緣。」

《捷克齊提爾倩吾輩合照小像題句》：「幻影參差各有神，友朋聚會見天真。陳年怒目緣何事，人笑先生欲殺人。」

《為門人張起鵬書潤格》：「辛未暮春之初，海上有向子翔求畫之客，且言能為遊。楊問其畫值，子翔愛情緘口，蓋客即子……」

編注：此頁未完。

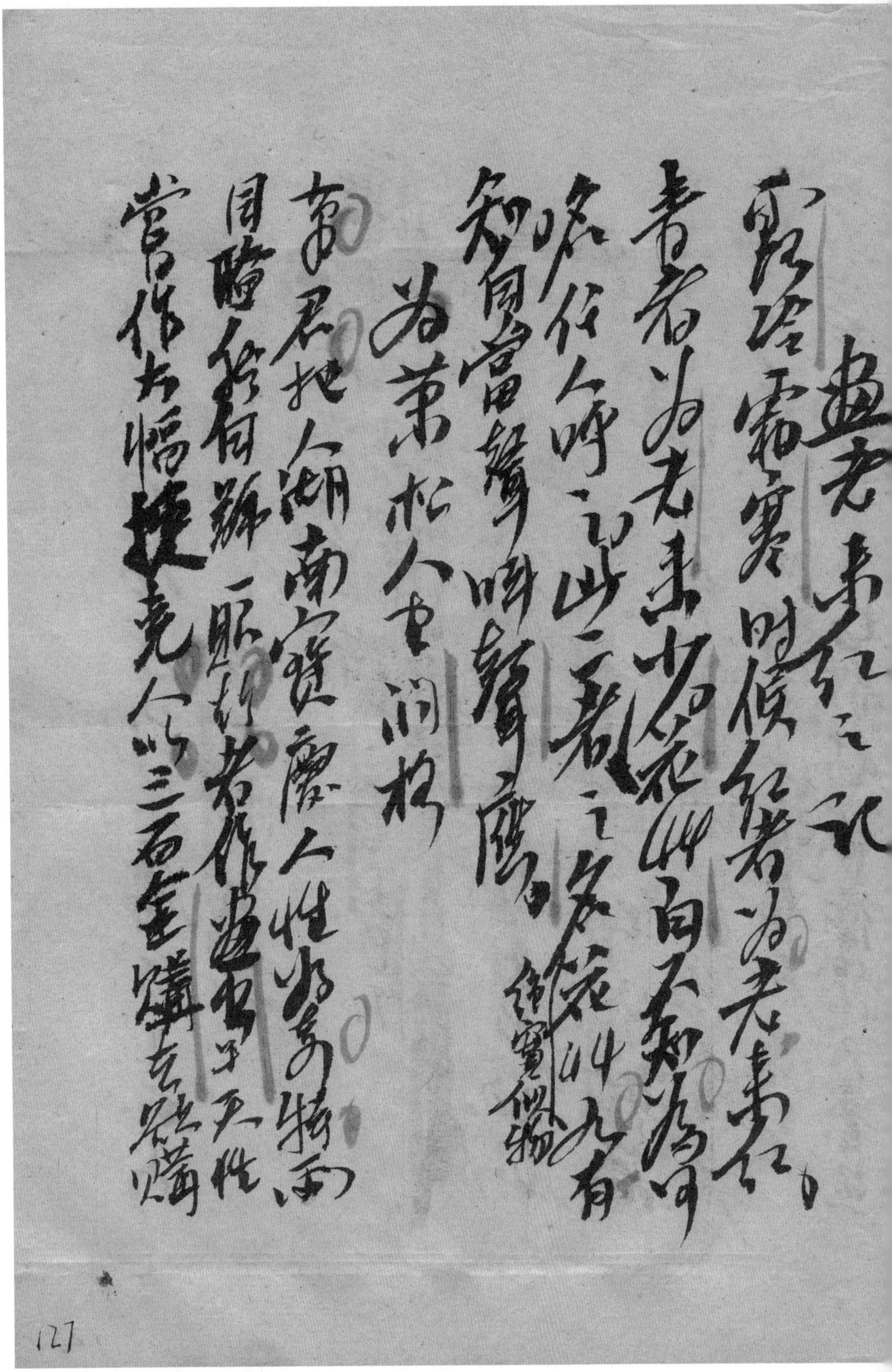
畫老來紅之記
露冷霜寒時候，紅者為老來紅，
青者為老來少。花草自不知為何
名，任人呼之，此二者之名花草如有
知，自當聲叫聲應。絕實似物
為蕭松人書潤格
蕭君松人，湖南寶慶人，性好奇特，兩
目瞭然，自號一眼行者。作畫出乎天性，
嘗作大幅，捷克人以三百金購去，欲購
127

《畫老來紅之記》:「露冷霜寒時候，紅者為老來紅，青者為老來少。花草自不知為何名，任人呼之，此二者之名絕實似物。花草如有知，自當聲叫聲應。」

《為蕭松人書潤格》:「蕭君松人，湖南寶慶人。性好奇特，兩目瞭然，自號一眼行者。作畫出乎天性，嘗作大幅，捷克人以三百金購去，欲購

小幅，未定潤金。余為從廉訂之。并可供諸世人亦有雙目瞭然者。」
《題畫雞雛》：「昔人化蝶計非上（致翩翩），撲撲蘧蘧未上天。何不將身化雞犬，白雲深處作神仙。」
程戟權以書求畫，印題短篇：「家山老圃菜香殊，山坳秋藤垂未枯。筆奪造化天何補，天池雖有石濤無。
京華冷落文酒散，偶得衡陽尺素魚……」

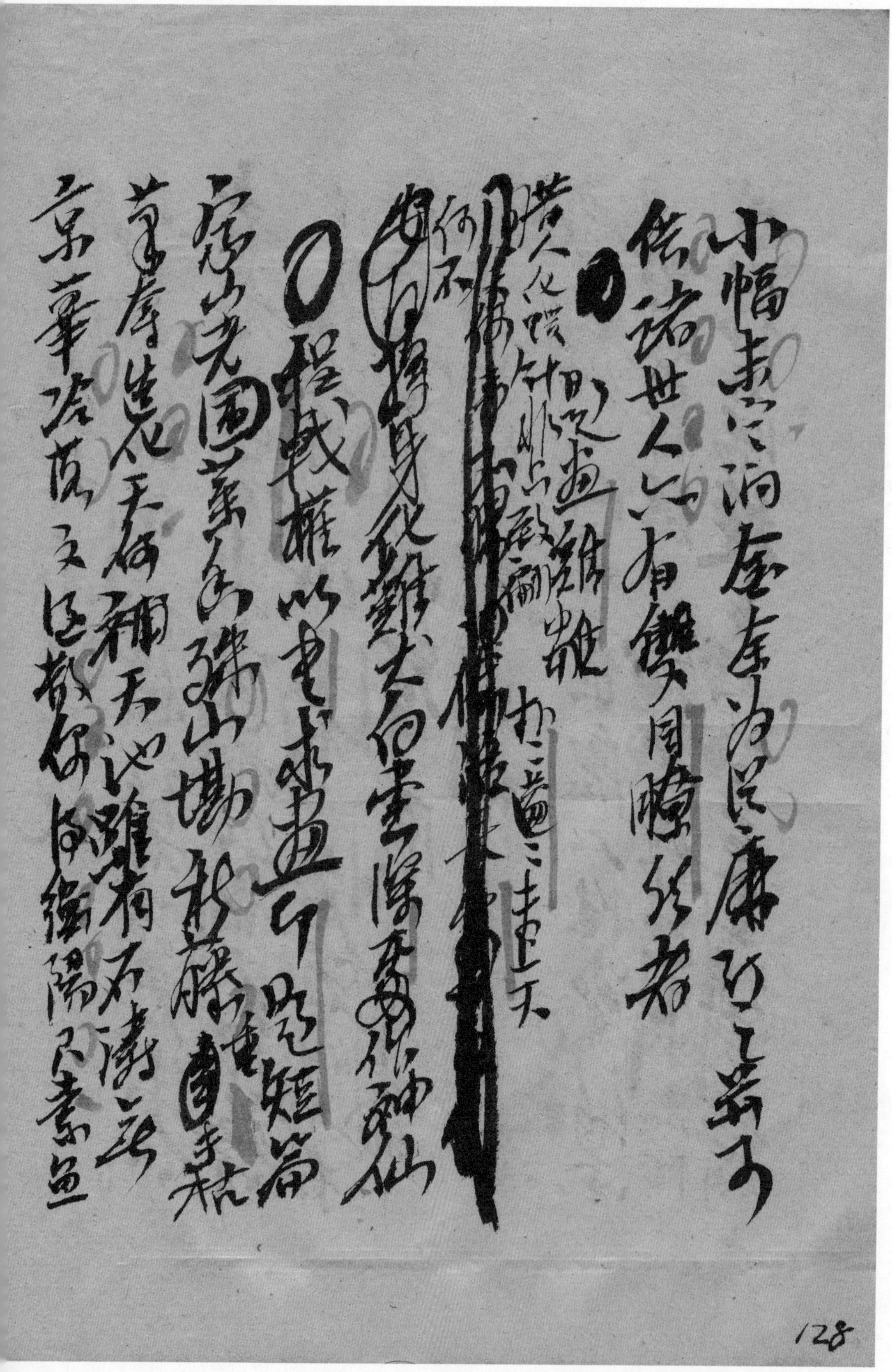

編注：「撲撲」二字疑誤寫。此頁未完。

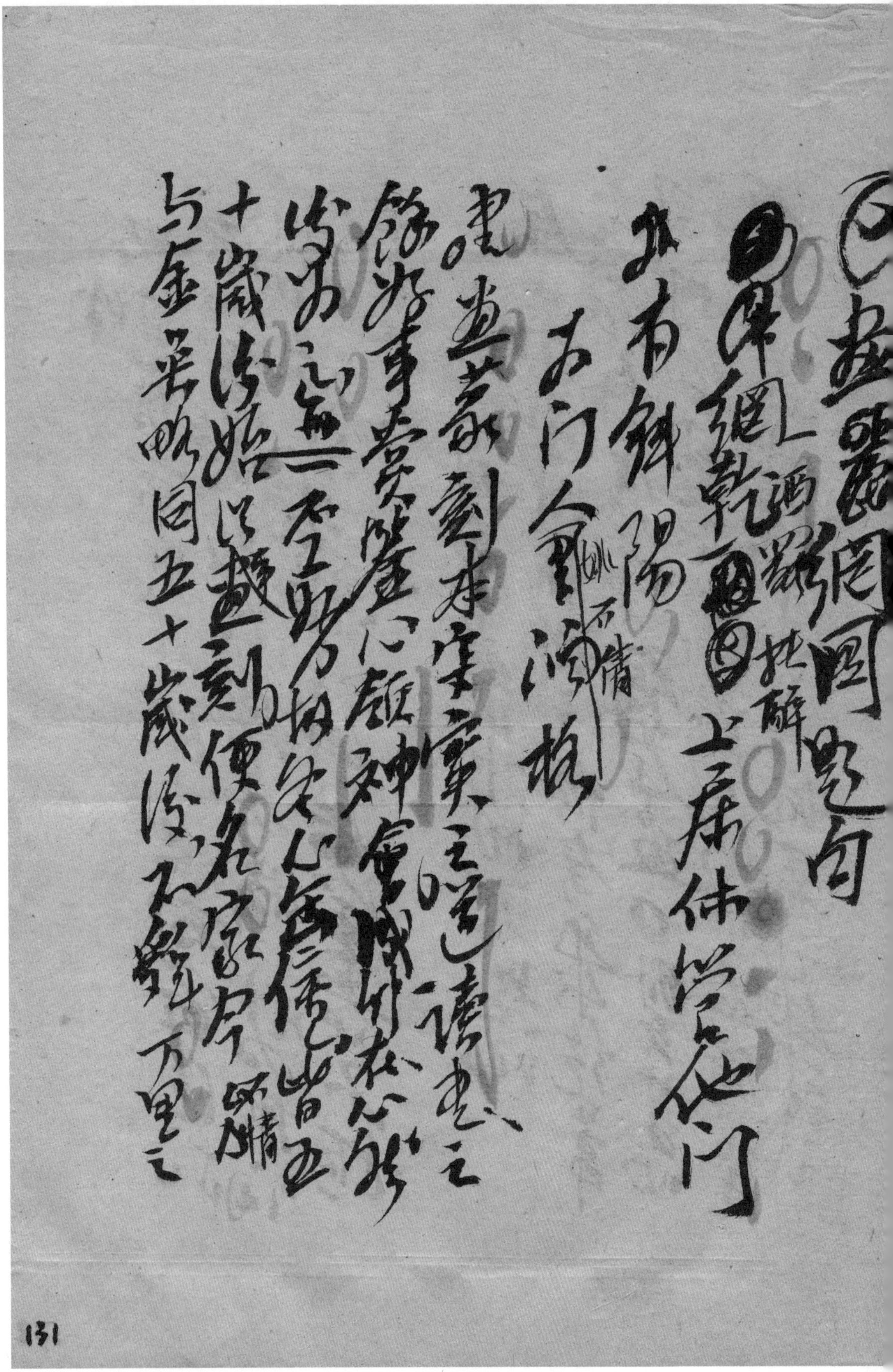

《畫〈麗網圖〉題句》：「網乾酒罷扶醉上床，休管他門外有斜陽。」

《為門人姚石倩書潤格》：「書畫篆刻，本寂寞之道，讀書之餘，好事賞鑒，心領神會，成竹在心，然後為之，無不工妙。故冬心缶廬，皆五十歲後始從事畫刻，便名家。今石倩與金、吳略同，五十歲後不辭萬里之

編注：「麗網」應為「曬網」之誤寫。

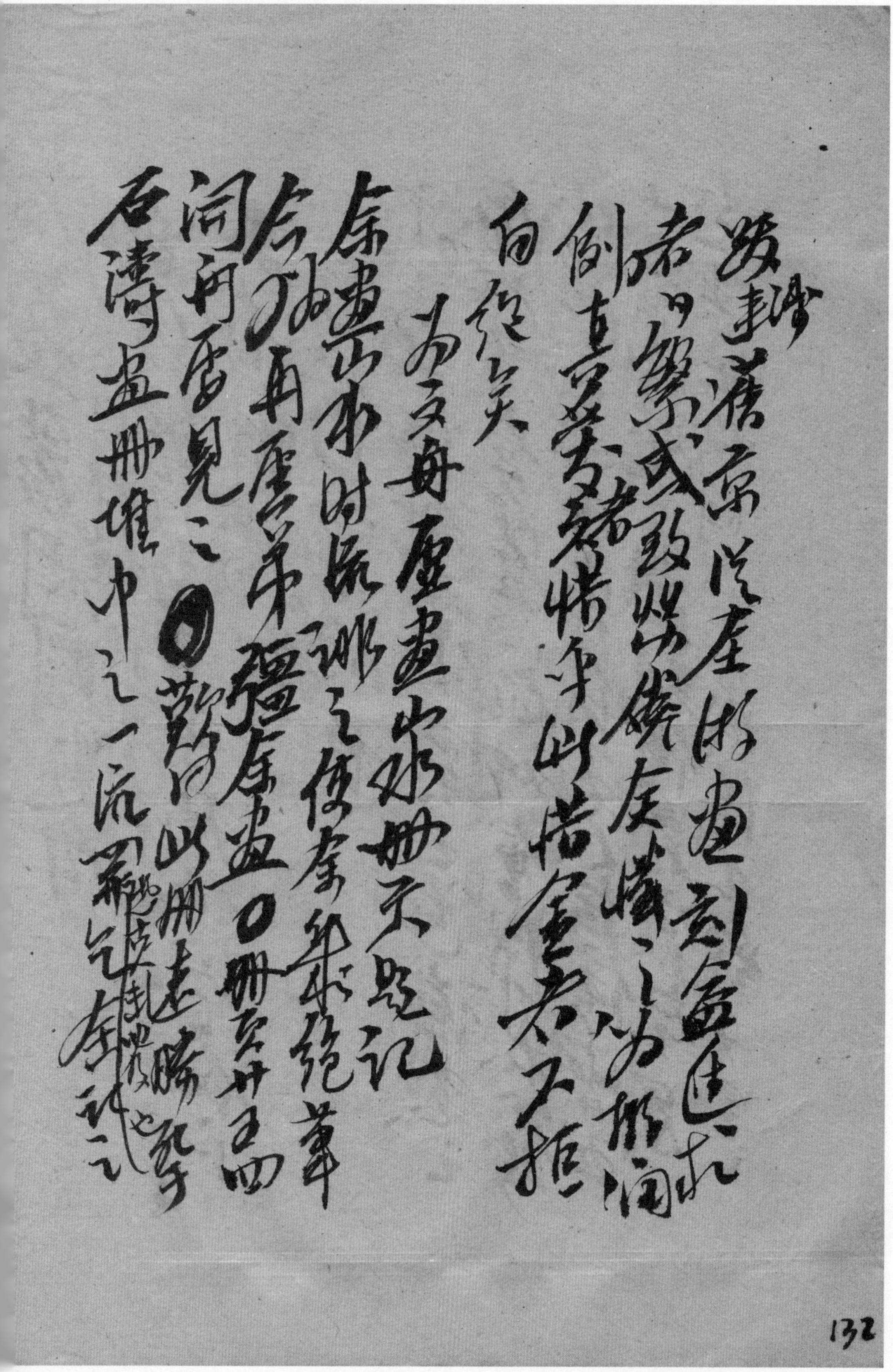

跋涉來舊京從余遊，畫刻益進，求者日繁。或致勞倦，余憐之，為擬潤例，真愛者惜乎此。惜金者，不拒自絕矣。」

《為文舟虛畫山水冊頁題記》：「余畫山水，時流誹之，使余幾絕筆。今為虛舟弟強余畫冊頁廿又四開，舟虛見之歎曰：『此冊遠勝死於石濤畫冊堆中之一流，恐古人未必及也。』并乞余記之。」

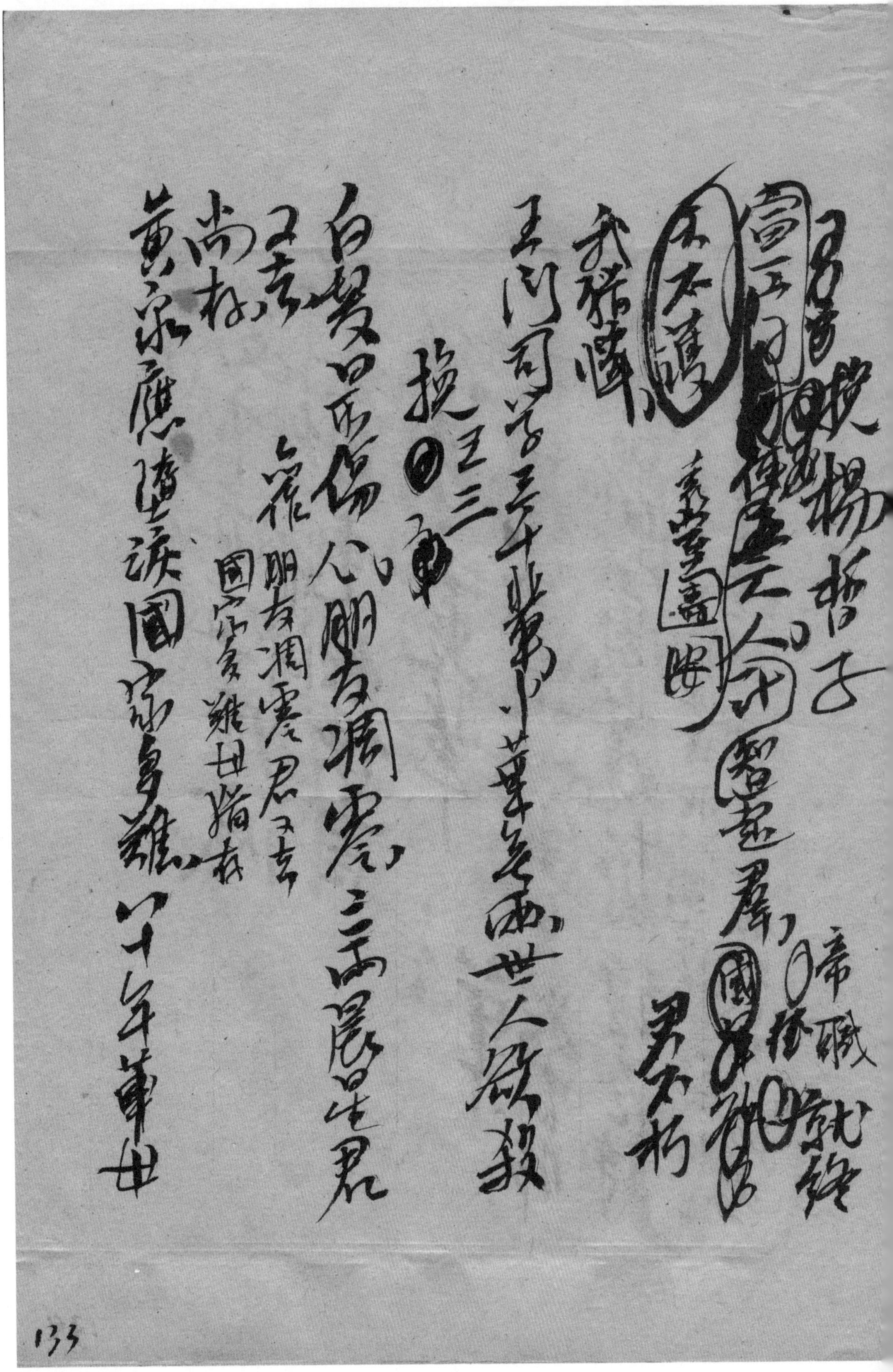

挽楊晳子
袁室籌安五六人，智計超群，帝職就終君不朽。
王門同學三千輩，才華無兩，世人欲殺我猶憐。
挽王三
白髮最傷心，朋友凋零，三兩晨星君又去。
黃泉應墮淚，國家多難，八十華母尚存
133

《挽楊晳子》：「袁室籌安五六人，智計超群，帝職就終君不朽。王門同學三千輩，才華無兩，世人欲殺我猶憐。」

《挽王三》：「白髮最傷心，朋友凋零，三兩晨星君又去。黃泉應墮淚，國家多難，八十華母尚存（亦作朋友凋零君又去，國家多難母猶存）。

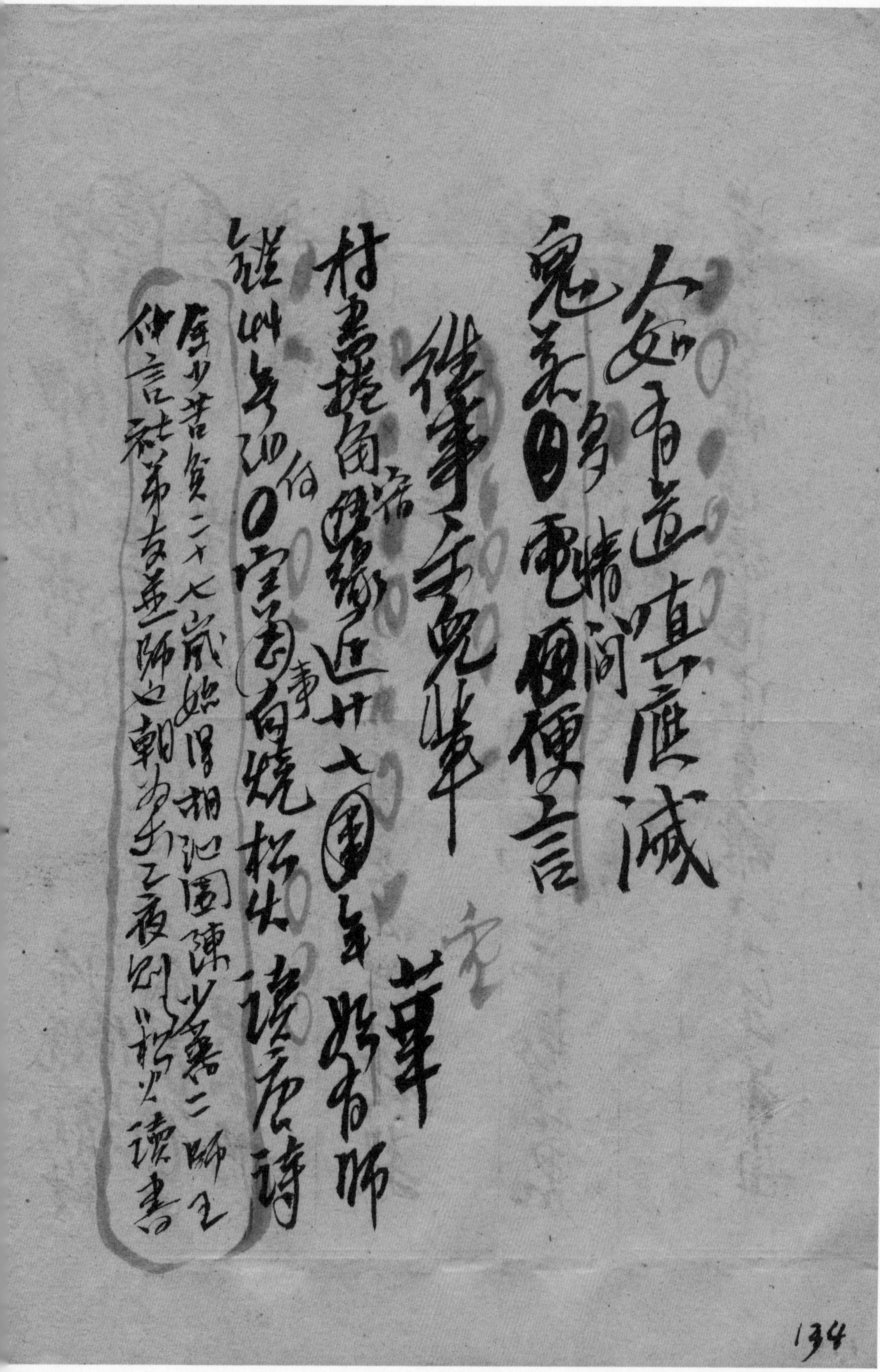

人如有道嗔應滅，鬼若多情問便言。

《往事示兒輩》：「村書捲角宿緣遲，廿七年華始有師。鐙草無油何害事，自燒松火讀唐詩。」

（余少苦貧，二十七歲始得胡沁園、陳少蕃二師。王仲言社弟，友兼師也。朝為木工，夜則以松火讀書。）

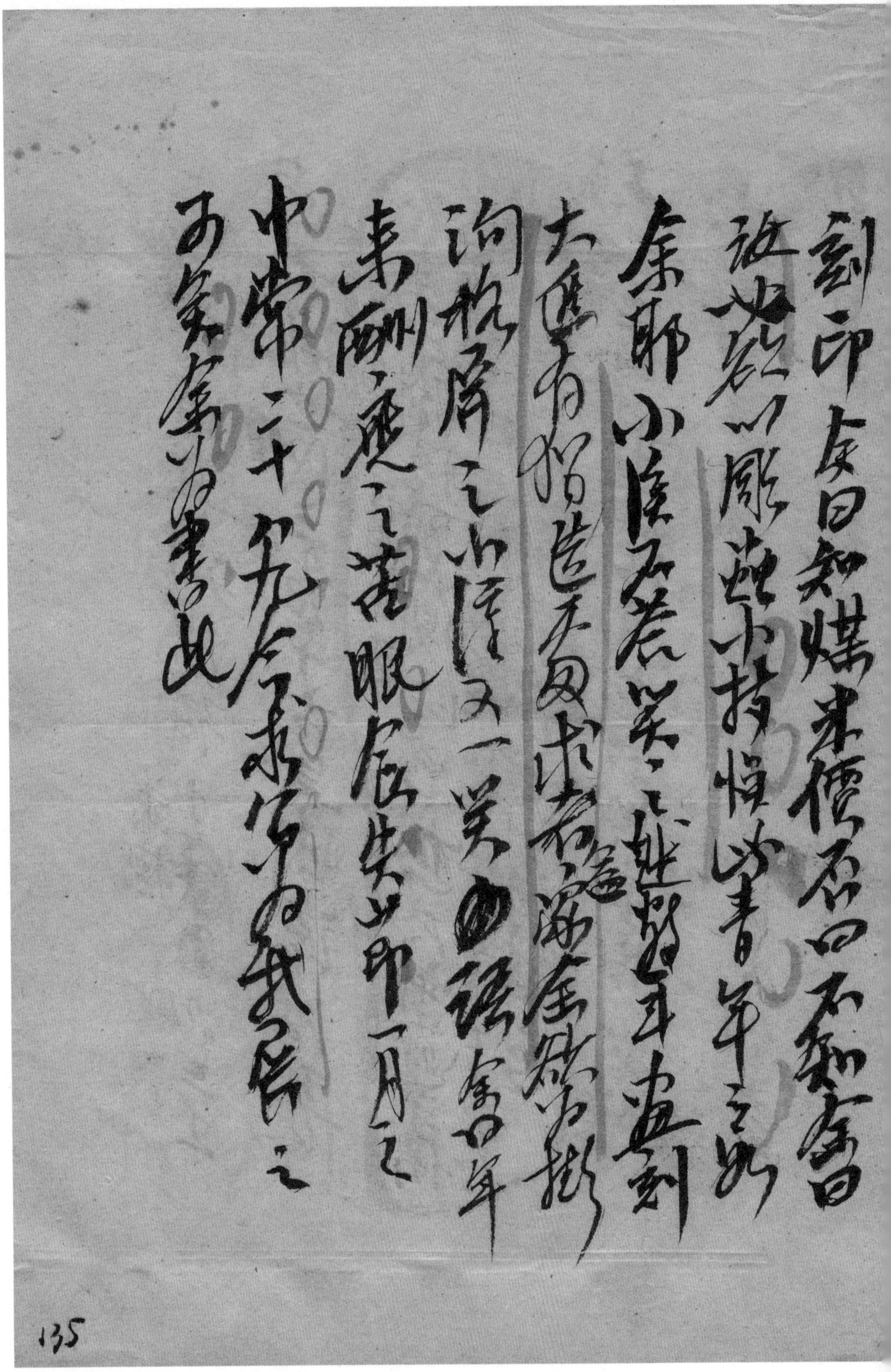

編注：此頁應為「陳小溪潤例」之內容。

「……刻印。余曰知煤米價否？曰：不知。余曰：汝必欲以雕蟲小技誤此青年之如余耶？小溪不答，笑之。越數年，畫刻大進，有獨造處，求者益眾。余欲為擬潤格屏之，小溪又一笑。語余曰：年來酬應之苦，眠食失節。一月之中常二十八九，今求公為我屏之可矣。余為書此。」

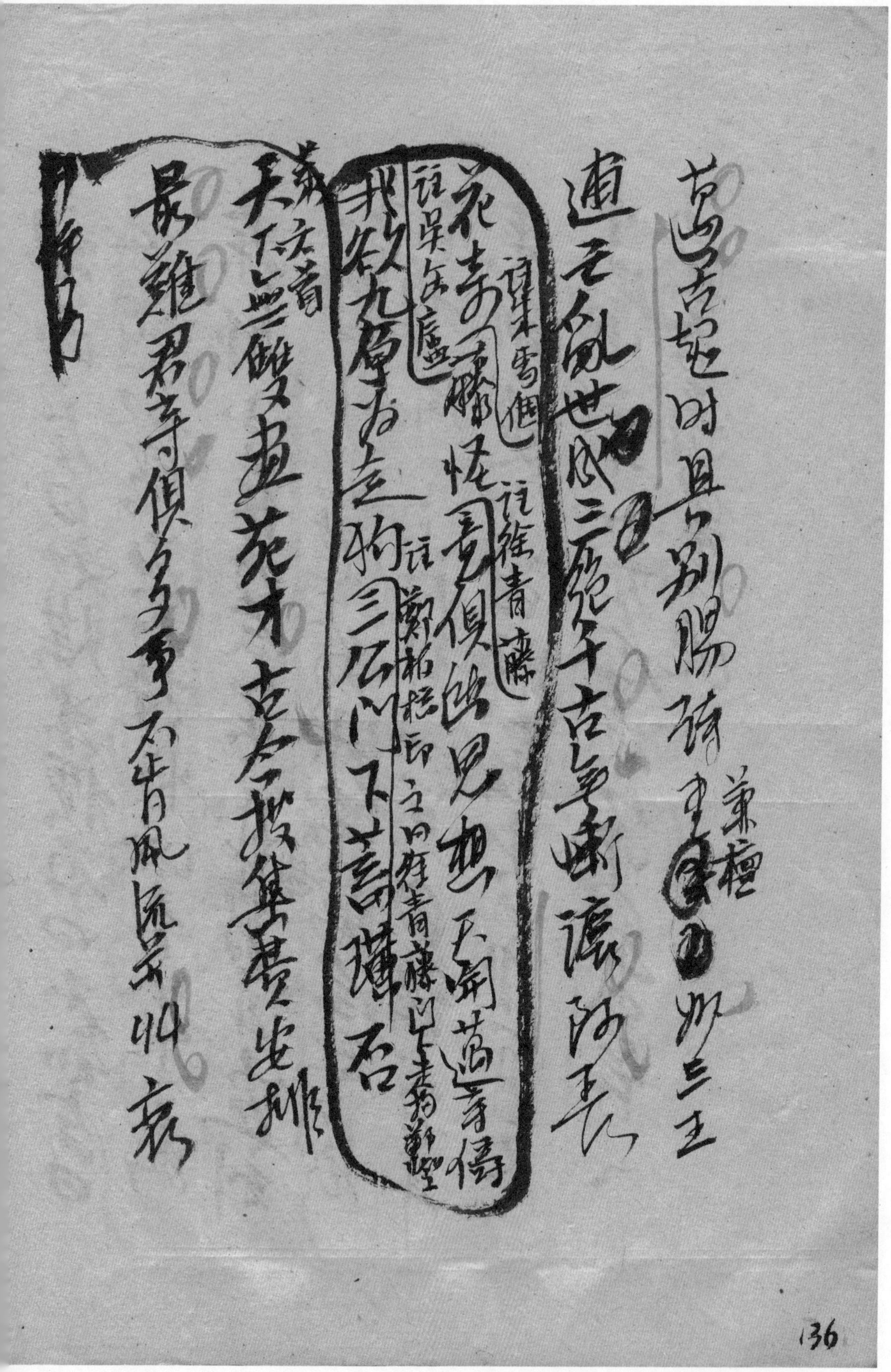

「邁古超時具別腸，詩書兼擅妙二王。遁亡亂世成三絕，千古無慚讓阿長。」

「花奇（注朱雪個）藤怪（注徐青藤）意俱幽，思想天開邁等儔（注吳缶廬）。我欲九原為走狗（注鄭板橋印文曰：徐青藤門下走狗鄭燮），三公門下蓄璜否。」

第六首：「天下無雙畫苑才，古今搜集費安排。最難君等俱多事，不肯風流并草衰。」

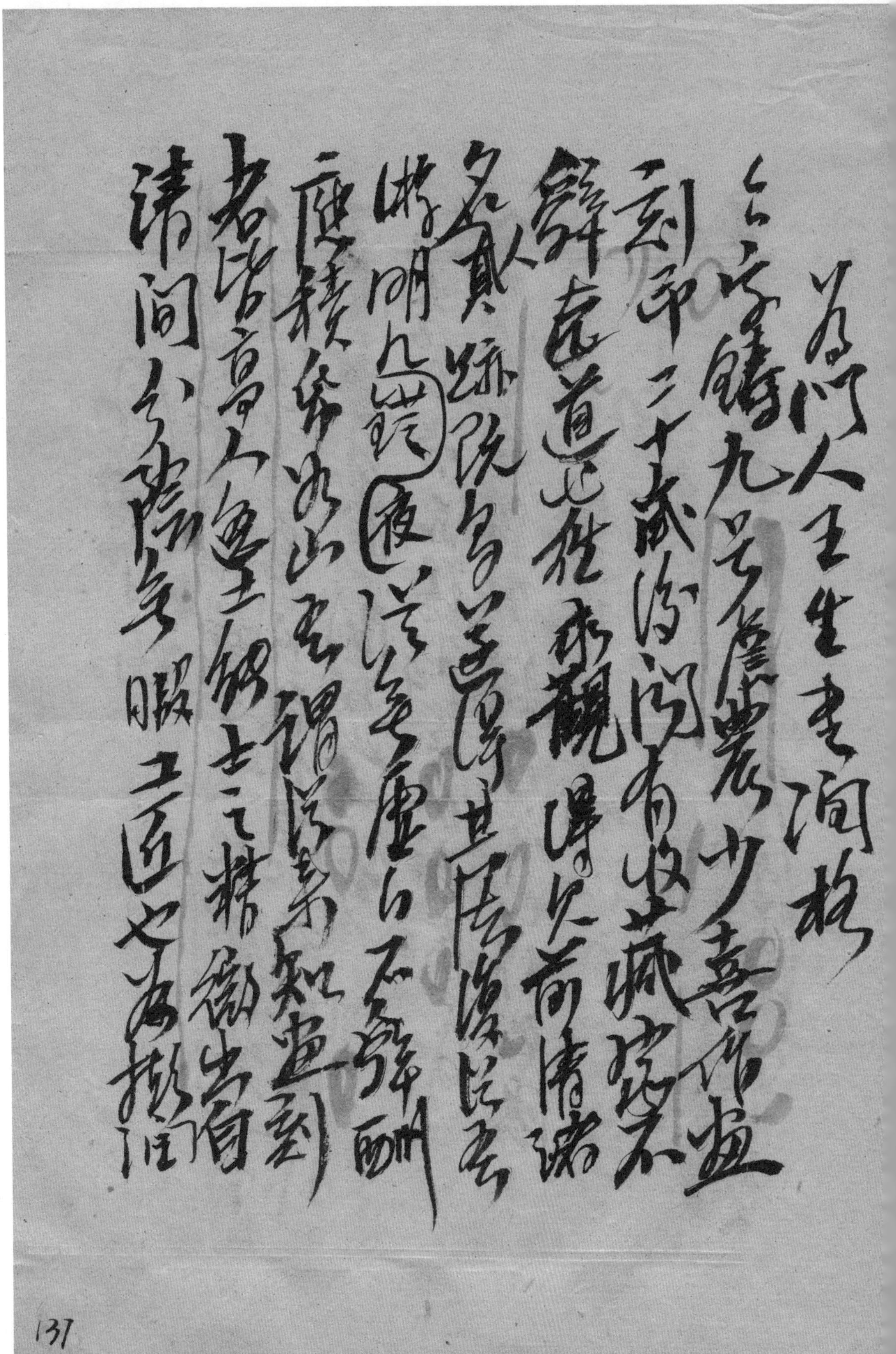
為門人王生書潤格
□□字鑄九號詹農少喜作畫
刻印二十歲後聞有收藏家不
辭遠道必往求觀得見前清諸
名人真跡既多遂得其法復從吾
遊明几夜鐙從無虛日不辭酬
應積紙如山吾謂從來知畫刻
者皆高人逸士能士之精微出自
清閑分陰無暇工匠也為擬潤
137

編注：此頁未完。

《為門人王生書潤格》：「□□字鑄九，號詹農，少喜作畫刻印。二十歲後，聞有收藏家，不辭遠道，必往求觀。得見前清諸名人真跡既多，遂得其法，復從吾遊。明几夜鐙，從無虛日，不辭酬應，積紙如山。吾謂從來知畫刻者，皆高人逸士，能士之精微，出自清閑，分陰無暇，工匠也。為擬潤……」

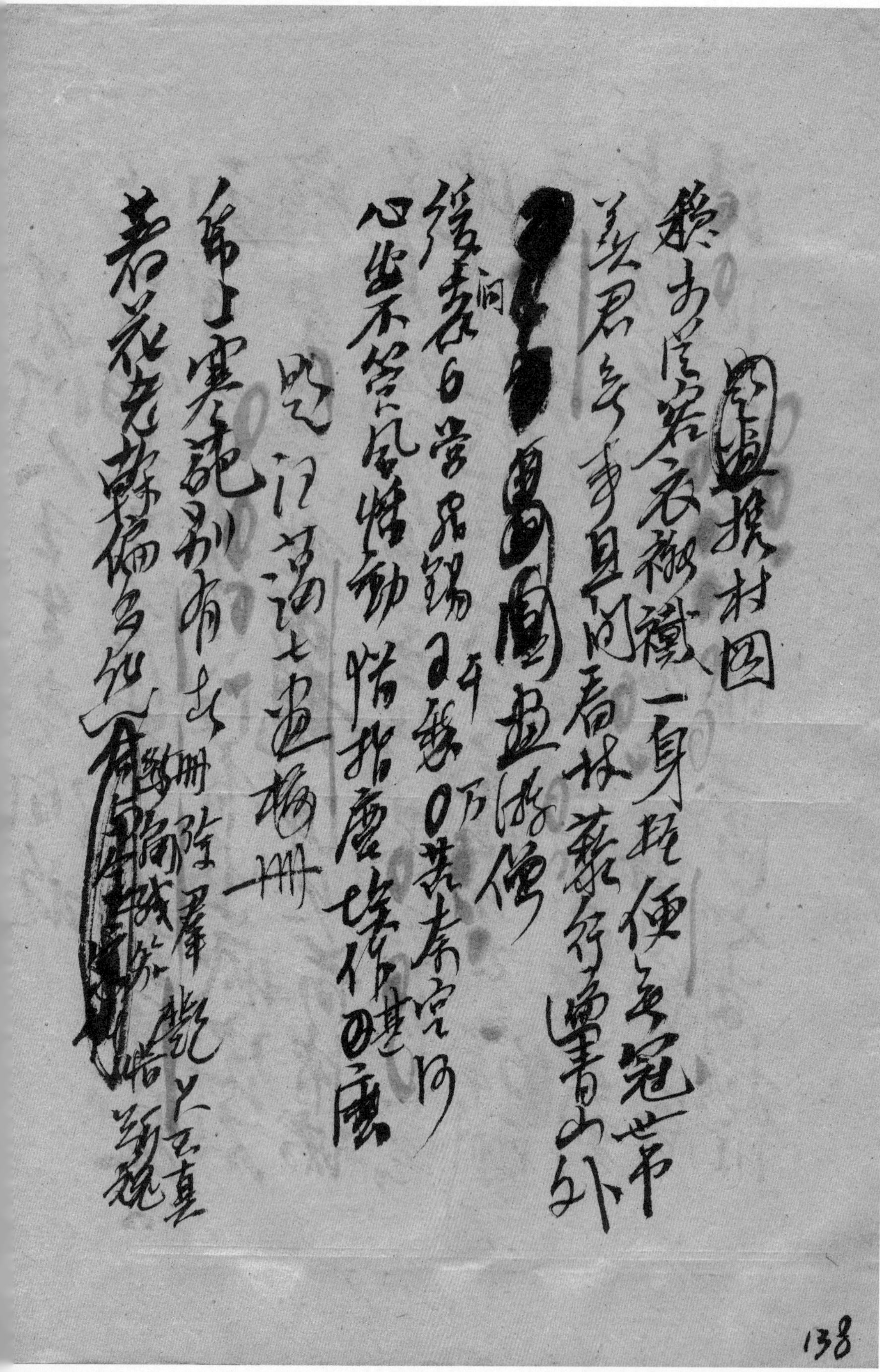

《攜杖圖》：「穩步從容衣褦襶，一身輕便無冠帶。羡君無事且閑看，杖藜行遍青山外。」

《畫遊僧》：「緩步閑遊當飛錫，千愁萬苦奈空何。心安不管風幡動，猶指塵埃作甚麼。」

《題汪靄士畫梅冊》：「紙上寒葩別有春，冊除群豔見天真。著花老幹偏多態，斷角殘笳惜斷魂。」

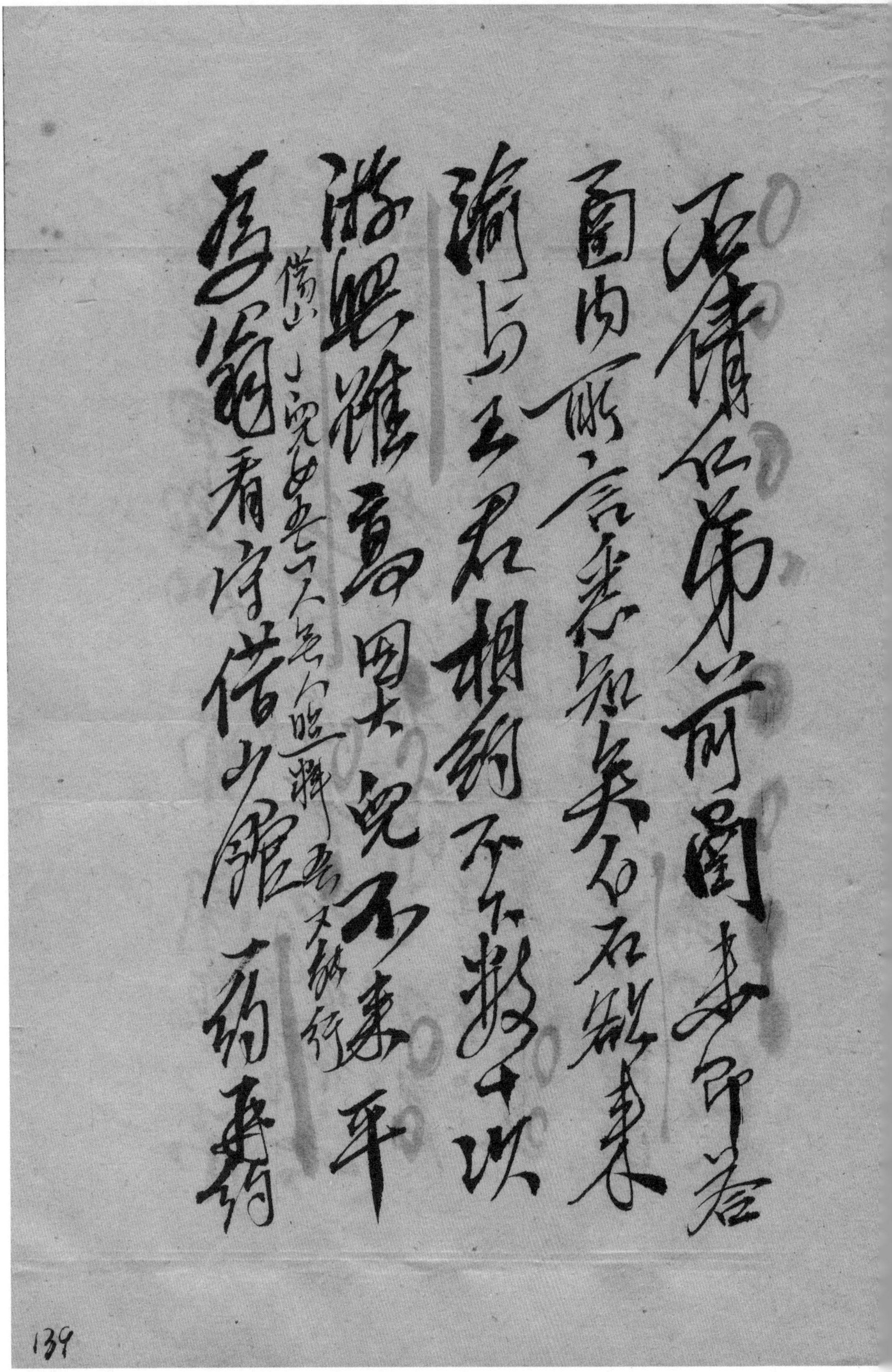
石倩仁弟前函未即答函內所言悉知矣白石欲來渝與王君相約不下數十次游興雖高因大兒不來平（借山小兒女五六人無人照料吾不能行）為翁看守借山館一約再約
139

石倩仁弟前函未即答，函內所言悉知矣。白石欲來渝與王君相約，不下數十次，遊興雖高，因大兒不來平（借山小兒女五六人，無人照料，吾不能行）。為翁看守借山館，一約再約。

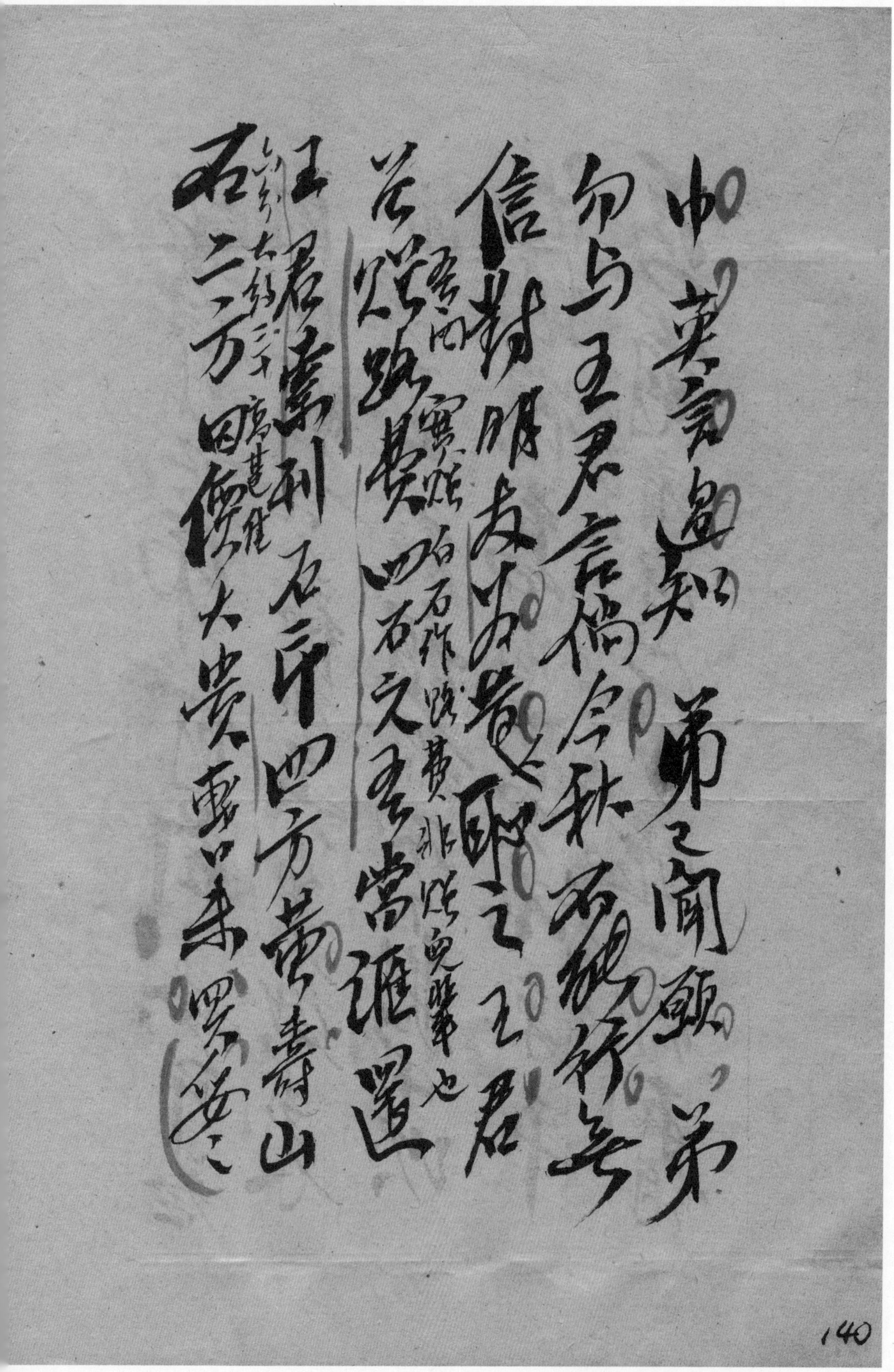

中英言過知弟已聞，願弟勿與王君言。倘今秋不能行，無信對朋友，為昔人恥之。王君曾贈路費四百元，吾當匯還（吾白實贈白石作路費，非贈兒輩也）。王君索刊石印四方，黃壽山石二方（六分大約三十高，甚佳）。因價大貴，暫未買妥之。

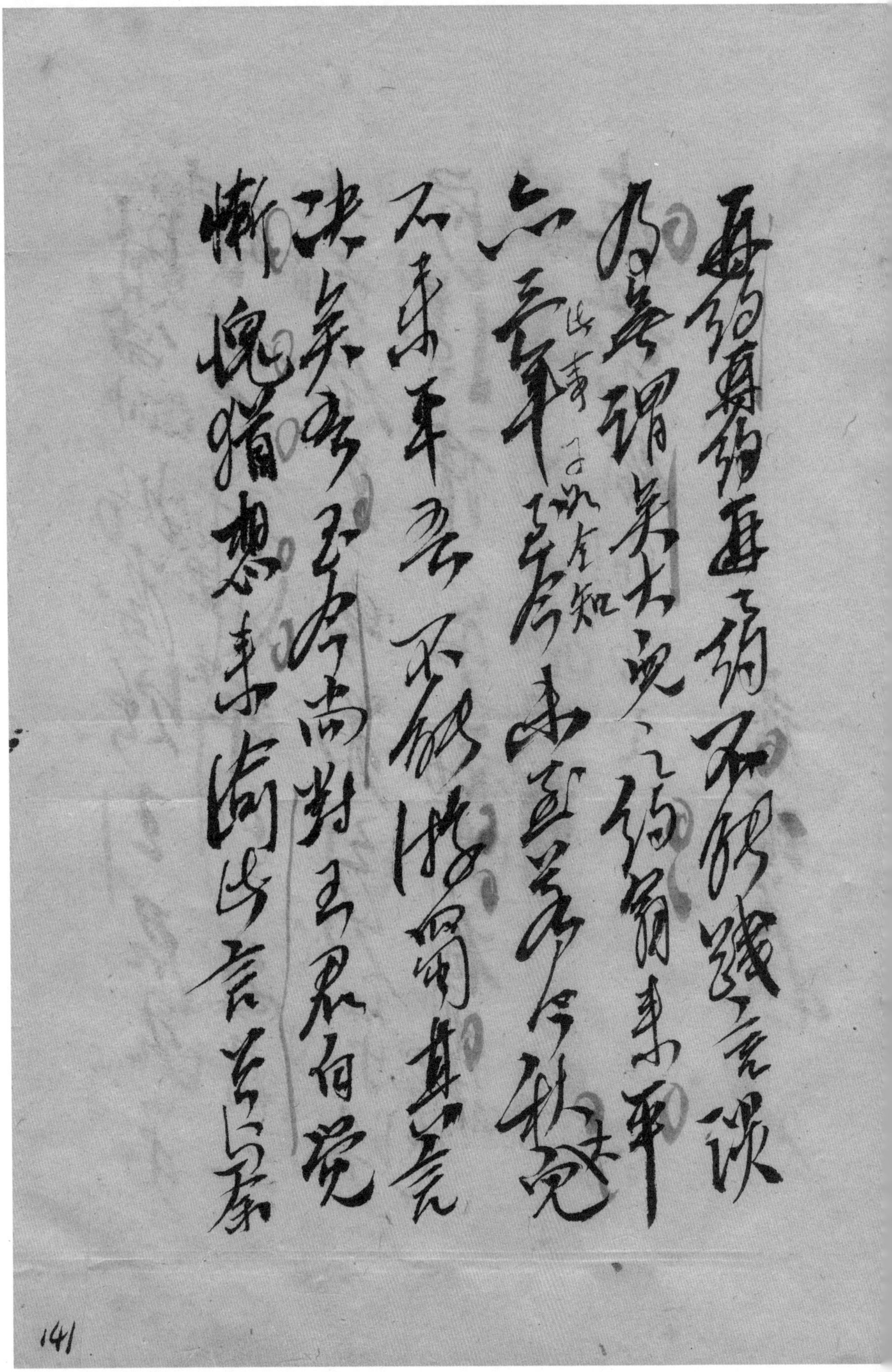

再約再約再約不能踐言談
及無謂矣大兒之約翁來平
亦三年（此事子如全知）至今未至若今秋大兒
不來平吾不能遊蜀其言
決矣吾至今尚對王君自覺
慚愧猶想來渝此言曾與余

141

再約再約再約，不能踐言，談及無謂矣。大兒之約翁來平亦三年（此事子如全知），至今未至，若今秋大兒不來平，吾不能遊蜀，其言決矣。吾至今尚對王君自覺慚愧，猶想來渝，此言曾與余

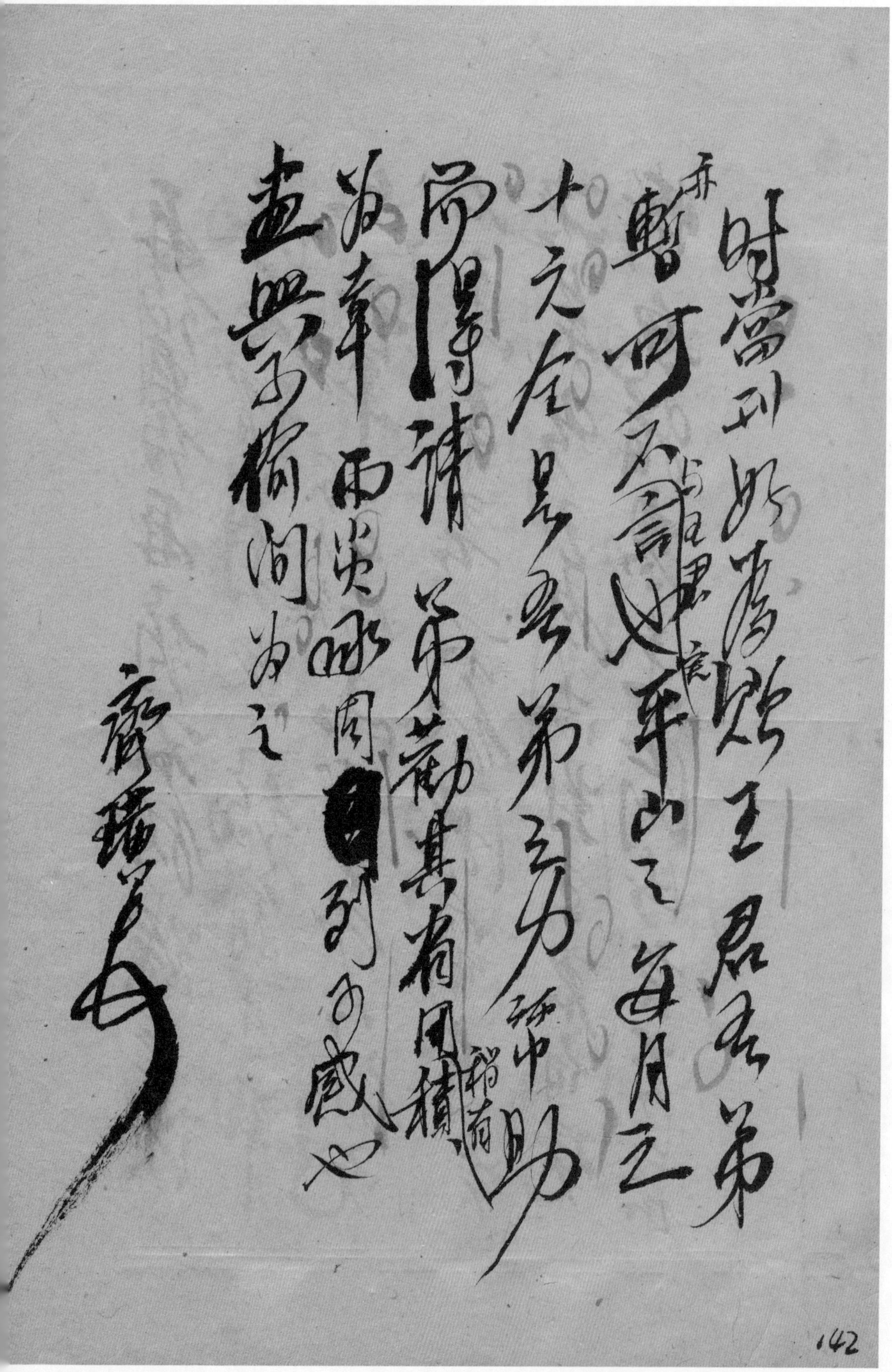

時當刊好為贈王君吾弟，亦暫可不與王君言也。平山之每月三十元全是吾弟之力幫助而得，請弟勸其省用，稍有積為幸，雨災那周到可感也。畫與可偷閑為之。齊璜頓首。

《齊瀕生北上紀事》／一八五毫米×二二八毫米／全冊共一五〇面／線裝　筒子頁

p.37 1

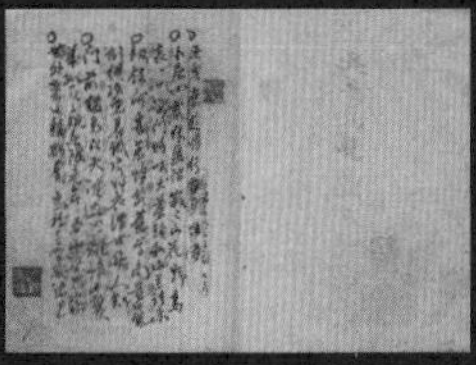

p.39 3-2

p.41 5-4

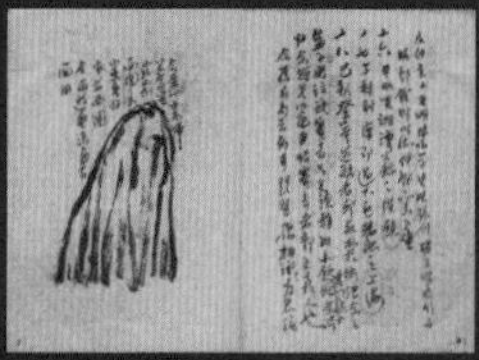

p.43 7-6

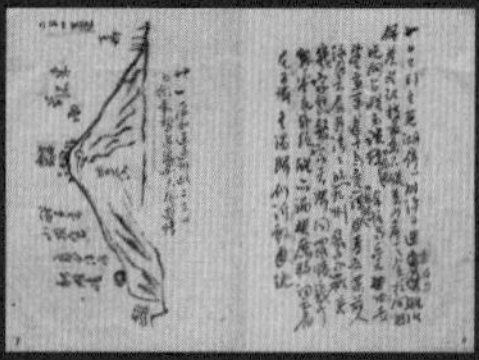

p.45 9-8

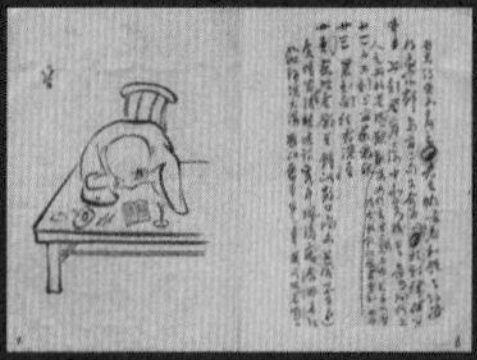

p.47 11-10

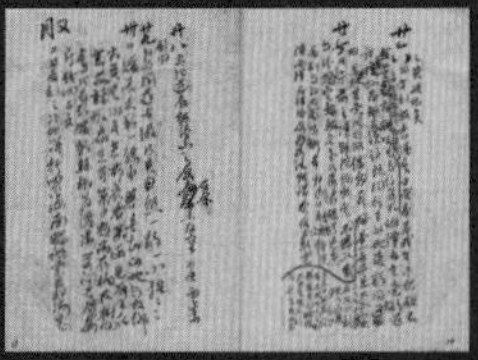

p.49 13-12

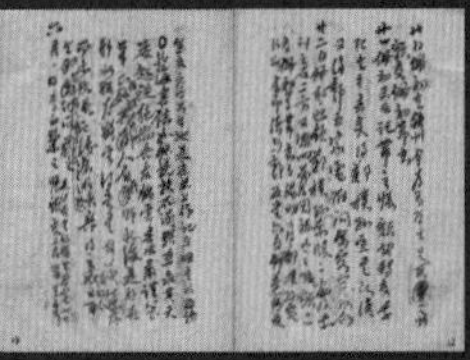

p.51 15-14

p.53 17-16

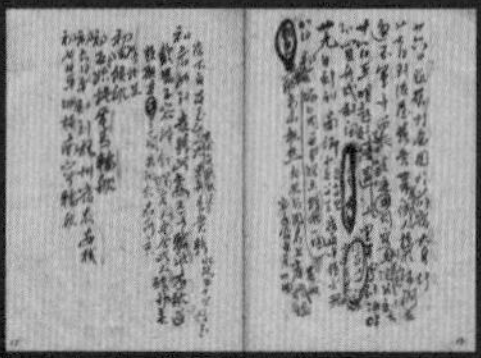

p.55 19-18

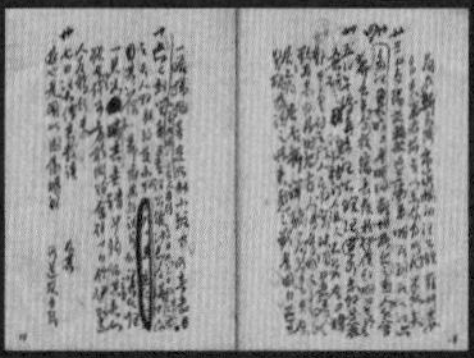

p.57 21-20

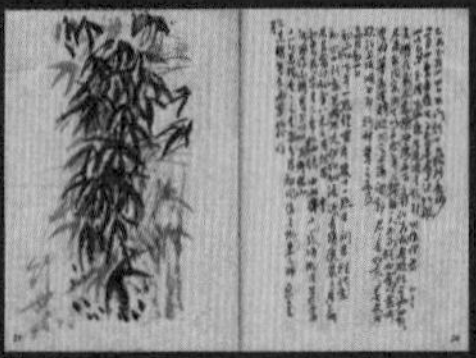

p.59 23-22

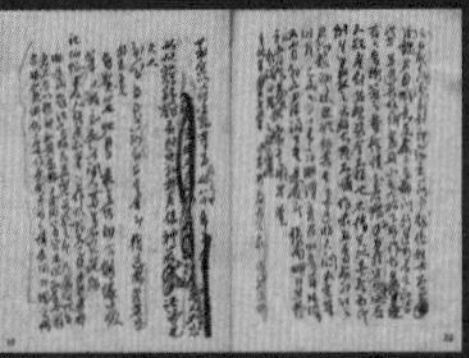

p.61 25-24

p.63 27-26

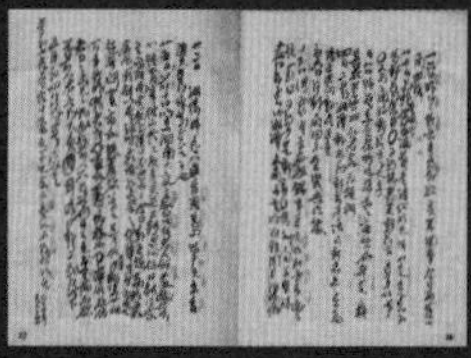

p.65 29-28

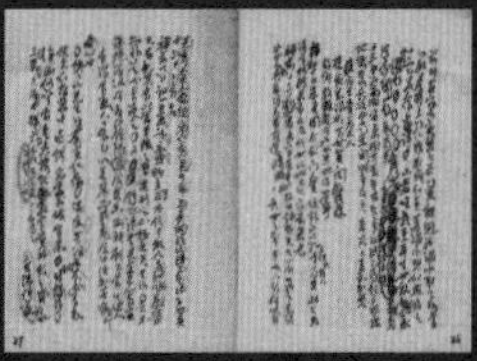

p.67 31-30

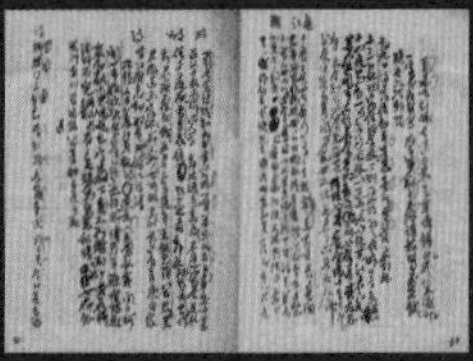

p.69 33-32

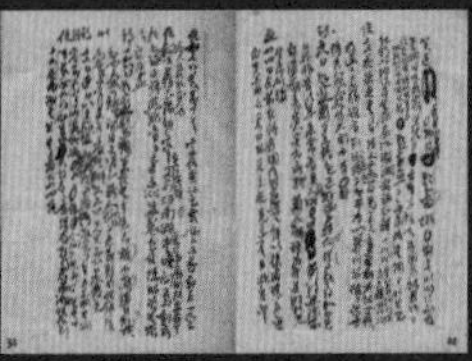

p.71 35-34

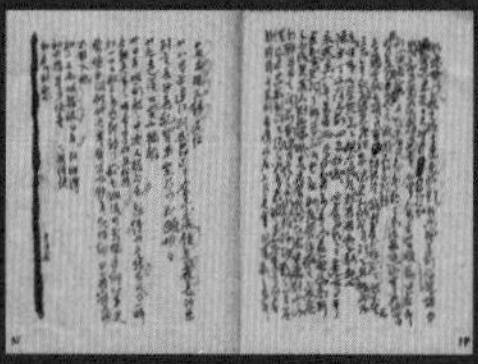

p.73 37-36

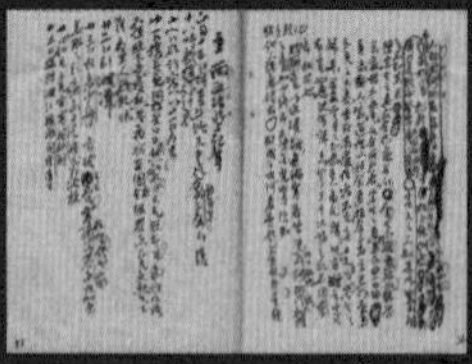

p.75 39-38

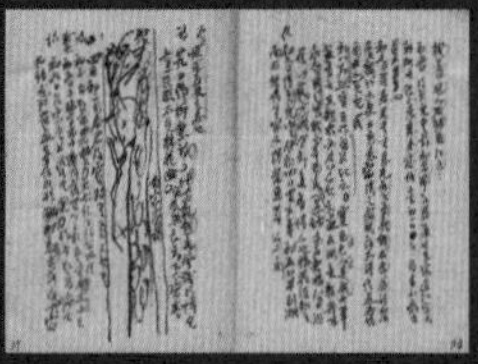

p.77 41-40

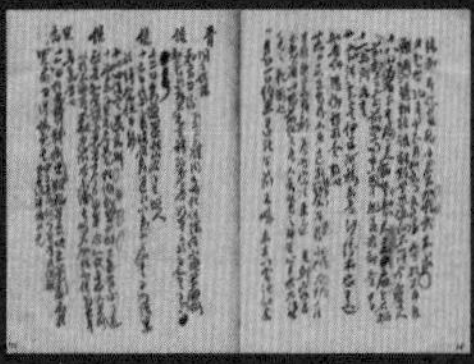

p.79 43-42

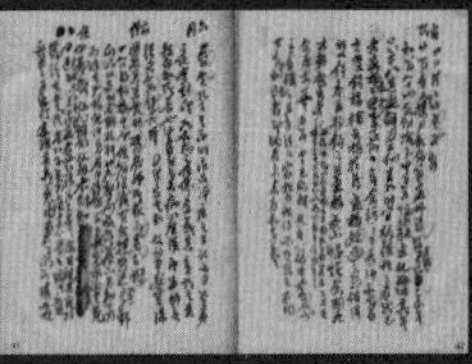

p.81 45-44

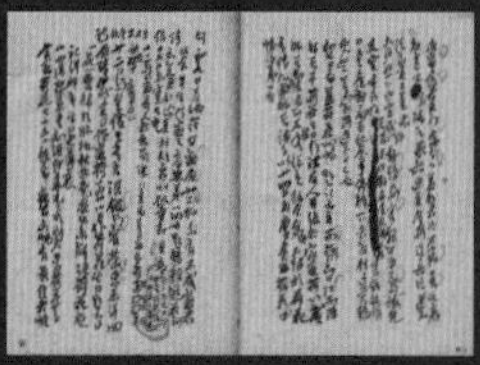

p.83 47-46

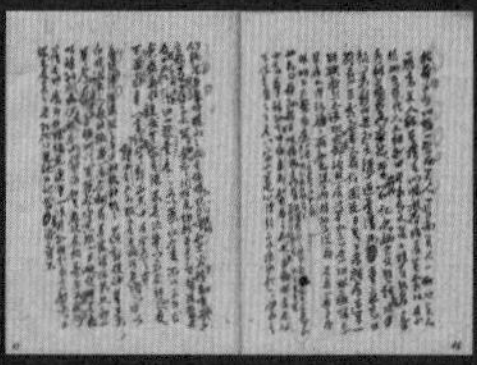

p.85 49-48

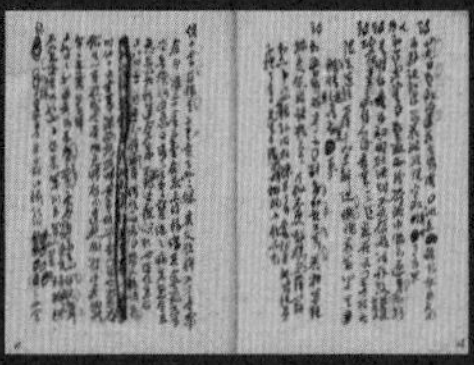

p.87 51-50

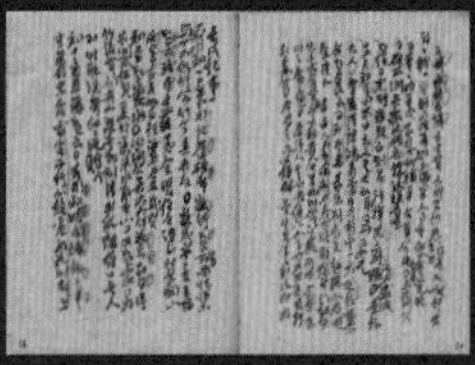

p.89 53-52

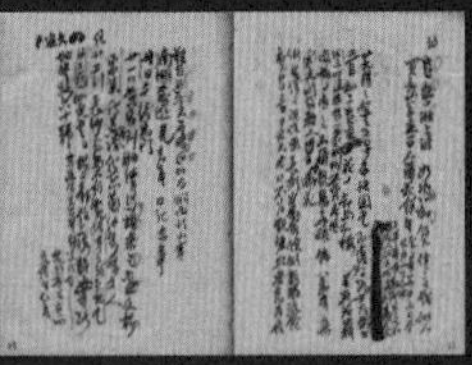

p.91 55-54

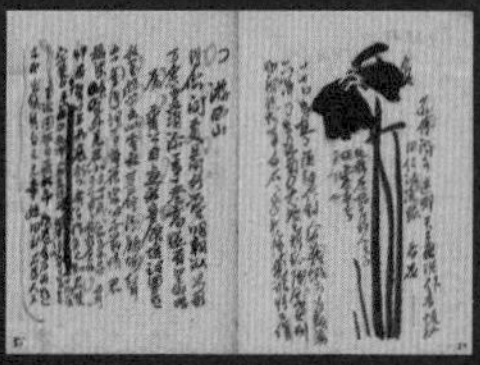

p.93 57-56

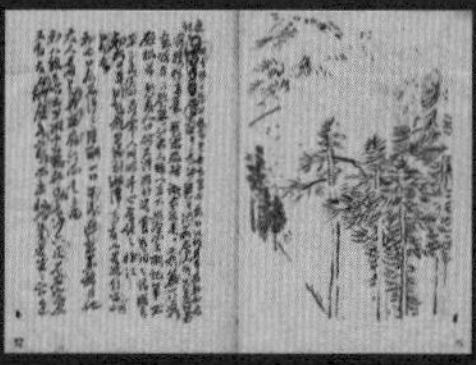

p.95 59-58

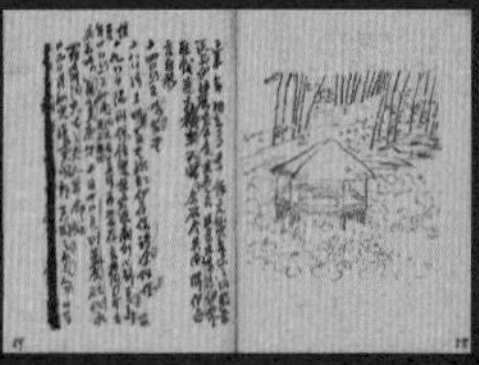

p.97 61-60

p.99 63-62

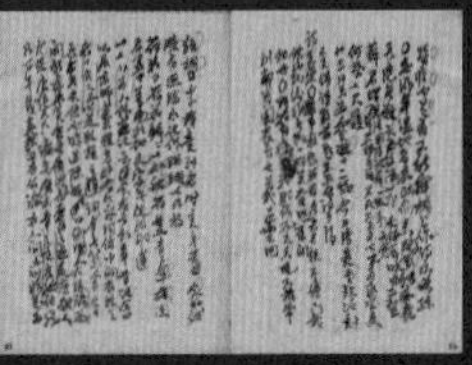

p.101 65-64

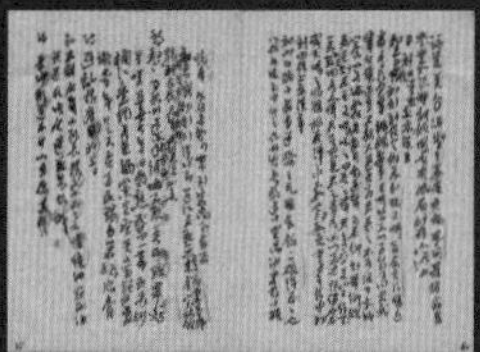

p.103 67-66

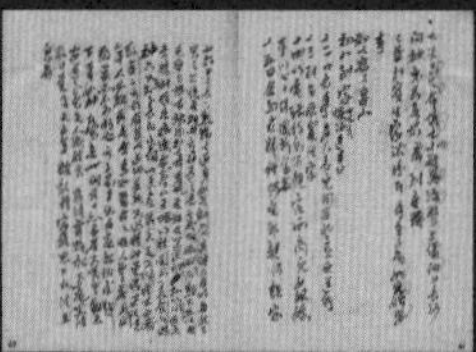

p.105 69-68

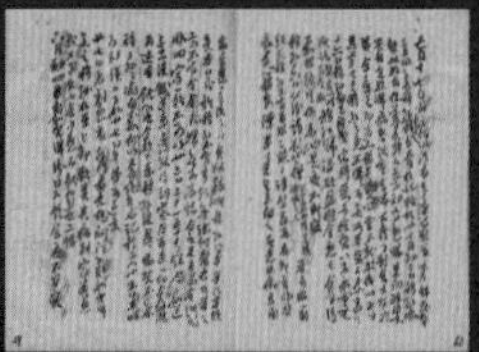

p.107 71-70

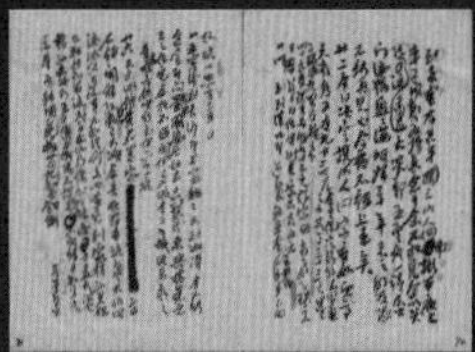

p.109 73-72

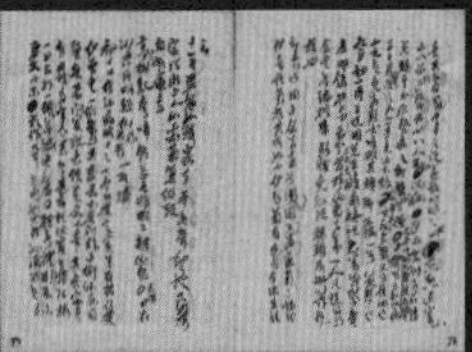

p.119 83-82

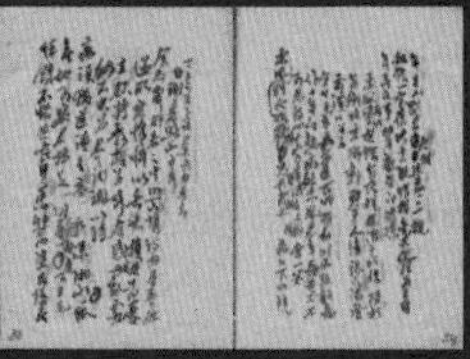

p.117 81-80

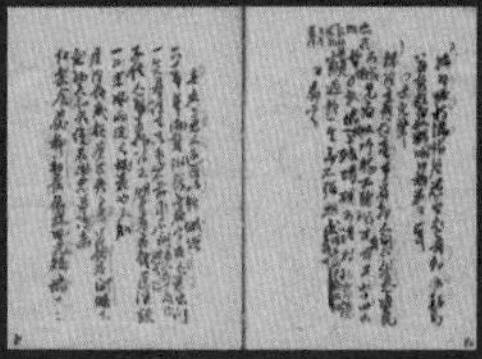

p.115 79-78

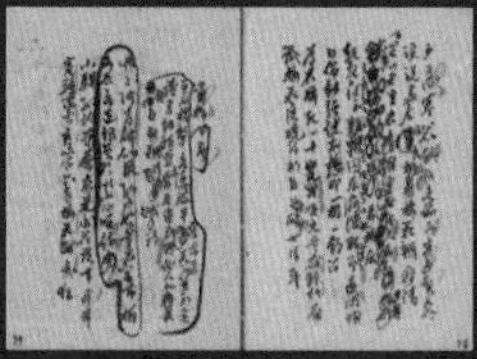

p.113 77-76

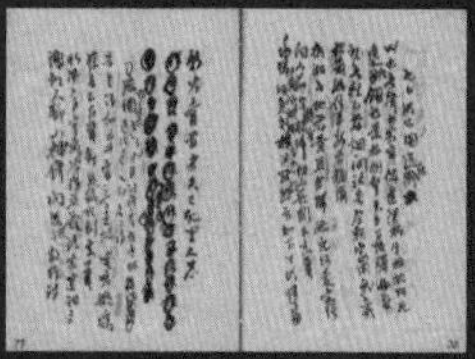

p.111 75-74

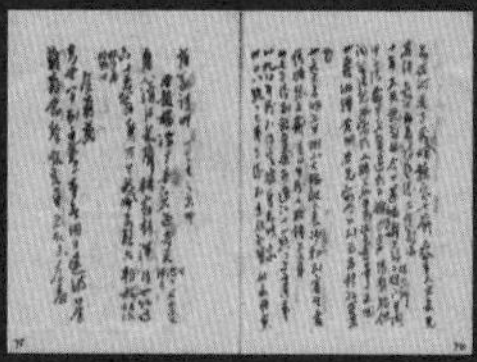

p.129 93-92

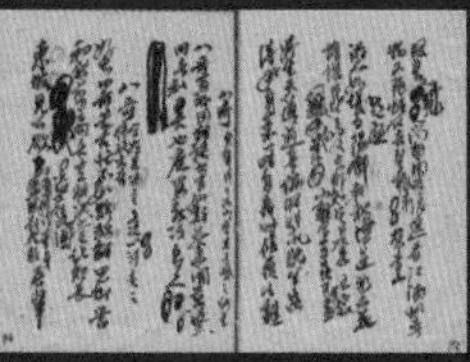

p.127 91-90

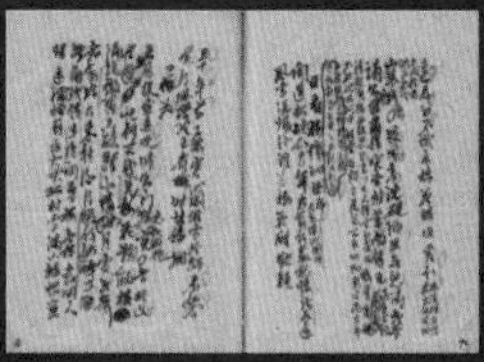

p.125 89-88

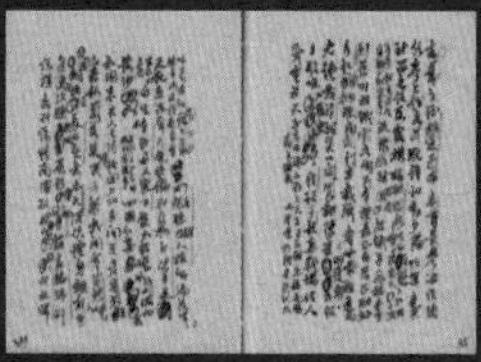

p.123 87-86

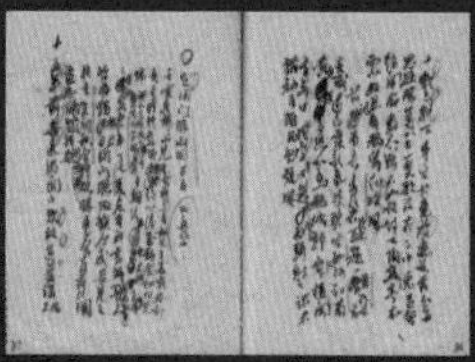

p.121 85-84

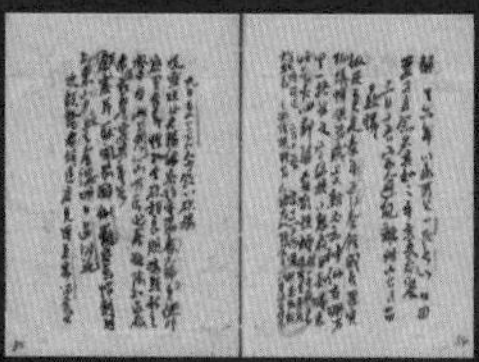

p.139 103-102

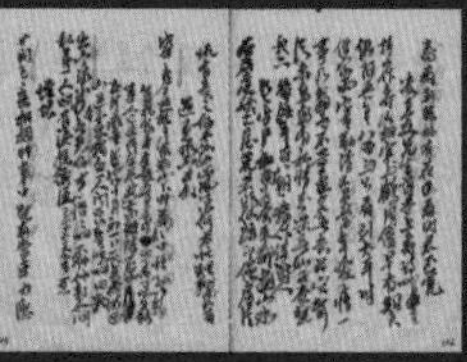

p.137 101-100

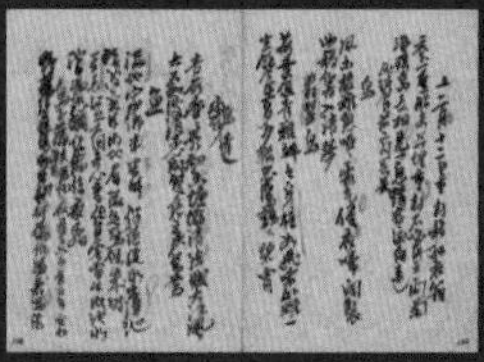

p.135 99-98

p.133 97-96

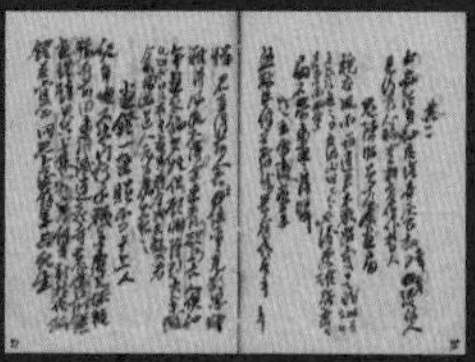

p.131 95-94

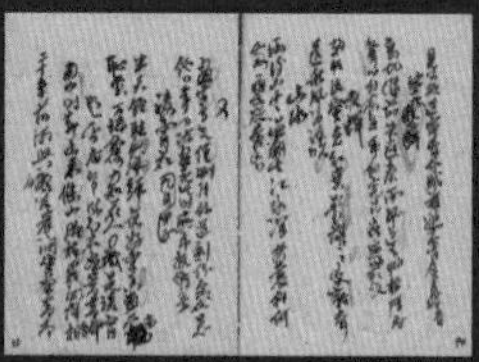

p.149 32-31

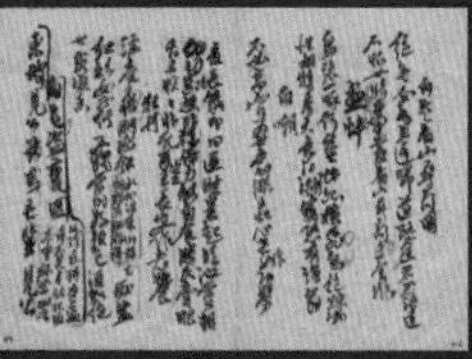

p.147 111-110

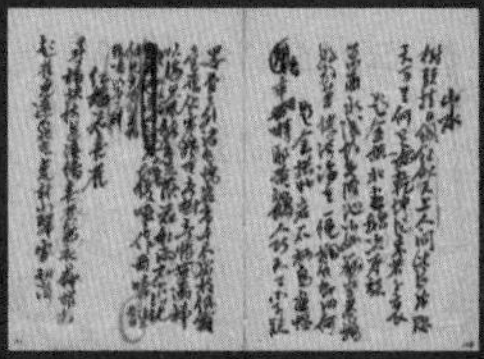

p.145 109-108

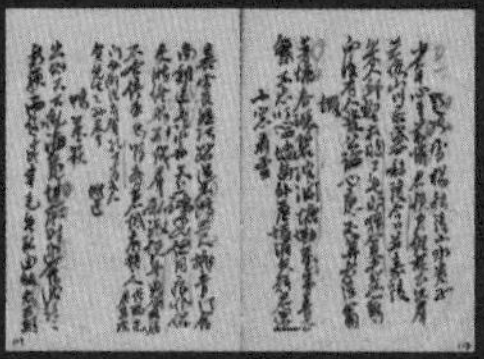

p.143 107-106

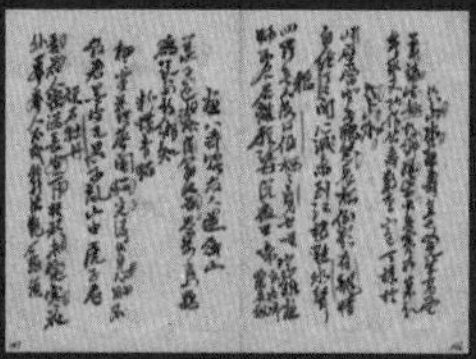

p.141 105-104

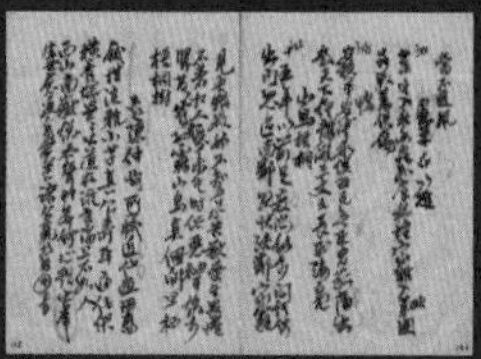

p.159 123-122

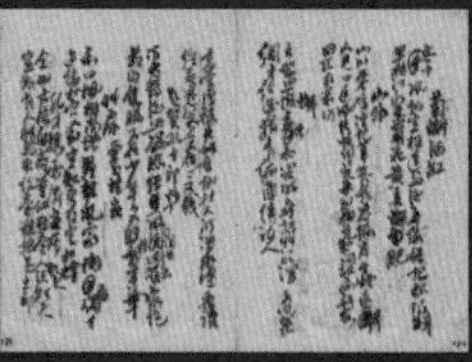

p.157 121-120

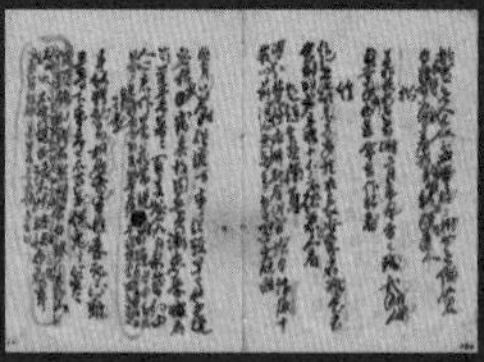

p.155 119-118

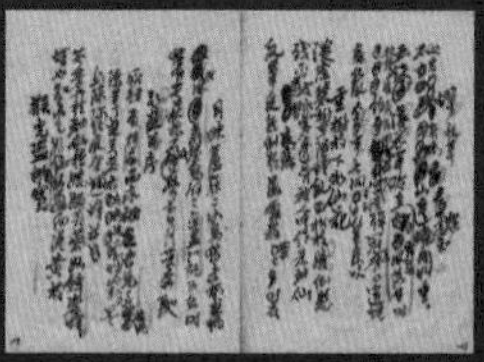

p.153 117-116

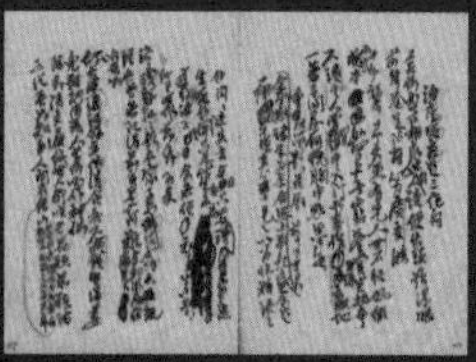

p.151 115-114

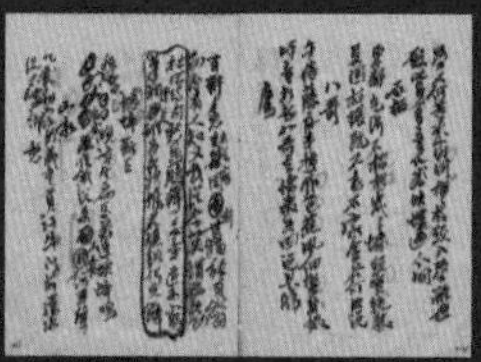

p.169 133-132

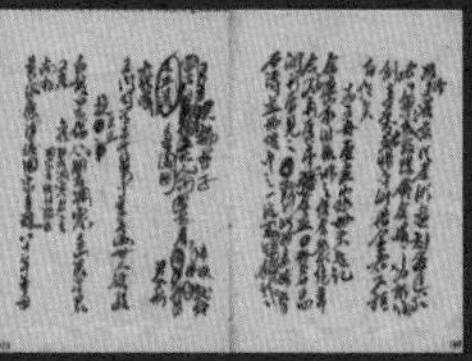

p.167 131-128

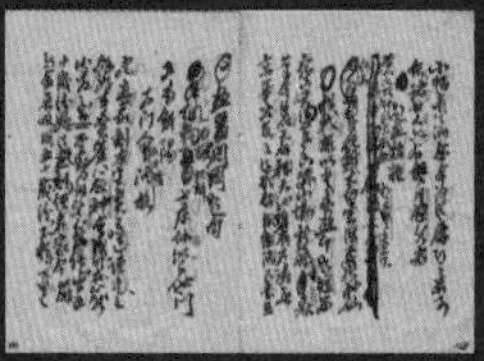

p.165 127-130

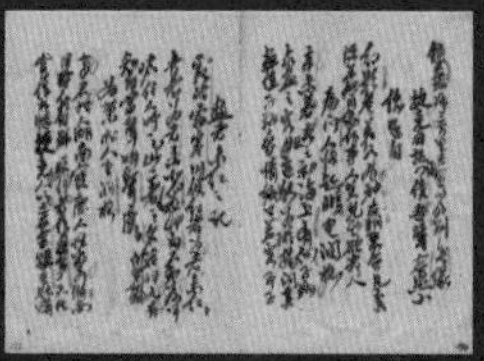

p.163 129-126

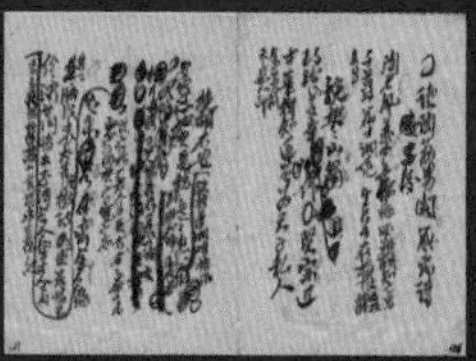

p.161 125-124

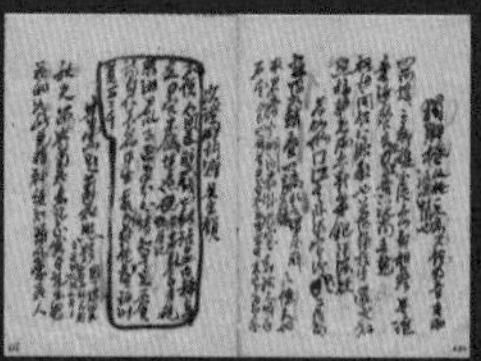

p.179 142

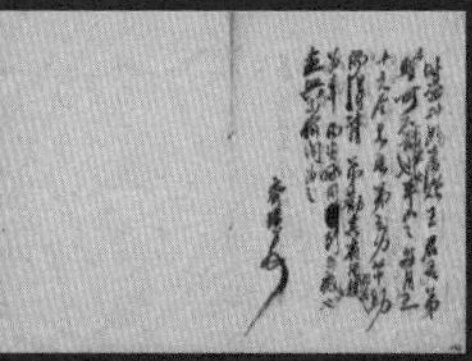

p.177 141-140

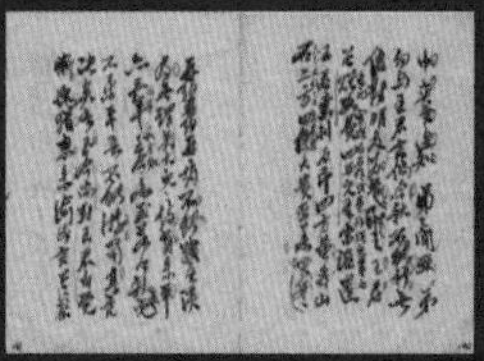

p.175 139-138

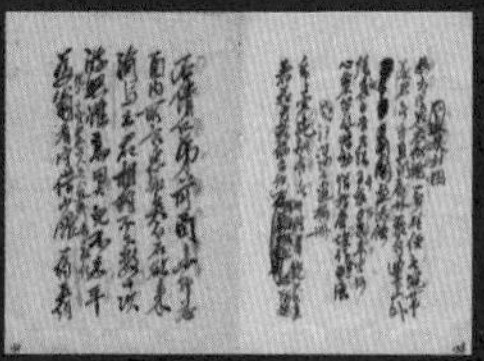

p.173 137-136

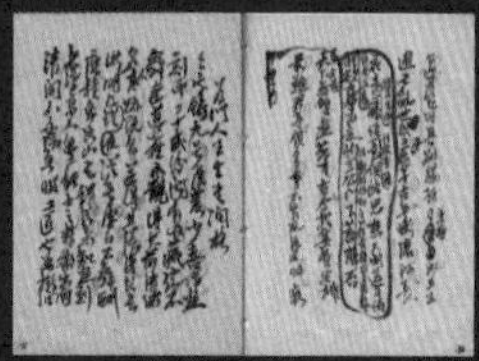

p.171 135-134

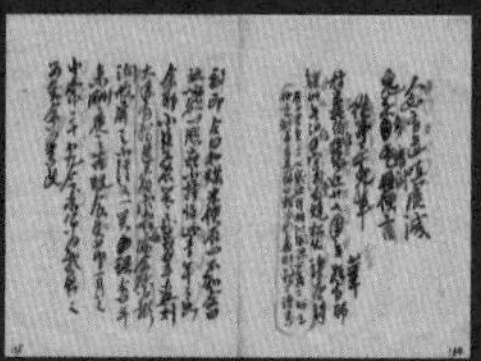

後記

《齊瀕生北上紀事》入藏記

二〇〇〇年夏，友鄰醫者王大夫來訪，先生與我有書畫之緣，雖交往不多，但有同好丹青之癖。交談甚歡，看我壁上懸白石真跡數幀，窺見精品《龜雖壽》圖，搔到癢處，頓生愛物之心，問：肯割愛否？余欲言又止，實意不捨相讓矣。先生見我做難，隨口道：家有一物，甚為寶之，與先生謀此《龜雖壽》圖，不知可行否？何物？言此物雖非繪畫，亦屬大珍，名《齊瀕生北上紀事》之札冊。可否一觀？遂歸家，片刻回轉，札冊雖裝幀簡陋，卻掩不住大師行藏。

書法盡顯老辣、欹側、力重又揮灑自如之行書。內容是隨意書寫的日記、書信、詩稿、畫稿和旅行日誌等，全然不同於正式作品刻意的安排，從中不僅可以體會老人豐富細膩的情感，深入到他內心最隱秘的思想活動，而且可探尋許多事件的原由，尋找到齊白石藝術發展的人生軌跡之內在邏輯。

早先本人看過北京畫院所藏《齊白石手稿》，與之比較，畫院本頁數略多，似有二百餘頁，而本札頁數稍少，為一百四十二頁。內容各有千秋，本札因是「北上紀事」，所以，對遊京之事記述得更加詳實。亦可透過多元視角，在篇篇雜文、詩稿和畫稿中還原更加立體的齊白石。

因對北京畫院本《齊白石手稿》知之甚詳，隨翻數頁，便與王大夫握手成交。

札中存齊白石先生大量詩稿，如此札付梓成書，讀者可加以研究，發現他不拘格律、描繪現實、貼近人民、嬉笑怒罵皆成文章。也能以尤為具象且生動的圖景喚醒當下公眾的詩心，帶其回歸內心，細細品鑒中國人的詩意生命美學。

啊呼齋主

二〇〇三年立秋寫於香港大埔超廬

《齊瀕生北上紀事》詩稿擷萃

墨牡丹 59

衣上黃沙，萬斛塚中，破筆千枝，至死無聞。人世此生，不買燕脂。

題葡萄 64

山妻笑我負平生，世亂身衰重遠行。年少厭聞得非易，葡萄陰下紡紗聲。

為南湖畫桑樹芍藥條幅 64

閑遊亦感經三宿，滿地饑蠶瘦欲休。芍藥開時爭得意，春陰已盡不知愁。

揶揄 67

二十年前學刻符，長安爭說好工夫。今日舊交諸笑道，舊交相見伴揶揄。

題畫蝦 68

蟹未肥時酒似跛，蘆蝦同味校如何。果然蟲類為龍去，海國焉能著許多。

題畫魚 68

無角殘書撒手忙，苦思把釣小池塘。平生厭看江湖闊，赦汝紅鱗十八雙。

題畫菊 68

香情色正好幽姿，種向深山孰得知。太息此花非昔比，年來常有見人時。

作柳絮詩 75

忙飛亂起春風殘，只博兒童一捉歡。不見棉花花落後，無衣天下正當寒。

題畫雨後荷花中幅 84

通身折斷是情絲，難得初開欲語時。不忘伯枚祠外路，雨餘紅淚夜垂垂。

題畫雀

高枝無限足隨投，萬嶺千山未解謀。慚愧衰翁四千里，離情還作有窠憂。84

被

窄則不掩，薄則不溫。累人承重，禦寒覺輕。86

筆

破筆成塚，於世何補。筆兮筆兮，吾豈甘與汝同死。86

硯

石潤吾樂，汝破吾饑，汝頑吾噫。86

絹

黑則難驅，白則易汙。揮墨三升，汙不盡滅素絲。86

拾舊破紙畫竹

非竹非木，與世不偶。竹兮竹兮真吾友。87

遊西山

得偷閑處且閑行，不管明朝缺米薪。萬慮盡消添一事，登高還有望鄉惜。91

為齊公甫畫秋薑館填詞圖并題

秋薑館前出岫雲，秋薑館後鷓鴣聲。五十年華詞萬首，舊家公子最情君。91

題畫雞頭菱

不忘同唱采菱歌，樂事從來有幾何。食我雞頭親剝肉，不辭纖指刺痕多。97

芙蓉

猶幸移家花并來，老夫親手傍門栽。借山劫後非無物，一樹芙蓉照舊開。98

牡丹 98

野花自瘦家花肥，倚石天香風不摧。常到鄰翁園裡看，也曾栽過兩三回。

頳桐 99

少小揮毫到老時，工夫辛苦自家知。山姬剩有燕脂水，化作珊瑚七尺枝。

荷花 99

荷花瓣瓣大如船，荷葉青青傘樣圓。看盡中華南北地，民家無此好肥蓮。

咏瓷美人 100

浴後丰姿倦絕倫，風開羅摺霜膚瑩。豈知泥塑能傾國，也有娥眉妒殺人。

岳州道中聞稻香 101

瀟湘不歇一春雨，雨歇農人起旱嗟。且喜今年田穀熟，武昌一帶到長沙。欄江疊網無魚漏，黨害官災豈遯逃。要識豐年是天意，為民竭力著脂膏。

避亂攜眷北上 101

不解吞聲小阿長，攜家北上太愴惶。回頭雨淚親還在，咬定蓮花是故鄉。

自題畫鳥 109

高岩大樹亂鷹啼，飽足無非樹下雞。此鳥已將在沙際，月明顛倒一雙栖。

食葡萄 111

高堂八十別兒愁，一事無因又遠遊。日食葡萄當餐飯，京華老死未為羞。

示兒輩 116

掃除妄想絲毫事，省卻人間分外愁。畫虎不成先畫犬，呼龍不聽再呼牛。山中曲古犁堪就，牆上殘塼硯可謀。村北老饑窮過我，一生無不強相求。

畫燈一檠贈雪庵上人 133

經年懶不出門行，市襪無塵足垢輕。猶有前因未消滅，蓮花寺裡佛前鐙。畫理詩思亦上乘，寂寥何幸對枯僧。孤鐙若肯常回照，上汝餘年共死生。

小院靜坐 134

青門經歲不常開，小院無人長綠苔。螻蟻不知欺寂寞，也拖花瓣過牆來。

鳥 136

風木棲難息，啞啞霜氣侵。夜啼聞製曲，移響入清琴。

翡翠鳥 136

荷葉俱青難辨色，身輕如燕嗜如雕。一生飽食魚多少，猶恐鷹鸇下碧霄。

水鳥青荷 137

青荷疊疊影初香，塘壩清陰賤大江。風大不知波浪惡，成雙何必羨鴛鴦。

魚 137

滿地家鄉半罟師，偶隨流水出渾池。滄波亦失清遊地，群隊無驚候幾時。一去長江久不回，無心變化負雲雷。生成淺水池中物，恐觸絲綸怯夜飛。

烏子藤 137

野藤結子飢堪嚼，小刺何傷休嫌著。滿架薔薇荊棘林，有花看時君不覺。

螳螂 139

世間色色蟲，相捕草茅中。既有當車力，應當不避風。

畫菜布以雞 140

菜味入秋香，蟲如食稻蝗。家雞入菜圃，蟲敗菜俱傷。

鴨

安穩平安淺水俱，羽毛無取老菰蒲。出教天下終離亂，三丈毛長恥海鳧。

140

山鳥梧桐

十五年以前，足衰尚能步，閑行偶出門，忽遇南鄰路。快活鄰家翁，見吾猶欲妒。不知吾心苦，歡樂生畏懼。不著杞人憂，未免時俗惡。袖手緩步歸，落霞齊孤霧。山鳥真個閑，早栖梧桐樹。

140

題山水畫壽直支先生高堂

筆端生趣故鄉風，柴火無寒布幕紅。奪取天功作公壽，數重山色萬株松。

142

題山水

峭壁當空無醜態，長松倒影有龍情。自經丁巳閑心滅，未到江樓聽水聲。

142

畫八哥贈友人還衡山

羨子還湘路，萍翁久苦思。寄言與鸜鵒，說與故鄉知。

143

粉蝶青貓

栩栩穿花蝶夢闌，貓兒得失見心肝。不教著墨皮毛異，可亂山中虎子看。

143

蝦

茅塘春漲碧波瀾，塘坳蘆茅青正繁。不忘叮嚀牆角外，蘆蝦消息待君還。

144

小窗看雪

喜雪最嫌汙踏過，不妨三尺擁青門。舍南雞遠無泥爪，天上鴻飛但月痕。非侶交遊終易別，成群私淑總無恩。貧居不合停車馬，野寺荒城有替人。

144

鴨蘆荻

出則天下亂，海鳧堪恥時。幽禽波泛泛，秋荻雨絲絲。所幸毛無取，因能老有期。

145

山水

樹頭掛日銅鉦似，天上人間此片紙。咫尺萬里何足論，乾坤從來芥子裡。

146

紅梅花喜雀

尋梅扶杖過溪橋，喜雀驚花上絳梢。打起雀兒遠飛去，荒村小驛雪初消。

147

自題〈看山尋句圖〉

絕無人處且遲歸，道路逢君恐語違。不怕世情更盡底，看山尋句未全非。

148

畫蚌

鳥張一啄偶然工，蚌亦橫飛鳥絕蹤。物性相持屬天意，江湖竊恐有漁翁。

148

牡丹

濡毫不惜胭脂餅，厭盡紅衫女子行。不獨當時好顏色，須知絕世露凝香。

149

石榴

東鄰乞得石榴根，歲歲牆頭實競裂。吳國榴環既不存，石家金谷何須說。

150

八哥

午倦藤床半掩扉，芭蕉風細響聲微。呼童打起八哥去，惱殺無因說是非。

150

鷹

百聯才思未曾窮，斯世猶能有此翁。向後有人知又我，從來莫謂病無功。杜公詩句愁盈腹，韓子文章道未窮。筆戰是誰為老將，推君旗鼓作先鋒。

150

蟋蟀籬豆

秋風吹得晚涼生，扁豆籬邊蟋蟀鳴。人卻怕寒嫌促織，從來不喜紡車聲。

151

山水 —— 151

九載別家遊，藏書負汗牛。門前一溪水，流不去鄉愁。

垂樹枝下水仙花 —— 154

濃陰碧樹早隨煙，亂亞枯枝臏倒懸。殘雪冷冰寒透骨，被人呼作是神仙。

月映蘆荻二水鳥猶未栖畫幅 —— 155

北風蕭瑟鳥何之，魚盡江乾可去時。惟有蘆枯根不滅，勞茲日月苦奔馳。

猴兒盜桃實 —— 155

桃實無人大似盆，攀枝上樹世無倫。如君本事甘為盜，羞殺貪狼欲噬人。

松 —— 156

為松扶杖過前灘，二月春風雪已殘。我有前人葉公癖，水邊常去作龍看。

竹 —— 156

絕無此竹是長安，掛在長安愛者難。愈老愈剛寒且瘦，十分不俗幾人看。

將就 —— 157

事能將就易相安，我輩惟憂死後難。三等下車高士在，百年伴鬼寸心寒。低頭鶴到鐙前影，深雪牛眠屋後山。爐火不寒堪過活，不妨輕快布衣單。

菊蟹酒缸 —— 158

客中風物豈相違，與酒無緣強把杯。泥草早枯江水盡，菊花黃矣蟹身肥。

山水 —— 158

山川零碎除，把草發愁思。隔岸生煙遠，屏山見日遲。風輕帆自覺，秋到柳先知。問汝扁舟客，回頭在幾時。

著者簡介

齊白石

齊白石（一八六四—一九五七），原名純芝，又名璜，號瀕生，別號白石山人，清朝末年在湖南湘潭的農村裡一戶貧寒農家出生。齊白石是中國近代著名藝術家，在詩、書、畫、印四方面都達到了極高的境界，著有《借山吟館詩草》、《白石詩草》、《白石老人自傳》等。

藏家書齋簡介

啊呼齋小敘

「啊呼」為梵語 ahu 音譯，意譯奇哉。乃讚美之詞句。昔謝公稚柳為余取齋名時即用此二字。告之我有「家庭和睦，夫唱婦隨」之趣。命我抽時到啟功老處討取滿語內涵。

齋落鬧市，亂中取靜，雖非大隱，個中閒情。吾思古人，取華夏珍物蓄之，如與故人交。

余納三類，曰瓷、曰畫、曰絲。今值癸卯歲末，屈指四十餘年矣。

藏之物可謂獨行天下，富甲一方。瓷有汝、官、哥、鈞、定等眾名窯，再有元瓷，謂大觀。畫前有唐之吳道子、李思訓、宋之範中立輩等，近有黃賓老、白石、大千等眾。有步張君伯駒後塵之勢。絲自戰漢至唐宋，物類極富，極品令人瞠目。

古人云：「山不在高有仙則名；水不在深有龍則靈。」啊呼之齋雖為陋室，庋藏則佔天下先。

齊瀕生北上紀事

著者 齊白石
釋文 冀安
特約編輯 徐小燕
特約校對 田熹晶
責任編輯 羅文懿
書籍設計 姚國豪

出版 三聯書店（香港）有限公司
香港北角英皇道四九九號北角工業大廈二十樓
Joint Publishing (H.K.) Co., Ltd.
20/F., North Point Industrial Building,
499 King's Road, North Point, Hong Kong

香港發行 香港聯合書刊物流有限公司
香港新界荃灣德士古道二二〇至二四八號十六樓

印刷 美雅印刷製本有限公司
香港九龍觀塘榮業街六號四樓A室

版次 二〇二四年五月香港第一版第一次印刷

規格 特八開（225mm × 300mm）二〇〇面

國際書號 ISBN 978-962-04-5434-9

三聯書店
http://jointpublishing.com

JPBooks.Plus
http://jpbooks.plus